下册

郁雨竹 著

青岛出版集团 | 青岛出版社

第十一章
乱军入豫

赵含章和傅庭涵又回西平了。

他们刚住进老宅,赵铭就收到消息了。

赵铭不由得掐指算起日子来:"他们上次来的时候,麦子还没收完,这会儿豆子才种完,他们怎么又来了?"

长随道:"他们或许是来拿枪头的。前几日城里的铁匠送来的东西,不就是三娘定的吗?"

赵铭怀疑赵含章是故意的,问长随:"家里人为何不直接把枪头送去上蔡?而且上蔡也有铁匠,为什么他们打个枪头都要跑回西平打?"

"本来是要送去的,但老太爷想起上次三娘叮嘱过,说枪头做好后,她会亲自回来试枪,加上族长那头儿的信也回来了,所以……"

赵铭随即起身:"走,我们去看看她怎么试枪。"

赵含章固定住枪头,将手中的长枪一抖,向前一跃,便在院子里练起枪法来。

赵铭到时,看到赵含章正手执长枪如游龙般在院中游走。赵含章的出枪速度极快,刺过来的枪带起一丝微风。触及她的目光,赵铭感觉到了一股杀气。

伯侄二人对视。赵含章冲他微微一笑,将长枪灵活地收回,拿在身后:"堂伯。"

看得津津有味的赵淞瞥了一眼赵铭,对赵含章道:"你的枪法极好,但枪过于阳刚,更适合在战场上使用。你又不要上战场与人打架,要是喜欢强身健体,不如练剑。"

277

赵含章立即道:"我也想练剑,祖父以前的佩剑就是我拿着的,只是逃难时,剑刃缺了一个口子,我有些心疼那把剑,再也不敢乱用它。"

赵淞闻言,微微皱眉:"你祖父的那把剑可跟了他不少年头,是一把古剑,剑刃坚固,怎么会缺了一个口子?"

赵含章道:"我们遭遇了一拨儿匈奴兵,他们用的刀极好,兵器的质量不下于我们中原的,不知他们用的是哪里的铁精。"

赵淞略一思索,道:"并州多铁矿,之前刘渊便占据并州一带,若兵器的质量是因为铁精的差异,那他们应该就是从并州拿的。"

赵含章若有所思,傅庭涵等人炼钢需要纯度更高的铁精,汲先生从县城的打铁铺里买了两块回来给傅庭涵练手,但他们发现那两块铁精的质量很差,炼钢要费很大的劲儿不说,炼化率还很低。

本来炼炉的温度就很难达到炼钢的温度,铁精的质量再差的话,他们就更难炼出钢了。

赵含章将枪丢给听荷,对赵淞道:"五叔祖,我想将这把剑重新炼一次,加入更好的铁精锤打,使其更加坚固锋利。"

赵淞沉思片刻,道:"重新炼剑,那得请个大匠方能不毁此剑啊!"

赵含章深以为然地点头:"五叔祖可有推荐之人?"

赵淞摇头:"好的铁匠多在兵部和各路藩王的手中,我们哪里有机会得到这样的大匠?"

"人可以慢慢找。我相信,只要心诚,我们总能找到的。只是好的铁精难得,不知五叔祖是否认识并州那边的人?"

赵铭在一旁一言不发,只静静地看着赵含章。

赵淞摸着胡子思考,把认识的人一个一个地从脑海里丢出去,半响,"啊"了一声,道:"刘越石就在并州。他现在是并州刺史。"

"刘琨?"赵含章隐约记得刘琨的字就是越石。

"不错,"赵淞问,"你也认识他?"

她当然认识刘琨,只不过这位大晋名臣不认识她而已。

赵含章问:"五叔祖和刘越石的关系如何?"

"一般般吧,"赵淞道,"你的叔祖和他还更熟一些。"

赵含章思索起来,觉得从赵仲舆那里入手太曲折,主要是她见不到赵仲舆,很多事情没法儿把握。

她还是决定主攻五叔祖:"不知五叔祖可否与他联系上?晋阳如今深陷匈奴大军的包围之中,他肯定也想与外界的人联系,我愿意用一些其他的东西交换铁精。"

赵铭忍不住看着她道:"三娘,你就是补个剑,即便再浪费,一筐也够用了,哪里用得着特意拿东西去交换?不就是铁精吗?伯父替你买了。"

赵含章道:"谢谢伯父,但这把剑是祖父留给我的,我想要亲力亲为,您派人出去时,能不能捎带上我?我让人跟着走一趟,买的铁精一定要是精挑细选出来的上上之品。"

赵铭问道:"你真的只是为买一筐铁精,还是想趁此机会和那边售卖铁精的人联系上,大量地进铁矿或铁精?"

赵含章毫不避讳地冲赵铭扬了扬眉,并不否认这一点。她扭头对赵淞道:"五叔祖,您应该也发现了,近来流入汝南郡的难民越来越多了,坞堡的人在增加,部曲肯定也要相应地增加才能保护好宗族,锻造农具和兵器都需要铁,我们要是能得到好的铁精……"

赵淞道:"你说得没错,但并州距离汝南太远了,中间还有匈奴人隔绝交通,运输铁矿和铁精太困难了。我们若真要从并州买铁精,恐怕还没出并州,就连人带货都被抢了。"

"我们汝南也有铁矿。"他压低声音道,"质量或许比不上并州的,但便宜,离得近,还安全。"

赵含章趁机问道:"不知我可否见一见卖铁的人?或许我能在里面找到质量好的铁精,而且我的那个田庄也需要添置农具,全打下来要耗费不少铁。您也知道,在县城里买铁是受限制的,铁匠那里也拿不出这么多铁来。"

赵淞明白,她的手上有一支部曲,除了打农具,肯定也是要打兵器的,这些都得避着衙门的耳目。

赵淞略一思索就答应了。反正汝南的大士族多半是找那个人拿铁精,三娘是自己人,他推荐给她也没什么问题。而且,汲渊应该知道一些事,就算他不介绍,汲渊总有一天也会摸到那里去。

赵铭看着高兴起来的赵含章,确定了她这是"项庄舞剑,意在沛公",什么并州,什么刘琨,不过都是她的借口罢了。

赵铭见他爹还傻乎乎地要帮她想办法联系刘琨,忍不住摇了摇头,走到一旁坐下等着。

赵含章热情地留五叔祖用饭,并表示自己还有礼物送给他们。

听荷抱着两个盒子上来。赵含章打开最大的那个,推给赵铭:"伯父,这是我送给您的礼物,您看看是否喜欢?"

他还能说不喜欢吗?尤其是当着他爹的面,他不喜欢也得憋着呀。

赵铭低头看了一眼,然后愣住了。

279

在赵铭愣神儿之际，赵淞将盒子拖了过去，将里面的琉璃杯取出来看："这是……琉璃？"

这是一套偏天青色的琉璃杯，盒子正中还有一个小小的琉璃壶，剔透明亮，却又带着一抹蓝色。阳光似乎透过壶身照在了桌子上，连桌子都染上了一抹天青色。饶是赵铭这样挑剔的人都说不出不满意的话来。

赵淞将这一套琉璃杯看完，小心翼翼地放在自己的眼前："这样贵重的东西怎能拿出来送人呢？你留着，即便将来不用，留给二郎也是好的。"

他不禁在心里赞叹：他大哥不愧是他大哥，这样的好东西竟然都能收藏到。

不过，三娘他们的行李不是都遗失了吗？这样易碎的宝贝是怎么被保存下来的？

赵含章将另一个略小的盒子推过来，笑道："五叔祖，这是送给您的。"

赵淞打开，待看到盒子里躺着的流光溢彩的琉璃马时，他的面色渐渐严肃了起来。

琉璃杯也就算了，的确是他大哥的风格，但琉璃马这种只能看的不实用的贵重之物，他大哥怎么会收藏？

赵淞看向赵含章："三娘，这两样东西，你是从哪儿得来的？"

赵含章心想：用不了多久，上蔡田庄卖琉璃的事就会传出去，西平这边的人肯定也会知道，与其等他们从别人的口中得知，不如她来自曝。

于是，赵含章微微仰着下巴道："五叔祖，这些都是我们炼制出来的。"

赵淞惊讶地道："你说啥？"

赵含章拍了拍掌，立即有护卫抬着两口大箱子过来，并直接将箱子打开。箱子里的东西给了在场的所有人非常大的震撼。哦，除了傅教授。

听荷也是第一次见到这么多琉璃，连抬着箱子的护卫都张大了嘴巴，没想到他们抬来的箱子里竟然装着这样的宝贝。

赵铭最先回过神儿来，惊诧地看向赵含章："这个是怎么炼制的？"

赵淞也回了神儿，瞪了赵铭一眼后道："这是能问的吗？"但他也扭头问赵含章："这方子是你祖父留给你的？"

"不是。"赵含章直接否认，指了指傅庭涵道，"这是傅大郎君的方子。"

赵淞松了一口气。他就说嘛，大哥有这样的好东西怎么会藏着掖着？

赵铭的心却一提，他不由得看向傅庭涵。

傅庭涵安静地坐着，安静地看着，仿佛这周遭的事与他无关。傅庭涵见赵铭看过来，还露出微笑，对赵铭点了点头。

赵铭觉得他没有看错人，虽然他的年纪比他爹的年纪小，但他自认为走过的路、见过的人一点儿也不比他爹少。论识人之能，他自认为在他爹之上，所以他能看出赵含章不甘心待在内宅，能看出她野心勃勃。

而傅庭涵虽冷淡疏离，但眉眼温和，这才是无欲则刚的人。

赵铭看了看傅庭涵，再去看赵含章时，目光就变了。他之前一直担心赵含章出嫁后会因为野心从赵氏挖东西给傅家，但现在看来，他真是大错特错。

她分明是要从赵、傅两家一起挖东西壮大自己嘛。

赵铭同情地看了看他爹，又扭头同情地看了看傅庭涵，他实在不能融入他们的快乐之中，最后，他把同情给了自己。

"众人皆醉我独醒"的感觉并不好，最可怜的并不是喝醉的众人，而是那个清醒的人啊！

他可太操心了。

赵铭虽然很想私下找赵含章谈一谈，但想到两个人之前的交流，还是按捺住了这个想法。

罢了，有些事说得太透反而不美，反正他们彼此心中都有数了。

赵铭泄气般给自己倒了一杯茶，还顺手给赵含章倒了一杯，道："三娘好手段啊！"

赵含章不客气地收下了这个夸赞，举杯道："伯父客气。"

赵铭抿了一口茶，再度在心里惋惜，赵治要是还活着该多好，不然把赵含章生成男儿身也好呀！

赵家若有这样的男儿，他可以放百万响的鞭炮庆祝。

赵铭想到在洛阳的赵济和赵奕，闷闷不乐地喝了一杯茶，却差点儿被噎住。

茶可真苦啊，还是酒好喝。

赵淞围着两口箱子转了起来，将里面的东西拿出来，见它们的厚度、透明度都大不相同，不由得好奇道："琉璃和琉璃之间怎么相差这么大？"

赵含章看向傅庭涵。

傅庭涵解释道："材料的配比不同，所以不一样。"

赵淞慈爱地看着傅庭涵，问道："长容啊，这方子，你是怎么得来的？"

赵淞听说傅家并不是很有钱，至少和他们赵家相比差远了。

和擅长经营、存钱的赵长舆相比，傅祗方正、廉洁，一心扑在政务和水利工程上，谁能想到他的孙子竟然知道炼制琉璃的方子，结果没给傅家，反倒在赵家炼制起来了。

赵淞都差点儿怀疑他们祖孙俩的感情了。

傅庭涵道："我是从书上看来的。有的书上记载，火山口爆发之后便会产生琉璃

281

水晶，所以琉璃出现的必然条件便是高温。至于材料，火山口附近的材料都有可能，多研究些，再多看些书，一一排除就好了。"

赵淞和赵铭都被震惊到了，久久无言。

过了良久，赵铭起身走到院子里，站在傅庭涵的身侧，好奇地问道："长容，你平时喜欢看什么书啊？"

"我喜欢看术数一类的书籍。"

当下倒是很少有人喜欢这种书籍。赵铭道："你倒是继承了傅中书所长。"

傅祗最闻名的政绩就是修建了沈莱堰，使兖州和豫州再无水患。哦，这儿就是豫州。

所以傅祗在这里的名声极好，这也是傅长容在这里很受欢迎的原因之一。

他能够在成亲之前就跟着赵含章自由地出入赵氏坞堡，一是因为他孝顺，二是因为傅祗在豫州的好名声。

赵氏坞堡里的人都感念傅祗断绝水患的恩德。

赵铭越看傅庭涵越觉得他温和，再去看正围着他爹谄媚的赵含章，不由得长叹一声，伸手拍了拍傅庭涵的肩膀道："长容啊，我实在不知最后会是我赵氏对不起你，还是你对不起我赵氏。"

傅庭涵沉思片刻，道："伯父，我们两族是姻亲，结的是两姓之好，我与赵氏就不能共赢吗？"

赵铭的目光落在赵含章的身上，他为难地道："我总觉得有些难。"

赵淞已经看完了，回过头，见两个人在窃窃私语，就问道："你们在说什么悄悄话呢？"

赵铭如今的心境又有了进步，所以他更喜欢傅庭涵了，于是道："我说要给长容取个字。"

他扭头对傅庭涵道："我记得翻过年你就十七岁了吧？年纪也不小了，可以提前取字，你若是不嫌弃，我为你取一个字？"

赵含章道："伯父，你说晚了，他已经有字了。"

赵铭问："他取了什么字？"

"庭涵。"

赵铭不解："这是何意？你既取名长容，那应该……"

"我觉得这字挺好听的，读起来朗朗上口。对了，伯父、五叔祖，我也有小字。"

"我知道，"赵淞笑吟吟地道，"你祖父的最后一封信里提过，说是给你取字含章，还让我想办法记到族谱上，不过……"

赵淞一脸为难之色。

282

赵含章表示理解,并不勉强:"记不记到族谱上无所谓,只要五叔祖记得我就行。"

女子连上族谱都不容易,更不要说记名字了。

她能在族谱上落下一笔,行三,名和贞就不错了,再往上添,除非有一天她飞黄腾达到赵氏都要仰望她,那他们就会非常主动地给她添上小字,以及其他各种事迹。

赵铭跟在赵淞的身后进了家门。赵淞直接往正院去,见儿子还跟在他的屁股后面,不由得停下脚步,回头,不耐烦地道:"你又要说什么?"

一路沉思,只是下意识地跟着人走的赵铭回过神儿来,抬头看了一眼他爹:"三娘很聪明。"

赵淞的脸色和缓下来。他说:"那是自然,颇有她祖父之风。"

"儿子是说,她竟然知道刘越石只占了晋阳,"赵铭道,"族里这么多当家郎君,有几个知道刘越石到了晋阳,并州还在匈奴人的手中的?"

赵淞觉得儿子又开始阴阳怪气起来,才和缓的脸色又板了起来:"你想说什么?"

赵铭看他爹脸色变换,往后退了两步,拉开安全距离后,才道:"阿父,人心难测,您对我尚有保留,那对外人更该留心才是。"

赵淞就指着他骂:"你都一把年纪了,还跟三娘吃醋,那是你的侄女,你好意思吗?我怎么对你保留了?家里的哪件事我没告诉你……"

赵铭再一次被他爹骂跑了。

不到半天,赵含章带了两箱琉璃回来的消息就传遍了坞堡。

赵瑚最先带着人找上门来:"三娘,三娘,你允我的琉璃呢?"

赵含章和傅庭涵正在书房里翻这次要带走的书,听到赵瑚的喊叫,不由得对视了一眼。

傅庭涵对应酬一点儿都不感兴趣,低下头道:"你出去应付吧,我再翻一翻书。"

"好吧。"赵含章只能把手上的竹简交给他,"兵书应该还有两册,找出来带上。"

赵含章一走,傅教授就又沉迷于书中。

赵含章到前厅时,赵瑚已经在前厅转了两圈,看见她,立即迎上前:"琉璃呢?"

"七叔祖,您也太着急了。那些琉璃都堆在箱子里,还没被我规整出来呢。"

赵瑚疑惑地道:"堆?"

"是啊,您想要琉璃杯,还是琉璃碗?"

"不拘什么,你都拿出来给我看看,外头的人说你拿了很多琉璃回来,都是你祖

283

父留给你的？"

赵含章让人把最好的几套琉璃拿出来，一一摆在桌子上给他看："七叔祖觉得这质量怎样？"

赵瑚仔细地看了看后点头："不错，我全要了，你作价几何？"

赵含章道："七叔祖觉得值多少钱？"

赵瑚想了想后道："这里一共五套，我一套给你五十金，如何？"

"七叔祖果然大方，但我们两家是亲戚，我怎好要您如此高的价格？"赵含章道，"一套琉璃，您给我十金就好。"

赵瑚惊讶地看向她："你是认真的？"

赵含章点头："我怎会拿这样的事和七叔祖开玩笑呢？"

赵瑚闻言，一脸怀疑地看向桌子上的琉璃。他重新拿起来检查，没发现有什么问题，一时迟疑不定。

赵含章道："七叔祖，您看我像是会坑亲戚的人吗？"

其实有点儿像。赵瑚的心里这么想着，但他不好说出口。

赵含章想了想后，道："其实我也有一件事要求七叔祖。"

赵瑚这才感觉稍微真实了点儿，在席上坐下："说吧，何事？"

赵含章道："我想拿两套琉璃和七叔祖以物易物。"

赵瑚问："易什么？"

"粮食。"

赵瑚道："夏收不是才结束吗？过不了多久就又秋收了，你有这么多田地，还需要买粮食？"

像他们这样的地主，不是从来只会卖粮，不会买粮吗？

赵含章道："我之前的田地丢荒，如今人口又有些多，夏收的粮食不够嚼用，只能从外面买，但从外面买，哪里比得上和族人买方便？"

赵瑚直接点头："行吧，我与你换。我就和你换两套，多的没有了。"

赵含章一脸不相信。她问道："七叔祖有这么多田地，今年的收成还算可以，才出手二十金的粮食，怎么就'多的没有了'？"

"还不是赵铭，非说现在外面的日子艰难，将来局势不定，不许我们把粮食外卖，只能卖给宗族一些，剩下的都要自己存起来。"赵瑚苦赵铭久矣，逮住机会就拉拢盟友，"他仗着他爹代管族中事务，在族里为所欲为。不知道的人还以为他才是将来的族长呢。"

赵瑚压低了声音道："三娘，我知道他对你也有颇多意见，按说，你们大房、二房才是嫡支，你祖父是先族长，你叔祖是现族长，你和二郎说的话在族里还是管用

284

的，要不你让二郎出来说几句？"

赵含章道："七叔祖，二郎年纪小，不懂事，您可别坑他。"

"我这不是坑，我这是为你们着想。二郎要是能驳了赵铭，将来在族中也有威望啊！"

赵含章在心里默默地同情了一下赵铭，觉得他挺可怜的，他带着赵瑚这样的族人在乱世里生存，也挺不容易的，最主要的是还不能把人丢出去。

赵含章将四套琉璃杯推给赵瑚："七叔祖要是想卖粮食换钱，不如直接与我以物易物。我是族人，伯父应该不会拦着您把粮食卖给我。您拿了琉璃杯，再卖出去，虽然拐了一道弯，但目的达成了。"

赵瑚一想，还真是，但四十金的粮食可不少，以现在的粮价，能买……

赵瑚悄悄地掰着手指头算："现在外头的粮价在上涨呢，我也不多要你的，一石麦子一百文如何？那四十金就是……"

哎呀，早知道他把账房带来了。他最讨厌以物易物了，尤其是用这种贵重的东西换廉价的东西，好难算哪！

傅庭涵饿了，走过来，听了一耳朵后道："四千石。"

赵瑚道："这么多吗？"

他看向桌子上的四套琉璃杯，一时有些迟疑。

四千石几乎是他今年夏收的全部收成了。虽然他不缺粮食，陈粮也遗留下来不少，但……

赵含章似乎看出了他的迟疑，道："我可以要一半陈粮，一半新粮，不过七叔祖得多给我一些陈粮。"

赵瑚松开眉眼："多给你一百石？"

赵含章一口应下："成交。"

赵瑚就让人把四套琉璃杯装上，要出门时，才想起来问："你哪儿来的这么多的琉璃杯？"

赵含章冲他微微一笑："以后七叔祖就知道了，您回去让人准备好粮食，到时候还要仰仗七叔祖家的人和我们去一趟上蔡，把粮食送过去。"

赵瑚挥了挥手，表示知道了。

傅庭涵走到赵含章的身侧，和她一起目送赵瑚离开："赵铭会不会很生气？"

赵瑚一家的粮食产量在坞堡里占到前五名，她一下把人家今年夏收的粮食都买走了。

赵铭知道此事时，既不惊讶，也不生气，相比之前已经很有涵养了。

毕竟明天他还要带着赵含章去见卖铁精的人，赵瑚被她买走四千石粮食算

285

什么？

赵铭在心中哼了一声，还是没忍住泄露出两分愤怒之色。待明年青黄不接，难民越来越多，粮价越来越高的时候，有七叔后悔的一天。

不听智者言，吃亏就在不远处。

赵含章在赵淞和赵铭的引荐下见到了卖铁精的人。只是个管事，姓何。

现在的汝南郡太守便姓何。

赵含章下了订单，并且当即买了两筐铁精，然后便和赵淞、赵铭退了出来："五叔祖，这何家与何太守……"

"是一家，"赵铭道，"何太守在汝南郡有十年了，不然你以为谁敢私卖铁矿？"

赵含章道："他这么挖朝廷的墙脚，祖父知道吗？"

"知道。大伯上书弹劾过他，然后命他每年将所得的四成上交给朝廷，而我家也是在这时候与他们搭上关系的。因为大伯的关系，我们一家拿的铁精都比别人家便宜三成。虽然大伯去了，但族长现在被升为尚书令，因此他们没有调价。"

赵含章嘀咕："难怪价格这么低……"

原来他走了后门。

"铁矿在西平吗？"

"不在，"赵铭看了她一眼后，道，"要是在西平，何太守敢伸手？"

在何太守来之前，挖朝廷的墙脚的是地方豪强，他们可不会将所得上交给朝廷。

自惠帝登基，贾后当政之后，天下便渐起乱势，像地方豪强侵占铁矿、盐场这样的事已经司空见惯。

他们家要不是有赵长舆压着，以赵瑚为首的人早就冲出西平，先把值钱的地方占了。

毕竟，赵氏在整个汝南也是数得着的豪族。

也是因此，赵长舆让何太守代为开铁矿，每年将所得的四成上交国库，他就得交。

并不只是因为当时赵长舆是中书令，还因为他是赵氏的族长。

在汝南这块地界上，他不得不考虑赵氏。

赵铭意味深长地看着赵含章道："所以在汝南，赵氏子弟多有便利，这皆是祖宗余荫。享受了祖宗荫德，那我们便要回报祖宗，最起码不能做让祖宗蒙羞之事，这样才能保住我赵氏的威望。"

赵含章连连点头："伯父说的是，所以我们更应该注意像七叔祖那样的族人。三娘也会自省，绝不辱没先祖。"

赵铭道："我会把你的意思转告给七叔的。"

赵淞已经上了马车，见两个人还站在一起嘀嘀咕咕个不停，忙招呼道："还不快上车，再不回家，天就要黑了。"

赵含章欢快地应了一声，走上车去。

既买到了铁精，又开拓了商路，还固定了买卖铁精的人，赵含章可以说是满载而归。

是真的满载而归，她回上蔡时，还带了一队车队，全是给她运送粮食的。

赵瑚并不怎么心疼换出去的粮食，在他看来，到手的四套琉璃杯更值钱。

他打算一套收藏，一套自用，还有两套则卖出去。

赵含章十金就卖给他了，他打算一百金往外卖。

琉璃杯虽美，也稀有，但愿意拿出百金来买的人不多。哪怕他们欣赏的时候惊叹连连，表现出很想买的意思，但真正开价的人却没有几个。

赵瑚费了很大的力气才卖出一套，要不是每次拿出琉璃杯都被人夸，他都不想费这么大劲儿赚这个钱。

赵瑚躺在榻上，呼出一口气，道："这钱也忒难赚了。"

一旁的丫鬟一边慢慢地给他摇扇，一边在心里默默吐槽：一转手就赚了九十金，有什么难的？

她们十辈子可能都赚不到这么多钱，看看赵瑚的这些长工佃户，劳累一年，上交的粮食也不过够他买四套琉璃杯罢了。

而其中一套转出手，赚到的却是他们两年劳作所得。

丫鬟越想越觉得心中酸涩，摇扇的动作也渐渐慢了下来。

"郎主，"管家满头大汗地跑进来，"出大事了。"

丫鬟立即加快了摇扇的动作，竖起耳朵听。

赵瑚还躺在榻上，不太在意地道："什么事值得你这么慌张？"

"于家的三太爷派人把砸碎了的琉璃杯送了回来，说是要与您绝交。"

赵瑚坐起来，道："他是什么意思？我那琉璃杯还能是假的吗？"

"那倒不是。只是外头突然冒出来好多琉璃杯，还有琉璃碗呢，价格一下子就降下来了，说是我们汝南郡内有人烧出了琉璃。"

赵瑚瞪眼："那与我有何干系？"

"琉璃杯的价格下降了呀，差不多品质的琉璃杯，外头就卖十二金到十五金，您这……直接贵了七八倍……"

赵瑚道："我卖的时候，市面上又没有，当时它就值这个价，现在便宜了怪我？没有这样的道理！对了，谁那么有本事烧出琉璃？三娘的琉璃就是向那个人要的？"

"郎主，这就是于三太爷砸杯子的原因啊，烧出琉璃的正是三娘。"

赵瑚气得说不出话来，瞪着管家。管家也默默地看着赵瑚："郎主，此事怎么办啊？于三太爷现在认定您是故意坑他的。"

赵瑚跳脚："赵三娘！她故意坑我！"

赵瑚穿上木屐就往外冲，大有去找赵含章算账的架势。

管家连忙去劝："郎主，郎主，此事可不能闹出去啊，当时三娘把琉璃杯卖给您时只作价十金……"

赵瑚听到这话，在院子里停住了脚步。大太阳照射下来，让他的脸火辣辣的，也不知道他是被晒的，还是被气的。

"琉璃杯都是从上蔡流出来的？"

"不是，只有少部分是从上蔡县县令那里流出来的，大部分是从我们坞堡里流出去的。"管家小声地道，"听说是从五太爷家流出去的，琉璃烧制的话也是从五太爷那房传出来的。"

赵瑚一听，还有什么不明白的？他气得原地跺脚："赵三娘和赵子念合起伙来坑我！"

不然这么长的时间，就算赵含章有意隐瞒，赵铭这里也应该放出风声了呀。

但他们非得等他高价卖出琉璃杯以后才出手剩下的琉璃杯和琉璃碗，还放出那样的风声……

管家着急地道："郎主，这可怎么办啊？于三太爷可不是好相与的。"

赵瑚心痛地道："把另一套琉璃杯给他送过去。"

管家站着继续听吩咐，见赵瑚没话了，不由得疑惑地看着他。

赵瑚跳脚道："我都把另一套琉璃杯给他了，难不成还要我亲自上门赔礼道歉？他爱要不要。他不好相与，难道我就好相与？"

管家便低头退了下去。

赵瑚在原地转了两圈，最后还是气不过，大声喊道："来人，套车！"

他要去上蔡找赵含章算账！

赵瑚说走就走，管家劝不住，只能站在坞堡门口目送他远去。

赵瑚只带了三五护卫便出门往上蔡去。

他们快马加鞭，天黑的时候应该能赶到上蔡的庄园。

赵瑚气呼呼的，时不时地敲打车壁催促："快点儿，快点儿，是你们没吃饭，还是马没吃草？"

赵瑚的话音刚落，车夫就突然拉停马车。惯性使然，赵瑚猛的一下朝前栽去，直接撞到了车夫的后背上。赵瑚气急，大声喊道："混账东西，你在干什么？"

"郎……郎主……"车夫颤抖着声音，指着前方。

288

赵瑚只来得及抬头看了前方一眼。护卫立马便反应过来，跳下马，一边喊，一边扯住马车就要掉头："郎主，是乱军！"

道路不够宽，但护卫顾不得慢慢掉头，直接拉着马车踩到地里，踏着豆子的青苗就掉了头，然后拍了车夫一下："还不快赶车！"

车夫回过神儿来，将鞭子一甩，马车瞬间跑了出去。

护卫们保护着马车，一路跑回去，碰见地里还在劳作的农人，便大声喊叫道："敌袭，敌袭——快回坞堡！"

风吹着沙土扑面而来，护卫们"呸呸"两声继续喊。

很快，他们就不喊了，因为坞堡哨屋上的人也看到了远处飞扬的尘土。

坞堡上的哨卡立即点燃狼烟，然后敲响钟声。

地里劳作的人先是听到了钟声，抬头看向坞堡时，便看到了浓得如同黑墨一般的烟。

地里的人齐齐一愣，然后立即反应过来，扛着农具就开始往家里跑："快跑，快跑。"

有孩子跑掉了鞋子，要回去捡，被大人一把扯住衣服："都啥时候了，你就别要鞋子了。你就光着脚跑，要快！"

赵瑚东倒西歪地不断撞击着车壁，想吐。他扒住窗口，努力稳住身体，探出脑袋往后看，见远处若隐若现的人和马还真是往他们这里来的，不由得破口大骂："哪里来的乱军，竟然敢到西平来撒野……"

赵瑚一行人本来就没走远，回去时又急打马匹，加快速度，很快就到了坞堡门口。

守门的人将另外两扇门也打开了，让马车和农人们都跑进来。

动静很快惊动了赵淞和赵铭。

赵铭急忙换上鞋子往外跑，见他爹穿着木屐就往外走，忙拦住他爹："父亲不如召集族老们商议退敌之策，我去堡门看看情况。"

赵铭骑马便走，到了堡门，发现已经有部曲赶到。从地里跑回来的农人们回到家里便换下衣服，带上武器往外跑。

赵氏坞堡的部曲，战时为部曲，闲时训练，农忙时则要下地劳作。

赵铭登上城楼，此时已经能看见往这边奔袭而来的乱军，十几匹马在前面，后面乱哄哄地跟着步兵，粗略一看，竟不下千人。

赵铭不解："这些人是从哪儿冒出来的？"

赵瑚爬上城楼，扶着石礅喘气："你看清楚了吗？是敌袭吗？"

赵铭没回答。赵瑚自己往前望去，待看到乱军之中有人摇着旗帜，不由得定睛去看，半晌，惊讶地指着旗帜问："刘？哪个刘？怎么还有两面旗帜？另外一个字是什么？"

赵铭的面色微变。他握紧了拳头："我没看清楚，但只要不是匈奴军的刘渊就行。"

乱军渐渐靠近，坞堡大门被慢慢关上，吊桥被吊了起来，赵氏坞堡瞬间成为孤岛一般的存在。赵铭等人隔着一条水渠和前来的乱军对望。

赵瑚正在努力地计算人数，有经验的斥候道："郎君，他们的人数在四千左右。"

赵瑚的心一寒，他差点儿瘫倒在地："我们坞堡里的部曲就一千，算上所有的青壮年，也不过三千多，能守得住吗？"

"七叔先回家去吧，这里有我。"赵铭道，"我已经派了人去县城求救，西平县突然来了这么多乱军，何太守和县令都会派人来救的。"

赵瑚一屁股坐在地上，仰天大哭道："我的运气怎么这么差啊，才被你和三娘坑骗，转眼又遇到这样的事。"

赵铭警告他道："七叔慎言。如今大敌当前，要是乱了军心，休怪我不留情面。"

赵铭将赵氏坞堡的人动员起来，将部曲和青壮年分为两部分，先集结了部曲。

这些年，他们偶尔也会被流民和乱军攻击，但规模都不大，这是第一次毫无征兆地突然出现这么多的乱军。

赵铭怎么也想不通，这些人是从哪里冒出来的？

赵家各处都有庄子、田地，不管这些人是从上蔡方向还是从阳城方向过来，他们都应该收到消息才对。

赵铭转身朝县城方向看去，赵氏坞堡距离县城并不是很远，这边燃起狼烟，县城的人应该会很快收到消息。

这时候，县城的人应该做出反应，要么来救，要么……紧闭城门却敌。

赵铭正在沉思，突然看到县城方向也燃起了熊熊的狼烟。

赵铭的心一沉。他拽着还在哭的赵瑚下了城楼，向部曲下令："据守坞堡，去军备库里把弩机运来。"

"是。"

赵铭拖着赵瑚走了一段。这时，赵淞带着族老们到了："情况如何了？"

赵铭随意指了指边上的一家小饭馆，道："我们进去说。"

等他们进了饭馆，将闲杂人等遣出去，赵铭才道："阿父，西平县也被攻击了，敌人只怕不少。我有些担忧，西平和坞堡，怕是守不住了。"

"西平算是在汝南正中，这么多乱军，他们是怎么悄无声息地进来的？"

赵铭哪里知道。现在已经不是讨论这个的时候了，赵铭道："阿父，当务之急是想清楚，我们是要死守，还是开门将人迎进来？"

赵淞的脸色十分阴沉，他问道："若是开门迎人，你觉得赵氏能保全？"

赵铭道："保得了一时，保不了一世。我们不能舍弃妇孺，男子也不能断了脊梁。"

赵淞的目光扫过其他人。

有人叹息道："那便守吧。"

"守吧。"

赵瑚骂了两句："乱军不就四千多人吗？我们坞堡的壮丁也差不多有这么多，怕他们吗？"

赵铭没说两边的差距，继续道："既然死守，那就趁着外面的乱势刚起，把火种送出去吧。"

"送去何处？"

"送去灈阳何太守处吧，请他派人送去洛阳，投奔族长。"

赵铭道："不，送去上蔡，交给三娘。"

不一会儿，坞堡大门外传来震天的喊杀声，赵铭写了一封信，交给部曲，转身去了城楼，而赵淞则把挑出来的三个少年和一个五六岁的小女孩儿交给一队部曲，让他们带着四个孩子从坞堡的另一处离开。

赵瑚还是不解："何至于此？乱军就四千多人，我们难道守不住坞堡吗？"

赵淞沉着脸道："不一样，他们是亡命之徒。"

坞堡外的沟渠并不宽，虽然人跳下去后比较难爬上来，坞堡上还有人射箭、投石，但这些乱军一身褴褛，面黄肌瘦，显然已经被逼到绝境，他们此时只看得到坞堡，一点儿都不惧生死。

尸体填满了沟渠。有人直接踩着尸体跨过去，还有人从附近砍了木头来，扛着架在沟渠上，还没来得及走过去就被箭射杀……

人还未倒下，就被身后的人一把推开，然后那人踩着木头跃过了沟渠。马上的大汉挥刀大喊道："第一个冲进坞堡的，我许他吃不完的白米饭，里面有鸡，有鸭，有钱，还有女人！冲呀——"

这话一喊出口，众士兵的眼睛变得通红，迸发出一股狠戾之色。他们"嗷嗷"地叫着往坞堡冲去……

赵铭不断地让人补充箭矢和石头，见已经有乱军冲到城楼下，正在撞击大门，立即道："取滚油来！"

一桶一桶烧开的热油被倒下去，洒在撞击城门的乱军的身上。赵铭面不改色地让人投下火把，坞堡下顿成一片火海。

乱军的哀号声响起，一直紧攻不退的乱军总算有了些理智，往沟渠外退了一些。

赵瑚看得哈哈大笑，乐道："我们都没损失几个人，他们便死了上百人，怕什么？"

赵铭瞥了他一眼，虽然很想把人从城楼上丢下去，但念着军心，还是没动手。

赵淞并不乐观，其他族老也面色阴沉。他们看着不肯退去的乱军，又回头看向县城方向。

那里浓烟滚滚，火光冲天，看着比他们这里的动静大多了。

有人道："不知县城那边的敌军多不多？若是县城被攻下，他们肯定会转头对准我们。"

族老将赵瑚拉到一旁，道："子念侄儿正烦着呢，你别在这里吵他，若真的为宗族好，你现在就回去把家里的下人召集起来，回头守城时说不定用得着。"

"就是，这两年被乱军和流民军攻下的坞堡还少吗？说不定什么时候，我们就和他们一样被灭族了，你还在这儿添乱。"

"我怎么添乱了？别的宗族会被灭，我们赵氏能被灭吗？"赵瑚道，"我的儿孙都在外面呢，洛阳还有二房一家，你们净会往坏处想，就不能往好的方面想？"

一群加起来几百岁的中老年人就这样在城楼的一处角落里吵了起来。

赵铭懒得理他们，盯着乱军中的另一面斑驳的旗帜，终于认了出来："石？"

他的眼睛微微瞪大："石勒？"

"谁？"赵淞上前，"流民军中的羌胡石勒？他不是在冀州吗？怎么跑到我们汝南来了？"

而同时燃起狼烟的不只有西平，连距离上蔡不是很远的灈阳也燃起了狼烟。

而且因为何太守就在灈阳，灈阳的狼烟以最快的速度被传递点燃。赵含章正在山坡上陪傅庭涵练骑术，看到远处燃起的浓黑色烟雾，一开始还没反应过来："天干物燥的，这是哪里起火了吗？"

来陪他们练手的季平扭头看了一眼，面色大变："女郎，是狼烟！"

赵含章脸上的笑容凝滞了。她看向狼烟的方向，问道："那是灈阳？"

迟疑间，傅庭涵突然指着另一个方向道："那里也有。"

赵含章转头，看到远方层层递进、慢慢燃起的狼烟，瞬间握紧了手中的缰绳："是西平。"

赵含章控住马，对左右道："你们去请汲先生和千里叔。"

然后她对季平道："季平，你派人去县城看看。"

吩咐完后，赵含章和傅庭涵二人快马加鞭地赶回了别院。

别院的部曲们都看到了远处的狼烟，但因为距离他们还远，众人并没有太大的

292

反应。

只有汲渊和赵驹赶了过来，因为他们看到了西平的狼烟。

"西平和灈阳怎会同时燃起狼烟？"赵含章很不解，"洛阳已经收回，乱军退去，匈奴军也撤了，处于洛阳东南的汝南郡应该是最安全的呀。"

汲渊道："若是退去的乱军和匈奴军没有北上，而是南下了呢？"

傅庭涵道："数据太少了，现在不论你们谈什么，都是猜测，可分析性很低。我们还是想想怎么办吧。上蔡就在灈阳和西平之间，两地不管失了哪一地，接下来上蔡都会直面敌人。"

赵含章道："现在我们没有围墙，甚至连兵器都不够，只有粮食和金钱，这在别人的眼里就是只肥鹅，若真让敌军到达这里……"

那他们就只能再次逃亡了。

但好不容易安定下来，一切刚开始起步，让赵含章就此放弃，她说什么也不甘心。

赵含章看向汲渊："汲先生，我们得守住上蔡，守住这个庄园。"

"那只能将敌人留在灈阳和西平。"

"灈阳有汝南驻军，还有何太守在，一时半会儿不会被攻下。"赵含章道，"西平则有赵氏坞堡，不知道他们怎么样了。"

汲渊听出了赵含章的言外之意，问道："三娘想去西平？"

赵含章点头。

"可我们就这么点儿人手，即便将所有的壮丁都算上，也不过千人之数。"

"我们还不知道敌人有多少，先生何必泄气？"

"不管是西平还是灈阳，能让他们如此急切地点燃狼烟传递消息，说明他们所遭遇的敌人一定不会少，也不会弱。"

赵含章已经做出决定："我得去看看，不仅仅是因为要把敌人挡在上蔡之外，还因为宗族在西平啊。狼烟已起，族人遇难，我如何能当作不知？"

傅庭涵道："我帮你。"

赵含章一听，立即下令："千里叔，集合所有部曲，每人带足三天的干粮，一个时辰后出发。"

赵驹起身应下："是。"

汲渊见她打定了主意，便道："既然如此，汲某就走一趟上蔡县，为女郎助一把力。"

上蔡县里正一片混乱。柴县令看到狼烟，下意识地便要人封闭城门，还是常宁拦住了他。常宁提议道："县君此时应该派人去灈阳和西平打探消息，联合新息、南安等县驰援灈阳和西平。"

"灈阳和西平燃起狼烟，我们上蔡位居两地中间，再出借兵马，一旦敌军攻入，我们岂不成了待宰羔羊？"

常宁道："若是灈阳和西平都挡不住敌军，我们上蔡又怎能挡住？我们不如在灈阳和西平击退敌人。"

柴县令不听。

局面正混乱着，汲渊带着人推开衙役，大步走进来："县君，快大祸临头了，您怎么还在上蔡？"

柴县令——这位赵长舆曾经的幕僚，看到汲渊，下意识地弱了声音："什么大祸临头？汲先生莫要在此危言耸听。"

汲渊道："县君难道不知有乱军在进攻灈阳和西平吗？一旦两地被攻破，那上蔡危矣。"

"灈阳有何太守，西平有赵氏，岂是那么容易被攻破的？"

"县君可知进攻两地的乱军是从哪里来的？"

柴县令哪里知道，两地都只来得及点燃狼烟，消息肯定还没送出来，就是送了出来，送到他的手上也需要一段时间。

狼烟是一地发生战事后需要求救而点燃的，每隔一段距离便有一处狼烟的据点，镇守哨卡的人看见狼烟，便会点燃自己把守之地的狼烟，就这样一层一层地向外传递，既是示警，也是求救。

但具体的情况，敌人是谁，有多少敌人，这些是狼烟传达不出来的，还得等信报。

汲渊看他真的什么都不知道，既失望，又庆幸，于是拉着他开始忽悠起来："是匈奴的大军！"

柴县令一下子瞪大了双眼，大声道："这不可能。"

"为何不可能？你真以为匈奴军是被人打出洛阳的吗？"汲渊道，"他们不过是将洛阳洗劫一空，抢无所抢，所以才走了。东海王一心只为手中的权势，根本舍不得拿大军与匈奴军硬磕，等匈奴军撤退了才回京。洛阳一战，匈奴军士气大增。他们灭我中原之心从未变过，连京城他们都打进去了，还怕什么？所以他们一退出洛阳便开始南下，这是想要争抢中原之地啊！"

柴县令一屁股跌坐在椅子上，相信了。就连常宁都没发现汲渊是在骗人，还以为他有特殊的消息渠道，忙问道："那怎么办？"

"如今我们只有一个办法，派援军去灈阳或西平，将敌人挡在上蔡之外。"

"朝廷大军都拦不住的匈奴大军，就凭我们，拦得住？"

294

汲渊便将柴县令拉到一旁，压低声音道："县君何必拘泥于一种结果？派出援军，您进可攻，退可守。"

柴县令一脸不解地看着汲渊。

汲渊便小声地道："您派出了援军，若是挡住了敌军，您有一份功劳；若是挡不住，战事在上蔡之外就已经结束，敌军进来，您手中既无兵马，自然守不住城，那为了全城的百姓降城，大晋的文人士族也要赞您一声能屈能伸。匈奴的左贤王刘渊有招贤的美名，您若降，他必以礼相待。县君这不就是'进可攻，退可守'吗？"

柴县令的眼睛一亮，他竖起大拇指道："先生之计妙啊！"

汲渊谦虚地笑了笑。

柴县令又问："那先生觉得，这援军，我该派往何处？"

汲渊道："灈阳有何太守，又有驻军，其他各县看到了狼烟也会去救援，倒是西平，县中驻扎的兵士不多，即便有赵氏在，对上匈奴大军也有些困难，县君不如派人去西平。"

他又道："正巧我家女郎也要去西平支援族人，县君千金之躯，又要看守县城，自然不能轻易离开上蔡，何不将这些兵马交给我家女郎带去？"

"这……"

"当然，我家女郎也愿意带着麾下部曲听从县君的调遣，到时候上面的人问起来，便说都是县君的人马、县君的功劳。"汲渊道，"我家女郎是女子之身，要功名无用，她不过是有一颗柔软之心，放心不下西平的族人罢了。"

柴县令立即答应了："好！"

汲渊退后两步，深深地作了一揖："县君大德，汲某先代我家女郎和西平的赵氏谢过了。"

柴县令被谢得有些飘飘欲仙起来。

常宁在一旁默默地看着，并不提醒柴县令，这批兵马给出去，很有可能会"肉包子打狗——有去无回"。

赵含章此举虽有私心，但的确是去救西平，救了西平就是救了上蔡。

汲渊说得不错，西平和灈阳任何一城守不住，下一个就是上蔡。

而上蔡必定挡不住进来的乱军，到时候要么被灭城，要么投降，已经没有第三条路走了。

既然如此，何不选择汲渊提供的这一条路呢？

不过，他得确保赵含章拿到这批兵马后是真的去救西平，而不是逃跑。

所以常宁拉住汲渊，道："汲先生，赵三娘去西平救人，那别院里只剩下寡母与弱弟了，她为县君奔忙，县君不能一点儿表示也没有，不如这样，让赵夫人和赵二郎君搬进县衙来，有县君在，可保夫人和郎君安全。"

汲渊的笑容变淡了一些，他想了想后，缓缓点头："也好，不过就不必住进县衙了，夫人和二郎君还在守孝，多有不便。县君若有心，不如在县衙附近找个别院安顿我们夫人和二郎君？"

柴县令看向常宁，待他微微颔首后，才笑道："好极，好极，就在县衙边上吧，那里正好有个别院，到时候，我让家中娘子去与夫人做伴儿，也免得夫人和二郎君害怕。"

汲渊应下，提醒道："我们女郎即刻便要启程了，这兵马……"

柴县令道："我立即召集。"

赵含章往身上绑了三天的饼子，又给水囊灌上水，拿上长枪便要走，她想了想，又转身将那把剑给带上了。

王氏听说赵含章要去西平救人，忙拉着二郎赶来，也不说话，就站在门口痴痴地看着她。

赵二郎却很兴奋，想要挣脱他娘："阿姐，我跟你一起去。"

赵含章拍了一下他的脑袋："下次带你，这次我先去给你探路，你在家好好地保护母亲。"

赵含章说罢，看向王氏，对她点了点头，道："我要走了，您多保重。"

王氏的眼泪簌簌而落："我本以为回汝南会好转，谁知道战乱竟会蔓延到这里来。"

赵含章给她擦了擦眼泪，道："阿娘，如今这天下哪儿有一片净土？您放心，我会安全回来的。"

傅庭涵也穿好了盔甲，盔甲有点儿重，他很不习惯。他走过来找赵含章，站在台阶下等她。

赵含章看见他，对王氏点了点头，拿着剑便朝傅庭涵走去。

她伸手将剑递给傅庭涵。

傅庭涵看着她手中的长剑，顿了一下才接过："我不太会使剑。"

"没事，就是给你防身用的，手上有个趁手的家伙总比啥都没有强。"

傅庭涵就收下了剑，和赵含章一起去见召集起来的部曲。

季平已经从县城里回来了，道："属下在县城里逛了一圈，还和县衙的人打探过，但他们也不知道敌军是谁、有多少人，我回来时，看到汲先生进了县衙。"

赵含章点了点头，看了看时间后，道："我们再等一等汲先生，半个时辰后，他要是还不回来，我们就先行出发。"

"是。"

296

赵驹走上前道："女郎，部曲已经召集齐了，一共七百八十人。"

他顿了顿，问道："要不要把庄园里的壮丁都收编带上？"

赵含章想了想，摇头："我们收他们时就没说要让他们做部曲，他们又才进庄园没多久，忠诚度不够，这时候让他们上战场，弊大于利。"

一旦有第一个人逃跑，那军心就会涣散。

"而且，他们没训练过，上了战场也是送死，白添一条人命罢了，就让他们留在庄园吧。"赵含章沉吟片刻，道，"走，我与你去见一见他们。"

因为不确定赵含章要带走多少人，所以赵驹把全庄园的成年壮丁都招了过来，赵通此时正在安抚惶恐的庄丁。

看到赵含章，庄丁们慢慢安静下来，面色凝重地回望着她。

赵含章的目光从他们的脸上一寸一寸地扫过，她高声道：

"我就要走了，此去是为了救族人，也是为了救我们！

"西平之后就是我们上蔡，一旦西平被攻破，那敌军进上蔡就如入无人之境，而我们的庄园连个壁障也没有，到时候便只能引颈就戮，你们甘心吗？"

有庄丁小声地回答："不甘心。"

赵含章大声问道："这庄园里除了你们，还有你们的父母、妻儿、兄弟姐妹，我问你们，你们甘心坐以待毙吗？"

"不甘心！不甘心！"庄丁们被她问得心头一颤，也忍不住大声地回应她。

"很好。那你们就在此守住庄园，守住你们的家人！上蔡是个好地方，这里有地、有水，我们才建起来的房子、才安定下来的生活，绝不能就这么让人破坏了！在这里，你们敢不敢守？"

"守，守——"

赵含章微微点头，回头对赵通道："庄园这边，我就交给你了，你若有事无法决断，就去找汲先生。"

赵含章转身去见召集起来的部曲，他们已经准备好了。和庄丁们不一样，他们自决定做部曲以来，便知道总会有这一天。

赵含章也知道他们知道，但还是说道："此去西平，我们不仅是为西平而战，为上蔡而战，也是为我们自己而战！"

她道："你们练兵也有一段时日了，这一次便是检验你们的机会。我只希望你们记住，在战场上，不听号令者最先死亡，而后便是惧死者。我问你们，你们怕死吗？"

"不怕，不怕！"

赵含章满意地颔首，看了一下时间，觉得差不多了，挥手道："我们走！"

傅安将马牵过来，赵含章和傅庭涵上马。

他们的马不多，也就五十八匹，剩下的全是步兵，赶路全靠两条腿。

赵含章踢了踢马肚子，压着速度跑在最前面。傅庭涵跑在她的身侧，问道："你打算怎么打？"

"到了地方再说。但我们就这么点儿人手，硬碰硬肯定不行。"话音刚落，赵含章看着前方跑来的兵马，"哟"了一声，"好像又不止这点儿兵马了。"

汲渊带了小二百人跑来，其中有二十几匹马。

双方靠近后停下，汲渊和常宁带一人上前来："三娘，县君大义，决定派兵马去援助西平。"

赵含章压低声音问道："就这点儿人手？"

汲渊也压低了声音："不少了。上蔡县的兵本来就不多，县君还得留下一部分人守城门，不过我此次去不只是为了兵马。"

他清了清嗓子，高声道："县君知道女郎也有意去西平救援，只是缺少兵器和马匹，因此特手书一封，许你们去马场取马，再给你们一百套军备。"

赵含章一听，眼睛微亮。

她现在缺的是人吗？

她现在缺的就是军备啊，知她者，汲先生也。

马场距离他们的庄园有点儿远，但正好在去西平的路上，所以汲渊只带来了一百套战备，马需要他们自己取。

赵含章一挥手，让赵驹带着人上去分战备，她退到一旁，对常宁表达了感谢，也顺势表明这次的功劳都属于大义的柴县令。

常宁笑了笑后道："赵三娘客气，大义的是三娘，该县君谢三娘才是。"

他看了一眼汲渊后继续道："所以也请三娘放心，我们会好好地照顾赵夫人和二郎君的。"

赵含章看向汲渊。

汲渊就凑上前小声地道："他们要二娘子和二郎住到城里去，以做人质。汲某斗胆替三娘答应了。"

赵含章瞥了汲渊一眼，几不可闻地道："先生很懂嘛。"

汲渊也压低了声音回答："事急从权，谭中不就是不懂这个道理，所以让二太爷错失上任族长以来的第一次收服民心的机会吗？"

"您倒是懂得举一反三，"赵含章没有责怪他，而是后退两步，冲他长揖一礼，"家母和小弟便托付给汲先生了。"

汲渊忙躬身回礼："子渊必竭尽所能，不负女郎所托。"

298

赵含章当着常宁的面道："我也不会辜负先生和县君的，还请先生告知县君，在上蔡城中等我的好消息。"

甭管成不成，她先把牛皮吹下，安一安众人的心。

上蔡的马场并不大，这里毕竟是中原，养的马也只供应汝南郡，但赵含章的运气不错，此时正是秋天。

因为马匹一般是秋末交往各县，现在还没来得及交，所以马场里的马很多。

赵含章带着柴县令的手书进入马场取马，养马的魏马头儿看了一眼手书，道："上蔡县可取马十匹，你们且等着，我去给你们牵出来。"

"等等，"赵含章横枪挡在马头儿的身前，"这马场里现在有多少成马？"

魏马头儿戒备地道："不管有多少，你们上蔡县都只能取十匹，剩下的是郡守和各县的份额。"

赵含章一脸严肃地道："事急从权，现在濯阳和西平都燃起了狼烟，为了救郡守，这些马，我们都征用了。"

魏马头儿瞪大了眼："你是谁家的女郎？哪有女子领兵的？我不知道你们上蔡县要做什么，能给你十匹马就算不错了，你竟然还想全拿。"

赵含章道："我乃西平赵氏三娘，这马，我先征用了，打完这一场仗，我等若有幸活着，一定把马归还。"

魏马头儿一听她是赵氏的人，顿时噎住了，但依旧挡在他们的身前："不行，距离交马时间还有月余，被你们拿走了，我拿什么交差？"

"城池要是丢了，你跟谁交马？"

赵含章冲身后的人一挥手："赵驹，带人去取马，把所有成马都牵出来。"

"是！"

赵驹立即带着一百来个人冲进马场。

马头儿带着差吏们拦，但整个马场算上马头儿也只有十来个人，赵含章带着近千人在此，马头儿他们根本拦不住。

不一会儿，赵驹就从马场里搜出一百零八匹成马来，还找出了十几套马鞍，当即将马鞍套上马。

赵含章也不嫌弃剩下的马没有马鞍，当即按照之前训练的成绩将马发给部曲们，还匀了二十匹给驻军。

带着士兵们在后面静静看着的陈队主一愣，诧异地问道："我们也有？"

赵含章道："这些马没有马鞍，你们骑马没问题吧？"

陈队主立即回道："没问题。"

赵含章便微微点头："没有问题就好。你们骑上马走吧，等到了地方，听从号

299

令。我们的目的是击退敌军,不许他们踏过西平,到达上蔡。"

陈队主一听她不只是为了救赵家,面色和缓了许多,他郑重地点头:"某等必定竭尽全力。"

魏马头儿见局面已不可挽回,一屁股坐在地上,拍着大腿痛哭。

赵含章见他哭得可怜,就随手把腰上系的玉佩摘下来扔给他:"你哭什么?之后你拿着这玉佩去赵家庄园找我或汲先生说明此事,我们要是给不了你马,可以给你几套琉璃,到时候你拿着琉璃去打点,多少有点儿用处。"

于是魏马头儿的哭声停了。

赵含章回身冲众人挥手:"我们走!"

添了这么多马,行军的速度就快了许多。赵含章决定带五十骑和傅庭涵先走,赵驹带着剩下的人急行军。

她尽可能多地挑选弓箭带上,和赵驹点过头后,便上马先行一步。

季平和部曲们拱卫赵含章和傅庭涵向西平而去。天色渐暗,他们连水都没喝,想要尽快到达西平。

黑暗中,赵含章听到了对面传来的马蹄声,勒住马,轻声止住后面的队伍。

季平竖起耳朵听了听,没听出什么来:"三娘,你是不是听错了?"

赵含章下马,趴在地上听,片刻后起身:"有人来了。"

季平也趴着听,听出来了:"可能有十几匹马,速度还极快。人应该快到了。"

赵含章挥手,让众人在路的两边隐蔽。

傅庭涵道:"有可能是逃出来报信的人。"

赵含章也希望是。等了一会儿,马蹄声渐近,天虽然黑了,但在月光之下,他们还是隐约看到了疾驰而来的十几匹马。

因为不知是敌是友,所以季平先吹了一声口哨示警。等来人戒备地停下,季平才跳出来问道:"你们是何人?从何处而来?"

赵家的部曲被吓了一大跳,还以为遇到了打劫,但听这问话便知不是打劫。因为若是敌手,哪里会先示警,才问话,直接使用绊马索,把他们乱刀砍死不好吗?

因此,为首的一人立即喊道:"我等是西平赵氏的人,你是何人?"

季平问道:"赵氏坞堡的?"

"不错。"

季平点上火把,和手下小心翼翼地上前。马上的人也很紧张,手紧紧地按在剑上,但火把一亮起来,他看见季平的脸,便将手一松:"季平!"

季平闻言,快步上前查看,觉得人有些眼熟,但没认出来。不过他一眼就看到了这个人怀里护着的一个小少年:"这是四房的小郎君。"

300

季平跟在赵含章的身边时见到过，于是他立即回头："女郎！"

赵含章从黑暗中走出来。赵氏的部曲看见她，眼眶不由得一红，他立即抱着孩子下马行礼："三娘，坞堡有难，五太爷遣我等护送郎君和女郎来投奔您。"

孩子们看见赵三娘，更是直接放声大哭。

他们中年纪最大的十二岁，已经可以自己骑马，最小的只有五六岁。

这半天的奔逃让他们的心中恐惧不已，虽然他们和赵含章也不是很熟，但知道她便是他们将来的依靠，所以一见到她便忍不住哭了起来。

赵含章上前摸了摸他们的脑袋，扭头问部曲："是谁攻打坞堡？有多少人？"

"来人带着刘渊的旗号，但衣衫褴褛，看着不似匈奴人。"部曲顿了顿后道，"我们逃出来时还看到一面旗帜，上面似乎是石字，大约有四千人，但县城方向还有敌情。铭郎君说，一旦县城失陷，坞堡不可能独安，所以让我等把小郎君们送出来，请三娘保留赵氏火种。"

赵含章道："我带了援军出来，你们先行往庄园去，让赵通带你们进县城找汲先生。"

部曲扫了一眼赵含章身后的几十人，跪下道："三娘，那些乱军正在闹饥荒，已没了人性，还请您以家族为要，不要与他们争一时之气啊！"

他就差说赵含章是以卵击石了。

"我们这五十骑是先行的，后面还有千人呢。"赵含章道，"你先走吧，路上遇到赵驹就示警一下，别自己人打起自己人来。"

部曲一听后面还有千人，不劝了，起身应了一声"是"。

赵含章摸了摸几个孩子的脑袋，特别是那个小姑娘的，她弯腰对上小姑娘的圆溜溜的眼睛，道："别害怕，让部曲叔叔带你去庄园好不好？"

小姑娘的眼中还含着泪水。她却没让它掉下来，忍着眼泪，小声地道："我是我们六房的大娘，我阿父说，我就是我们这一房的根，所以不能哭，要坚强。"

赵含章摸了摸她的脑袋："好姑娘。"

赵含章他们到达西平时已是深夜，但坞堡那里依旧喊杀声震天，火光照亮了半边天。

赵含章他们悄悄过去，靠近了一些才发现，坞堡附近的豆子和没来得及收割的些许水稻都在燃烧。

这地方水稻种得不多，基本上是麦子，剩下的就是各种豆子和瓜了。此时正值秋收，这一把火下去，秋风再这么一吹，地里的豆子基本上就毁了，更不要说水稻了。

赵含章看着都心疼，更不要说坞堡上的人了。

所以坞堡上的人一边往下面扔石头，一边大声辱骂，许多赵含章听都没听过的污言秽语飘荡在田野间，久久不散。

赵含章的目光落在两面旗帜上。顺着旗帜，她看到了一个离得不远的壮年男子。他的身材很高大，在一众瘦小的乱军中很是显眼，他正紧盯着不远处的坞堡。

打了一天，他们早已疲惫不堪，但他们不能停下，他知道，对方更加疲惫。

他的眼中满是兴奋之色，他抽出大刀，仰天大吼，重新将乱军集结起来："他们守不住了。只要我们再进攻一次坞堡，这整座坞堡就是我们的了。你们看这沃土，看这高耸的坞堡，里面有数不尽的粮食和金银财宝，所有的人跟我冲啊！"

赵含章看到摇摇欲坠、满是红色血迹的坞堡大门，还看到了堆积在城墙下的尸体，便知道乱军曾经进攻过坞堡。

"坞堡上的人守不住了，"赵含章看着坞堡上的反击的频率，低声道，"现在这个时候，正是人一天里最疲惫的时候，他们又打了一天，不管是心理还是身体，都达到了极限。"

她耳尖，虽然离得远，但依旧隐约听到了石勒在动员乱军发起最后一次进攻。

她握紧手中的长枪："来不及了，我们先干扰一下乱军，拖住他们的总攻。"

傅庭涵道："我们只有五十二个人，不能深入，只能从旁边穿插。"

赵含章点头道："我知道。你带两个人留在这里，我带其他人行动。"

傅庭涵一把拉住她："我和你一起去。"

"你留在这里替我看看，要是被'包了饺子'，你记得给我们示警。"

傅庭涵一想，还真是，毕竟他们是第一次打仗，身在其中，万一不注意，被人"包了饺子"怎么办？

他松开手，低声道："那你注意安全。"

赵含章应下，翻身上马，留下傅安和两个部曲保护傅庭涵，然后说道："其余人等随我冲锋，走——"

石勒发表完进攻前的讲话，就挥舞着大刀，带着人朝坞堡冲去。

城楼上的人已经没什么可以扔的东西了，他们连木头、家具等都往下砸了。

见乱军再次冲来，疲惫的赵铭沉声道："走，我们下去迎敌。"

众人低低地应了一声"是"，正准备跟着赵铭下去。突然间，黑暗中，一支骑兵飞出，进入火光映照的战场，赵含章一马当先，将手中长枪一扫，一人来不及反应便被划了脖子……

敌军后方顿时大乱。

坞堡上的人顿时精神一振，大叫道："郎君，是援军！"

赵铭扑上前，扒着城墙往远处看："哪儿来的援军？"

有视力好的部曲勉强认出了马上的人，大叫道："是三娘，是三娘。郎君，是三娘带援军来了。"

赵铭瞪大了眼睛，忍不住狠狠地拍了一下墙头："胡闹，她只有一百多个部曲，来这儿送死吗？"

赵铭等人很快发现，她带来的人好像还没有一百个。

赵含章并不深入敌军，只带着季平等人在后方穿插，他们是骑兵，骑兵对上步兵有天然的优势。

她一路冲杀，杀了四五个人后便冲出敌军的圈子，跑到了田野上，然后掉转马头，等人会合后，又迎着冲杀过来的敌军杀去……

赵含章才学了两三个月的枪法，但她天赋高，又有技巧，一点一刺一扫，招招毙命，再加上她不恋战，乱军刚围上来，她就加快速度冲锋，让他们近不了身。

步兵对骑兵若是不能形成合围之势，基本上没有胜算。

石勒看到后方受损严重，目眦欲裂，但他还算冷静，见他们的人数少，便高声道："从中部断开，后面的人围住他们，前面的人继续跟着我冲，拿下坞堡，骑兵也拿我们没办法。冲呀——"

坞堡上的赵铭握紧了拳头，转身往楼下去："召集族中的所有青壮年，出城迎敌！"

赵氏一族的男丁都等在街道上，乱军三次冲杀进城，他们虽然都将人挡在了城门口处，没有让乱军混入主街，但依旧死伤惨重，部曲十不存三，现在拿着刀剑的大都是姓赵的。

赵铭下楼后，看着自己的人，沉声道："所有人，拿起手中的武器，与我出城迎敌，务必将乱军击退！"

摇摇欲坠的大门被打开，赵铭拿着剑，率先冲了出去。才冲了一轮的赵含章勒住马，回头看见大门被打开，眼睛瞬间瞪大，她大叫道："不许出城——"她的大部队还没到呢，完全没到冲杀的时机，他们出来干什么？

赵含章掉转马头，纵身冲去，想要吸引更多的乱军。

傅庭涵一下子站了起来，看着赵含章冲进敌军，不禁急得团团转。片刻后，他回头看向傅安三人。傅安被他看得往后仰："郎……郎君……"

"疑兵之计，我们走！"

石勒根本不怕赵铭等人迎敌，怕的是他们躲在坞堡里。石勒一看见赵铭，便浑身兴奋起来，举着大刀冲在了最前面。一般庄户在他的手下就是一刀一个，也就经过训练的部曲能抵挡几招。

而他身后的乱军虽然打了一天，身体很疲惫，但他们已经别无选择，眼见着大门打开,他们就跟打了鸡血一样,一扫脸上的疲惫之色,两军混战起来。

赵含章用长枪一扫,将挡在身侧的乱军扫落,扯了一下缰绳,让马蹄扬起,踢倒挡在马前的人,然后马匹一跃便靠近了沟渠。

季平见她竟如此深入,忙带着人紧随其后,大声喊道:"三娘,后撤!"

赵含章没理他,因为她知道这些乱军已经是背水一战,赵铭一出来,赵氏部曲的士气就被压制了,狠劲儿不足,他们完全是出来送死的。

当下她只能让石勒的计策失效,激起乱军贪生的念头,才有可能与之一战。

赵含章心里焦急,手中的枪却不停。她一枪插进一人的胸中,将其狠狠地往前一推,挡住他身后的三人后,冲着前面大声道:"石勒,你敢出来与我一战吗?"

"早就听说你凶猛非常,含章久仰大名。听说你在赵氏坞堡放肆,我特意来寻你,欲与你一战。"赵含章一边清空围上来的乱军,一边大声道,"石勒,此时不战,可就没机会了,我大军将至,到时候,你可就没机会与我一对一地对战了!"

石勒没发现她是个女的,但回身一瞥时,看出她才十来岁,这时候的少年人本就难分雌雄,虽然她长得挺秀气的,但大晋士族里长得秀气的少年还少吗?比如面如冠玉、闻名天下的卫玠。

所以石勒不想搭理她,一刀砍杀了一人,朝着赵铭冲去,中途被两个部曲挡住。

赵含章还在喊:"石勒,你不敢吗?我可杀了你十多人,孬种,还是羯胡呢,白长那么大个儿!"

在赵含章的身后为她掠阵的季平此时快哭了。三娘骂得这么狠,他们还能冲出去吗?

石勒果然被骂得一股无名火直往上蹿。他一脚将部曲踢开,见赵铭被人护着往后退,已经退到了部曲们的后面,他一时追不上,干脆提刀回身冲赵含章杀来。

他踩着沟渠里的尸体飞跃过来,朝着马腿便挥刀砍去。赵含章将缰绳一扯,马灵巧地往旁边一蹦,赵含章侧身刺出一枪……

石勒这一刀没砍中赵含章,身子顺势在地上一滚,同样避开了赵含章的这一枪。他翻身而起,抬刀挡住季平扫过来的一刀。他的力气极大,刀顺着刀身往上一削。季平心中害怕,一下子松开了刀柄,堪堪保住了自己的手掌。

石勒却顺势一把抓住季平的胳膊,狠狠地一拽,一下就把季平从马上扯了下来。

赵含章一枪刺空,手中的长枪灵活地一转,划过旁边的一个乱军的脖子,马顺势转弯,正要突围出去,余光看见身后的季平被拉下马,赵含章立即回马一枪,"当"的一声,挡住了石勒砍下去的一刀。

季平在地上打滚儿,总算逃过一命,但被乱军围住了。好在他们的人就在边上,很快上来救援。一个部曲伸手拉住他,将他拉上了马背。

304

而赵含章已经和石勒打在了一起。她的力气不及他的,但好在她灵巧机变,出枪的速度极快,就算石勒抢了马,能够和她面对面作战了,一时之间也讨不到好。

两个人正打得起劲儿,一匹快马从远处冲来。马上的部曲远远地大叫道:"女郎,女郎,我们的大军到了!"

石勒一惊,看向赵含章。赵含章的眼里迸射出亮光,傅教授果然懂她!

赵含章见石勒看过来,便颇有兴致地盯着他道:"石勒,敢不敢出去与我一战?我们一对一!"

石勒这才发现她是个女郎,又惊又疑:"你是哪家的女郎?"

赵含章抽空杀了一个冲上来的乱军,想要打出一条突围的路来,俏皮地回答他:"你猜?"

那个部曲没有靠近,连着喊了三声后又掉转马头,大声喊道:"属下去给他们领路!"

石勒一边和赵含章交手,一边顺着那匹马的方向看去。影影绰绰间,他只见林中树摇鸟飞,动静不小。

赵含章见石勒出刀迟疑,便大声道:"怎么,你怕了?放心,我不叫大军出手,只与你一对一。"

乱军听到她的喊声,也下意识地看向远方。有人眼尖,看见火光的阴影下人影闪动,还有不少"唰唰"的声音,就像人跑过庄稼地里的声音一样。

衣衫褴褛的士兵们顿时心生绝望,这是不饿死也要被砍死的节奏啊!

石勒好不容易才活到现在,同样不愿死。他一刀砍向赵含章,待她后仰避开后,便立即掉转马头,招呼乱军:"我们退!"

乱军顿时一窝蜂地退走,混乱间,又死伤了不少人。赵含章追了一段,见他们跑入田地里消失不见,就不追了,立即转头回去。赵铭带着族人等在坞堡的门口,看见赵含章,便迎上去想要问话。

傅教授先赵铭一步,从马上跳下来便冲上前去:"含章,你没事吧?"

"没事。"赵含章打量了一下傅教授,见他的头上落了不少树叶,便抬手给他摘下。

赵铭沉默地上前:"三娘,果真有大军来援吗?"

"有啊。"赵含章道,"不过他们还没到,估计得等天亮才能到。"

"有多少人?"

赵含章道:"一千人左右。"

赵铭闻言,大大地松了一口气:"千人,足够了。石勒同样损失惨重,他再次进攻的话,有这一千人,我们应该可以打退乱军。"

305

季平受了伤，闻言，脸色一白："乱军还会回来？"

"自然。"赵铭道，"他毕竟没有亲眼看见大军，必定会怀疑，而且攻打赵氏坞堡，他损失惨重，就算有大军，他恐怕也想要一个结果，是不会轻易放过我们的。"

赵含章道："伯父既然知道，刚才为何还要开门迎敌？这时候，你们就应该慢慢消磨他们，等他们的伤亡增多，耐心消磨殆尽再出手，才是最好的。"

赵铭道："当时坞堡的大门已然守不住，你又冲锋在前，我若不出门迎战，那是要等他们冲入城中，等他们把你围杀？"

傅庭涵见叔侄二人大有继续争吵的意思，忙道："我们赶快清点伤亡人数，抓紧时间休息吧。他们这会儿，应该已经发现大军是假的了。"

赵含章挥了挥手，道："他们发现就发现了。这本来就是为了退兵想出来的计策，我也没想着能瞒多久。不过他们冲杀了这么久，疲惫程度不亚于我们，既然已经退出战场，那肯定是要休息的。"

赵铭一想也是，于是转身让赵含章进门："既然你带了人来，那就趁机多带几个妇孺离开吧。大军是赵驹带着的吧？明日让他来救我们就行，你就不要留在此处了。"

说罢，赵铭就要让人去各家把孩子带来："小的不好带，你就带九岁以上的孩子走。"

赵含章拒绝道："伯父，我们已经走到这一步了，破釜沉舟或许还有一线生机，此时再送孩子离开，不是动摇军心吗？我要留在此处。既然你们已经决定与坞堡共存亡，那就谁都不走。"

"你……"赵铭跺脚，"这都什么时候了，你还与我争论，宗族只有留下更多的孩子才能延续下去。"

"您不是已经把'火种'送出去了吗？"赵含章道，"巧了，我们大房也有一个孩子在外面。这下各房都不缺了'火种'了，剩下的人可以安心地守着坞堡。"

赵铭无言以对。

赵含章转身面对狼狈的族人，沉声道："我知道你们不会杀人，不会打仗，比不上外面的亡命之徒，但谁又天生会这个？城外的那些人之前与你们一样，都是在地里讨食的。他们狠是因为他们饿怕了，所以想占我们的粮食、我们的家，占我们的坞堡！但是，我们难道就不可以狠辣起来吗？我们的身后是我们的父母和妻儿！一旦我们倒下，那我们身后的人，每一个人都将死去，所以，你们能不能却敌？"

族人们握紧了手中的武器，大声回道："能，能，能！"

赵含章转身看向赵铭，摊手道："您看，他们都愿意背水一战。"

赵铭静静地看着她，片刻后，他转身回坞堡，说道："你们开始打扫战场！"

族人们立即行动起来，把地上看得见的武器往坞堡里扒拉，将尸体上的箭拔出来攒上。

赵含章让季平下去包扎伤口，留下其余人等和族人们一起打扫战场。她自己则拉着傅庭涵去追赵铭："石勒此时不是应该在冀州一带活动吗？他怎么跑到汝南来了？"

赵铭道："不知。"

"县城方向的敌军是谁？也是匈奴兵吗？"

"我也不知。"赵铭停住脚步，道，"我连石勒何时与匈奴勾结在一起的都不知，怎知他们是怎么冒出来的？"

赵含章停下脚步："您不知道石勒投靠了刘渊吗？"

赵铭惊奇地看着她："你知道？何时的事？你哪儿来的消息？"

这一刻，赵铭怀疑起来：难道大伯把管着情报的人也给了三娘？但不应该呀，大伯不是这种轻重不分的人。

赵含章伸手揉了揉额头，仔细地想了想，问道："冀州……不……不对，是兖州，兖州刺史苟晞，他现在在何处？"

赵铭默默地与她对望。傅庭涵这一天担惊受怕，此时又累又饿，实在忍不住了："你觉得他会知道吗？"

虽然赵铭的确不知道，但他还是瞪了傅庭涵一眼。傅庭涵忙行礼解释道："我的意思是，现在道路断绝，消息停滞，此时追本溯源，成本极高，我们不如先想一下当下的困局。石勒肯定没走远，除非他也转道去打县城，不然一定会马上回来。到时候，我们要怎么守坞堡？"

赵铭道："庭涵说得对。三娘，我们去商议一下吧，族中的老人也都还在等着呢。"

赵含章点头，但心思还是在苟晞的身上。历史上，石勒是因为被苟晞打得变成了光杆司令，这才去投刘渊的。当时他不能南下，最后是去上党招兵买马。他这时候跑到汝南来，是不是说明苟晞那里也出了变故？

如果石勒已经是刘渊的人，那攻打濯阳的是谁？难道真的是匈奴吗？要真是匈奴，东海王竟然让匈奴下到中原来，这是要劈掉半壁江山给匈奴吗？

赵含章磨了磨牙，气势汹汹地跟在赵铭的身后去见族老们。

族中的长辈同样没人能安心休息，都在前厅里等着呢，见赵铭领着赵含章和傅庭涵回来，立即上前两步。他们感受到了赵含章身上的强大气势，不由得一顿，声音弱弱地问道："三娘怎么回来了？"

第十二章
保住坞堡

长辈们看见傅庭涵,瞬间热情起来,侧身请他入座:"多谢姑爷援救,难为你这个孩子了。"

赵铭给自己倒了一杯水,一饮而尽,抽空回答道:"兵是三娘带的。"

他到现在都还忘不了赵含章带着部曲从乱军中三进三出的场面。

傅庭涵也点头:"我的武功弱,是三娘领的兵。"

长辈们瞪大了眼睛。

赵含章团团揖了一礼,就算是跟诸位长辈打过招呼了。她走到桌边,问道:"我们现在还有多少人?"

赵铭道:"伤重的都下来了。如今能作战的,还有一千八百人左右吧。"

"我们的部曲……"

赵铭叹气道:"损失惨重。乱军三次攻进城中,虽然最后都被击退了,但我们的损失也很大。"

赵淞道:"我们的部曲久不见血,而他们凶悍非常,不能比啊!"

赵含章回想了一下石勒的人马,有些头疼:"我手上的那些人,也有大半没见过血,虽然训练过,但肯定不能与他们相比。"

傅庭涵旁观者清,道:"要是硬碰硬,那就会导致两败俱伤,我们应该可以守住坞堡,但……"

傅庭涵停顿了一下,继续道:"不仅是坞堡里的青壮,就是我们带来的人,也有可能全部交待在这儿。"

到时候留下一坞堡的老弱妇孺，他们同样很难活下去。

到时候坞堡可就不只是吸引石勒这样的土匪强盗了。

赵淞忙道："对。石勒的人马被打没了，他可以换一个地方召集人手，重新来过，但我们赵氏不行啊。"

"那咋办，投降也不能投降，硬磕也不能硬磕，那我们也逃？"赵瑚不停地用眼睛去瞟赵含章，"全族若是搬去上蔡……"

赵含章大方地道："宗族若是需要，我把上蔡的庄园拿出来安顿族人也没什么，不过，出了坞堡，我们能躲过他们的追杀吗？"

赵铭没好气地道："都什么时候了，你还逗他。七叔，你累了就先回去休息吧。"

赵瑚道："赵子念，你是什么意思？五哥，还不快管管你儿子！"

赵瑚说得起劲儿，但没人搭理他。

"降是不可能降的，但我们也不能与他们死磕。"赵含章往外看了一眼，道，"天就快要亮了，我们的人应该快到了。伯父，准备一些粮食吧，我尽量说服他离开。"

赵铭掀起眼皮："说服？怎么说服？"

赵含章道："用枪来说服。"

此时，石勒正坐在地上扒拉着烧熟的米粒和豆子吃，吃得一脸黑灰，但一点儿饱腹感也没有，反而还噎得慌。

他越想越生气，站起来冲着坞堡的方向大叫："啊，那女郎到底是从哪儿冒出来的？"

眼见着他们就要得手了，偏偏杀出一个女郎来。

这时，有人跑回来道："将军，他们没有援军，我们的人看见他们正在打扫战场呢。"

石勒一听，更气了，跺脚道："我们被骗了！"

"将军，我们再杀回去！"

石勒看着已经疲惫不堪的士兵们，沉吟片刻，道："让大家歇息片刻，吃点儿东西，等天亮了我们再去。"

他恶狠狠地道："真以为几句话就把我们吓走了，也太看不起我们了。"

赵氏坞堡里，众人将城下的石头也扒拉出来，拿到城楼上，还有木匠拿着木板和木头"叮叮当当"地敲东西，大多数人则瘫倒在地上沉睡。

晨光出来，妇孺们推着饭车出来，见众人睡着了，也没叫醒他们，而是扒拉着寻找自己的丈夫和父兄，发现自己的亲人还活着就大松一口气，把饭送到他们的手里；要是在另一边的尸体中找到，妇孺们便默默地将人收拾好，眼泪一滴一滴地落下，但他们并不号哭。

赵含章站在一旁默默地看了一会儿，转过头去，声音沙哑地吩咐道："将所有人叫醒，吃饱早饭，准备迎战。"

大家不由得看向赵铭。

赵铭道："听三娘吩咐。"

众人正要退下，赵含章突然道："等等。"

她的目光扫过他们，最后落在赵铭的身上："伯父，一军之中最忌讳有两将，所以在正式迎战前，我需要您向族人确定一件事，从现在起，坞堡内外的人都归我调遣。"

赵铭心想：这熊熊的野心啊，她已经不加掩饰了吗？

但他只停顿了一下，便点头道："好！"

他转头对各房的代表道："传令下去，从现在起，赵氏只听从三娘的调遣。"

有人惊叫道："五哥，这怎么可以？"

赵铭没有解释为什么，只是脸色一沉，他板着脸道："这是命令，传下去！"

各房的代表看了一眼赵含章，最后还是退下，将这道命令传了下去。

赵含章满意地点了点头，去拿了两个大馒头便走上城楼，一边看着渐渐升起来的太阳，一边啃馒头。

傅庭涵端了两碗水上来，递给她一碗。

赵含章接过去喝了一口："我们的优势是我们有骑兵，我打算将他们最大限度地用起来。"

"所以……？"

"我已经让人出去迎接他们，让他们加快速度赶过来。"赵含章道，"石勒手上也有一匹马，我决定和他打一场。"

"你打得过他？"

赵含章低头看着自己的手，握了握拳头，道："现在还不行，所以我决定带上千里叔。我们两个缠上石勒，骑兵就没人指挥了。"

傅庭涵明白了："你想让我来指挥？"

赵含章点头："你看过我们训练的，不是吗？以鼓声传递信息，你站在坞堡上可以纵观全局，我要的是骑兵穿插打乱乱军的攻势。只有打掉他们的自信，我们才能跟他们谈判。"

傅庭涵想了片刻，点头，应道："好。"他的确记得鼓点的含义，也能指挥。

赵含章冲傅庭涵展颜一笑："我给你找个鼓手，怎么敲，你吩咐他就行。"

然而赵铭直接告诉她："没有。"

赵含章不可置信："那么大的坞堡，那么多部曲，您竟然连个鼓手都没有？"

赵铭道："部曲是用来守卫坞堡的，平日最主要的任务还是耕作，又不是真的士兵，要冲锋陷阵，我们怎会特意设鼓手？"

赵含章道："我就有，还有三个呢！"

赵铭揉了揉额头，道："行了，我去敲，行了吧。你打算怎么打这场仗？"

赵含章道："将所有人集合起来吧。"

赵铭便让人去敲钟，刚吃饱东西的族人和部曲们便拿着各自的武器挤在了大街上。

赵含章看他们列队都列不好，顿时头痛不已。

赵铭道："大多数人没经过训练，部曲大多战死了。"

现在拿着刀剑站着的都是在地里劳作的农民，在今天之前，他们可能连架都没打过，更不要说杀人打仗了。

赵含章高声问道："谁会用长矛？"

有二十多个部曲站了出来。

赵含章点了点头，又问道："谁会用盾牌？"

只有七八个部曲站了出来。

赵含章继续问："谁学过方阵？"

这下没人站出来了。

赵铭忙道："三娘，大家平时就练练刀剑，谁还练兵阵？"

赵含章便笑着对众人道："没关系，我们现在排兵布阵也来得及。"

赵含章将长矛兵分好，亲自安排列阵。

他们之前没练过阵，所以她并没有说得很复杂，直接让他们找最熟悉的五人组成一伍。

"你们就依照此战阵候在这里，听我的号令行事。"

众人应下。

出去迎人的季平带着一人回来，对赵含章说道："三娘，赵幢主他们到了。依照您的命令，他们都隐藏在了外面的山林中。"

赵含章点头："很好，退下吧，你们下去用饭，一会儿准备与赵驹里应外合。"

然后，她对赵铭道："伯父，城楼之上就交给你了。"

赵铭点头，然后带着剩下的人上了城楼。

天光大亮，石勒也在看着太阳。他抹了一把嘴巴，问道："赵氏坞堡那边有什么动静吗？"

"刚才有两匹马进了坞堡，然后就大门紧闭，再也没人进出了。"

石勒沉思了一会儿，道："走，我们今天务必把赵氏坞堡攻下来。赵长舆是出了名的豪富。这是他的宗族，坞堡里肯定有数不尽的金银珠宝，抢他一个，抵得过抢别人十个，这点儿死伤是值得的，走！"

大家一听，立即打起了精神，拿了刀剑跟上。

昨天打了一天，他们也积累了一些攻城的工具，比如可以撞击坞堡大门的树木。

这一次，石勒没让手下冲锋在前，而是身先士卒，骑马跑在最前面吸引火力，让人抬着木头冲过沟渠，撞击大门。

赵含章探头看了一眼，搭弓射箭，将抬着木头，冲在最前面的一人射杀，下令道："你们不用管石勒，先杀抬着木头的人，不要让他们靠近城门！"

于是箭矢便绕过石勒，如雨般射向抬着木头的人和冲过来的乱军。

赵含章搭上箭，瞄准了不断腾跃着扫落箭矢的石勒。箭飞射而出，石勒察觉到朝自己而来的箭，挥刀将其砍落，看见城楼上的赵含章，便冲她扬起大刀："小妮子，你不是要与我比斗吗？你下来啊。"

赵含章边冲他笑边大声回道："别急，我一会儿就下去。"

说罢，她示意旁人继续朝着冲锋的人不断射箭和丢石头。

石勒便只能不断冲锋，后退又冲锋。乱军人多，且又不畏死，冲上几次便冲到了大门前，抬着木头撞击了几下，大门便摇摇欲坠起来。

赵含章对傅庭涵和赵铭点头，转身拿着长枪下了城楼。

木头撞击在坞堡的大门上，发出了巨大的声响。握枪站在门前的族人的面色越发苍白，有的人甚至悄悄后退了一步。

赵含章大步从城楼上下来，站在了最前面，大声吼道："所有人准备——"

他们手忙脚乱地拿起长枪一横，咽了咽口水，紧张地看着大门。

赵含章大声道："我们的身后就是坞堡的大街、房屋，那里面住着我们的父母妻儿，只要让一个人越过我们，进入坞堡，我们的亲人就会被抢掠、杀戮，所以，我们绝对不许乱军踏入坞堡！"

赵含章大声吼道："只要他们敢来，我们就敢杀，杀——"

族人们心神一振，大声回道："杀——"

坞堡大门在又一次撞击过后被轰然打开。赵含章率先出枪，一枪挑了为首的两个人，木头失去平衡，掉在地上，后面的乱军一窝蜂地冲进坞堡大门。

赵含章下令："杀——"

第一排手握长枪的族人听从吩咐，齐齐往前一刺，将冲进来的乱兵刺穿……

"退，第二排进——"

第一排的人将枪一拔，往后一退，调整站姿，他们身后的人同时上前一步，积蓄力量狠狠地往前一刺……

乱军手握刀剑,还未靠近便被刺死。

石勒发现己方从正面攻不进,大声吼道:"你们从侧面杀进!"

但赵含章布阵时,就是侧厚正薄,这导致乱军根本突围不了。

石勒见他们的人被堵在城门口,一排排地倒下,进,进不得,退,赵氏的人又不追,赵含章一直牢牢地把握着节奏,就是镇守门洞,不追击。

位置太窄,对于进攻的石勒来说很不利,他气得不轻,干脆从马上跃下,带着一把大刀便飞到最前面来,一刀顶住刺出来的一排长枪,他翻身而上就杀了两个人。不等他喊"杀",撕开的小口子就立即被人补上了,同时,赵含章的长枪从旁边刺来⋯⋯

于是石勒翻身到了门洞里。赵含章知道不能让他靠近,不然以他的勇猛,势必能撕开口子。

赵含章便与他交起手来。石勒也看出来了,赵氏的人之所以能坚定镇守,就是因为赵含章从旁指挥调度,所以他也想引她出去。

"小妮子,敢不敢出来与我一战?"

赵含章吹了一声马哨:"来就来,谁怕谁,让你的人退开!"

石勒不觉得自己会输,也不屑于在这方面骗她,他的目的就是引走赵含章,因此大方地挥手,让众人退出门洞。

赵含章的马听到哨声,跑过来,她飞身上马,对一旁的季平等人点了点头,打马跟着石勒出了门洞。

坞堡上的赵铭一直让人往下投石和射箭,以此减少坞堡大门的压力。

他看见赵含章骑着马出来,抬手止住众人的动作,满脸忧虑地看着。

傅庭涵也很紧张,转身拿起鼓槌,敲出第一声鼓,然后激荡的鼓声渐起,一声一声传过田野,飘向远方。

退出门洞的石勒也翻身上了昨晚抢来的战马。听见鼓声,他仰天大吼一声,胸中的郁气顿时一扫而空。他目光炯炯地盯着赵含章道:"看来你的人对你很有信心啊。"

赵含章见他令人退开,挑眉问道:"石将军对自己没信心吗?"

石勒知道,他的这些人手都是半路招来的,忠诚度基本没有,他们不过是为了活着才凑在一起。

昨天久攻不下,他们已经心生退意,今天要是再不能速战速决,这些乱军会反噬他,所以石勒就没打算和赵含章慢慢地打。当然,他要是能两刀砍了她立威的话另算。

可石勒不敢轻敌,尤其是昨天和今天与她两次交手后。所以石勒道:"我们打我

313

们的,他们打他们的,我不让他们插手我们之间的比斗。"

赵含章一听,轻转手中的长枪,目光坚定地看着他,她轻笑一声,道:"好。"

二人目光对碰,他们齐齐地踢了一下马肚子,朝对方冲去。刀枪相碰,石勒的力气极大,刀顺着赵含章的枪便朝她的脑袋削去。赵含章往后一倒,紧贴马背,躲过了他砍过来的一刀,两马错过之际,她回身一刺,石勒侧身一倒,躲过……

二人交错而过。

石勒举刀对乱军喊道:"攻城!"

退出来的乱军顿时又一窝蜂地往城内攻去。赵含章没有阻拦,乱军也没对她下手,举着手中的刀剑就朝坞堡大门冲去。

与此同时,城楼上的鼓声渐急,石头和箭矢又密集起来。一直埋伏在山林里的赵驹等人在听到鼓声响起时,便已起身上马,准备行动。

待听到这急切的鼓声,赵驹立即大刀一挥,大吼道:"所有人与我一起,冲呀——"

赵氏坞堡上的三座吊桥被轰然放下,压死砸伤了十来个乱军。石勒正觉得奇怪,放下吊桥,方便的不是他们吗?

石勒突然听到马蹄声,一扭头,便见百十来骑扬鞭快速杀来。

他愣住了,扭头看向与他遥遥对望的赵含章:"你诈我!"

赵含章冲他一笑,大声回道:"石将军刚刚不是也诈了我吗?"

她的话音一落,石勒便气势汹汹地冲她杀过来。赵含章一踢马肚子便迎了上去。

石勒以力著称,赵含章则以灵巧应之,借力卸力,手中的长枪好似会转弯一般,不仅出招极快,还极准,不管石勒往哪边偏,她都能先一步刺出,几招下来,石勒竟然被刺了好几下。

身上被戳出的血洞哗啦啦地流血,石勒看向似乎毫发无损的赵含章,咧嘴一笑,眼中闪着红光:"你的虎口崩开了,你要没力气了。"

赵含章的手腕发麻。她当然知道自己的力气在流失,但依旧气定神闲:"石将军可不要太自信了。"

城楼上的鼓点一转,赵千里加快了速度,从侧边杀入乱军。骑兵对步兵,只要不被拽下马,基本上是碾压的存在。

赵千里根据鼓点从侧边刺入乱军之中,片刻后听到鼓声转换,便没有杀出,而是带着人垂直杀进,然后再转弯从同方向的侧边杀出……

乱军中间如同被割开了一个蛇形的口子,冲进坞堡大门的乱军出现断层,门内的压力顿减。

傅庭涵在城楼上往下看,见赵含章的手在微微发抖,便知道她要不行了,于是转头和正在敲着大鼓的赵铭道:"打九节,令赵驹去救援含章……"

傅庭涵扭头扯过一旁的旗帜,冲着远方打出出战的旗语。一直等着的陈队主看到,立即道:"所有将士听令,出战——"

步兵亦从山野中奔出,朝着赵氏坞堡而去。

赵驹听到鼓点,杀出以后再带着人杀进,跟着鼓点的暗示转弯穿插,转了两趟就到了赵含章的跟前……

赵含章和石勒正打得难舍难分。赵驹见赵含章的手掌上全是血,便一声招呼也不打,直接朝着石勒的脑袋削去。

石勒背对着赵驹,但心头一跳,他似乎察觉到了什么,突然迸发出一股惊人的力量,将赵含章的枪砍断,将她一把掀下马,同时往前一趴,躲过了砍来的一刀……

他回身看到赵驹,大骂道:"卑鄙小人!"

石勒说罢,作势朝赵驹攻去,但出刀后却刀锋一转,朝马下的赵含章砍去。

赵含章被击下马便觉得不好,在地上滚了一圈后站起,弯腰躲过了一个乱军砍来的一刀,快速出手抓住他的手腕,余光瞥见刀锋,便将人狠狠地一拉,将人拉过来挡在身前。一股热流喷来,赵含章的眼前一片红……

她将手中的人推开,顺势拿了对方的刀,这才发现他几乎被石勒砍成了两半……

真是好狠的人啊!

赵含章抬头看了石勒一眼,转身挡住击打过来的刀剑,一刀一个地将他们杀了。

石勒还要继续追击,赵驹已经上前挡住,二人瞬间打在了一起。

这两位才是势均力敌,刀对刀,对砍得"哐哐"地响。石勒空有力气,技巧不足,而赵驹不仅力气大,还系统地学习过,渐渐占了上风。

但赵含章落马,被敌军围在中间,赵驹不免要兼顾她,于是两个人暂时打成了平手。

赵含章不想拖赵驹的后腿,正想靠近自己的马,骑兵再次穿插到附近,秋武看到陷落在敌军正中的女郎,立即脱离队伍,带着两个骑兵杀过来,伸出手,大叫道:"女郎——"

赵含章看见,踢飞一人,借力跳上一人的脑袋,踩着那人的脑袋狠狠地一蹬,抓住伸过来的手便飞身上马,坐在了秋武的身后。

赵驹见状,松了一口气,终于可以安心地对付石勒了。

傅庭涵见赵含章坐到了马上,但他们的前后左右都是敌军,便知道秋武为了接赵含章,掉队了。

傅庭涵快速地扫过战场,他计算出最好的路程,便让赵铭敲鼓通知骑兵再穿插一次,同时指挥秋武他们掉头……

杀了近一刻钟,秋武杀出重围,顺利和骑兵队会合。赵含章陷落的马就在不远处,赵含章翻身跳了上去。与此同时,步兵也杀到了。

赵含章冲赵驹大声喊道:"退!"

赵驹不恋战,一击将石勒打退,不等他追上来,便一踢马肚子,和赵含章会合杀了出去。

赵含章他们还没来得及完全出去,步兵便已百箭齐发,箭从后方"咻咻"地射了过来。

赵含章等人打落几支箭矢,从乱军的圈子飞奔而出。但乱军就没这么幸运了,他们人多,都挤在一处,箭矢落下后大多扎中了他们。

石勒打落飞来的箭,气得眼睛都红了。他扭头看向赵含章,发誓一定要攻破赵氏坞堡,用整个坞堡来血祭。

石勒正发着狠,赵含章突然高声道:"石将军,你还要再打下去吗?我们不如静下来谈一谈。"

石勒道:"没得谈!"

"石将军的这些人手也得来不易吧,再打下去,这四千多人就要全部交待在这儿了!"赵含章大声道,"你们求的是粮食,而我们求的是安稳,我们各退一步,我送你们一些粮食,你们拿了粮食退去如何?"

石勒一边打落箭矢,指挥着人往外杀去,和她的步兵打在一起,一边抽空回答她:"小妮子,你骗我两次了!"

赵含章道:"兵不厌诈。刚才那是在打架,我自然可以骗,但若是议和,在下愿以家祖之名起誓,绝不欺骗石将军!也请石将军能够回以坦诚。"

石勒沉思,动作稍顿。赵含章察觉到了,立即大声道:"停止射箭!"

战场嘈杂,离得远的步兵当然听不到,但傅庭涵听到了,他以鼓声通知了下去。

箭矢便慢慢地停了下来,于是其他的攻击也停止了。

石勒见状,也大吼一声:"停——"

他声如洪钟,一声就传遍了战场内外,大家慢慢地都停下了手中的动作,只是依然紧握着刀剑,狠狠地瞪着对方。

赵含章便打马上前,赵驹和秋武一左一右地跟在她的后面。

石勒也打马上来,与她隔着一道沟渠对望:"你让我退兵,光给粮食可不够。"

赵含章道:"石将军若是想要,我还可以给你一些珠宝、琉璃,以充作你的军资。"

"你倒是大方,但赵氏能同意?"

他们可杀了不少赵氏的人。

赵含章道:"在下便姓赵。"

石勒闻言,诧异地打量她,问道:"你的祖父是谁?"

"先上蔡伯赵长舆。"

"难怪。"石勒盯着赵含章,胸中的怒气平复了不少。他用目光扫了一圈战场,看到他的能站着的士兵也不是很多了,一千多人,打还是能打的,而且只要耗下去,他有信心攻进赵氏坞堡。

但到那时,他也不剩几个人了,而且还和赵氏这样的大族结下了灭族之仇,不值当。

大丈夫能屈能伸,他决定屈一下。于是他道:"好。你们把东西抬出来。"

赵含章道:"得请石将军的人退到沟渠之后。"

坞堡里,石勒的人已经打进大门,攻到了大街上,城楼都杀上去一半了,此时要全部退出,有人鼓噪起来,不太甘愿地道:"我们就要打进去了。"

石勒一句废话都不说,直接一刀把有异议的人砍了:"你们眼瞎了吗?没看到外面的骑兵和这大几百的步兵吗?就是攻下了坞堡,我们也守不住,连抢东西的时间都没有,攻下坞堡有什么意思?"

石勒大声道:"所有人退出来!"

坞堡里的乱军只能不甘心地退了出去。躲在城楼边上的客栈里的族老们只能从窗口看到外面的情况,他们看到已经杀进客栈里的乱军退了出去,立刻软倒在地。

太险了,太险了,只差一点点他们就要被找到然后砍了。

所有的乱军退到了沟渠之外,赵含章这才回头冲着城楼上的赵铭大声道:"取粮食来!"

赵铭对傅庭涵点头,让他继续守在这城楼上,自己则转身下了城楼。

赵淞已经准备好了粮食,还有一箱子珠宝和一箱子琉璃。

琉璃是赵含章前几日送到坞堡里,托赵淞卖给西平的有钱人家的。

他直接一箱子抬了出来。

一车车的粮食被运出来,赵铭让人打开了两个箱子,让石勒看到箱子里的珠宝和琉璃。

石勒看见,忍不住打马上前几步,在吊桥前堪堪停住。

赵含章见状,伸出手,让人递上来一个琉璃杯,然后朝石勒扔过去。

石勒用一只手接住,放在掌心赏玩:"你们赵氏果然豪富,这样的好东西,竟然能拿出这么多来。"

"为了送走石将军,我不得不有些诚意。"

石勒看到杯子才染上的鲜红之色,知道这是赵含章掌心的血,他微微一笑:"其实还有一个办法,你我之间不必这样你死我活,只要你们降我……"

赵含章打断他:"石将军,若是能投降,昨日我伯父便降了,而我赵氏坞堡以一千多人的生命死守坞堡,不是为了等我来这儿后投降的。"

石勒目光深沉地看着她。

赵含章道:"你我都知道,石将军在汝南不会停留太久的,这是中原,朝廷不会坐等中原丢失,总会派大军前来。到时候,石将军倒是可以拍拍屁股走人,我赵氏的根却在这里,到时候我们又该怎么办呢?"

所以赵氏不会降。

为了积累百年的名声,还有在外游历的赵氏子弟,他们也不能降。

石勒不再说话,将手一扬,让人上前检查粮食。

赵氏坞堡的人紧盯着上来的人,缓缓地退下,把粮车让给他们,只是眼中掩饰不住恨意。

趁着他们检查清点的工夫,赵含章和石勒聊了起来:"石将军要招兵买马靠拢刘渊,为何不去颍川,而来汝南呢?"

石勒疑惑地道:"颍川?"

"是啊,颍川。"赵含章道,"颍川的灾情严重,百姓流离失所,到处是难民,去那里招兵买马可比进汝南强抢快多了。"

站在马下的赵铭的额头青筋开始跳动。

石勒道:"颍川太靠近洛阳了。"

"但汝南在中原腹地,你进来容易,出去可不容易。刘渊连洛阳都打进去了,还怕区区颍川吗?石将军来此,实在是失策。你若是去颍川,刘渊恐怕还要高看你一眼。"

石勒冷笑道:"我来汝南就是受刘将军指使,你一个小小女郎懂什么?"

赵含章道:"我虽是女郎,但我从小在祖父的身边读书,自认还是懂得一点儿的。若我是石将军,我就不会想着投靠刘渊。羯胡一直受匈奴驱使,为下等人,石将军天纵之姿,已经在冀州打下一片天地,为何要转投刘渊呢?"

石勒并不觉得自己会比刘渊厉害,他是真心想投靠刘渊,不过赵含章说的话让他的心里受用,于是他多说了一句:"刘将军为匈奴贵种。"

赵含章道:"石将军的祖上难道是清贫奴隶吗?往上数几代,谁不是将王之后?我听说石将军的祖父曾是部落首领,所以你和刘渊,谁又比谁低贱呢?"

石勒惊讶地看向赵含章,他是奴隶出身,小的时候是贫农,十四岁后出来做脚夫，然后就开始被官兵们抓去做奴隶，换了一个又一个主子，每个主子都把他当牲畜般使唤，他被驱使着做最苦最累的活儿。

除了几个朋友，所有人都看不起他，这还是第一次有士族跟他说他不低贱。

石勒产生了兴趣，干脆告诉她："我在冀州把东嬴公司马腾杀了。"

司马氏是赵氏的主子，赵氏不是忠臣吗，他倒要看看她还能不能说他不低贱。

赵含章却连眉头都没皱一下，对石勒道："那冀州不就是你的天下了？你为何要来汝南？"

石勒哈哈大笑，道："我沿路下来，告诉盗贼们我杀了司马腾，他们皆拍手叫好。我告诉晋室官员，他们皆指着我大骂反贼。只有你，竟然问我为何不留在冀州。哈哈哈哈，小女郎，莫非你们赵氏也要反了他司马家？"

赵含章摇头："司马腾自己就是乱臣贼子，他死了，实乃晋室幸事，石将军是忠臣啊！"

赵铭呆住了。

石勒也愣住了："我是忠臣？"

赵含章肯定地点头："对。石将军若是带此功绩去洛阳投名，东海王必定要封你一个官做的。"

石勒一听，撇撇嘴道："司马家的人，谁跟谁都是仇人。若是站在东海王那边算，我说不定还真是忠臣。原来你们赵氏是东海王的人啊。"

赵含章没有反驳，而是与他闲话家常："石将军不留在冀州，是因为成都王司马颖吗？"

石勒冷笑："他有何可惧的？要不是苟晞……"

他顿了顿，没再往下说。

赵含章笑着道："苟晞运兵如神，听说他有'屠伯'的名号，石将军是要暂避他的锋芒吗？"

石勒在心中冷哼一声，他是被苟晞打得只剩下一个人了，没办法才逃出来的。

本来他想直接去上党招兵买马后投靠刘渊，但逃到一半，听说刘渊已经攻入洛阳，不日就要称帝开国。他想赶上热乎的，于是便也南下，直奔洛阳而来。

他一边走一边召集人手，靠着一身力气和一张嘴巴，也威胁和说服了不少人来给他当手下。

然后，他快到洛阳时，碰到了撤出来的刘渊大军。

刘渊很高兴地接受了他的投靠，又派他出来劫掠。他们想把豫州这一片都打下来，以洛阳为分界点，将来东面是属于他们的，往西则还是大晋的，暂时不动。

石勒自然不可能告诉赵含章这些事，但如果一个赵氏坞堡都那么难啃，他们真

319

的可以拿下整个汝南，乃至整个豫州吗？

赵铭留意着石勒的神情，轻轻地拉了一下赵含章的马镫，示意她到此为止，她再问下去就要坏事了。

赵含章虽然很惋惜，但也听劝地收住了话头。

石勒的人也检查好了，确定布袋里都是粮食，便对石勒点了点头。

石勒招手，让人把东西都抬过来。他看向赵含章，道："赵娘子，希望以后我们不会再遇见。"

赵含章也道："我也希望不再遇见石将军。"

石勒带着东西离开，赵驹带着人一直跟着他们走出西平，确认他们不会再回来后才掉头。

坞堡从大门前到里面的半条街皆一片狼藉，到处是尸体和血迹。

等石勒带着乱军走远，坞堡里才有轻微的哭声传出。这哭声很轻，却又很重，好似在众人的耳边打开了一个开关，坞堡里顿时哭声震天，到处是呼唤亲人的声音。

赵铭的身子也晃了晃，赵含章跳下马，扶住他："伯父？"

赵铭表示自己没事，他看了一眼赵含章的手，道："你去包扎伤口吧，我来善后。"

赵含章没有推辞，让秋武带人帮他们打扫战场，她则大步走回坞堡。

赵含章加快脚步，小跑着上城楼，才上到一半，就迎面碰上了往下跑的傅庭涵。

傅庭涵站在台阶上居高临下地打量她，拿起她的手打开看，见她的虎口崩开，手掌磨得都是血，就拿出手帕为她简单地包扎按压："走吧，我带你去看大夫。"

大夫很忙，赵含章站在一旁看了一会儿后对傅庭涵道："比我的伤重的人不知道有多少，先让伤重的看吧，我们自己回去处理。"

傅庭涵想了想，点头，和大夫要了一些处理伤口的药，找了个还算干净的角落帮她处理起来。

他的动作不够熟练，但他很细心，将她的手掌中磨开的皮肉整理好，这才开始上药。

傅庭涵一直留意着她的神情，问道："不疼吗？"

赵含章笑了笑："疼，但还能忍受。"

傅庭涵道："你下次别和人硬碰硬，身体的力量是可以通过技巧成倍释放的。"

赵含章感兴趣地问道："你知道怎么释放？"

"我不知道，但我知道理论上是可以的。这个世界上肯定有武功高强的人，他们肯定知道。"

赵含章点了点头，看着手掌中的伤，道："我倒是知道一些。"

傅庭涵看着她。

赵含章抬眼看向他："怎么了？"

"如果不是足够了解你，我都怀疑你要造反了。"

赵含章似笑非笑地道："我从未顺从过，何来造反呢？"

傅庭涵一想，还真是，他们不论是从身体上还是心理上，都没有认同过晋室和司马家，所以不管他们做什么，也算不上造反。

傅庭涵问道："那你目前最大的目标是什么？"

"这里距离洛阳不远，良田又多，所以我不打算换地方了。我想把豫州一带控制在手中，这样我们就能够偏安一隅。

"或许这个想法很难实现，但我依旧希望在自己看得见的地方尽可能多地庇护一些人。

"不仅是自己的家人和亲族，还有外面那些无辜被卷入战火中的人。人的一生很苦，而这个时代的人更苦，难得投胎成人，在这个世间走一遭，我希望他们短短的一生里可以少一些苦楚，哪怕只能让他们多一点点快乐和安定，至少临走前能够让他们不那么遗憾。"

傅庭涵静静地看着她，眼中有泪光闪动。他紧紧地握住她的手，轻声道："我和你一起。"

"好。但是傅教授，你能不能先把我的手放开？"

傅庭涵低头，这才发现自己抓住了她的伤口，连忙松开手，见才包好的布条上又渗出了血迹，忙拆开："我重新给你包扎。"

赵含章坐着让他重新包扎，见他的眉头紧皱，便安慰他道："其实我也不是很痛，就跟蚂蚁咬似的，真的。"

傅庭涵抬头看了她一眼："你可以叫我的名字。"

赵含章挑眉，轻声念道："庭涵？"

傅庭涵觉得心一跳，耳朵尖微微发红，他"嗯"了一声，继续垂眸给她包扎伤口。

赵铭找过来时，便见到两个人坐在一起，傅庭涵正低着头认真地给赵含章处理伤口，他那个侄女则愣愣地盯着傅大郎君看。

赵铭走上前去，见他们都没发现他这么大个人到来，便重重地咳嗽了一声。

赵含章回过头看赵铭："伯父，伤亡人数清点好了？"

赵铭道："还没有。我派了人去县城打探消息，如今人回来了。"

赵含章立即问："情况如何？"

赵铭叹气道："县城被攻破了，县令……殉城，如今乱军正在城中劫掠。"

赵含章抬头看向赵铭："所以伯父的意思是……？"

"族里想要派人去救，"赵铭坦诚地道，"需要和你借兵。虽然我们不住在西平县城中，但整个西平都是赵氏的根基，那里面也有我们的亲眷，我们不可能任由西平被劫掠，这也是我赵氏的职责。"

赵氏是西平最大的士族，姻亲不仅遍布西平县，整个汝南都有他们的亲戚。

如今在城中的也不知有谁的女儿，谁的外孙，谁的岳父与大小舅子，不管公私，他们都要想办法救。

赵含章和柴县令借兵，为的就是支援西平县，而且她的确也要把敌人都拦在西平，不能让他们再扩大战火，因此她直接问道："乱军有多少人手？"

赵铭道："从县城中逃出来的人说，不过一千多人。我以为他们至少可以坚守几天，没想到很快城就被攻破了。一是因为县城的驻军不多；二是因为西平久居关内，城门久不修缮，很快就被攻破了。"

一个县城的城门还没有赵氏坞堡的大门坚固。

赵含章问道："石勒没有往西平县城去吧？"

"没有。"

赵含章便起身："让他们集合吧，我们立即出发。"

傅庭涵跟着起身。

赵铭伸手拦住赵含章："你受伤了，让赵驹去就好。"

赵含章扬了扬手，不在意地道："小伤而已。"

她见赵铭蹙眉，便道："我去指挥，冲锋陷阵还是让千里叔来。县城既然被攻破了，那里面肯定很乱，一旦发生巷战，我们的人没经验，会被拖死在里面的。"

赵铭这才没再阻拦。

傅庭涵跟在她的身后，还把她给他的剑带上了，见她看过来，就把剑递给她："你的长枪断了，现在用这个？"

赵含章接过，抽出剑身看了看，道："谢谢。"

赵含章见傅庭涵紧跟着她，便问道："你和我一起去吗？"

傅庭涵点头。

赵含章便笑了笑："那我们走吧。"

赵含章带上了所有的骑兵，步兵则只带了八百，剩下的留下守卫坞堡。

骑兵先行，坞堡距离县城不是很远，快马一刻钟便能到。

刚出坞堡没多远，他们就碰上了四散着逃出城的百姓。百姓们远远地看到他们，撒腿就跑，直接跑进了田野里。

有的人行李掉落也不敢回身捡，跌倒了便翻滚着爬到田里，尽量离他们远一些。

赵含章只瞥了一眼便对赵驹道:"吩咐下去,他们进城后只许救人,不得扰民!"

赵驹应下,挑出两个声音洪亮的斥候,让他们将命令传下去。

一行人快马到了西平县城大门。县城门口一片狼藉,到处是倒伏的尸体,除了偶尔从城里跑出来的百姓,无人把守。

赵含章骑着马带人走进门洞。此时正好有一个男子拉着披头散发的妇人和一个孩子跑出来,迎面撞见他们,顿时双腿一软,倒在地上。

他还没看清马上的赵含章的脸,便拖着妻儿往身后塞。赵含章勒住马,问道:"我们是赵氏坞堡的,城中的乱军现在在何处?"

脸色惨白的男子听到"赵氏坞堡"几个字才略微回过神儿来,抬头看到赵含章是个女郎,立即哭出声来,拉着妻儿"咚咚"地磕头,手指指着城内,他哆哆嗦嗦地道:"里……里面。"

赵含章看着空荡荡的街道,听见有一处时不时地传来尖锐的哭叫声,便招来斥候:"你们进城通报,就说赵氏援军到了。"

"是。"

斥候快马离开,大声喊道:"赵氏援军到了——"

赵含章下令:"一什为一组,所有人向县衙方向进发,所见乱军,尽皆剿灭,以护佑百姓为主!"

众人大声应下:"得令!"

赵含章扭头对赵驹道:"你带一什走。"

"三娘,你……"

"我自己可以带一队。"

赵驹看了一眼傅庭涵,应下。一行人快马上前,看到分岔路便拐入,听到动静便进去救人。

赵含章很快和赵驹分开。

有斥候先一步大声通报,城中躲在屋子里的百姓听到赵氏援军已到,心生希望,躲得更严实了。

而已经被乱军闯入家中的百姓,听到斥候的声音,便奋力挣扎,大声呼救。

部曲们听到呼救声便去救,本来只有尖锐哭喊声的县城又爆发出喊杀声。

宛如一座死城的西平县城重新活了过来。

十几个才抢了金银的乱军听到大街上的斥候的喊声,立即抱着包裹跑出来,一转头便看到快马往这边来的赵含章一行人。他们还没反应过来,一支箭便飞射而来,直直地插入当前一人的胸中。

他的包裹散落在地，眼睛瞪大，不甘地倒下了。

搜刮的金子和银子滚出包袱。他的同伴们见此情形，下意识地便蹲下去捡。须臾间，骑兵便到了。赵含章抽出剑，两剑杀了两个人。其余人皆被她身后的部曲杀掉。

一行人没有停留，地上的金银珠宝也没捡，直接离开往下一处去。

秋武带着步兵跑来，进城时，他听到城中的混乱之声，想起出发前女郎的吩咐，立即道："去拿下县衙！"

"是。"

城中到处是抢掠放火的乱军，赵含章他们一路往县衙杀去，杀到半路，有乱军得到消息，也到主街集合。等步兵到达时，赵含章他们正被堵在半路上。

看见突然冒出来这么多援军，乱军一怔，慌忙后撤。

他们是昨天晚上攻破的县城，县令虽然死了，但城中的大户还是紧闭门户，各自抵抗，所以他们一晚上都忙着杀人和打劫。

这会儿，他们抢了不少东西，正是心神最放松的时候，赵含章等人杀来，他们的心气已散，又是困倦的时候，本来这一百多个骑兵就杀得他们胆战心惊了，再一看突然冒出来这么多援军，他们再无抵抗之心，转身就跑。

赵含章等人一路往县衙方向推进，很快便重新占领了县衙。

赵驹将县衙内外都翻找了一遍。乱军退得很干净，一个人都没留下，倒是秋武从一堆尸体里找出了一个濒死的下人。

傅庭涵走上前去检查了一下他身上的伤口，最后朝赵含章摇了摇头，刀口正中心脏，人几乎失去意识了。

下人微微睁开眼睛，看到赵含章，眼睛微微瞪大，他一把拽住赵含章的衣角，声音几不可闻："女郎，女郎……"

傅庭涵凑近问："你说什么？"

下人紧紧地盯着赵含章，小声地道："女郎……"

赵含章听到了，蹲在他的身前问道："是你们家的女郎吗？她在哪儿？"

"乱军……抓……抓走了……求求，救救女郎……"下人的话还未说完，他拽着赵含章衣角的手便一松，眼睛微微合上了。

傅庭涵已经凑得很近了，但依旧只模糊地听到"女郎"二字，他看向赵含章。

赵含章回答了傅庭涵的疑惑："他们掳走了范县令的女儿。"

赵含章突然想起一件事，起身道："将人都叫来，千里叔，你带着一队人留下清理县城中的乱军，其余人等与我去追击退出去的乱军。"

赵驹道："三娘，穷寇莫追。"

"他们掳走了不少人，我们得把人救回来。不然那些女子落在他们的手上也活不了多久。"

赵驹只能听令。

赵含章带着人追出西平县。季平下马看了一下痕迹后道："三娘，他们往南安县去了。"

傅庭涵道："这是官道，我记得有一条小道更近一些，或许我们可以从前面拦截。"

"这多没意思。"赵含章道，"我们兵分两路：秋武，你带着傅大郎君和三队人马抄近道挡在他们的前面；我带着骑兵从后追击，我们给他们'包个饺子'。他们带着人和财物，肯定跑不快。我们既然已经决定抢人，那就把他们抢走的东西一并夺回来。"

"是！"

赵含章对傅庭涵点点头："你给他们引路，在前面等着我们。"

"好。那你别追得太紧。"

"我知道。我把乱军赶过去，在没见到你们之前，我是不会动手的。"

话是这样说，但在没看到人影前，赵含章还是加快了速度追赶。他们全员骑马，速度自然快，追了不到两刻钟就看到了带着大量财物和女子逃命的乱军。

赵含章便开始放慢速度，不紧不慢地跟在他们的后面，既可以让他们看到，又不至于靠得太近，偶尔还加快速度，做出要追上去的架势，逼得他们溃散得更散后却又不追上去。

溃散的军队是不会有阵形和纪律的。看到紧紧咬在后面、怎么甩也甩不掉的赵含章，开始有人卷着自己的包袱脱离大部队，四散逃走。

赵含章并不追这些散兵，就咬在大部队的后面。

为首的乔成气得不轻，干脆强令一部分兵马留下阻击赵含章："你们务必把人给我拖住。"

然后他带着剩下的人卷着财物和人质先跑了。

赵含章看见前面停下了一些人，于是转身拿着武器对准他们，但发现他们的队形稀稀落落的。于是她冷笑一声，抽出剑道："冲过去。"

"是！"

一行人加快速度冲击，一路杀过去。留下的人才和赵含章交上手，还没来得及多出几招便被杀了。

一行人冲了过去，季平回头看了一眼，不由得感叹："三娘，骑兵对步兵可太好打了。"

赵含章道："所以我们得养马，有足够的骑兵才行。"

"走，继续去追。"赵含章对其余人说道。

赵含章慢慢地又撑了上去。

乔成看见他们又追了上来，几乎崩溃了："他们怎么阴魂不散？那么多人，竟然才挡了一小会儿。"

他的手下在一旁嘀咕：就留下几十号人，几十号步兵对上百号骑兵，那不是"送瓜到菜刀下——由着人砍"吗？

赵含章看到前面升起了一束烟，微微一笑，一踢马肚子便冲了上去："冲呀——"

部曲们都兴奋起来，叫着冲了上去。

乔成被吓了一跳，伸手拽过一个少女，把刀横在她的脖子前大喊道："都不许上来，不然我杀了她！"

赵含章搭弓射箭，箭矢擦着乔成的耳朵射向他身后的手下。

赵含章看也不看一眼，大声喊道："冲上去，杀了他们，这些钱财和女人都是你们的！"

赵含章一副女流氓的模样。

乔成见赵含章不在乎人质的生死，便知道这威胁不到她，顺手就把手中的女郎朝着她的马蹄下方扔去，转身就逃。

赵含章将马头一扯，错过那个小姑娘时，侧身弯腰，将她一把抱起，放在身前，跑到旁边的林子里将她放下："你在这儿躲着，别乱跑。"

然后赵含章掉转马头杀了回去。

与此同时，前面的山林里跳出了几百人，直接截断了乱军逃跑的路。

双方的兵马混战起来。其他被掳来的女子尖声惊叫，抱着头四处乱跑。对方也没精力抓她们了，只想摆脱这些部曲逃走，于是将人放走了，把劫来的钱财也落下了。

乔成眼见不敌，便一刀将拉车的马绳砍断，将马拉出来，骑上就往林子里跑，身后只跟着十来个护卫。

赵含章看见他们跑了，没有去追，而是对还在打的乱军喊道："你们的将军都没了，还打什么？"

乱军们拿着刀剑面面相觑，找了一圈，发现乔成真的不在了。

赵含章道："把武器放下，我饶你们不死。"

大家想也不想，立即丢下刀剑。这种事他们熟，只要不死就行，今天跟这家混，明天跟那家混，谁赢他们跟谁。

赵含章扫过乱军们的脸上的表情，一挥手，让季平上前把人绑在一起。

傅庭涵从山上下来，看见季平他们捆了一百多号人，便问道："你打算拿这些乱军怎么办？他们的身上可是有人命的。"

赵含章道："他们已经是俘虏了，我总不能杀俘虏吧？我打算将他们全部带回去。庄子里修路、搭桥、开荒，哪儿哪儿都需要人。"

部曲们把四散逃走的女人们也都拖了过来。

赵含章拍开了一个部曲的手："温柔些，不懂吗？这是女郎，不是战俘。"

那个部曲立即低头认错："是，女郎，小的知错了。"

赵含章拉着那个女子的手走到正中央，对惊恐不已的女子们道："大家不必惊慌，我是赵氏的三娘，一会儿我就送你们回城，你们各回各家。"

然后她对着林子的方向说道："躲在林子里的人也都出来吧，外面还有不曾剿灭的散兵，山里还有野兽，你们躲在里面并不安全。"

许久，林子里才慢慢有了动静，趁乱躲进林子里的女子们慢慢走了出来。

赵含章之前放下的小姑娘也走了出来。

赵含章笑着对她点了点头，目光扫了一圈后问道："请问哪位是范县令家的女郎？"

小姑娘小心翼翼地上前一步，小声地道："是我。"

赵含章看向她："你是范女郎？"

"是。"小姑娘屈膝行礼，"小女范颖多谢赵三娘的救命之恩。"

赵含章伸手扶住她："不必多礼，一会儿你与我同骑回去吧。"

季平让人把散落各处的金银珠宝都收拾了起来。别说，乱军还真的抢了不少好东西，之前被砍落的马车上面的箱子里装的全是金银器物和珍珠宝石，还有一些一看就很珍贵的布匹。

季平凑上来问："三娘，这些财物怎么处理？"

赵含章瞥了他一眼，道："战利品还需要我教你怎么处理吗？"

季平一听，立即道："是，小的这就让人收好。"

范县令战死在了城门上，最后尸体在城楼脚被翻出来了，他的长子就躺在他的不远处，而他的次子死于县衙中，范夫人自缢，满府上下只有范颖还活着。

他们的尸体被找出来，摆在县衙的院子里，赵含章生怕范颖想不开，干脆让人把她送回赵氏坞堡。

赵驹进来禀报："三娘，县城里的乱军已经清理干净了，外面聚了些人，都是各家来拜见三娘的。"

赵含章问道："我们带回来的女郎都走了吗？"

327

"都走了。按照您的吩咐，让她们自行离去，没有派人跟着。"

赵含章点了点头，道："让他们进来吧。对了，你把带回来的财物都收一收，别丢得到处都是，我们回头要带走的。"

"是。"

赵含章坐在县衙正堂的位置上，很快，赵驹就领着一群青年人、中老年人进来。

赵含章心想：看来各家的负责人的年龄跨度很大呀。

赵含章合上手中的册子，看向他们。

进来的人没料到赵含章会坐在县令的位置上，更没料到赵家在此的负责人还真是一个女郎，愣了好一会儿才躬身行礼："拜见赵三娘。"

赵含章抬手道："不必多礼，诸位请坐吧。"

立即有部曲抬了几张席子和坐垫来，随便往两旁一放。

赵含章解释道："之前这里全是死尸和血，那席子和坐垫都被染红了，这还是在县衙的库房里找出来的，简陋了些，还请诸位莫怪。"

大家连忙表示不敢。

赵含章关切地问他们各家的损失如何。

各家的负责人皆面露悲戚之色，说起从昨晚到今天他们的悲惨经历来。

财物被抢了，人也被杀了不少。

赵含章听着，一起落了两滴泪。她是真的伤心，毕竟死了这么多人呢。

有人暗示道："听闻三娘从乱军的手中抢回来不少金银珠宝……"

赵含章叹气道："他们溃逃时带走了不少，此去我主要是为了救人，倒是俘虏了一百来号人回来，勉强有些用处。"

"听说三娘才回城，就把救回来的女子都放走了？"

赵含章道："县城里虽然才经过战乱，看着乱糟糟的，但我家的部曲遍布各巷道，安全性毋庸置疑，所以我就让她们各自回家了。怎么，宋家主认为不妥？"

"我只是担心她们在路上再受劫掠，想着三娘要是派人把她们送到家里会更好。"

赵含章不在意地道："城外我不敢保证，若是在城内，谁敢动手，我就把他的手砍掉，也不介意杀几个人来一出杀鸡儆猴。"

各家家主讪笑起来，连忙称赞赵含章治理有方。

赵含章道："范县令一家殉城，只留下一个孤女，城中如今正混乱，还希望各家能够各自约束族人，若是有能力再帮扶一下城中的平民百姓就更好了。"

各家连忙道："我等必尽己所能，互帮互助。"

赵含章表示很满意，拿出几本空白册子道："我还有一件事要拜托各位家主。这一次西平之战，各家损失惨重，但过不了多久就是纳粮之日，所以还请各家将伤亡的名单报上来，待下任县令到任时，才不至于太过混乱。"

各家家主愣愣地接过空白的册子，这本就是县令干的呀，新县令都没到，他们干吗要做？说不定还能将今年的秋税混过去不交呢。

但众人对上赵含章的目光，一时没人敢反驳，都默默地收下了册子。

赵含章道："灈阳也点了狼烟。如今匈奴南下，我们这个地方不一定何时又来一拨乱军，所以我打算征召民夫将城门修起来，一旦再有人来犯，也可抵挡。"

大家一听，立即问道："匈奴怎会到西平来？"

赵含章叹气道："他们从洛阳退出来后，顺势就南下了。"

"朝廷大军何在？东海王又在做什么？"

赵含章想：他们在忙着内斗吧？

但不管他们在忙什么，赵含章道："我们与其盼着不知在何处的援军，不如自救。"

众人都没反对。

赵含章便道："行了，各家都回去准备吧，清点好伤亡的名单后，也选好来支援城建的人。我希望各家都能为西平尽一份力。"

众人起身应下。快要离开时，还是有人忍不住问道："三娘，你的伯父子念的身体还康健吗？"

赵含章抬起眼皮看他们，直看得他们心惊胆战的。半晌，她才慢悠悠地道："放心，他还活着，身体……还算康健吧。"

众人讪笑，尴尬地道："康健就好，康健就好。"

众人退了下去。

赵驹看他们走了，不由得问道："三娘，他们分明在怀疑您害了五房的郎君。您为何不解释清楚？"

"我解释了他们就会相信吗？"赵含章道，"等伯父有空来西平县城走一遭，疑虑自消。现在嘛，有此疑虑也不算坏事。"

有所惧怕，事情反而会顺利些。

赵含章道："让人清理城中的尸体，有人认领的，让他们领走；无人认领的，抬到城外挖个坑烧了吧。"

赵驹："烧了？这样不好吧，要不还是挖个大一点儿的坑埋了吧。"

赵含章想了想，点头："行。一个不够就多挖几个，城外的道路上的尸首也都收殓了，不能曝尸荒野。"

"是。"

傅庭涵拿了一本厚厚的册子过来："县衙的库房里只剩下一些不易搬动的东西。

这是原来的账册。"

赵含章接过，大致翻了翻，问道："户房呢？"

"我让人封起来了，暂时没人能进出。"

赵含章赞许地看了他一眼："干得漂亮。等局势稳定一点儿，我们再清理户房。"

里面的东西才是一个县城的根本，户籍、税赋、田产等都在里面记录着。

傅庭涵问："你打算接管西平县吗？"

赵含章道："我有这个打算。不过仅凭我一己之力是办不到的，我需要赵氏坞堡的支持。"

没有赵氏的支持，她现在就算掌握了西平县，之后也很难管理。

傅庭涵道："赵铭好像对你有一些误解。"

赵含章不在意地道："他是从宗族的角度出发，只要这件事对赵氏有利，你觉得他会拒绝吗？"

傅庭涵想了想后点头："他不会。"

"我还需要你帮忙计算一下修建西平县城门的花销，我让人去找一找西平县的主簿和县丞。你们清点一下县里现在的人口和土地，我之后都有用。"

傅庭涵好奇地道："那你做什么？"

"我去安抚人心。"赵含章道，"今天有不少人逃出城去，现在还有人在逃。既然我有拿下西平县的打算，那就不能让人跑光了，不然我做个光杆县令吗？"

傅庭涵一想，也是，拿了册子乖乖下去计算和清点。

季平很快跑了回来："三娘，查到了，主簿与范县令一起战死了，县丞一家跑了，现在不知在何处。"

赵含章一听，挥手道："那就不必找了，主簿的家里还有人吗？"

"有。他的妻儿都还在，长子今年十五岁，听说本来就是要进县衙里做吏员的。"

"那就是识字、识数了，安顿好他的家里，将他征召进县里，"赵含章道，"如今我们手上缺识字的人，你往县衙的布告墙上贴一张公告，招募有识之士。"

"是。"季平应声退下。

一旁的赵驹又提醒道："三娘缺人，为何不回坞堡要人呢？"

赵含章道："先不急，等我们安排好人手，剩下的位置再把族人塞进去。对了，记得给汲先生留个好位置。"

他们走出县衙。赵含章上马，正要去安抚百姓，突然想到了什么，扭头问道："我们派人回去告诉族里战报了吗？"

"送范家女郎回去的人应该会说吧。"

赵含章一想，也是，就把这件事丢在了脑后，挥手道："走，我们把县城逛一遍，看看伤亡情况如何。"

县城里的情况很不好，家境稍好一些的，基本上被抢掠一空。

有人死亡，也有人受伤。赵含章带着人一家一户地看过去。有些人的身上还在冒血，他们没有药，只能躺在床上等死。还有的，全家死得只剩下一个人了。

要不是赵含章带着人进去，把他从死人堆里挖出来，恐怕不会有人知道他还活着。

赵含章让人把重伤者抬到县衙医治，然后对赵驹道："让更夫去传令，将所有受伤者送到县衙去医治。县衙库房里的药材都还在，你亲自带人去接管城中的药铺，所用药材先记着，以后县衙来还。"

赵驹小声地问："那到底是以后的县令还，还是我们还？"

赵含章瞥了他一眼，道："自然是县衙以后谁做主谁还。反正我们先接管了，把大夫都请到县衙去，还有城中的稳婆、兽医，有一个算一个，都请到县衙去。"

赵驹一脸恍惚："稳婆和兽医……"

"伤者都是受的外伤，他们多少会处理，比你们还略强一些。"赵含章感叹道，"看来我们不仅得养马，还得培养一些技术型的人才，比如大夫。"

转过巷道，仿佛到了另一个世界——房屋低矮，是木板搭建的，连街道都变小了很多。

赵含章等人一进来，木棚里便钻出几个衣衫褴褛的人来，躲在茅草后面戒备地看着他们。

赵含章上下打量他们，见他们的身上似乎没有外伤，便冲他们招手。

几个人没敢上前。

赵驹的脸一沉，他大步上前，那几人见他凶神恶煞的，转身就要跑，但赵驹的动作更快，手一伸，就抓住了其中一人的后领子。对方正要挣扎就被捏住了后脖子，立刻不敢动了。

另外两个人也没跑掉，部曲们在赵驹动手时便上前了，很快就把人抓了回来。

三人被押到赵含章的面前跪下。

赵含章蹲下去和他们面对面，见他们也才十多岁的样子，便叹了口气，问道："你们跑什么？"

三人小心翼翼地抬头看了一眼赵含章，没有说话。

赵含章打量了他们一下，冲一个部曲挥手。

被喊到的部曲立即进屋翻找，很快在床底下翻出一卷布包，打开一看，是两串珍珠和一个银碗。

部曲将东西拿出来，交给了赵含章。

三人看到这卷布包，都激烈地挣扎起来。赵驹按住人，拍了对方的脑袋一下："老实些！"

三人涨红了脸，一个少年大声嚷道："这是我们的！"

赵含章问："哪儿来的？"

三人不说话了。

赵含章转手将这卷东西交给部曲，盯着他们的眼睛问："杀人了吗？"

三人恨恨地瞪着赵含章。

赵含章微微一笑，拍了拍他们的脑袋，道："不错，没杀人就行。"

见赵含章等人要走，一个少年不服气，大声道："这是我们捡的，捡到就是赚到，是我们的。"

赵含章本来都要走了，闻言，又蹲了回来，盯着他看了看，然后一笑："说得不错，但这城里的乱军都是我的人杀的，杀乱军的时候，为了不贻误战机，我不许他们捡拾财物，现在战事结束，这些都是战利品，我自然是要拿回来的。"

赵含章毫不介意他身上的脏污，伸手拍了拍他的肩膀，道："小子，我不能让我的人流了血，还什么都赚不到吧？"

赵含章说罢，起身就要走。

少年突然喊道："你还要人吗？我……我也能打仗。"

赵含章低头看着他："你？"

少年涨红了脸，道："我又不比你小，你能杀人，我也能！"

赵含章便点头："行吧，那你就跟着我吧。"

少年立即爬起来，看了一眼眼巴巴地看着他的两个兄弟，忙道："他们也行。"

两个人连连点头。

赵含章很大方，一挥手，全收下了。

少年咽了咽口水问："女郎，我们也能和你的部曲一样，打仗就能收钱吗？"

赵含章道："那不叫收钱，那叫赚钱。部曲会有军饷，打仗若顺利，还会有些战利品分。说到打仗，你们这里似乎没被乱军踏足？"

"他们来了，看到我们住得破破烂烂的，没有东西抢，就又走了。"少年转了转眼珠子，小声地道，"女郎，我知道还有谁家私藏了财宝，若是我告诉您，翻出来后能不能给我一些？"

赵含章转头看了他一眼，突然一笑，大步朝前走，没有回答他的话，而是对赵驹道："让人回去调一队兵马来。"

很快，这个跨越三个街道的贫民窟就被围住了。一直躲在屋里，当作不知道赵含章他们来的人终于按捺不住，悄悄地伸出头来打量。

赵含章掀起眼帘，示意更夫上前。

更夫就拿着锣鼓上前"哐哐"地敲起来。他的声音洪亮而悠长，一声接着一声道："老少爷们儿出来了——赵三娘请诸位出来一见。"

他连着喊了三声，大家都还缩在门口和窗口后面张望，没人到街上来。

赵含章对更夫道："告诉他们，现在不出来，一会儿我就要让部曲们一一去请了，县衙里还有人，要不要再调些兵马过来？"

更夫声音不小，足够让这破破烂烂、没有多少遮掩的一整条街的人都听到。

立即有人从门里出来，拉着一家老小缩着脖子上前，挪了半天才来到赵含章的面前，也不敢说话，只往前面放了一把扯断的银壶和两串钱。

赵含章沉默地看着。

有了第一个，很快便有了第二个、第三个……

大部分人是空着手出来的，只有少部分人拿着东西，这些东西皆是路上捡来的财物。

看来胆子大的人还是少部分，不过也不代表他们全拿出来了。

赵含章看着地上这些零零散散的东西，并不把它们放在眼里，也没有追究可能藏匿的财物。等所有人都到齐了，她才慢悠悠地道："如今县城大量缺人，先前户房被乱军乱翻，丢失了一些户籍，不能肯定你们都还在上面，今日既然出来了，你们全都到县衙去重新登记入册，待我清点好了县城里的荒地，会按户给你们分一块地。趁着冬天未至，你们先把小麦种下吧。"

众人愣住了，怔怔地看着赵含章。

赵含章对更夫道："你领他们去县衙登记。"

赵含章偏头看向他们："范县令战死，户籍丢失，这是你们唯一一次有可能重新分到土地的机会。"

有个老人忍不住出声问道："那赋税……"

赵含章道："西平遭此厄难，还要和朝廷恳求赈济粮呢，哪儿还有税粮上交？"

赵含章直接做主："金秋的税粮全免了。"

众人的眼中迸发出惊喜之色，就是交出财宝的人的心也不堵了。他们高兴地抱在了一起。

赵驹让部曲将地上的财物都收起来，然后跟着赵含章离开。

少年看得一愣一愣的，连忙追上赵含章道："女郎，他们没交完，我知道还有好几家捡到了珍珠和金块。"

"是吗？那挺可惜的。"赵含章随口应了一声，停下脚步，扭头看他，"你叫什么名字？"

333

"我……我没有名字。我现在是女郎的人了,女郎帮我取个名字吧。"

赵含章想了想,道:"有个字做名字不错——义。这是西平,你就叫平义吧。"

少年的眼睛大亮,他压抑住兴奋之色,道:"谢女郎赐名。女郎,我能跟您姓吗?"

赵含章对他笑了笑,道:"那你还得再努力。"

赵驹瞥了那小子一眼,有些不悦。

不是谁都可以跟随主子姓的。赵氏的部曲上千,能得族长赐姓赵的,也就那么几个而已。

这小子刚进来就敢提这样的要求,也太不知天高地厚了。

平义身边的两个少年扯了扯平义的衣角,平义立即道:"女郎,我的两个兄弟也没名字,您给他们也赐个名吧。"

赵含章看向另外两个少年,见他们都眼巴巴地看着自己,便指着比较高的少年道:"既然他取了'义'字,那你就取'忠'字吧,平忠。"

她看向另一个少年:"平信。"

三个少年都激动起来,跪下给赵含章磕头,谢她给的名字。

赵含章没让他们离开,而是让他们跟在身边带路。别看他们年纪不大,又住在贫民窟里,但有胆子在两方交战时溜出去捡财宝的,知道的消息可就太多了。

比如,"这是宋老爷家,他家被抢去了很多金银珠宝,我偷偷看见了,一箱一箱地往外抬呢。"

赵含章问:"他们家的人甘愿?"

"不愿意有什么办法?乱军打进去了,他们家死了很多家丁,宋老爷他们不知道最后躲在哪里,避开了乱军的搜查,你们打退了乱军以后,他们才出来的。"

赵含章的心中有数了,她直接去了宋家。

既然要慰问,那自然是平等对待,每一家都不落空。

宋家一片狼藉,的确是元气大伤,大门处更是无人看守。部曲敲了半天门,门才被打开。

开门的人看到赵含章带着这多人出现在门口,腿一软,差点儿跪在地上。

赵含章伸手扶住他,上下打量过他,问道:"你姓宋?"

青年点头。

赵含章道:"难怪我觉得有些眼熟。我是赵家的三娘,来看看你爹。"

青年默默地道:"宋家家主是我哥。"

"哦。"赵含章立即道歉,"郎君看着挺年轻的,令尊真是老当益壮。"

宋智找不出什么话反驳,只能默不作声。

赵含章本想在门口慰问一下就走，毕竟县城这么大，还有许多地方需要她走访呢。

但她听到了宅院深处传出来的一些声音，动了动耳朵后，她也不客气，抬脚就走了进去："我来看看各家的情况，你家还好吧？"

宋智道："多谢女郎关怀，家中之人虽悲痛，但还能支撑。"

赵含章点头，正要顺势问一问他们家伤亡的人数，就听到里面爆发出女子的大哭声和尖叫声。

赵含章便不问了，加快脚步走过去。

宋智忙跟在身后，竟也不阻拦，见赵含章往里走，还赶忙跑了两步，追上去给她引路。

见她看过来，宋智就对她不好意思地笑了笑，低头躬身道："我大哥在这边。"

赵含章跟着他走，很快就绕过影壁，到了一个院子里。

院子里有一堆人正在拉扯一个年轻女郎，一个中年妇人正在竭力阻止，挡在那个年轻女郎的身前。

赵含章站在影壁旁问道："你们这是在做什么？"

气得脸红脖子粗的宋老爷的脸色瞬间凝滞。他反应过来，连忙上前行礼："三娘怎么来了？"

"城中民心惶惶，我出来安抚一下。"

赵含章将目光落在那个年轻女郎的身上。赵含章的记性好，一眼就认出了那个年轻女郎——前不久她刚把人从乱军那里抢回来。

赵含章收回目光，问道，"宋老爷的家中出了何事？"

宋老爷自然不能把丑事往外说，因此尴尬地笑道："没什么事，只是家中死了不少人，女眷有些受惊吓，一时吵闹起来。"

赵含章就看向那个年轻女郎，脸色一沉，她肃然道："这就是娘子的不是了，打仗已经那么残酷了，人能活下来，已是万般不易，你有幸活着，应该珍惜这条命，抚慰亲人，怎能在此悲痛之时让亲人更添悲痛？"

那个年轻女郎双眼含泪地看向赵含章，二人互相注视半响，她的眼泪簌簌而落。她朝着赵含章恭恭敬敬地跪下，双手枕在额前磕下，声音哽咽地应道："唯，谨遵女郎的教诲。"

宋太太惊讶地看着儿媳妇，不由得扭头去看赵含章。

宋老爷的脸都绿了。

赵含章却一挑眉，本想劝完就走的，她这会儿却不想走了，干脆上前两步，问道："你叫什么名字？"

她将目光扫过那个女郎的发型，笑着问："你是宋家的姑太太，还是媳妇？"

女郎道："我的娘家姓陈，我在家中排行四，夫君是宋二郎。"

赵含章就问："宋二郎呢？"

陈四娘的眼泪差点儿就落了下来，她道："夫君被乱军所杀。"

赵含章叹了口气，道："节哀顺变。"

转而她又问道："你识字吗？"

陈四娘愣了一下后道："我与家兄一起读过几本书。"

"那你可愿意暂时到我的身边来帮帮我？"赵含章问道。

然后赵含章回头对宋老爷道："宋家主，西平县现在百废待兴，正是用人之际，不知您可愿意让陈四娘到我的身边来帮忙？"

宋老爷愣了一下，然后道："三娘要是需要用人，不如让我的二弟去帮忙？"

赵含章看了一眼宋智，笑着道："他们都来，我缺的可不是一个两个人。"

宋老爷沉吟片刻，便应了下来。

赵含章这才告辞，对宋智及陈四娘道："今日你们先休息，明天一早来县衙找我。"

宋智和陈四娘一起应下。

赵氏坞堡的人接到范颖后便知道赵含章拿下了西平县城，将乱军赶了出去，听送人回来的部曲说，她还缴回了不少金银财宝。

不过赵氏的族老们不在意这个，他们更在意的是三娘何时带人回来。

虽然石勒走了，但他们还是觉得不安全。

部曲道："女郎没说。"

赵瑚就催促："那你快去把她叫回来。既然乱军已走，她再留在那里也没用。"

赵铭瞥了赵瑚一眼，问部曲："现在西平县中是谁做主？"

部曲老老实实地回答："是女郎。"

赵铭抬手揉了揉额头，半响后道："我与你一同去县城。"

赵瑚惊讶地道："你去干什么？这时候，我们坞堡正是人手紧缺的时候，好多事情都等着你拿主意呢。"

"族中的事，父亲和各位叔伯都可以拿主意，我先去县城看看，很快就回来。"西平县城离得又不是很远，他快马来回就是。

他比较担心赵含章，很怕她真的趁机做点儿什么，影响赵氏的百年声誉。但这种事又不能宣之于口，别说他爹不会信，就是信，也不能当着族老们的面说啊。事情一旦传出去，哪怕她什么都没做，也会影响声誉。

赵铭思来想去，还是觉得应该和赵含章开诚布公地谈一谈。

于是他跟着部曲去了西平县。

他到的时候,赵含章正在大街上安抚百姓,他都不用到县衙就见到了人。

赵含章半跪在地上,拿着布巾给人包扎伤口,将伤口勒紧后,对旁边的部曲道:"抬到县衙去,他的腿应该还能保住。"

"是。"

部曲用木板将人抬走了。

有妇人拉着孩子走到赵含章的身前跪下,伏地痛哭:"求女郎怜惜。他父亲死于战乱之中,家中房屋被烧毁,财物尽失,我已经养不活他了,请女郎将他带去,为奴当兵都可以,只希望您在他活着的时候给他一口饭吃。"

赵含章看向跪在地上的男孩,见他才八九岁,便问道:"她是你的母亲?"

男童点头。

赵含章就伸手摸了摸他的脑袋,将妇人扶起来,道:"我知晓你的心意,但母子分离实乃人间一大痛,你先带他回去吧。明日县衙应该会开仓放粮,你去领些粮食,之后我会发以工代赈之令,会有人去替你们修缮房屋的。"

妇人满脸是泪地愣住了。

男孩也听出来了,他不用和母亲分离。他终于忍不住,一把扑进了母亲的怀里,大哭道:"阿娘,我不要离开你,不要离开你……"

妇人也抱着孩子痛哭。

附近观望的人的眼中闪起亮光,他们也不再围上来说卖身一类的话,而是听从赵含章的吩咐,将家中战亡的人拖出来,在部曲的帮助下,或用席子卷了送到城外安葬,或者就直接搬到尸坑里,和没人认领的尸体一起埋了。

赵铭停住脚步静静地看着,半晌才上前:"三娘。"

赵含章回头,看见是赵铭,眼中迸射出惊喜之色:"伯父!"

赵铭将目光扫过她身后的人,问道:"你在做什么?"

赵含章道:"城中人心惶惶,虽然乱军已撤,但依旧有不少人决定离开西平,所以我来安抚民心,总不能让百姓都跑了,那西平岂不成了空城?"

赵铭问道:"县丞和主簿呢?"

怎么这样的事让她来做了?

第十三章
我做主

赵含章道:"主簿和范县令一起战死,县丞跑了。"

赵铭道:"所以……现在县衙里是你一人做主?"

"对。"赵含章看了一下天色,发现天色也不早了,便引着赵铭往县衙走,"伯父您看,县城受损严重,那些人抢掠后还放火,烧毁了不少房屋,这些地方都要重建,不然他们连住的地方都没有。"

赵铭问:"此一战,西平的伤亡如何?"

赵含章叹了口气,道:"就我知道的,伤亡不轻,加上外逃的人,恐怕西平要萧条很长一段时间了。"

赵铭沉默了,和赵含章一路向县衙走去。路上到处是抬着伤者往县衙去的人。看见赵含章,不少百姓都放下手中的事,对她行礼。

于是赵铭将想说的许多话憋在了心里。

他们一直走到了县衙门口,看到县衙门前的空地和街道上都躺满了人,正不断地有人穿梭其中,给那些伤者发药。

而傅庭涵站在台阶上调度,目光遥遥地与他们的对上,他便朝着两个人行了一礼,然后重新被人围住。

赵铭见傅庭涵有条不紊地安排着这一切,就问:"留在西平县是你的意思,还是傅庭涵的主意?"

赵含章挑了挑眉,直言:"是我的意思。"

赵铭还在看看傅庭涵:"他倒是愿意听你的话。"

赵含章道:"没有违背他的本心,为何不听呢?"

赵铭扭头看她:"不违背本心就要听从于你吗?"

赵含章朝赵铭微微一笑,道:"伯父,这不是听从于我,而是听从自己的本心。"

她认真地看着赵铭,直言:"伯父这时候过来,应该不是单纯来看我的吧?"

赵铭道:"我想与你谈一谈。"

赵含章也拿出真诚的态度来:"伯父请讲。"

正好她也想和赵铭谈一谈呢。她要得到西平县,就必须得到赵氏的支持,而要得到赵氏的支持,首先就得过了赵铭的这一关。

她这么真诚,赵铭却有种自己又掉进陷阱的感觉。

他顿了顿,组织好语言才道:"三娘,从再见你开始,我便知道你不一样了。"

赵含章沉默了。

"你从小就聪明,但以前你的聪明只用在小家之中,这一次见你,虽然你一直在示弱,但在我眼里,你锋芒毕露。"赵铭道,"既然要开诚布公,那今日我便问一问你,你到底想做什么?"

赵含章抬头看进他的眼睛里,与他对视片刻,问道:"伯父觉得我想做什么?"

赵铭道:"你祖父的最后一封信是我拆的,信中说了京城发生的事。你因为救二郎坠马,差点儿死了,虽然你祖父未曾明说,但他的言语中难掩失望之意,显然也怀疑是你叔祖一家所为,他请我们将来看顾你们姐弟,一来是照顾你们,二来也是断了这场恩怨,不让你们陷入其中。"

赵含章闻言,有点儿讶然,她没想到赵长舆连这个都想到了。

赵铭见她面露惊讶之色,继续道:"你选择回乡,我猜到了,但我没想到你会选择住在上蔡。既然你有能力在上蔡自力更生,又为何会带着傅庭涵回到并不熟悉的汝南呢?洛阳,甚至是长安,随便一处,你们都可以去。"

赵铭看着她道:"战乱不过是借口罢了,以你之能,应该可以看得出来,朝廷离开洛阳只是暂时的,你跟着大军,以赵氏的威望和族长现在的权势,你所得的荣光不会比现在的少,而且傅中书也在大军之中。"

之前赵铭没有想到这些是因为他对赵含章的了解还不够,但昨天之后,他才知道,他的这个侄女比他以为的还要聪明、还要厉害,那他就不得不想到了。

"所以我猜想,你想借助赵氏做什么事。自你回乡以后,族长一家在族中的威望渐渐降低,而你虽人在上蔡,却慢慢地接过了你祖父在族中的威望。三娘,你叔祖一家曾经那样待你,你就没想过报仇吗?"

赵含章沉默片刻后,冲赵铭粲然一笑。她道:"的确有人特意将二郎引到城外去,这个仇我也记着,但我知道,这个仇人不是叔祖和大伯。

"我虽受伤了,但好在没死,我还不至于因此和他们成了死仇。而且我从小受祖父教导,虽做不到像伯父这样一心为了宗族,但也不会为了个人恩怨罔顾家族利益。

"伯父忧心的不是我的初衷。"

赵铭认真地看着她,赵含章也认真地回望他。

"至于叔祖一家的威望下跌,"她笑了笑,道,"这件事不应该去问叔祖和大伯吗?"

赵铭不说话了。

他想了想,道:"族长的位置虽然一直是由我们嫡支担任,但族人众多,事务繁杂,管理族务如同打理一个国家,族人归心与民心归向是一样的,非强制要求可以达到。

"皇室若不能得到民心,那离江山崩溃不远矣。同理,若族长不能使宗族一心,赵氏也危矣。在这样的乱世里,宗族想要长存本就艰难,若人心涣散,恐怕灭族之祸便近在眼前。"

赵含章道:"我与伯父有一样的看法。但……就算我离开西平,甚至离开上蔡,叔祖便能掌控赵氏,使上下一心吗?五叔祖会真心信服叔祖吗?还有七叔祖他们,他们就能完全相信叔祖吗?叔祖他又真的可以保全赵氏吗?"

赵铭沉默不语。

赵含章道:"伯父,您只看到了我对叔祖的威胁,却没有看到天下局势对赵氏的威胁,或者说天下局势对这天下的每一个人的威胁。

"昨日围城之祸,将来还会再出现,甚至会更严重,赵氏能在这样的乱世中生存下来吗?若是不能,那谈我和叔祖的威望之争还有什么意思?"

赵铭被她问住了,猛地一激灵。他刚才顺着她的问题往下想,竟然想到了不得了的事。

"你……"赵铭顿了顿,好一会儿才找到合适的话问她,"那你想怎么保全赵氏?"

赵含章看向西平县衙。

赵铭也看过去,立即道:"族长一家还在洛阳呢,我们赵氏也是忠义之后,绝对不能造反。"

赵含章道:"谁说我要造反了?"

她又不傻,这时候造反,不说匈奴,东海王第一个不容她,随便一个号称是正义之师的人就能剿了她。

她是有多想不开才会把自己置于这样的危险中?

她道:"伯父,外人说起西平,就会想到我们赵氏,甚至在整个汝南郡内,我们赵氏也是数一数二的大族。"

"什么是休戚相关？便是西平亡，我们赵氏就没了根基；我们赵氏亡，西平就没了依靠。"赵含章道，"今日西平之困您也看到了，西平有险，朝廷是救不了的，我们只能自救。所以我认为，我们要发展好西平。只要西平足够强大，那我们赵氏就算再遭遇像昨天那样的险事，也不至于孤立无援，几近灭族。"

赵铭问道："你想割据西平？"

不，她想割据汝南郡，但这么说显得她的野心太大了，所以她道："怎么能算割据呢？我们依旧忠于晋室，不过西平若由我们赵氏管理，总比再来一个陌生的县令要强。到时候西平发展起来，我们也有能力保护好赵氏坞堡。"

割据嘛，赵铭又不陌生。这个时代，豪富之家割据地方的还少吗？

赵铭万分纠结，脑海里分成了两个人：一个人认为赵含章说得都对，另一个人则意识到赵含章的目的怕是没那么单纯。

那么问题来了，赵含章把船给他拉过来了，他是蹦上船呢，还是一脚蹬开呢？

上船，不仅意味着赵氏要走一条和之前计划的不一样的路，他还天然站在了赵含章这边，站到了族长的对立面。

这是他一直忌讳的事情。

他若把船蹬开……

赵铭看了一眼赵含章。理智上，他认同赵含章的观点；情感上，他也更信任赵含章的能力和见识。

明明他是来问赵含章的，为什么到最后却是他被她为难住了？

赵含章也不催他，只告诉他县城的情况："宋家和陈家都损伤巨大，宋二郎都死了，听说族人也被杀了不少。"

宋家和陈家算是西平县城里挺大的两个家族了，当然，没法和赵氏相比。

但算起来，三家也是姻亲，赵氏坞堡里有族人娶了两家的闺女。一听到两家的损失这么大，赵铭就蹙起眉头来。

"但他们两家还算好的，因为躲避得及时，他们的大部分家人都活了下来。城中的其他中等家资的人家，几乎遭受了灭顶之灾。"

他们既没有足够的家丁、部曲保护自己，家中又有余财，自然沦为乱军抢掠的重点对象。

赵含章道："稍有家资的人家在这个世道里都活得这么艰难，更不要说普通的百姓了。伯父，我从小在祖父的膝下读书，一直认为，民才是国之根本，我们有能力护一个人，便护一个人，有能力护一县之民，自然要护一县之民，您说呢？"

赵铭心中的天平彻底歪了。

他闭了闭眼，问："你要把家人从上蔡迁到西平来吗？"

赵含章没想到他这么敏锐，顿了顿，道："母亲胆小怯弱，好不容易适应了上蔡的生活，我暂时不想劳累她。"

赵铭撇撇嘴，心里竟然已经不介意她还在打上蔡县的主意，而是道："你想让谁来做西平县令？回头我把族中的你的那些兄弟找来，你从中选一个，我好向朝廷请官。"

赵含章道："我没想再请县令。"

赵铭瞪眼："何意？"

赵含章轻咳一声，道："县中设一个县令，那将来县务是听我的还是听他的？"

"就是挂个名……"

"我觉得这个名大可不必挂。"赵含章道，"您就把整个西平都当成坞堡一样，各家处理各家的事，公中事务找族老们，这里则是找县丞和主簿，他们解决不了的事再找我就行。"

赵铭心里想：这野心已经不加掩饰了吗？她要不要暴露得这么彻底？她好歹假装一下呢。

但赵铭并没有在面上表现出来，揉了揉额头，道："这样不行，县城里没有县令，朝廷那里说不过去。"

"有县丞和主簿就可以了。"赵含章笑道，"伯父和朝廷拿县丞和主簿的任命就行。至于县令，您就说暂时找不到合适的。"

赵铭道："你真当西平县是我们家的啊，我想怎样就怎样？"

赵含章道："可西平一个小小的县城，谁会特别在意呢？只要没人提，谁会留意这里只有县丞和主簿，而没有县令呢？"

"至于县丞和主簿的任命，就看伯父要怎么和叔祖提了。"

以赵仲舆现在的威望，定下西平县的县丞和主簿不过是一句话的事，简单得很。

可赵铭依旧觉得不太妥。他看向不远处的傅庭涵："要不请他为县令？你们是未婚夫妻，他又……听你的话，他当县令和你当也没差别了。"

赵含章道："他是我的县丞。"

赵铭问："那主簿呢？"

"伯父觉得汲渊如何？"

赵铭转身就走，这和直接把西平县装进她的口袋里有什么差别？

赵铭虽然很不开心，但在县城晃了一圈，最后听着各家传出来的哭声摸黑回到县衙时，还是松口答应了。

赵含章忙给他倒茶："还请伯父替我在叔祖面前遮掩一二，免得让他知道我在西平胡闹而生气。"

"你也知道你在胡闹呀？"

赵含章讨好地冲他笑，派人将客房打扫出来，让赵铭住。

赵铭听到她直接将县衙后院的偏房设为客房，不由得有些无语，合着她早把县衙当自个儿的家了，找他不过是要个名分而已。

赵铭沉吟片刻，道："庭涵不能当你的县丞，甚至不能在县中挂名，不然族长一看便知庭涵的背后是你。至于汲渊，还有理由可以找，毕竟他是赵氏的幕僚。你得另外找个人来当县丞，这个人最好是我们赵氏的人。"

于是赵含章将目光落在了赵铭的身上。

赵铭的脊背一寒，他立即道："你想都不要想。"

"伯父，就是挂个名而已，实际做事的是我和庭涵，真的，您即便一年半载不来县衙也没什么的。"

"你的胆子怎么这么大啊？"赵铭就奇怪了，"大伯从前到底是怎么教你的？你真的觉得西平县是我们赵氏的一言堂，你说是什么就是什么了？"

"瞒一个县令也就算了，你现在连县丞都想要假的，你……你……"

赵含章认真地道："伯父，您信我，就算有人写信，甚至写折子告发了此事，朝廷也不会管的。"

赵铭道："为什么？这么大的事……"

"在现在的国事里，这还真的算不上大事。今天一早，石勒不是说了吗？他杀了司马腾，冀州现在肯定乱了。"

赵铭道："成都王司马颖就在兖州，只要往上就能接住冀州。"

"但苟晞往京城去了。"

赵铭一愣："什么意思？"

"先帝之死有疑。东海王立了新帝，却又带着朝廷退出洛阳，把京城让给匈奴兵和乱军，现成的讨伐理由在这儿，司马颖若是能说服苟晞往京城来，您说他们会不打起来吗？"

这个操作可太熟悉了，之前的几位王爷就是这么干的，然后我杀了你，他又杀了我，再来一个人杀了他，如此循环往复，最后把皇帝也给搞死了。

现在再来……

"这是东，再看西面，长安来的乱军已退，他们的河间王毕竟真的死了，群龙无首，也就是进洛阳抢劫一通，泄愤而已，如今愤怒已宣泄，他们还有多少斗志？"

赵含章道："我要是东海王，一定趁机收复长安，甚至西推，将京兆郡都收入囊中。"

"这一桩桩、一件件，加上各地不断发生的叛乱，我不信朝廷会有精力盯着一个小小的西平县看。"赵含章鼓动他，"伯父，大胆一些。退一万步说，就算我们被发现了，那不是还有叔祖吗？叔祖随便找个'国事繁忙昏了头，忘了给西平县找个县令'的理由便搪塞过去了。至于您，直接挂印辞官呗，说不定还能得一个'风流名士'的称号呢。"

赵铭没好气地道："在其位，不谋其政，这算什么好名声？"

"怎么不算？"赵含章道，"王衍便一直占着位置不谋其政，问起来就是国事俗气，您也这般不就好了。"

赵铭和赵长舆一样，同样不喜欢王衍的做派，闻言，指着门外道："出去。"

赵含章就起身，一边行礼一边倒退："伯父，这名分上的事就拜托您了。"

赵含章一出来就跑去找傅庭涵。

傅庭涵还在伏案写东西，看到她来，就道："你来得正好，今天我大概统计了一下伤亡情况，还预估了一下现在城中幸存的人口。"

赵含章问："准吗？"

"八九分吧，还有许多家没有把伤亡名单报上来，但我和来这里的百姓简单了解了一下，加上各里里正掌握的信息，八九不离十吧。"傅庭涵道，"我算了一下库房里的粮食，所有人都从这里领取粮食的话，也就够半个月。"

赵含章惊讶地道："这么短？夏收不是刚结束吗？"

"对，所以我翻了一下夏税的缴纳情况，发现有很多家欠着没上缴。"他看向赵含章。

赵含章把头往后微微一仰，有些迟疑地问："里面有我？"

她记得账册中有这一笔，她显然已经缴过了呀。

"不是你，是你家亲戚。我大致算了算，应该没算完，挺多的，里面欠税最大头儿的是赵瑚。"

赵含章不由得摇头："我实在没想到他会成为我杀鸡儆猴的那只'鸡'。"

傅庭涵忍不住笑出声来："你最好缓着来，你现在还得求着赵铭要名分呢。"

"你怎么知道他答应了？"

"看你这么开心地走过来，我猜的。"

"你猜得还挺准。"赵含章道，"本来我想让你给我当县丞的，但你的身份目前还不适合走到台前，所以我们都得暂时隐藏着。"

傅庭涵拿着手中的册子示意："那这个……"

"先收着，过了这一段时间再说。"赵含章很有耐心，并不想现在就让人心中不悦。

当务之急还是救人和安抚民心。

赵含章亲自出面安抚的效果还是很不错的。城中的百姓见乱军已经被赶走，赵含章又带了这么多人住在县衙里，听说连赵氏坞堡的赵铭都来给她打下手了，顿时信心倍增，不再想着往外跑。

赵含章说到做到，大致清点了一下城中幸存的人数后，便开仓放粮，每人都能一次性领到三天的口粮。

前来报到的宋智和陈四娘还没来得及做自我介绍，傅庭涵便直接让秋武领他们去了赈济点。

傅庭涵对两个人说："昨日登记造册的人都拿了号牌，今日他们会拿着号牌来领救济粮，你们的任务就是勾画来领救济粮的人的名字，十四岁以上算成人，成人三天的口粮是二斤半，十四岁以下则算二斤。"

这是昨天傅庭涵统计幸存者名单时让人对号列的册子，为此他还拿了县衙的不少纸张裁剪做成号牌。

昨天他们给号牌的时候就叮嘱过了，之后若有赈济，全凭号牌领取，要是遗失就来报。

所以他想，他们应该会很小心地保管自己的号牌。

也是因为这个，县衙现在尤其缺认字的人。毕竟不管是统计幸存者，还是发赈济粮，都需要对号。

所以也不怪赵含章看见一个识字的人就想拉到身边来了。

宋智拿着一本册子去赈济处，看见那里排队排了四列。除了他们俩，还有两个吏员，吏员的手中也拿着册子，其中一人的身上还戴着孝。宋智仔细看了看，有些眼熟，半天才认出来："耿荣？"

面无表情的少年抬起头来，看到宋智，顿了一下，抬手行礼："宋六郎君。"

宋智看着他身上绑的白麻，有些迟疑："你家中……"

"家父与范县令一起殉城了。"

宋智便叹息道："节哀顺变。"

耿荣看了一眼宋智旁边也戴孝的陈四娘，道："你们也是。"

四人沉默地站在赈济台前，他们每个人还给配了两个部曲，一个在他们的身边称粮食，另一个则去前面维持秩序，让人按照号牌的区间排队。

"号牌在一到五百的排这边，五百到一千的排这一队，一千到一千五的排那边去……"

绝大多数人不认识字，但昨天他们拿到号牌时，有人曾经告诉过他们，很多人都记住了，但也有记不住的，于是他们去找部曲认字。

部曲哪里知道，只能领着他们到前面找宋智等人认字。

宋智看了一眼后道："五百八十九号，排我这一队。"

于是部曲又把人领回去排队。

赈济处井然有序，赵铭站在一旁看着宋智等人对照号牌在册子上找到人的名字，一般一家子都放在一处，因此一人可以拿家中其他人的号牌一起过来领取，在册子上也有记录他们是一户。

赵铭一开始只觉得这样做井井有条，虽然有点儿耗费笔墨，但比直接赈济所需要的人少一些。但当他看到没有登记造册的人因为领不到赈济粮而跑去登记时，他慢慢回过神儿来。

赵铭默默地转身回去找赵含章。赵含章此时正在见县城中的各家家主。各家家主今天把家中的伤亡名单报了上来，死亡最多的是他们的家丁和长工。

各家家主看到赵铭，皆是一惊，连忙向他行礼。

赵铭微笑着回礼，走到赵含章的身边，压低声音道："你过来，我有话与你说。"

赵含章抬头对各家家主笑着点了点头，和赵铭走到一旁说悄悄话："你让人登记造册是为了查隐户？"

"当然不是。"赵含章断然否认，"这西平县里最大的隐户不就是我们赵家吗？我为何要做这样的事？"

赵铭道："我以为你不知道。不登记造册就拿不到赈济粮，你知道这样会盘查出多少隐户吗？"

赵含章道："伯父，我们坞堡有规矩，凡是投靠来的人，租种田地的佃户给的佃租是全西平最低的，在县衙册子上没有名字的人，每年向坞堡缴纳的税赋都比给县衙的少。但外面不一样，悄悄隐藏起来的那些百姓一开始缴纳的庇护金也不多，但种着种着，他们就会发现自己的田地没了。"

"我如今是缺人，但是说真的，如今是乱世，我随便让人去颍川或洛阳一带走一遭便能带回来不少人，我还不至于在隐户上和他们争一时长短。"

赵铭心中一动："你争的是地？"

赵含章给了他一个赞许的目光，压低声音道："人靠什么活着？还不是靠地？我有了地，自然就有了人，有了人，自然也就能保护整个赵氏坞堡和西平了。"

赵铭道："各家要是知道你的险恶用心……"

"已经晚了，"赵含章轻声道，"今天过后，这里会有很多过不下去的人来登记造册的，各家不满也没用，我的身后不是还有您吗？"

赵铭心想：真是用心险恶，他都有点儿后悔来这里了。

赵含章安抚他："您放心吧，只要我们赵氏善待那些佃户和隐户，他们不会想不开，跑来县城这边领救济粮的。"

赵氏又不穷，凡是战死的人，不论是部曲、长工、佃户还是隐户，都得到了抚恤金，家中之人也会被照顾，他们才看不上县城的这几斤米呢。

赵铭问道："你的粮食够赈济几天的？"

赵含章让他放心："我都想好了，每个号牌可以免费领取六天的口粮，六天之后我就要以工代赈了。"

六天的时间，足够她摸清西平县的情况，同时做好部署了。

赵铭看着她，问道："你就这么有信心？"

赵含章催促道："伯父，还请您给朝廷写信，一是告知西平之事，二是将县丞和主簿的人选定下。"

赵铭深深地看了她一眼，微微颔首。他偏过头去看不远处站着的各家家主，低声问道："我先回坞堡去？"

赵含章点头："县城这边交给我，伯父先回坞堡吧，那边也离不开您。"

各家家主都眼巴巴地看着赵铭，努力竖着耳朵，想要听清他们伯侄两个说的话。

奈何他们说话声太小，各家家主努力了半天，什么都没听到。

所以各家家主只能打量赵铭和赵含章的脸色，试图从上面看出点儿什么。

他们要是吵架……该多好啊。

虽然赵氏这时候内讧不太好，但看赵含章这两日的手段，各家家主都有些惶惶不安。

很快，赵铭转身和赵含章一起走过来，各家家主立即收回目光，老实站好。

赵铭上前和各家家主告辞，表示他还有事，要先回坞堡了。

众家主一愣，忙问道："子念，这西平县现在群龙无首，正是百废待兴的时候，你不留下商议吗？"

赵铭道："这不是有含章在吗？有事找她就好，西平县城这边，她可以代替赵氏行事。"

众人一听，沉默了下来。

赵含章站在一旁冲众人微笑，众人齐齐打了一个寒战。

众人眼巴巴地看着赵铭离开。赵含章等众人依依不舍地看够了，这才侧身道："诸位，请在屋里就座吧。今日我的部曲还是在清理尸体，帮助伤者疗伤，已经抽不出人手来。城门被破坏得如此厉害，也该修建了。"

家主中有人回神，问道："可有足够的药材？"

赵含章认出了他，知道他家是做药材生意的，便道："县城里的两家药铺都被接管了，我们赵氏也送了一批药材过来，但还是缺了不少，钱老爷有好的建议吗？"

347

对方闻弦知雅意，何况他特意提起，也是想卖赵含章一个好，因此他道："我家对药材有些涉猎，家中还有些积存，可以提供一些。"

赵含章立即代替西平县的百姓表示感谢。

其他各家家主一听，想到已经离开的赵铭，人在屋檐下，不得不低头，于是纷纷慷慨解囊。

他们从上午商议到下午，各家不仅捐赠了物资，还认领了好几项重建西平县的活儿。等走出县衙时，各家家主都面色复杂，他们既忐忑，又充满信心。

他们走出县衙大门后，没有立即分开，而是三三两两，关系亲近的凑在一起走。

"这个赵三娘到底是自己有本事，夺了赵铭的权，还是赵氏特意推了她出来行事，好对付我们？"

"你觉得呢？"

另一个人道："看她今日的安排，你们觉得她是那种会被赵氏推出来挡箭的人吗？"

"她的确厉害啊，即便范县令在，只怕也做不到她这样。"提出疑问的人道，"照她这样安排，不出三天，西平县便能安稳下来。"

"她如此厉害，我心中却很不安。"

"是啊，我听说她才十四岁呢，如此多智老辣，不愧是赵长舆之孙。"

"幸亏她不是个男子。"

"我却惋惜她不是男子……"

各家家主的感叹不一，但自他们见过赵铭，且从赵铭这里得知赵含章能代替赵氏在西平县行事后，西平县的一众事务就全落在了赵含章的身上。

赵含章也不嫌累，虽然很忙，但乐在其中。她隔天便召见了各里里正——若有不幸战死的，要么推举出新的里正来开会，要么由其剩下的家人来代表。

通过各里里正，赵含章迅速地厘清了这一场战乱带来的损失。傅庭涵根据数据给她做好了各种分析图。

赵含章根据这些分析图重新掌握了各里的田地和人口情况，并让里正们劝说外逃的百姓回城。

赵含章道："正值秋收，各里先组织人手收割豆子和稻谷吧。家中损失壮丁的人家，由乡里组织人手前去帮忙收割，全家遇难的人家留下的田地，暂由县衙接管。"

各里正都没有意见，躬身应下。

政策是这么个政策，要实行却不容易。赵含章也不能只给出一句话就当甩手掌柜。

所以她亲自将袖子一卷，出去招募人手，领着他们到地里去收割豆子和稻谷。

工钱全部由县衙出，除此之外，还有县城中的损坏房屋的建设，城墙和城门的修建，这些都可以拿出来以工代赈。

本来满城缟素、死气沉沉的西平县城一下子活了过来。众人在忙碌中暂时忘记了失去亲人的痛苦，而到今天，距离西平之战过去也不过五天。

宋老爷他们都没想到西平县能那么快振作起来，之前逃走的百姓又回来了，领了赈济的口粮后，要么去收割自家的粮食，要么去县衙里取号牌以工代赈。

就在众人忙碌之时，赵含章贴出公告，免去今年西平县所有人的秋税。

和这一张公告一起贴出去的是征收西二街一带的贫民窟以作军营的公告。她之后会屯兵西平，保卫西平。

两张公告一起贴出来，普通百姓大多盯着第一张公告看。听衙役念完第一张公告后，他们当即大声地议论起来："今年的秋税不用纳了？"

"那省着点儿吃，我们还是可以撑到明年夏天的。"

"真是太好了，赵家三娘果然大慈大悲。"

大家议论纷纷，因此没几个人注意听第二张公告。

衙役念完后就走了，大部分人不识字，也不在意第二张公告，就凑在一起议论秋税的事。

但也有人专门留意到了第二张公告，来回看了两遍后，挤出人群，跑回去告诉家主。

"赵含章要在城中屯兵？"

"对，就在西二街。郎主，那里要是重建起来，起码能屯聚千人，这么多人，将来这西平县岂不是成了赵氏的后花园？"

"您要不要去赵氏坞堡提一提？"

宋老爷道："提什么？你看这几天赵含章在县城里大刀阔斧地改革，赵氏有来一个人吗？"

现在西平县衙就是赵含章在做主，她手中有兵，谁敢惹她？

那人道："范县令之女不是活下来了吗？西平县令本就是要朝廷册封的，范县令一家殉城，留下来的范家女郎便是忠义之后，若是由她上书朝廷并请朝廷安排新的县令……"

宋老爷沉思起来。

他们都不知道，此时，朝廷已经收到了赵铭的书信。

折子和信是同时到达京城的。折子上交，信则直接送到赵宅给赵仲舆。

作为当地的名门望族，赵氏是有义务向皇帝报告当地情况的。

赵铭曾经也是定过中品的士人，虽然他不出仕，但写折子这种事难不倒他。

不过朝廷没怎么把他的折子放在心上。有关官员翻了翻后就丢在那边，都没拿到朝会上说，只在东海王议事时提了一句："被赶跑的匈奴军逃到了汝南郡西平一带,西平县县令及主簿殉城了。"

东海王不在意,问道:"灌阳还在打?"

"是。汝南刺史还在坚守灌阳,他正在和朝廷求援。"

大家看向东海王,所以朝廷派不派兵去救?

东海王思索片刻,发现自己派不出人手了,于是找了一圈,道:"令颍川刺史去救。"

众人对这个提议有些无语。

颍川去年遭灾,今年的日子也过得极为艰难,百姓外逃了不少,还有不少灾民加入了流民军,自己揭竿,到处做盗贼,派颍川人去救?

东海王继续道:"让汝南给颍川出军粮。"

众人一想,还真可以,汝南现在缺人,而颍川缺粮,正好。

于是大家都没反对。

傅祗听得眉头一皱,但他想到现在陈兵洛阳之外的苟晞和收复了一大半的京兆郡,也没反对这个建议,只道:"王爷,南撤的匈奴军必须清理,若不赶他们出江南,洛阳以东的地方就会丢失。"

东海王简单粗暴地问道:"我还有兵马可派吗?或许你问问陛下可否派禁军出去平乱?"

傅祗道:"王爷何不说服成都王和苟刺史先一致对外御敌?"

东海王这段时间压力极大,烦躁不已,直接道:"难道我不想吗?奈何我的门下没有具有三寸不烂之舌的谋士,不如傅中书代本王走一趟?"

傅祗沉默了一瞬,点头应下,表示愿意去见一见苟晞。

东海王不觉得他会成功,冷笑着让他去。

赵仲舆见他们商量完这件事了,便道:"西平县令殉城,应该给他们派个新县令去,王爷可有合用的人选?"

东海王现在缺的就是人,他怎么会派人去西平那样的被匈奴围住的小县城?

西平又不是什么重要关塞,因此东海王不在意地挥手道:"诸位爱卿看着办吧。"

其他人都知道西平是赵仲舆的故乡,因此也乐得卖他一个面子,纷纷问道:"赵尚书可有推荐的人选?"

赵仲舆道:"县令的人选没有,县丞倒是有一个……"

赵仲舆推荐了自家侄子赵铭。

于是有人道:"我记得赵铭早年定品,定了中品,那他出任县令绰绰有余,为何只定县丞?"

赵仲舆道:"他没有经验,目前只有做县丞的才能。"

可赵铭当了县丞，还有谁敢去西平当县令？

不说赵氏是西平望族，就说赵铭的品级，他都中品了，那当他的县令，怎么也得是个中品或者上品吧？

但不管是中品还是上品，谁会去一个小小的西平县当县令，而且还有可能受制于当地士族？

大家都觉得赵氏太装模作样了，直接让赵铭当县令就是，假装谦虚给谁看啊？

不过大家还是很给面子地恭维了一下后同意了。汲渊为主簿的任令也就是捎带手的事，没几个人留意到。

而留意到的人叫傅祗。

赵铭当县丞已经够奇怪了，汲渊竟然跑去当主簿，那空出来的县令之位到底要给谁？

或者说方便谁？

傅祗觉得自己好久没和孙子联络，是时候去信问候一番了。

赵仲舆回到家中，告诉赵济："写信告诉子念，就说他拜托的事办成了，朝廷的公文不日就会到达西平。"

赵济应下。他也很不解："父亲，子念为何不直接做县令，而是要做县丞？"

赵仲舆哪里知道？

赵仲舆道："你可以去信问一问他。"

赵济不想问，因为这样会显得自己的智商很低。

赵仲舆疲惫地揉了揉额头，沉默了一会儿，道："你在信中告诉子念，朝廷如今没有兵马援助汝南，让他一切小心，若族人们躲避不了战乱，便让他带着族人们北上，暂时躲避此次战乱吧。"

赵济闻言一惊："情势竟然如此严重吗？"

"有消息称，刘渊要在北面称帝了。此时他若能打下豫州，那便是在天下人的面前立威。"

赵济不解："王爷为何不派兵去驱赶匈奴军？"

"王爷没想到匈奴军退去时会往南走。他先派兵去收复了长安，如今京兆郡被收复了一大半，不能前功尽弃。"赵仲舆叹了口气，道，"现在我们只能看傅祗能不能说服苟晞了。"

只要苟晞退兵，那东海王就能挤出一点儿人手来支援豫州。

但这不是一朝一夕能办成的事。赵仲舆还是希望赵铭能够立起来，保住西平，保住赵氏坞堡。

他将目光落在案桌上的信上，沉思：汲渊给赵铭打下手，他们这是收服了汲渊吗？有汲渊在，他们多少有些胜算吧？

虽然匈奴兵在豫州劫掠，但朝廷的通信没有被拦截，赵含章很快就收到了公文。

没错，公文是直接被送到县衙来的，所以是赵含章收的。

来送公文的士兵对此感到很惊奇，他没想到现在县衙做主的是个女郎。他左右看了看，问道："赵铭呢？"

赵含章柔柔弱弱地道："伯父回坞堡去了，他不知道使者会送公文来，我这就派人去请伯父回来。"

士兵没怀疑，问道："久吗？我还得回去复命。"

"不久，我们赵氏离县城不远。"士兵便当赵含章是赵铭的家眷，估计她是打理后院的，只是不知为何到前院来了。

赵含章起身离开，让秋武来招待人："看紧了，别让他到处乱走，也别让他听到不该听的。"

秋武躬身应下："是。"

赵含章让人去坞堡里请赵铭，她则回书房里继续处理公务。

赵铭很快赶来，接了公文以后，写了回执给使者，将公文交给赵含章后，便拍拍屁股又要走。走到门口，他想起了什么，回头道："汲渊……他还在上蔡吧？"

赵含章满意地看着手中的公文，闻言，抬头冲他笑着道："这里暂时还用不到汲先生。"

赵铭明白了，她就是要确保县丞和主簿都是她的人，以便她掌控西平而已。

赵铭想了想，道："一旬了，你也该回坞堡见见族老们了。"

现在西平县已经稳定下来，一切都回到了正轨上，她的确是要处理一些后续问题了。

她不仅要回坞堡，还得回上蔡一趟，不知道这段时间上蔡县的柴县令能不能睡得着觉？

自从赵含章走后，柴县令就一直在担惊受怕。

他害怕乱军从灈阳和西平过来，无兵可挡，也害怕赵含章把他的人给拐走，而他还看不住赵家母子。

但他很快就将这种害怕转为忧虑，因为赵家竟然又送了四个孩子进来。他听说是西平那边连夜送出来的。

乱军竟然逼得赵氏送出了火种，柴县令瞬间有了逃跑的想法。

但他还是强撑着没敢跑，就是因为赵含章之前劝说他时说过，实在不行就投降，也能保全城中的百姓。

柴县令在担惊受怕中收到了西平的战况。

他听说西平县的县令殉城了，西平县城被破，死伤惨重。

他听说赵氏带着部曲收回了西平县城，赶走了乱军。

他听说赵氏派去收复西平县的是个女郎，是赵家的三娘，还是赵长舆的孙女。

他听说赵三娘很厉害，重建县城，安抚百姓，发放赈济粮，领着县中的百姓秋收。

他听说赵三娘打败了赵铭，现在还是赵氏坞堡的实际掌权人，在京城的赵仲舆被架空了。

他听说……

柴县令听说了很多传闻，脸上的忧虑慢慢转为面无表情。

每日上衙后，他最先问的一句话就是"赵三娘回来了吗？"。

常宁总是一脸复杂地告诉他："未曾有消息。"

今日柴县令得到了同样的答复，不由得生起气来，终于忍不住问出声："她怎么就这么放心？她的母亲和弟弟还在我的手上呢。"

常宁不作声，在心里嘀咕：难道你敢对王氏和赵二郎做什么吗？你还不是得好吃好喝地招待对方？

柴县令一脸焦急地问道："赵氏那四个孩子也在我们这儿，他们怎么也不着急？"

赵氏还真的着急，尤其是那四个孩子的家长。

他们早就派人去上蔡接人了，但去的人到了上蔡的庄园后，才知道孩子被送到县城里去了。

在庄园里，他们倒是可以说接走就接走，但在县城就不行了。

别说柴县令不答应，就是汲渊也不答应："人既然被送到了城里，那便和二娘子、二郎一样，是三娘托付给柴县令的。三娘一日不回来，他们便一日不能离城，这是诚信。"

这样的态度让柴县令感动不已。最近这几天，他已经和汲渊结为异姓兄弟，他们的感情快速升温。

柴县令仔细地想过，以赵氏在汝南的权势和地位，他们要是强硬地把人接走，他还真的拦不住，所以汲渊这样守诺，这样为他着想，他如何能不心折呢？

柴县令却不知道，常宁看着他，异常沉默。常宁很想告诉他，汲渊之所以拦着，不让赵氏的人接走那四个孩子，不仅仅是要留下孩子做柴县令的人质，也是留下做赵含章的人质。

柴县令真的以为那四个孩子在他的手中？

那四个孩子分明是在赵含章的手里。

只要赵氏一日接不走那四个孩子，那他们就有命脉被握在赵含章的手里，看赵含章在西平县做事有多顺利就看得出来了，尤其是在西平县县丞和主簿的任命下来之后。

赵铭，一个当地豪门士族，曾经被定为中品的士人，竟然才被定为县丞。

空着的县令的位子留给谁？常宁用脚指头想也知道啊。

奈何柴县令最近对汲渊的感情快速升温，汲渊那个小人挑拨他和柴县令的关系，以至他最近常被猜疑训斥，常宁便没有把这些事说出来。

反正柴县令也不会相信，最后他反而还会招来一顿骂。

常宁淡定地等待着，等待赵含章回来换人。

坞堡里的好几房的人也在等待。

别看被送出去的只是四个孩子，只有四对父母，但他们的身后可还站着一帮亲族呢。

在第一次派人去上蔡没把人接回来后，坞堡里的亲族对赵含章便有了新的认识。

在坞堡被围前，赵含章在他们的眼里就是一个聪明的后辈，如果一定要定义一个身份，那就是长房的孙女，长房的实际决策者。

但，她还是个孩子。

在坞堡被围解困后，赵含章在他们的眼里是一个能干的、胆大的、聪明的后辈，是可以商议族中事务的女郎。

而在接不回孩子后，他们终于意识到，赵含章是独身一人便可以站在和赵氏同一位置上商量大事的人。

所以，她想从赵氏这里得到什么呢？

这一刻，她在亲族们的眼里已经不仅仅是赵三娘，她还是赵含章。

赵三娘是赵氏的三娘，是一定要听从家族安排的，但赵含章显然不是。

赵含章把县城交给傅庭涵，自己带上两百人和赵铭一起回了坞堡。

再次见面，明明才过了一旬，赵淞却觉得过得比一年的时间还长，他静静地看着赵含章。

赵含章却和以前一样，跳下马就笑盈盈地冲赵淞跑来，行礼叫道："五叔祖。"

赵淞的脸色不由自主地和缓了些，他微微点头道："回来了。"

赵含章使劲儿点头，一脸孺慕之色："我回来了。西平县现在终于步上正轨，我这才能回来。"

赵含章指着她的眼皮底下的黑眼圈道："您看，我已经连续一旬睡不好了，每日都只能睡两三个时辰。"

赵淞不由得心疼起来："怎么睡这么少？"

"西平县死伤惨重，百废待兴，有太多的事情要做了。我年纪轻，经历的事情少，只能熬夜处理公务。"

赵淞叹气，终于忍不住问出口："你一个女郎，为何要去做这样吃力不讨好的事呢?"

赵含章的声音低沉:"五叔祖,我在上蔡看到西平的狼烟时,便知道坞堡凶多吉少,当时我的手头没多少人,更不要说武器和马匹了,简直是要什么没什么。

"我当时五内俱焚,非常害怕坞堡出事,这里面可有我们赵氏上千的族人啊!若是你们出事,我可怎么办呢?所以我只能四处恳求,向县令借兵,又忍痛让母亲和二郎去上蔡县里做人质,为的就是给部曲们换来一些兵器和马匹。

"那时我就发誓,只要能保住坞堡,我一定要积蓄力量,将来再有这样的事,我不会再拿母亲和弟弟去做人质以换兵马。"

赵淞惊讶地看着她,没想到她的想法是这样的,一时心痛不已,拉着她的手忍不住落泪:"好孩子,难为你了。"

才将赵含章带回来的人安排好的赵铭回来就看到爷孙俩正抱头痛哭。

赵铭暗自惊讶:明明他爹这几天还在生气自己看错了人,怎么现在又好了?

赵淞提起还在上蔡的人质,赵含章立即道:"我明日就带着柴县令借我的兵马回去把人换回来。"

赵淞越发满意:"这段时间事情纷杂,大家都被吓坏了,多少有些误会,一会儿我把你的叔伯长辈们都请来,你好好地与他们说,知道吗?"

赵含章乖巧地应下。

再次见到赵含章,长辈们都有些沉默,就连赵瑚都安静了许多。

她在西平县做的事都传回了坞堡里,加上赵铭亲自写信去求官,但听他流露出来的意思,他并不打算住到县城里去,还是在坞堡里打理族中的事务。

那县城里是谁做主就不言而喻了。

此刻,没人再敢把赵含章当作一个普通小女郎看待。

赵含章见他们如此沉默,便起身亲自给长辈们奉茶,特别是那四个孩子的家长,然后解释道:"因我之故,让叔伯和弟弟妹妹们经历分离之痛,确实是我的罪过。待我把弟弟妹妹们接回来,再登门赔罪。"

众人的脸色和缓了些,他们对赵含章道:"也不怪你,西平遭此重创,你也忙得很。"

于是有人提起西平县令之职:"朝廷没有安排西平县令,而你的铭伯父也说不去县城,那县务……"

赵含章笑着道:"我会暂时代理,等将来有了合适的人选,再交出此重担。"

那要是没有合适的人呢?

众人不禁在心中吐槽。

赵瑚一直收敛脾气,这会儿也忍不住了,道:"三娘,你毕竟是女子,女子掌政务不好吧?"

赵含章坐回自己的位置上，端起茶杯喝了一口，抬头笑问："哪里不好了？是我政务处理得不好，还是军务出错了？"

赵瑚对上赵含章的目光，脑海中先是闪过被按在棺材上的画面，然后闪过她冲锋陷阵的画面，声音顿时弱了八度，他心虚地道："从古至今都是男主外，女主内……"

赵含章浅笑着道："但在我这儿只有能者居之。"

她扭头对赵淞道："我正要请五叔祖示下，西平县现在百废待兴，正是需要人才的时候，族中这么多兄弟姐妹读过书，若是有空，不如去县城里帮帮我。"

赵淞看向赵铭，他此时谨慎了许多，沉吟片刻后，道："你的铭伯父就是西平县丞，族中的事也多是由他打理，这些事，你问他就好。"

赵铭看了他爹一眼，一方面觉得他爹终于学会了戒备，另一方面觉得此时已经大可不必。

他自己都给赵含章做了配，打了掩护，难道他还会拒绝她用族中的人吗？

于是赵铭直接道："有合适的人，你就选走吧，让他们出去历练历练也好。"

说到历练，赵淞想起来了，立即道："现在外面乱得很，派人去找一找子途，让他带着孩子们回来吧。"

赵子途，单名一个程字，是赵瑚唯一的儿子，他此时正带着好几个侄子在外游历，也是因此，这次送出的"火种"只有四个，因为其他房的孩子，要么和赵二郎一样跟着家人在外，要么就是在外面历练。

赵含章没见过这位叔叔，但记忆中听王氏提到过。这位叔叔和她爹的年龄相近，两个人的关系很好，以至她的父亲病死后，他伤心到不愿意再见他们这一房的人。

哦，听说他和他父亲的关系极度不好。

和赵淞、赵铭父子间的相爱相杀不一样，听说他和赵瑚只有相杀，没有相爱。

为了不见他爹，他热衷于游学，哪怕是需要带侄子们回乡，他也绝不住回坞堡，而是找各种理由去朋友家去住。

赵含章为什么知道得这么清楚呢？

因为他们搬到上蔡别院时太穷了，开始四处找东西典当，然后就从别院里找出了不少他的旧物。然后成伯就感慨地说："这是程郎君的东西，想当年，他和你的父亲……"

然后赵含章就知道了。

赵含章端起茶杯喝茶，沉思起来：赵程要是回来，赵瑚这只鸡应该更好杀吧？

赵铭应下："儿子晚些时候就写信。"

但人回不回来，什么时候回来就不一定了。

赵含章看了赵铭一眼后道："伯父不如将近来坞堡和西平发生的事写上，叔父若知道家族的情势如此危急，一定会回来的。"

赵淞立即点头："三娘说得对，写上。"

赵铭看了一眼赵含章，应下了。

开完会，赵含章并没有过问坞堡的事务，她并不打算过多地插手赵氏内部的族务，所以走出议事厅就直接往老宅去了。

她才出门，一个小姑娘便从街对面冲了过来。

站在门口守卫的秋武被吓了一跳，立即伸出手挡住对方，刀差点儿出鞘。

赵含章认出了对方，连忙拦住秋武，然后对对方道："范女郎。"

范颖在赵含章的跟前站定，福身道："我来此，一是谢女郎的救命之恩，二是想请女郎让我回西平县。我……我想祭奠我的家人并为家人守孝。"

赵含章连忙应下："这自然是可以的。女郎是自由之身，想去何处都可以。"

赵含章想了想，继续道："范县令是为西平殉城的，忠肝义胆，我等莫不感激佩服。女郎是范县令唯一的亲人，我等有责任照顾你。这样，我让人在西平县里收拾出一个宅院来，到时候女郎可以在那里为范县令守孝，如何？"

范颖谢过赵含章，并和她约定了离开的时间。

赵含章便笑着道："收拾房屋也需要一定的时间，范女郎不如等我从上蔡回来，到时候我带你一起回西平县城。"

范颖想了想，点头应下。

等范颖离开，赵含章便回身招手，叫来一个守门的门房，道："去铭伯父那里叫个人来，最好是跟在铭伯父身边的人。"

门房愣住，踌躇了一下，还是去了。

不一会儿，赵铭身边的长青便出来了。

赵含章一看到他，便笑着问："是铭伯父让你来的？"

长青笑着行礼，躬身道："郎君说三娘必定是有什么话要问，所以就让我过来了，让小的有什么就说什么，所以三娘尽管问。"

赵含章道："你们拦着范家的女郎，不让她走？"

长青顿了一下后道："族人们说范家女郎的身上牵扯甚多，三娘在县城里还没站稳脚跟，她进去弊大于利，而且范家女郎悲痛，留在族里还有人陪着开解，所以……"

赵含章点了点头："替我谢谢伯父，就说他们的情，我承下了。不过现在西平县局势已定，既然范家女郎住不惯坞堡，就不要强留了。我下次回来会带她离开。"

长青应下。

赵含章问："族中没人欺负人家小姑娘吧？"

长青立即道："范县令乃忠义之士，族中之人厚待范家女郎还来不及，怎会欺负她呢?"

赵含章放心了,回到老宅后,还让下人收拾出一些礼物来给范颖送去。

范家人虽不是西平县人,但范县令在西平县当了好几年县令,这一次为了守城,全家死得只剩下一个人了,不管她想不想,范颖都关系着西平县的安定。

虽然赵含章也不惧分歧带来的麻烦,但能省事的话,谁会特意去找事呢?

赵含章的手指无意识地点了点桌面。等她把所有事情想了一遍,确认没有错漏以后才去休息,第二天便精神满满地回上蔡去了。

她一路急行军,直奔上蔡县城。

柴县令本来以为今天依旧是无望的一天,结果被赵含章杀了个措手不及。他又惊又喜,立即带着常宁迎出去。

柴县令看到她带回来的人,松了一口气:"三娘,你终于回来了。"

赵含章作了一揖:"含章幸不辱命。"

柴县令连忙抬手虚扶,请她上座,问道:"你快说说战况如何,西平县的情况如何。"

虽然这段时间他收到的消息不少,但他还是想听正主儿说一下。

赵含章便给他描述了一遍,然后说起这一次她带走的人的伤亡情况来。

是真的有伤亡,所以她不能还给柴县令满员。

柴县令早有预料,其实在听说了西平的战况后,他觉得赵含章能还回来一半的人就算不错了,没想到伤亡并不是很重,他已经很满意了。

赵含章便顺嘴提了一句阵亡士兵的抚恤,柴县令随口应下:"县衙会负责的。"

赵含章满意了,这才提起家人。

柴县令立即表示,她随时可以带人离开。

柴县令想要起身送客了:"三娘凯旋,一定想家人了,我就不拦着你们团聚了。我这就让人领你去见夫人和二郎君。"

赵含章却道:"不急,不急,虽然来自西平这一边的威胁已经解除,但我不知道濋阳那边的情况,就赵氏得到的消息来看,濋阳那边竟然还在打,而且情况很不好。"

柴县令叹了口气,道:"匈奴军还未退走,情况不太好啊!"

"濋阳还没有援军吗?"

"颍川有一支军队下来了,只是……"

赵含章道:"只是什么?"

"唉,只是他们没有粮草,需要濋阳负责。我也正要和三娘说呢,刺史下令各县筹措粮草,每丁加秋税二成,三娘,你看你家庄园……"

赵含章道:"县君,您是知道的,这次我带兵去西平,那粮草都是我自己出的,这上千人吃十天的粮草可不少，夏收的粮食已经不剩什么了，秋收……唉，不提也罢。"

柴县令默默地和她对视。

半晌，赵含章问道："颍川来援的兵马有多少？"

"听说有三千之数，他们都饿得不轻。若是没有粮草，他们怎会替濯阳卖命？"

赵含章便用目光扫了一眼堂屋中的人。

秋武很机灵地带人退了下去，常宁却没动。

赵含章也不介意，凑近柴县令小声地道："县君，刺史的手中有铁矿，就三千兵马而已，他难道养不起？"

柴县令一听，也忍不住和她抱怨起来："奈何那都是刺史的私产，非我等下属能提啊！"

要是在以前，柴县令绝对不会和赵含章说这些话，因为她是他的纳税大户，和纳税大户质疑纳税的正义性，他是有多想不开？

但现在赵含章已经是西平县的实际掌权人，很显然，西平县也是要纳税的，这样一算，他们两个也算难兄难弟。

柴县令叹着气，说："我们上蔡虽然躲过了战火，但夏税就挺重的了，这秋税再加，怕是外逃的人更多了。"

好好的地，为什么第二年就丢荒了？

自然是因为种地的人缴纳不上赋税，丢下地跑了。

这些丢荒的土地到了一定年限后，就会被县衙自动收回，或者不知不觉地消失。

"可就算要收秋税，那也得等秋收之后，那会儿都入冬了，"赵含章若有所思，"匈奴有能力围城？到时候困局已解，或者……"

柴县令小声地道："破城？"

那上蔡就要倒霉了。

柴县令纠结起来："那我要不要提前把秋税送过去？"

赵含章瞥了他一眼，送啥送，她还想拉着他一起不缴呢。于是她道："远水解不了近渴，收税也需要时间。县君若是认识刺史身边的人，不如旁敲侧击一下，当务之急是却敌，不如从刺史府里拿出些钱来，先和颍川的兵马一起把匈奴赶走再说。"

柴县令沉思起来，一时拿不定主意。

赵含章也不逼他，反正离纳税之日还有一段时间呢。她看时辰不早了，起身告辞。

她走出县衙大门时，天都快黑了。等她到别院，天空只剩下朦胧的光，那光可以勉强让人看清楚别人的脸。

王氏早早地守在别院大门口，看见赵含章骑马过来，眼泪不由得流了出来，她提着裙子就跑了过去。

赵含章忙跳下马，一把接住人："阿娘。"

王氏将赵含章摸了一遍，然后摸着赵含章的手掌和手腕上缠着的绷带看："这是受伤了？"

"不是，"赵含章否认，"这样方便拿剑，不会磨手。阿娘，你看我活蹦乱跳的，像是受伤的样子吗？"

王氏这才笑了起来，只是眼泪还是哗哗地流："你不知道我有多害怕，这几日城中传什么的都有。他们都说西平县被攻破，乱军屠城，死了好多人，连赵氏的坞堡也……"

"没有，没有，这些都是谣言，我走的时候不是说了，外面的消息不要听，您只要听汲先生的就好。"

"可赵氏都送了'火种'出来，这得多危险才会把他们送出来？"王氏不放心，又摸了她一遍，"你果真没受伤吗？"

"没有，我发誓。"

王氏哪里舍得让她发誓，拉着她便回了家："快进来吧，汲先生和二郎都等着你吃饭呢。我们从傍晚知道你回来了以后就一直等着，结果天都黑了你才回来……"

王氏絮絮叨叨地拉着赵含章去饭厅，那里早就候着一群人了，四个孩子和赵二郎站在一起。

赵二郎看到姐姐，立即奔上去："阿姐，我想去接你，但他们不许我出门。"

赵含章上下打量他："你是不是长高了？"

赵二郎也发现他好像需要低头看姐姐了，眼睛顿时一亮："好像是的。阿姐，我好厉害啊！"

"是挺厉害的。"赵含章看向另外四个孩子。他们跟着赵二郎一起冲过来，此时正站在一旁眼巴巴地看着她。

赵含章冲他们笑了笑，伸手牵起小女孩的手，道："坞堡安全了，你们大可放心，过两日我带你们回去。"

四个孩子这才大松一口气，忙行礼道谢："谢谢三姐姐。"

赵含章有事要和汲先生说，但看到一桌子的菜，还是坐下来先和他们吃了一顿饭。

等吃完饭，打发走了其他人，赵含章才和汲渊移步书房，商议事情。

两个人互相交流了一下对方掌握的信息。其实他们这段时间有通信，汲渊自然知道赵含章掌控了西平县，此时不过是更详细地谈起此事。

汲先生沉吟片刻后道："这样说来，赵子念愿意替女郎打掩护了？"

赵含章点头："伯父暂时不会插手西平县务，我们可以完全照着自己的心意来。"

"女郎的心意是……？"

赵含章道："在上蔡建一个坞堡耗费太大，祖父倾全族之力才建起赵氏坞堡，我要想建一个一样的，不说耗费的钱财，光时间就需要耗费不少，与其如此，不如直接弄一个到手，西平县城完全可以当坞堡来经营。"

"此事不好让朝廷知道。"

"朝廷此时只怕无心关注我们。"赵含章将赵铭收到的信息说了出来，现在洛阳内外乱得很，"就算真的关注到了，还有铭伯父呢，他会替我们兜底的。"

汲渊略一思索，便同意了。有赵铭在，他们完全可以全身而退，就连赵铭都不会有多少损伤。

嗯，就是他的名声可能会有些不好听。

一旦朝廷发现，他们把事情推到赵铭的头上就行，比如赵铭无心政事，偷懒耍滑，于是把事情交给家人来处理……

这种事在大晋虽会被人诟病，但不会被问罪，说不定还会有人认为这是名士之风也不一定。

毕竟这个风一直很飘忽，就是汲渊，有时候都把握不准世间风向。

汲渊问道："可要请二娘子和二郎去县城居住？"

赵含章回答道："不，现在还不是时候。他们要是去西平，那就只能暂时住在坞堡里，到时候我会受限，所以他们还是留在上蔡吧。"

等她彻底在西平县站稳脚跟，再把人接过去。

"上蔡这边……"

"这边要拜托先生了。"赵含章道，"秋收，还有……不必吝啬，只要有合适的流民，全招了，若这边安排不下，便送到西平给我。"

西平登记造册，清点出了很多无主的土地，她现在就缺人了。

"兵士捕捉的奴仆要吗？"

赵含章想了想，叹息一声后点头："先生看着合适，就买下来吧。"

士兵抓人卖人是这个时代的一大特色，不少军队都靠此创收，赵含章不买，他们转手就能把人卖到冀州，甚至是并州一带去。

那两个地方更乱。

汲先生又想起一件事来，说道："新买的人都隐起来吧，我听柴县令说，刺史府要求加重秋税，我们……"

"先拖着。"

赵含章想起了同样欠税不缴的赵瑚，忍不住在心里感叹了一句，果然是利益决定立场啊，她决定对柴县令友好一点儿，于是道："按照已登记的户数准备秋税吧，不过先别急着给他，我还是想看看刺史愿不愿意出钱养兵。"

这将会影响到她接下来要走的路。

"上蔡县纳税虽有困难，但多少还缴得上去一些，女郎的西平县……"

"我没打算缴。我已经贴出告示，免去西平县的秋税。"

汲渊惊讶地道："女郎打算如何向刺史交代？"

赵含章道："写一封公文向刺史府求援，求赈灾的钱粮就可以了。"

她道："西平县连县令都没有，他能问责谁？"

赵铭吗？

但革了赵铭，她不信他能找到可以保护和管理好西平县的人。

汲渊不由得感叹："女郎生得正逢其时啊！"

要不是世道乱了，赵含章的这些操作完全是在自寻死路，但世道乱了，消息不通，她手里的兵马就成了制胜的法宝。

"就是不知道柴县令会怎么选择了。"

常宁也在劝柴县令："县君，赵三娘虽居心不良，但她在这一件事上说得有理，加税一事可以暂时不公开。这秋税说是要用来养兵，最后多半是进了刺史的手中。"

但柴县令没有胆子反抗刺史，所以他犹豫着犹豫着，还是犹豫不决："刺史若发火儿……"

"县君，此时刺史哪里还有精力管这些事？"

"那要是他秋后算账呢？"

常宁道："上蔡赋税重，人口流失严重，或是受灾，收成不好，再或者被流民冲击，什么样的理由都可以，只要熬过今年就行，明年的事情明年再说。"

柴县令沉思。

常宁见他还在迟疑，便道："县君，西平县的情况更严重，赵三娘一定缴不上增加的赋税，您有了同盟，就算刺史发火儿，那也有人跟着一起承担。"

柴县令道："赵三娘又不挂名，刺史要发火儿，也只能冲着赵铭发火儿。但赵铭会怕刺史发火儿吗？"

赵铭可以不怕，但他能不怕吗？

常宁沉默了好一会儿，道："若是增加秋税，只怕今年逃籍的人更多，明年的日子会更艰难的。"

柴县令烦躁地喝了一杯酒，最后破罐子破摔："明年的事明年再说吧。"

常宁便幽幽地叹了一口气。

第二天，常宁知道赵含章他们要回庄园去时，迟疑了许久，还是代表柴县令去送人。

常宁站在赵含章的身侧，看着外面正在秋收的百姓，叹息道："今年秋冬，不知又有多少人要背井离乡，丢下这赖以生存的土地了。"

　　赵含章闻言，挑了挑眉，知道了柴县令的决定，看来他还是不敢和她结盟啊。

　　赵含章回身冲常宁行了一礼，道："先生已经尽力了，上蔡县的百姓得知，也会感念先生的。"

　　常宁扯了扯嘴角，讥讽地想，只有后人才能知道他的这个决定是对还是错，毕竟连他自己也不能肯定这样做是不是对的。

　　作为县令的幕僚，他竟然在暗示县里的纳税大户隐户收人，简直有违职业道德。

　　常宁有点儿想回乡了，不知道柴县令会不会允许他辞职。

　　王氏并不知道女儿出去一趟竟然得了一个"西平县"，她觉得孩子回来了，那事情就算完了。

　　所以一回到庄园，王氏就问："傅大郎君呢？"

　　赵含章道："他还在西平县呢。"

　　赵含章顺势表达了自己过两天要去西平县，并且会长住的意思。

　　王氏一愣，问道："不是送你族弟、族妹回去后就回来吗？你留在西平做什么？"

　　赵含章道："此事说来就话长了，在阿娘的面前，我就长话短说了。我把西平县打了下来，因此现在西平县是我的，我还得回去处理一些事情。"

　　王氏许久才缓过神儿来："什么叫'西平县是你的'？"

　　但赵含章已经不在跟前了。赵含章见王氏久久不回神，就拍拍屁股跑去看她的玻璃作坊了。

　　她不在的这段时间，玻璃作坊运作不停，生产出了不少好看的玻璃。

　　比较平常的作品，大家就随赵含章的叫法，一律叫玻璃。

　　但比较好看的、带有艺术气息的作品，大家便称作琉璃，而且还给它们细致地取了各种好听的名字。

　　傅庭涵留下了好几张方子，根据这几张方子做出来的琉璃是不一样的，工匠们可以根据其特性做出不同的造型来。

　　不过相比造型创新，工匠们还是希望能造出不一样的玻璃，形成不一样的方子。

　　因为女郎发话了，谁要是能改良玻璃的方子，做出更多样的玻璃，她不仅会奖励田地和金钱，还会奖励房子。

　　所以作坊里的工匠们就跟打了鸡血一样兴奋，当然，迄今为止没人成功。

　　看到赵含章过来，除了脱不开手的工匠，其余人都停下了手中的活儿，转身向赵含章行礼。

　　赵含章挥了挥手，让他们不必拘谨，该干什么就干什么去。

赵才让人抬了这段时间做好的琉璃上来，其中有一箱是他们精挑细选出来的极品。

赵含章拿起来把玩。琉璃通透清澈，像水晶一样，工艺良好，而且造型很精致。

即便看过很多次了，汲渊还是忍不住感叹："简直是巧夺天工啊！这样的东西，不论是售往京城，还是售往江南一带，都会受到追捧。"

赵含章就将手中的琉璃递给汲渊："先生喜欢就留下一个，其余的，三成送往洛阳，其余七成送往江南，可以沿路售卖。"

汲渊问："商队回来时带什么？"

赵含章道："粮食、布匹、金银、铁器，还有盐。我们得买马，这些都需要金银。"

汲渊问："为何我们不直接去北方交换呢？"

赵含章道："我怕我们的东西有去无回。在没混熟之前，我们和北方的交易还是用金银吧，到时候尽量让交易地点靠近豫州。"

汲渊想到现在的局势，也点头："商队所需的护卫……"

"你计算一下所需的人手，我从部曲中调派人给你。"赵含章沉思道，"这需要两个机灵、能干的人，先生觉得季平如何？"

汲渊道："他是一队队主，跟着商队，会不会有些大材小用？"

"这些涉及我们的后备，怎么会是小事呢？先让他跟着走一趟，将来有了合适的人选，再把他替换下来。商队第一次出汝南郡，带队的人不仅要有能力，还要足够忠心。"

不然他带着东西和人跑了，她到时候找谁去？

汲渊一想，也是，论忠心，季平的确是够了的。

"作坊还放在这里，这一次，我还带了一百部曲回来，他们会留下保护你们。"赵含章道，"庄园这边就拜托先生了。"

汲渊表示没问题。

走出作坊，赵含章想起什么来，抬脚就往砖窑走去："我突然想起来，西平县那里要建军营，需要不少砖石，回头我带上几个工匠走。"

汲渊道："何不在此烧了运送过去呢？再建一个砖窑作坊……"

"并不费事，只要找到合适的泥土，速度还是很快的。西平县城受损严重，所需砖石不少，都靠运送太耗费人力，而且……"

赵含章看着宽阔的农庄，道："我想扩建东营和西营。"

汲渊的眉头一皱。

赵含章轻声道："若是灈阳守不住，那我们就要做好在上蔡拒敌，以及收复灈阳的准备。"

汲渊倒吸一口凉气，眼中却闪着亮光，他压住心中的兴奋，低声道："女郎放心，我知道怎么做了，定不辱使命。"

赵含章扭头，与他相视一笑。找过来的听荷看到后打了一个寒战，似乎隐约看到了一只老狐狸和小老虎。

赵含章看到听荷，冲她招手。

听荷立即提了裙子跑上前："女郎，二娘子叫你回去用午饭呢，还有，柴县令来了。"

赵含章问："他来做什么？"

她早上才离开县城啊。

听荷摇头："不知。二娘子不好会客，便把人请到了前厅，准备了饭菜，就等着女郎和先生回去呢。"

赵含章和汲渊对视一眼，转身回了别院。

柴县令坐立不安，看到赵含章进来，立即起身迎上去："三娘啊，大难临头了！"

赵含章连忙安抚他："您慢慢说，什么难？"

"你前脚刚走，后脚刺史府就来人了，他们是来问责的。"

赵含章道："现在刚秋收，都还没到缴税的时候，就算提前收取，也需要时间，刺史府前脚刚通知县君，怎么后脚就来问罪了？"

"哎呀，他们不是为了秋税的事。"

"那是为了什么？"

柴县令道："马场啊。他们去马场里取马，这才知道所有的成马都被你给取走了，拿的还是我的手书。刺史府的人取不到马，大怒，拿了马头儿，过来找我要马了。三娘你看……"

柴县令眼巴巴地看着赵含章。

昨天晚上，赵含章还了他人，但她的军备和战马都没还回来，他也睁一只眼闭一只眼，当作不知道，但这会儿上级问下来，他扛不住啊！

赵含章问："他们要多少马？"

"两百匹。"

赵含章挑眉，静静地看着柴县令。

"是真的，我不骗你，常先生就在此，你问他。"

赵含章看向常宁。

常宁微微点头。

赵含章幽幽地道："马场统共也没有两百匹马，更不要说养大的成马了，这是狮子大开口，出来的马就要翻一倍拿回去？"

柴县令心虚地低头。

赵含章冷笑道："西平也是汝南的西平，我收复西平可没和刺史府要一兵一卒，他却反过来坑我的战马。他以为我只是赵氏的一个小女郎，不懂事，所以坑我？"

柴县令左右为难，觉得自己就是被夹在馍间的肉末，简直比面对吵架的母亲和媳妇还要难受。他说不出话来，只能可怜巴巴地看着赵含章，希望她可怜可怜他。

赵含章一点儿也不同情他，但事情还是要处理的。她想了想，问："马头儿可还在？"

"在的，在的，此时他被关押在县衙大牢里呢。"

"那马场里的其他人呢？"

"来取马的使臣只拿了马头儿和三个管事的人，其余的人都还留在马场呢。"

柴县令不解其意，都这时候了，赵含章就别问什么马头儿了，赶紧去西平把战马牵回来呀。

赵含章道："时间不早了，县君肯定饿了，我们先用饭吧。"

柴县令快哭了，表示自己吃不下。

赵含章便道："那我们边吃边说。"

进了前厅，大家在席上盘腿坐下，下人立即上前将盖子都打开，菜都还热乎着。

赵含章请柴县令坐下："我们先吃饭，吃饱了才有力气想办法。"

柴县令小声地道："其实也不用怎么想的，只要您把战马还回去……"

赵含章似笑非笑："县君，我从马场里拿了多少马，您不知道，难道马头儿和来取马的使臣会不知道吗？何况一场夺城之战，战马也有损伤，别说他和我要两百匹，就是让我原数还回去，在下也做不到啊！"

柴县令呆住了："那怎么办？"

"简单得很。一个办法就是杀了使臣，我们只当不知道这件事。"

柴县令听到这些话，整个人都僵住了。

"当然了，此等造反之举，我等是不会做的。"赵含章道，"第二个办法就是收买使臣，让他们自己找理由回话，让他们怎么来的，就怎么回去。"

柴县令的脊背一松。他悄悄地松了一口气，忍不住抬起手来擦汗："三娘下次说话可以先说好的方法，真是吓煞我也。"

"还有一个办法。"

柴县令忙问："什么办法？"

"先拖住使臣，我们去买马，将缺口给补上。嗯，或许可以两个方法一起用。"

柴县令一听，立即道："这个法子好，只是这马贵重，尤其是战马……"

赵含章浅笑道："我倒是有一些钱，但此时恰逢战乱，怕是不好买马。"

柴县令沉思起来，"马头儿一定有途径，我也认识两个马商，或许可以凑几匹。"

赵含章立即扭头吩咐成伯："去取些金银和琉璃来。"

成伯应下，出去端了一托盘的银块和一套琉璃盏上来。

第十四章

买 马

赵含章将它们推给柴县令:"我与刺史并无交情,所以打点使臣之事,就拜托县君了,我们兵分两路,我负责去找马商买马。"

柴县令现在就怕赵含章推托没钱,见她要亲自买马,求之不得,立即把马商的地址给她,还特意手书了一封推荐信。

赵含章道:"我还得见一见马头儿,两百匹马可不少,县君认识的这两位马商怕是凑不齐。"

柴县令也觉得凑不齐,于是他想了想后,道:"三娘随我回县衙,我可以避开使臣,让你们悄悄地见上一面。"

常宁幽幽地叹了一口气,补充道:"赵三娘能够拿出多少钱来买马?"

"只要对方有马,钱不是问题。"

常宁继续问道:"两百匹马全靠买吗?"

赵含章微微挑眉,问道:"常先生可有更好的解决之道?"

"在下的方法和三娘的一样,贿赂使者,让他们高高抬起,轻轻放下此事。"

常宁顿了顿后道,"其实还有两个办法可以解决。"

赵含章作洗耳恭听状。

常宁道:"一是三娘立即向刺史府手书一封,求刺史援助西平。西平被围是真事,此时灈阳应该还未收到消息,我们这边拖住使者,多去几封信,应该可以和刺史谈妥借用马场的马匹之事。"

赵含章问道:"二呢?"

"二就是杀了他们。我们将这些使者都杀了,神不知鬼不觉,外面流民军和匈奴军肆虐,谁会知道使者死在谁的手上呢?"

赵含章都忍不住鼓掌:"常先生厉害。"

柴县令道:"休得胡说。那是刺史使者,岂能杀害?"

赵含章深以为然地点头:"太残忍了,这法子不行。"

柴县令见她认同,大松一口气,训斥常宁道:"以后不要瞎出主意。"

常宁失望不已。

用过饭,赵含章便和汲渊一起去县衙里见马头儿。

魏马头儿正和他的三个小伙伴一起被关在牢里。看到赵含章大摇大摆地和柴县令进来,魏马头儿立即扑上前去:"赵女郎,赵英雄,救命啊,原来是你说的只是暂时借马,西平县的事一了结就把马还回来的。"

赵含章一脸同情地看着他,忙让人把牢门打开,进去将魏马头儿扶起来:"我本想从这里再回西平时,就把马给你还上的。除了战损的,我还能给你还回去八十来匹,你找些借口,应该也能糊弄过去,谁知道使臣竟来得这么快?"

魏马头儿催促道:"不管是多少,您先给我,待我交上,剩下的,我们再想办法。"

赵含章幽幽地道:"剩下的你能想到办法?现在他们要求的可是两百匹马,就算我全还给你了,也还欠着一百二十匹呢,你有钱买到这么多马吗?"

魏马头儿软倒在地,怔了半天后拍地大哭:"冤枉啊,我真是冤枉啊,那马场那么小,何时养过两百匹成马呀?他们这是存心要逼死我呀!"

赵含章便蹲在他的跟前叹了口气,道:"是啊,我也挺为魏马头儿伤心的。你上次助我,我一直铭记于心,所以我思来想去,决定救你一救,我愿意出一笔钱买马回来顶上,只是我有钱,却不认识卖马的人。"

魏马头儿一听,眼睛大亮,他立即道:"我认识,我认识啊。"

魏马头儿趴在地上写了一封信,为了让自己的信更能取信于人,他还在上面按了红手印。

他把信捧到赵含章的面前,眼泪汪汪的。他说:"赵三娘,你可一定要救我呀。"

赵含章拍着他的肩膀郑重许诺:"你放心,我不仅会救你出来,还让你依旧做马头儿。"

出了大牢,赵含章就把两封信一并交给汲渊,当着县令的面道:"联系他们,有多少马就买多少,不拘是成马还是马驹,钱不是问题。"

柴县令感动不已,一脸感激地看着赵含章。

汲渊接过,应了一声"是"。

赵含章扭头对柴县令道："使者那里就有劳县君稳住了，买马还需要一段时间。"

柴县令想到赵含章给的钱和琉璃，一口应下，表示没问题。

赵含章当即带着汲渊离开。常宁看着她的背影消失，幽幽地叹了一口气。出于幕僚的职业道德，他还是提醒了柴县令一句："县君，赵三娘怕是不会把马送来，不过她应该也不会让使者就这么回去，近日，您还是不要请使者外出，县城里见到他们的人越少越好。"

柴县令一脸惊悚之色："你是说……"

常宁点头。

柴县令打了一个寒战，立即道："不可能。那可是刺史的使者，赵三娘吃了熊心豹子胆，敢杀人？"

常宁想，刺史现在被陷在灈阳，能不能活下去都是问题，有什么不可能的？

而且，就算赵含章真的杀了使者又怎么样？刺史有证据吗？没有证据。他敢到上蔡或者西平来拿赵含章吗？

常宁提醒道："县君，上蔡伯的食邑在上蔡。在这里，赵三娘可以用的可不止庄园的那点儿人。别说远在灈阳的刺史，就是您亲自带人，只怕也带不走她。"

柴县令的脸色有点儿发白，他心惊胆战地回县衙去了。

再次面对使者，他的两腿有点儿虚，不过他还是扯出笑容来招待他们，他拿出了赵含章给他的钱和琉璃。

使者们看见这等好东西，脸色总算和缓了许多，不过依旧坚持两百匹马不肯松口，不管柴县令怎么说都没用。

柴县令没想到自己给了他们这么多好处，对方都不肯松口减一些，顿时也有些生气，干脆露出口风："赵氏的三娘已经在和人买马，只是马匹珍贵，未必能买来这么多，还请使者们宽容一二，一百匹如何？本来马场给郡守的马应该是三十匹，其余的则由各县均分……"

"这是战时，谁跟你本来、本来的？"使者甚是傲气，抬着下巴道，"上面说了要两百匹便是两百匹。这马场放在你们上蔡县里，你们既然有本事挪用，就要还回来！"

那也只挪用了九十八匹好不好，剩下的十匹本来就是他们上蔡县的。

柴县令被训斥了一通，最后还是得赔着笑。等回到书房，他脸上的笑容立马消失，他忍不住狠狠地一拍书案："欺人太甚！"

常宁若有所思地道："县君，赵三娘显然不惧刺史，她现在又占了西平，将来和刺史的官司还多着呢，而上蔡的情况特殊，您何不在此时选一方站定？"

"赵三娘不过是一介女流之辈，你让我选她？"柴县令喘着粗气道，"刺史现在是被困，但他即便被困，那也是一州刺史，罢免我还不是一句话的事？"

常宁才燃起的斗志又被熄灭了。他恢复了死人脸，严肃地点头道："县君说的话也有理。"

赵含章和汲渊都不急着去见马商，既然要买马，那自然要准备一些好东西。

"豫州地处中原，如今战马珍贵，很少会有大量的战马被卖到这里来，我们一直苦于没有途径，这一次总算有了进展。"赵含章对汲渊道，"先生不要吝惜财物，一定要尽快摸清他们的底细，只要他们能卖马给我们，我们可以适当地多付出一些。"

汲渊也兴奋地应下："买下来的马驹……？"

"先收着，等马头儿出来，我想办法把他们都弄到庄园里来养马。可以自己养，还是自己养比较好，不然我们总是受制于人。"

汲渊叹道："可惜郎主的人脉都给了二太爷，不然和北边的将领联系联系，从他们那里买马也不错。"

赵含章道："比如……？"

汲渊想了想后道："比如刘越石。"

赵含章摸着下巴沉思："刘越石啊……"

赵含章决定回去找赵铭深入地谈一谈："这件事我来办。这边买马的事就交给先生了。"

汲渊表示没问题，然后问道："县衙里的使者怎么处理？"

他可不认为赵含章真的会把买来的马给使者。

赵含章道："后日我回西平，把他们都带上。"

赵含章还是很有礼貌的。她并不想平白无故地杀人，虽然汲渊和常宁都提议杀了使者才最安全。

但……谁都是第一次做人，她特殊点儿，第二次做人，那就得更加珍惜生命的不易，所以她也愿意珍惜别人的生命。

只要不是在战场上，她愿意对旁人慈悲一些。于是她亲自去县衙，邀请三位使者一起去西平取马。

三位使者第一次见到赵含章。他们到上蔡后不久就听说了赵含章的大名，知道她是赵氏的三娘、赵长舆的孙女，西平县和赵氏坞堡被围，是她和县衙借兵去救，把马场里的马也都给借走了。

不过他们没想过找赵含章，毕竟他们只负责取马，所以盯着马头儿和柴县令逼就行。至于马头儿和柴县令怎么完成任务，那是他们的事。

被赵含章找上门来，三个使者都有些意外，想了想，问道："为何不把马送到上蔡来？"

赵含章道:"使者们要求的马匹数量多,我一时凑不出来,便和叔伯们借了一些。但叔伯们觉得我年纪小,怕我被人骗了,所以他们一定要见到使者才肯给,故而只能劳烦各位使者跟着我走一趟了。"

使者一听,本来蠢蠢欲动想去的,立即不想去了:"这是你们的事,我们只管取马,现在距离约定的时间已经没几天了,你们要是再拿不出来,休怪我们不念情面。"

他们才不去赵氏坞堡呢。

赵氏在汝南郡都是数得着的大户,连刺史都要退一步。他们去了,万一被扣下,理都没处说。

赵含章见他们如此警觉,不由得叹息一声,盯着他们问:"你们真的不去吗?"

三个人对上她的目光,忍不住对视一眼,都有了不好的预感。

赵含章往后退了一步,两根手指往前一点,秋武立即带着部曲们扑上去……

三位使者瞪大了眼睛,挣扎起来,抬起头来冲着赵含章"呜呜"地叫,奈何他们的嘴里被塞了东西,使尽了力气也只能发出不大的"呜呜"声。

秋武将绳子绑好,把三个人都扔到了赵含章的面前:"女郎,都绑好了,他们肯定挣脱不掉。"

赵含章满意地点头。

柴县令躲在常宁身后瑟瑟发抖。

赵含章扭过头去看他,见他整个人都躲在常宁的身后,就冲他温柔一笑:"县君别怕呀,放心,我不会杀了他们的。"

柴县令苦着一张脸,扯出一抹笑容来,讨好地道:"三娘霸气。这个……这个……您做主就好。"

常宁却道:"只有死人才是最安全的。"

赵含章蹲下身子和三个人面对面,盯着他们的眼睛回答常宁:"但我还在孝期,不宜杀生,所以我决定带他们回坞堡。他们要是听话呢,待此事过去,我自会放他们离开。这是给我自己一个机会,也是给他们一个机会。要是不听话呢……"

赵含章伸手拍了拍三个人的肩膀,微微一笑道:"到时候再杀也不迟,我这心里也会好受一些。所以,你们可以选择逃跑。"

三位使者齐齐打了一个寒战,连连摇头。

赵含章也不管他们是真的不想逃,还是麻痹她,一挥手,让人把他们套进麻袋扛出去,直接丢到车上带走。

柴县令抖着嘴唇,说不出话来。

赵含章上前道:"县君,这人,我是从您这儿带走的,刺史府若是来人……"

"我没见过。"柴县令立即道,"上蔡县从未见过使者。"

赵含章满意地点头:"既然没见过使者,那关押马头儿的理由也就没有了,您不如放他出来?"

柴县令连连点头:"放,放,我立即让人去放。"

柴县令见赵含章还站在院子里不动,抬起袖子擦了擦额头,上前讨好地道:"三娘,你看这时辰也不早了,你不是还要去西平吗?我这……"

"我等一等魏马头儿几人。"

柴县令一听,立即看向常宁,低声催促:"快去把人提出来。"

他得赶紧把赵含章这尊煞神送走。他是怎么都没想到,看着贤惠温柔的赵三娘竟然说抓使者就抓使者。

常宁没动,而是问道:"赵三娘是要把魏马头儿送回马场,还是带去什么地方?"

赵含章道:"出了这么大的事,他已经回不去马场了。"

柴县令一惊:"你……你要杀魏马头儿?"

赵含章道:"看来县君对我有误解啊,我是那等凶神恶煞吗?

"魏马头儿借马给我是为了救西平县和上蔡县,又没有错处,我为何要杀他?但出了这么大的事,刺史府后面肯定还会派人来取马,到时候这件事还是避不过,不如让魏马头儿离开。马场那边只要统一口径,把事情都推到他的头上便可解决。"

赵含章冲柴县令一笑:"这件事也就和柴县令没关系了,那马场的马是魏马头儿私自售卖的,现在人跑了,人海茫茫,他们找不到人,自然无从问罪。"

柴县令到现在都还有些回不过神儿来,战战兢兢地问道:"可……可三娘不是已经在和马商买马了吗?"

赵含章叹息道:"关键是不够呀,根本买不到两百匹。"

"即便少一些,我们后面慢慢还就是了。"柴县令小心翼翼地问,"不知还差多少?"

赵含章看着装傻充愣的柴县令,扭头看了一眼淡定的常宁,叹息一声,戳破假象给柴县令看:"还差两百匹吧。"

柴县令沉默了一下,问:"你带魏马头儿他们去哪儿?"

赵含章笑着道:"县君放心,我不会亏待他们的,他们毕竟是被我连累,所以我会安排好的。"

魏马头儿他们一无所知,四人被带出来时,还一脸兴奋之色,看到赵含章和柴县令便下跪,高兴地道:"多谢县君和三娘的救命之恩。"

柴县令没说话,而是用一种复杂的眼神看他们,既同情又……纠结。

372

赵含章上前一步，将人扶起来："不必谢。走吧，我们去接你们的家人。"

魏马头儿疑惑地道："啊？接家人，接家人干什么？"

当然是和他们一起去西平了。

魏马头儿直到看到西平县的界碑都没回过神儿来，一脸呆滞地坐在牛车上。

和他挤在一辆车上的马吏看到离得越来越远的上蔡县，忍不住悲从中来，一头扎进魏马头儿的怀里大哭。

魏马头儿抱住他的脑袋，没憋住，也痛哭起来。

赵二郎被他们的哭声吓了一跳，忙打马去追赵含章："阿姐，他们在哭什么？"

赵含章回头看了一眼，干脆拉停马，拍了一下赵二郎的脑袋道："你去找秋武玩，学着往前面探探路。"

她则在原地等牛车上来，本想等他们哭过这一阵再安慰，但见二人越哭越伤心，后面的他们的家人也要跟着哭了，便用马鞭敲了敲牛车："哎，哎，男子汉大丈夫，哭什么哭？"

大晋的男人也太喜欢哭了。

"你们就是哭，也小声点儿啊，官道上虽然行人少，但还是有的，吓着人怎么办？"

两个人的哭声便一顿，然后声音小了下来，只是他们还是忍不住抽泣。

赵含章便骑马走在旁边安慰："西平和上蔡的距离又不远，过个几年，等风声过去了，你们想回家访亲也是可以的，只当是换个地方工作嘛，有什么可哭的？"

魏马头儿忍不住小声地道："可我们本是良民，现在要变成隐户了。"

赵含章道："只是暂时的。等风声过去，我立即给你们在西平县上籍。放心，西平县在我赵家的手里，我说的话管用。"

"那……那也不一样，我等在上蔡经营多年，到了西平，一切就要重新开始。"

"你们在上蔡有什么，我就让你们在西平有什么。我已经决定了，到时候在西平建一个马场，还是让魏马头儿做马头儿，你们三个也都给我养马，工钱照旧，房子给你们建新的，要是你们不喜欢把家安在马场，我在县城给你们拨个院子，只要不随便出西平县，我保你们平平安安。"

魏马头儿抬起红通通的眼睛，问道："真的？"

"真的。"赵含章郑重地点头，"比真金还真。"

四人的心便慢慢安定下来，他们对视了一眼，默默地坐在牛车上不动了。

另一辆牛车上的三个使者则越发灰心，他们现在还被套在麻袋里，虽然看不到周围的情况，但可以听到周围人的说话声。

他们听见赵含章几句话就把人安抚住了，便觉得此生回去无望了。

她显然就等着他们逃命呢，好毫无心理负担地杀了他们；可是不逃，他们又能有什么好下场呢？

他们近傍晚才到达赵氏坞堡。四个孩子的家长早就等着了，一看到车队就立即迎了上去。

四个孩子看到父母，也特别高兴，跳下车就奔过去，一家子抱在一起痛哭。

赵含章下马，领着赵二郎上前。

等他们哭过后，赵含章才道："叔叔婶婶们现在安心了吧？孩子们这段时日都好着呢，就是想你们，所以茶饭不思，瘦了一点儿。"

他们仔细地打量着自家孩子，没法儿昧着良心说他们瘦了，因此道："多谢三娘了。来，快谢过你们的三姐姐，这次要不是你们的三姐姐出兵，坞堡是没那么容易保下来的。"

四个孩子忙转身向赵含章行礼。

赵含章还了一礼，摸着最小的小姑娘的脑袋笑了笑。

他们这才发现赵二郎也回来了，忙热情地道："二郎也回来了，快进坞堡去，今晚去我家吃饭。"

赵二郎才不去呢，他要跟着姐姐。他左右看了看，问："阿姐，姐夫呢？"

赵含章抱歉地冲亲戚们笑了笑，这才回答赵二郎："在县城呢。一会儿带你去见他。"

听到消息迎出来的赵铭闻言，问道："三娘是要学大禹三过家门而不入吗？"

"岂敢，岂敢。我正要进去拜见伯父呢。"

赵铭将目光落在后面的牛车上，抬了抬下巴，问："这都是些什么人，怎么还有孩子？"

赵含章道："我找了几个养马人，打算在西平建个养马场。"

赵铭闻言，沉思起来："这个主意倒是不错，我们坞堡最缺的就是马了。"

赵含章道："是啊，这一次对战，我们的战马要是足够多，何至于被石勒四次攻进城里？我们大可以开了城门，在外与他对战。所以我决定建个大一些的养马场。"

赵铭问："他们会相马和养马？"

相马和养马也是技术工种，也在匠籍里，其地位和铁匠有得一比。

赵含章肯定地道："会。而且看样子，他们的本事应该不低。"

赵铭便问："那有马驹吗？"

赵含章摇头："我正要找伯父说呢。"

赵铭道："你连马驹都没有，就先把养马师找好了？"

"先准备着嘛，这叫未雨绸缪，而且养马师难得，我好不容易碰到四个，怎能再

374

等？万一一转身，人家被拐走了怎么办？"赵含章道，"倒是马驹，虽然也难得，但我想，以我们赵氏的威望和人脉，多少是可以买到一些的。"

赵铭看了她一会儿，直接问道："你想找谁做这笔生意？"

赵含章道："叔祖和并州的刘越石有旧，听闻刘越石和鲜卑拓跋部的酋长的关系极好，或许可以从他那里入手，买到一些鲜卑马和马驹。"

赵铭道："你怎么知道刘越石和鲜卑的关系好？他才去了并州不到一年吧？"

赵含章冲他"嘿嘿"地笑。

赵铭揉了揉额头，思考起来："倒也不是不可以。不过从并州到这里路途遥远，路上的不少地方都被匈奴人把持，我们汉人的商队只怕很难穿越。"

赵含章道："先拿一笔钱试试吧。我想刘越石也不想他的商路断绝，而且，商人自有商人的途径，只要我们给的钱足够多。"

"那得多少钱才能让他们如此卖命？"

赵含章道："那要是我们的手上有他们在他处求而不得的商品呢？不必忧虑他们怎么过路，我们开价，只要他们接受了价钱，商人自会想办法把东西送到我们的手上。"

商人自有商人的道，他们这些世家大族找不到的途径，不代表人家找不到。

赵铭问："我们这里有什么吸引他们不得不来的东西？"

赵含章道："琉璃吧。"

赵铭说："这东西是稀缺，但从你两次让人送过来的量看，它很快就不稀缺了。"

"到时候我还会有别的东西。"

提高人的生活水平的东西嘛，他们大可以慢慢钻研，反正时间有的是。

赵含章道："先把人引过来，说不定他们会折服于我们伯侄二人的人格魅力，就是没有稀缺商品也能买到马匹呢？"

赵铭道："时间不早了，既然你不打算进坞堡，那便走吧，慢走不送。"

赵含章上马，冲赵铭笑道："伯父，您这样三娘会伤心的。"

赵铭嫌弃地冲她挥手。

赵含章就在马上抱了抱拳："那此事就拜托伯父了，叔祖那里，还请您周旋一二。"

赵含章说罢，招呼上赵二郎，便带着大家掉转方向去县城。

等他们到达西平县时，天已经黑了，只可以朦朦胧胧地看到人，城门早已关闭。

看守城门的是季平，他看到是赵含章，忙叫人打开城门，将人迎进来。

赵含章指着牛车上的人对季平道："这是我们未来的马场的马头儿和马吏，将人安排好。"

"是。"

赵含章带着剩下的人回了县衙。

三个大麻袋被抬到院子里丢下。傅庭涵听到动静，提着一支笔，一脸蒙地奔出来，脚上还穿着木屐，他愣愣地看着在地上不断翻滚的麻袋，问道："这是什么？"

赵含章道："人！"

她招呼人将麻袋打开，露出三个人来。

傅庭涵问道："这是什么人，怎么把他们装在袋子里？"

幸亏这麻袋的缝隙够大，不然憋在里面，窒息了怎么办？

赵含章便冲着三个人笑道："三位，介绍一下自己？"

人在屋檐下，不得不低头。三个人憋屈地自报名字。

"在下杜璋。"

"在下于集。"

"在下高安。"

傅庭涵道："所以他们是什么人？"

赵含章道："是刺史府的使者，来上蔡马场要马的。"

傅庭涵这才想起来，他们之前把马场里的成马都给抢走了。

他打量了一下狼狈的三个人，颇有些心虚："所以这是要……？"

"先安排他们在大牢里住下，过两天，让他们修城门去，城中有很多事都需要做呢。"

傅庭涵同情地看了他们一眼，但为了赵含章和他的安全，他还是点头了："好。"

于是傅庭涵一挥手，便有人上来把三个人拎到大牢里关起来。

赵二郎这才找到自己说话的空隙，连声喊道："姐夫，姐夫。"

傅庭涵看见赵二郎，也不由得露出笑容，伸手摸了摸他的脑袋，问赵含章："怎么把他也带来了？"

"成伯管不住他，汲先生最近会很忙，我阿娘只会逼他读书，他一烦躁就骑马乱跑，所以我干脆把他带来了。"赵含章道，"明天让他带着他那一什小兵去干活儿。"

只要不是认字读书，赵二郎觉得哪怕是去摔砖和搬砖头都快乐，所以冲着傅庭涵"嘿嘿"地笑。

傅庭涵温和地冲他招手："行，明天我让季平带他。走吧，我们先去用饭。你们饿了没？"

赵二郎抢答道："饿了，饿了。"

赵含章问道："你也没吃饭吗？"

傅庭涵回道："没有。"

他忙忘了。

三个人便先去用饭。

傅庭涵盘腿坐在赵含章的对面。哪怕来这儿半年了,他依旧不习惯盘腿而坐。他道:"现在就有简易的凳子和椅子了,我们推广推广吧。"

赵含章笑着点头:"好。你可以根据自己的习惯,让工匠们打一套,把家里的家具都换了,县衙里的也可以换了,等以后来的人多了,不必我们特意做什么,自会有人学了去。"

"我这两天已经把人口统计出来了,其中匠籍、良籍和奴籍都做了一个大概的规划,你回头可以看看。"

赵含章惊讶地道:"工作量这么大,你是怎么做到的?"

傅庭涵回答道:"我把还活着的县衙里的文书和吏员都召回来了,他们都识字,基本上是我说,他们照着吩咐做。我就统计了一下数据,名单和入档这些事是他们做的。"

赵含章呼出一口气:"那就好,我还怕你不懂休息,这是要熬坏身体的。"

傅庭涵冲她笑了笑:"不会。"

赵二郎吃着饭,抬起头看他们,总觉得怪怪的。

赵含章对上赵二郎的目光,示意他继续吃:"看什么,食不言,不知道吗?"

傅庭涵差点儿咳嗽起来,偏过头去忍住笑,好一会儿才回头看赵含章:"那我们……"

"我们边吃边聊。"赵含章给他夹了一块肉,对赵二郎道,"我们大人在商量事情,知道吗?"

赵二郎懵懂地点头。

赵含章这才把她的打算说了。

傅庭涵觉得他们应该做一个长远的规划。于是等吃过饭,把赵二郎支走以后,两个人就关在书房里说悄悄话:"你的理想安全区是多大呢?"

赵含章道:"我的最低目标是汝南郡,最大目标是拿下整个豫州。不然我们很难在后面的乱世中生存。"

"时间呢?"傅庭涵问,"整个豫州,目标太大了,你想好用什么借口了吗?现在我们在西平还能隐蔽着来,一旦扩大到整个豫州,那可就无处可躲了。"

赵含章道:"我的计划是五年内拿下汝南郡,如果到时候我们还在这个世界,那多半就是走不了了,剩下的时间里就拿下豫州。"

"现在的历史已经有些改变,但人没有变,所以我想,历史还是会大差不差。五年之后,各地称帝的人会很多,我们占去一个豫州,并不是很引人注目。"赵含章对于这一点并不怎么担心,"我们可以根据实际情况调整方案,和刘渊、石勒等人相比,我们实在是太不值得一提了。"

傅庭涵随口问道:"刘渊什么时候称帝?"

"明年吧。"

刘渊并不这么想。从洛阳退去以后,他就着手准备登基的事。他的谋臣们也认为他可以称帝了。

毕竟,他可是连洛阳都攻进去过的人。

王弥干脆给他弄出了一个祥瑞来,并带着一大批人马归顺。

刘渊大喜,于是选了一个良辰吉日便昭告天下,说他登基为帝了,并取年号为永凤,迁都平阳。

消息传出,天下哗然。

当然,大晋的臣民是不认他的,刘渊的面上也表现得不在意,但他转身就组建大军,命人再次南下进攻洛阳,并且向着中原之地豫州进攻。

赵含章忙了好几天,又赶了一天的路,所以难得地睡了个懒觉,第二天日上三竿还在呼呼大睡。

赵铭收到消息,赶到县衙时,只看到傅庭涵在衙门坐镇。赵铭看了一眼案桌,发现纸上全是一些他见都没见过的笔画。而此时,赵含章还赖在床上。

赵铭深吸一口气,走上前去:"庭涵,让人去把三娘叫过来。"

傅庭涵还在算着自己的东西,闻言,愣愣地抬头,好一会儿,这话才到达脑子,他反应了一下,道:"她太累了,让她多休息一下吧。伯父有事不如和我说?"

"让她别睡了,快把她叫起来,我有重要的事与她说。"赵铭顿了顿,说道,"刘渊在北面称帝了。"

他又看了一眼案桌上密密麻麻的东西,发现自己是真的一个字都不认识,便问道:"你们这么闲?不是说西平县现在百废待兴吗?"

傅庭涵理所应当地道:"任务都被安排下去了,只要不出错,我们偶尔去看看就好;出了错,他们会来禀报的。"

该他做的数据统计工作已经做完了,剩下的事他能做,但别人更能做,傅庭涵觉得自己不能去抢其他人的工作。

不过他还是起身去叫赵含章。

刘渊竟然称帝了!傅庭涵不知道这是好事还是坏事。

傅庭涵敲了敲门。在偏房里做针线活儿的听荷立即出来:"姑爷。"

傅庭涵放下手道:"铭伯父来了,你把含章叫起来吧。"

听荷一听,立即推门进去,着急地去推赵含章:"三娘,三娘,出大事了,铭老爷来了。"

让长辈抓到睡懒觉，这可是很失礼和有损名声的事。

赵含章用最快的速度梳洗好，坐在了赵铭的对面。

听荷低着脑袋端上来一盘包子、一盘饼、一盘鸡蛋和一壶奶。

赵铭木然地看着："你早食吃这么多？"

赵含章拎起壶给赵铭和傅庭涵各倒了一碗奶，道："不是还有伯父和庭涵吗？"

赵铭道："我不吃。"

赵含章给自己倒上："吃些吧，就算茶点了。"

赵铭道："不早不午，这样用食，小心坏了胃口。凡是用食，都应该饥三分，知道吗？这样胃有余量，方有气力处理食物，似你这样暴饮暴食的……"

赵含章道："我没暴饮暴食。伯父，我还在长身体呢。"

她道："我又习武，要养力气，胃口便大了一些，不过今日的量是算了您和庭涵的，不信您问他。"

傅庭涵拿过一个鸡蛋磕开，冲赵铭点头。

傅庭涵剥了鸡蛋递给赵含章。

赵含章不好意思地冲傅庭涵笑了笑，接过鸡蛋："我自己来就可以。"

赵铭沉默了一瞬，略过这个话题："刘渊称帝了。"

赵含章没有多惊讶。刘渊都能在永嘉元年打进洛阳，此时称帝还有什么不可能的呢？

"他还会出兵洛阳吗？"赵含章问。

赵铭沉吟："来的消息说，他集结了二十万大军，要进攻洛阳，这一次应该不只是为了劫掠。他不仅会出兵洛阳，还会出兵我们豫州。"

赵含章沉思起来："上次他们是准备不足，知道打了洛阳也守不住，所以退出去了。这一次他既然有备而来，显然是想彻底拿下洛阳。"

赵铭道："东海王也不是吃素的。当时事发突然，他的大军都在外面，加之他和皇帝内斗，刘渊想要杀他的威风，这才退出洛阳。这一次，不管是为了他自己还是大晋，他都不会再退了，刘渊未必能打进去。"

"只是这样一来，我们豫州也没有救兵了，现在灈阳还被围着呢。"

赵含章好奇地问："刺史被围困在灈阳，其他郡县不来援助吗？"

赵铭想了想后道："或许是他的威望不足吧。一个月前，张刺史被召回洛阳，领兵去往京兆郡；何太守被晋升为豫州刺史。"

也就是说，新刺史上任还不到一个月呢，还是从汝南郡太守直接晋升的。其他郡县长官可能心里不服，所以见死不救。

赵含章"啧啧"两声:"都这时候了,他们还内斗,一旦匈奴南下,进到豫州,谁都别想善了。"

赵铭看着她,问道:"若是刺史的出兵令过来,你是出兵还是不出?"

赵含章道:"出啊。只要他给我征兵权,我义不容辞地去救他。"

赵铭愣住了:"你真的去救?"

赵含章点头:"当然真的去。伯父,覆巢之下无完卵。在匈奴兵南下前,我们必须把境内混进来的匈奴军打出去才行。不然任由他们在境内肆虐,遭殃的是我们。"

赵铭的内心赞同赵含章的想法,只是他还是有些心痛:"我们养部曲可不易。"

赵含章喝了一口羊奶,道:"所以我需要征兵令。"

虽然西平县现在在她的手上,她招兵买马,也没人敢跳出来说个"不"字,但到底于理于法不合,这与她的良民形象不符,所以她需要一个正当的程序。

赵铭默默地看着她:"你都私自养了这么多私兵和部曲,还强求什么征兵令?"

"伯父可别冤枉我。我的部曲就一百多个,还都是祖父给我的,是合乎礼制的。剩下的那些人都是庄子里的长工和佃户,是为了保护族人和庄园才来的西平,他们连西平人都不算,他们是上蔡人。"

赵铭被她的无耻震惊了。

不过他也放心了,挥了挥手,道:"你心中有数就好。我若是刺史,一定会强制下令,让各郡县出兵灈阳,但听从的人不会很多。你不要为一股意气就冲在前面。匈奴军是要驱除,但你不能拿赵氏的人命去填。"

赵含章表示明白:"您放心。我一定小心谨慎,绝不鲁莽行事。"

赵铭点头。

赵含章立即夹了一块饼给他:"伯父,您尝尝我家的饼子。这是厨娘根据我的口述做的,里面是肉馅儿,很好吃的。"

赵铭低头看,饼子两面金黄,被切成了三角形状,从切口可以隐约看到里面的肉末,闻着的确很香。

赵铭夹了一块,品尝了一下。饼子入口酥脆,然后是肉和葱花的咸香。他略一挑眉,道:"在面上撒些芝麻就更好了。"

赵含章一想,竖起大拇指,道:"伯父厉害,我怎么没想到这一点?听荷,去让厨娘再烙一张来,这一次撒点儿白芝麻。"

赵铭听得通体舒泰。这一刻,他终于知道父亲为何那么喜欢和赵含章说话了,即便他知道她是在有意拍他的马屁。

"伯父,匈奴军南下,那我们的信还送得出去吗?"

赵铭道:"问题应该不大。匈奴军就是南下,也不可能断绝所有的道路。我已经写信送往洛阳了，最多再有四天，族长应该就收到了。"

赵铭和刘越石没什么交情，只能通过赵仲舆联系对方。

刘越石，名叫刘琨，越石是他的字。他还有个顶厉害的哥哥叫刘舆，字庆孙。他们兄弟两个和赵仲舆一样，都是二十四友之一，年轻的时候是出了名的浪荡子。

但人家也是真的聪明，尤其是刘舆。传闻他阅遍天下兵簿、仓库、牛马、器械和水陆之形，只要是在档案文籍上有记载的，就没有他不知道的。

刘舆是赵含章做梦都想得到的人才。

不过，她也就是想想而已。此人现在是东海王的左长史，被对方当作心腹。

而且，赵含章扭头看了一眼傅庭涵，心中想：我现在有傅教授了，刘舆会的，傅教授将来一定比他还要厉害。

刘琨能出任并州刺史，就是因为他哥刘舆的举荐。虽然并州很快就要沦为孤城，但不可否认，刘琨也因为据守并州成为一代名臣。

赵含章眼馋刘琨背后的鲜卑势力。中原很少能买到好的、大量的战马，但如鲜卑一样的放牧民族就不一样了，他们的马多，牛多，羊也多。

赵铭的信中并没有告知赵仲舆是赵含章要买马驹，只说赵氏坞堡需要自保之力，因此需要购买马匹。

赵仲舆没有迟疑，虽然豢养私兵等同谋反，他们赵氏养的部曲早已经超过礼制规定，但在如此乱世下，没有足够的武力的确不能保全家族。

所以他当即写了两封信，其中一封就是给刘琨的介绍信，赵氏的人可以拿着这封信去并州找刘琨。

除此之外，赵仲舆还和赵铭交换了一下两边的信息。现在匈奴南下，民生艰难，就是他们世家大族也很难独善其身。赵仲舆希望赵氏族人多囤粮食、金银和布匹，一旦有事，赵氏族人也可便宜离开。

因为刘渊进攻洛阳，朝中有人提议迁都长安。

东海王已经成功拿下京兆郡，如今长安在他的掌控之中了，不过京兆郡的百姓也跑得差不多了，其荒凉程度堪比并州。

所以朝中还有大臣提议迁都去南阳。一是因为京兆郡近几年饱受战火摧残，百姓流离；二是因为那里离羯胡太近，大臣们心中害怕，他们总觉得不安全。

皇帝也想迁都，但东海王不答应，所以此时双方相持不下。

但赵仲舆在心中思量过，以刘渊的攻势，他们要是保不住洛阳，极大可能就会迁都，选择南阳的可能性比长安大。

若是都城迁去南阳，那距离汝南郡就近多了，到时候对赵氏也是好事。

赵含章一点儿也不觉得这是好事。当然，她此时还不知道此事，因为赵铭还没收到信呢。

这会儿,她正坐在离城门不远处的饭馆里,居高临下地看着杜璋三人穿着囚服在搬石头。

"这进进出出的,他们都没跑?"

秋武回禀道:"一点儿跑的迹象也没有,他们老实得不得了,让他们搬砖,他们绝对不提水。"

赵含章也松了一口气:"他们不跑就算了,让他们留下吧,这两天多给他们安排一点儿活儿,确定他们是真的不想跑了,就安排到县衙里去做文书的工作。我们缺认字的吏员啊。对了,让你们找的地方找好了吗?"

"找好了。按照您的吩咐,要离县城不是很远,不得侵占良田,又要水草丰美的地方,"秋武指了一个方向道,"就在那一处,您看到那座矮矮的山了吗?"

"看到了。西平山少,外面就零星几个小山包,我能看不见吗?"

秋武道:"那里有一条河穿过。土多为生土,熟土很少,加上有些荒地,所以草长得很高,那一片就极为合适。"

赵含章问道:"没有在耕种的田地吗?"

"有,但圈占下来的话,这一处是占得最少的,别的地方就要大量侵占农田了。"

赵含章问:"那些田地是大户人家的,还是小户人家的?"

秋武压低了声音道:"是七太爷家的。连边上的不少丢荒的荒地都在七太爷的名下,傅大郎君将地契都给圈出来了,那里有近三分之一的地方是属于七太爷家的。"

赵含章要养马,圈的马场可不小。本来她以为西平县少了这么多人,圈这么一块地不难呢,没想到随便一圈,就圈下了这么多有主儿的地,而且还是自家亲戚的。

赵含章想了想,起身道:"二郎呢?你把他叫来,我带他回去拜见一下长辈们。"

赵二郎回西平后,还没去和五叔祖他们磕过头呢。

今天没什么事做,赵含章干脆拉着赵二郎回去磕头。

赵二郎正在练兵呢,被叫住,干脆将手一挥,带着他的手下们一起回了坞堡。

赵含章骑在马上看了一眼他身后的部曲,倒是没拦着,而是等出了城才问赵二郎:"每一队、每一什都有任务,你把你的手下都带出来了,你们今天的任务完不成,是要明天补上,还是要受罚?"

赵二郎一呆,问道:"什么任务?"

赵含章道:"重建西平的任务。现在西平的事情多着呢,给伤者治伤、修建军营、修建民房、秋收、修桥、修路、赈济灾民,反正事情多得不得了。怎么,今天早上你领兵出去时,千里叔没给你安排任务吗?"

"没有呀,千里叔只让我带着他们出去玩,就跟在庄园时一样练习就行。"

"哦，那估计是千里叔把你们这一拨儿人给忘了。"

赵二郎顿时急了："不行，怎么能把我们忘了呢，等我回去就找千里叔领任务。"

赵含章赞许地点了点头，道："你去领了任务，那就一定要完成才可以。"

赵二郎拍着胸脯表示他一定完成。

跟在后面的部曲表示，其实他们可以不必去争这个面子的，什长啊，这不是什么好事啊！

赵铭给赵二郎挑的部曲都是十四岁到十七岁的少年，完全是冲着让他们陪他玩的打算，别说让他们干活儿，连训练都很少对他们提要求。

赵含章瞥了一眼年轻气盛的少年们，满意地点了点头，轻踢了一下马肚子，招呼赵二郎跟上。

赵二郎便加快了速度，他的手下们只能拿着自己的武器，撒腿跑步跟上。

等跑到坞堡，这一什十个人，除了赵二郎，全气喘吁吁起来。

赵含章看了看，道："你们的体力不行啊，这才急行两刻钟，你们就受不了了，以后长途奔袭怎么办？从明日开始，你们每天都跟着二郎过来给长辈晨昏定省。"

少年们一听，表情瞬间呆滞。有人小声地问道："女郎，晨昏定省的意思是，我们早上跑来，然后晚上跑回去？"

赵含章瞥了他们一眼，道："不。你们的什长给你们领了任务，晨定之后得回县城干活儿，待傍晚再来昏省。"

少年们生无可恋地看向赵二郎。

赵二郎还不知道发生了何事，见他们都看他，便也冲着他们傻乐。

赵含章微笑着摸了摸赵二郎的脑袋，带着他进坞堡："走吧，先去给五叔公磕头。"

赵含章领着赵二郎一路磕头过去，找到了赵瑚。

赵瑚正半靠在席子上，左右两边有丫鬟服侍打扇，膝前还跪着两个丫鬟，在给他喂点心和酒水。

杯子用的是透明的琉璃杯。

赵含章啧了一声，牵着赵二郎上前："三娘拜见七叔祖，七叔祖好生惬意啊！"

赵瑚看见赵含章，不由得端坐起来："西平县不忙吗？你怎么回来了？"

赵含章让赵二郎跪下："我带二郎回来拜见七叔祖。"

赵二郎之前已经跪了好几个人了，很是熟练，跪下后就"咚咚"地磕头。

赵瑚默默地接受了。他在身上摸了摸，摸出一块玉佩递给赵二郎："去玩吧。"

赵瑚看向赵含章，饶有兴味地道："我这儿还有一块玉佩，侄孙女也磕一个？"

正要坐下的赵含章一听，立即停住了，认真地想了想，很干脆地撩起袍子跪下。

赵瑚没想到她这么干脆，吓得从席子上爬了起来，手足无措地往后退了两步："你……"

赵含章仰起脑袋看他，温柔地笑道："七叔祖，我非君子，要玉无用，您给我别的东西吧。"

赵瑚很后悔，躲在一旁问："你……你想要什么？"

"我是个俗人，就喜欢田啊、地啊之类的。"

赵瑚没想到她的野心这么大，跪一下就想夺他的家产。他气恼不已，因此胆怯地上前一步，指着她道："你……你休想，我不给！"

"七叔祖还没听我说要哪里呢，怎么就不给了？"赵含章道，"不是什么好地方，价值比一块好玉差远了。"

赵瑚便问："你想要哪块地？"

赵含章跪在地上道："就是城西郊外靠山的那一片地。您看，咱家的坞堡在城南郊外，地多在这一片和城东郊外，您在城西的那一块地都没怎么种，您留着也是丢荒，不如把它送给三娘吧。"

赵瑚努力地想，想了半天也没想起来，扭头问管家："我们家在城西郊外还有地？"

管家想了想，道："有的。早几年汝南闹灾，跑了许多人，县衙征不上税，日子过不下去，范县令就召集大家去买地。太爷您大气，一眼相中了那片有条小河经过的地，所以在那里买了百十来亩地，只是……"

管家讨好地笑道："只是家中的人手紧缺，那里离得又远，就种不到那边，只能便宜些，招了几户佃户，种不完，就一直丢着。"

听着不是什么好地，赵瑚松了一口气。他见赵含章还跪着，便矜持地坐下，整理了一下袍子，道："不就是百十来亩的地吗？给你就给你了，不过你给我交个底儿，你要拿那片地干什么？可别糊弄我，要说种地，我是不信的，你的手中有这么多地，还能没地种？"

赵含章道："我拿来放牧。您也知道，我现在养着这么多的部曲呢，什么马呀，牛呀，羊呀，消耗大，自己养便宜些。"

赵瑚以为她是为了肉才放牧的，嫌弃地撇了撇嘴，道："你也太小气了，不就是为了饭桌上的那几块肉吗，竟然还给我跪下了。"

赵含章就冲他笑，然后磕了一个头："谢七叔祖赏赐。"

赵瑚吓得往后缩了缩，然后又支棱起来，挥手道："起……起来吧。"

然后赵瑚让管家去把那片地的地契找出来。

不就是百十来亩不怎么耕作的地吗？

384

他有的是!

赵瑚告诉自己不心疼,但背过身去,脸上的表情却有些痛苦。

赵含章将地契收进怀里,笑眯眯地对赵瑚道:"七叔祖,等明年我的牧场弄好了,我请您吃羊肉。"

管家看赵含章走了,不由得说道:"太爷,您既然怕她,何故又去辱她呢?"

赵瑚梗着脖子道:"谁说我怕她?我是她的长辈,她给我磕个头怎么了,我受不起吗?"

管家小声嘀咕:"那您也不该说那样的话,那话传出去,对三娘的名声多不好呀……"

听荷也有些生气,小跑着跟上赵含章:"女郎,七太爷也太欺负人了。"

赵含章瞥了她一眼:"哪儿欺负人了?"

"他让你跪下。"

赵含章不在意地挥手道:"他是长辈,我是晚辈,跪一下有什么要紧?逢年过节要赏钱的时候,我们不也得跪吗?"

"那怎么能一样?刚才他说那样的话,分明是在侮辱女郎。女郎现在可是西平县的主君,这样的事传出去,别人要是误会女郎摇尾乞怜、软弱可欺怎么办?"

赵含章停下脚步,点了一下她的鼻子,笑道:"若真有人这样认为,我还高兴一些呢。走吧,今日的目的达到了,我们去看看新到手的地。"

赵含章不是没钱买,只是小户人家的地好买,大户人家的地,尤其是这种连成一片一片的地,只要不是手头缺钱,谁会卖?

"让二郎在坞堡里玩,告诉他,天黑之前回城就行,我们先走了。"

等赵铭知道赵含章来了坞堡时,她已经跑得没影儿了。

来禀报的赵乐道:"铭叔父,七叔祖当着下人的面就让三娘下跪磕头了,您说她的心中会不会记恨?"

赵铭头也不抬地翻着手中的书卷看:"有什么可记恨的,你们平时少磕了?"

赵乐道:"可当时七叔祖还说三娘是为了几块肉而下跪磕头,如此折辱……"

赵铭掀起眼皮来看他,平淡地道:"长辈但凡有所赐,不论贵贱,晚辈都要受着。怎么,赏你们几块肉就嫌弃肉贱不接了?"

赵乐道:"不敢。"

赵铭冷哼一声,斥道:"不敢就好。别说是几块肉,就是给你一杯凉水,只要是长辈给的,你也得用双手接着,枉你读了这么多圣贤书,连你三妹妹都不如,还不快退下。"

赵乐躬身退下。

赵淞却和他的儿子有不一样的想法，他知道这事以后，气呼呼地去骂赵瑚："不就是百十来亩的地吗，你狂什么？你要是不愿意送，就问她要钱，折腾一个小孩子，你丢不丢人？"

赵瑚坐在一旁不吭声。

赵淞道："你不就是对琉璃之事生气吗？此事子念也有份，你怎么不去辱他？你这个欺软怕硬的东西。"

"五哥，那是你的儿子。"

赵淞大手一挥："我不介意，你去吧。"

赵瑚无言以对。

赵淞骂完了才问："三娘要那块地做什么？她缺地？"

赵瑚撇了撇嘴道："大哥给她留了这么多田地，她不可能会缺，而且老八还给她换了这么多地。她说是拿去放牧，多半是舍不得用自己的好地。"

赵淞皱眉："好好的地，怎么会拿去放牧？我等又不是胡人，让佃户长工家养一些就够了，难道含章打算建牧场不成？"

赵含章一溜烟儿地跑到城西郊外，当然，不止她一个人，她还把魏马头儿四人带上了。

赵含章看着一望无际、杂草丛生的荒野，大手一挥，道："这就是将来我们的马场了。"

马头儿张大了嘴巴看着。

"当然，它不能叫马场。"

除了朝廷授予的资质，民间无人能私养马匹，光明正大地标注马场，那不是等着衙门的人查抄吗？

因此赵含章道："这叫牧场！"

马头儿咽了咽口水，问："我们就这么放牧？"

他低头看了一下脚边的野草，摸了摸，摇头道："这里的好多草都不适合马吃，养牛倒是不错。"

赵含章低头看着这绿油油的草，心疼不已："可惜我们的牛少，这么多草都浪费了。"

魏马头儿心想：就是野草而已，女郎倒也不必这么心疼。田地上别的不多，给牛吃的草还是管够的。

魏马头儿养了多年的马，很有经验。他看了看脚下的土，又骑着马在这附近跑了一圈，许久后跑回来，下马对赵含章道："女郎，这一片地都能够被开垦出来种豆子。马要养好，缺不了豆子，那一片则多是生地，我们可以去除一些野草，然后种上牧草，以后每年都间种一些，如此几年，这一片的牧草的数量就上来了，应该能养上三五百匹马。"

赵含章的眼睛一亮，她回答道："好，就照你说的做。你觉得马舍应该建在何处？"

魏马头儿指了一个方向道："那里最好，近水源，我们取用水也方便些。"

赵含章和他们上去看了看，满意地点头："好。等秋收结束，我就让人来给你们建马舍，开荒、除野草一并进行，争取在明年开春前把马场……哦，不，牧场开起来。"

魏马头儿问："那马驹何时送来？"

赵含章道："快了，你们先准备着吧。"

汲渊通过魏马头儿和柴县令联系上了三个马商，一共购买了一百二十八匹马，其中有三十匹是未成年的马驹，不过只给了定金，马要过段时间才能运到。

汲渊说，这已经是三个马商的极限了，再多要，他们也给不出了。

而汲渊等人这会儿还没和刘琨联系上呢。

赵含章骑着马，溜达回县城，还未到县衙，便看见傅庭涵站在街角，守着一个包子摊位，前面排了二十来个小孩子，他正不断地从笼里拿馒头给他们吃。

赵含章下马，将马丢给听荷，好奇地凑上去："庭涵，这是……？"

她上下打量过后，问道："你买的？"

"不是。"傅庭涵拿了一个超大的馒头给面前的孩子，然后示意下一个来拿，一边发一边道，"我从县衙里拿的粮食，交给店家做的，这一个赈济点只负责给孩子发点儿吃的，店家每天可以得到十斤的粮食报酬。"

这做法听上去还不错。

赵含章就靠在一旁看他发馒头："你每天下午都过来发粮食？"

"不是。负责这一块的吏员今天肚子疼，我暂时替一下。"傅庭涵发完了一笼，正要换下一笼，赵含章已经顺手将空的笼子拿起来，放在一旁，把上面的三笼一提，示意傅庭涵把最下面的那笼拿出来。

傅庭涵顿了一下，端出来后放在最上面，夹了一个馒头放在一个孩子的碗里，扭头对赵含章道："以后这种粗活儿我来干就好。"

"没事，我顺手的事。"赵含章继续靠在门板上看傅教授分馒头。

看着看着，她的目光顺着他的动作移到在他跟前排队的那些孩子的身上，他们衣衫褴褛，有的不仅手指甲里黑乎乎的，脸也脏兮兮的。

拿到馒头，他们没有立即往嘴里塞，而是先掰开，留下一半，拿着另一半塞到嘴里急切地吃起来。

赵含章伸手拽住一个领了馒头就要离开的小孩子，问道："这都傍晚了，是用晚食的时候吧，你留这一半给谁吃？"

小孩子胆怯地看了她一眼，小声地道："明天早上吃。"

傅庭涵在一旁解释道："一天只有一顿，一顿只有一个馒头。"

他顿了顿，道："县衙的库房里没那么多粮食，我们得省着来。"

现在全县都在以工代赈，要想得到粮食，就得干活儿。傅庭涵规定了工作量对应的粮食，一个成丁每天赚到的粮食可以养活自己和两个孩子。

但……这县城里还有许多无父无母的孤儿，以及老弱的孤寡，所以傅庭涵只能设立单独的赈济点。

但让他们饱腹是不可能的，也就是让他们不至于饿死罢了。

赵含章问小孩子："你们住在哪里？"

小孩子伸手指着一个巷道："里面。"

赵含章干脆跟着进去看，便见他指的地方塌了个院角，里面血迹斑斑，地上还有血红色的拖拽痕迹。赵含章问："这是你们家的房子？"

"是啊。"小孩子理所当然地道，"我的阿父阿娘都死了，所以这是我的房子了。可他们说，这个房子很快就不是我的了。"

他抬起头认真地看向赵含章："女郎，衙门可不可以不收我家的房子？"

按照规矩，无丁不成户。这孩子年纪这么小，是不能自立门庭的，衙门会暂时替他们管理家中的房产，待他们成年后归还。

不过现在世道混乱，这东西给出去，基本上就没有再收回来的可能。

当然，不给出去，这小孩子也未必保得住。

赵含章伸手摸了摸他的脑袋道："不可以。衙门会暂时替你保管。这房子，你住着也未必能保住，但放在县衙里，我承诺你，只要我一日还做这西平县的主，那这房子县衙就只暂时保管。我会建个育善堂，你和其他失去父母的孩子可以去育善堂里生活，我还会请人教你们读书。等你们年满十六岁，或从学堂里毕业，可以做事赚钱后，衙门替你们保管的产业会原封不动地还回去。"

小孩子愣愣地问道："我是庶民，也可以认字吗？"

"当然。"赵含章笑道，"天下任何人都有读书认字的权利，只要你们想。"

赵含章牵起他的手："走吧，我先带你去认认你的第一个老师。"

傅庭涵见她一脸高兴地牵着一个孩子回来，挑眉问道："你又想干什么？"

赵含章摇着小孩子的手道："我想建个育善堂，再建一个学堂。这些孩子总要妥善安排，而且我们不是缺人才吗？我们不能广发招贤令，就只能自己培养了，我觉得这些生源就不错。"

建育善堂并不困难，此次西平之战，空下来不少房子，他们找几间宽敞的房屋，稍微改一改就可以做成育善堂。

傅庭涵之前做好了统计工作，谁是孤儿也一目了然，甚至连照顾孩子的人选，赵含章都想好了，让大的照顾小的，人力投入少，成本也少。

县衙只需要再分派两个人管理即可。

学堂问题倒是挺难解决的。没有老师，其实找老师还是简单的，赵含章、傅庭涵，还有县衙里的其他识字的官吏都可以暂时去授课，倒也不是十分难。

反正是粗养的，只要他们会认字和识数就行。

难的是没有书籍和纸张笔墨。

赵含章一回到县衙，还没来得及宣布自己的伟大决定，耿荣和宋智便躬身禀报道："女郎，县衙里没有纸张了。"

赵含章随口道："没有就买呀。没钱了吗？要不要再募捐一次？"

宋智道："不是钱的问题，而是县中的书铺被一把火给烧了，现在我们有钱也买不到纸张。"

耿荣道："而且纸张贵重，之前傅大郎君的用量巨大，这几天，县衙的纸张用量已经占到往年的三分之二。"

傅庭涵惊讶地道："你们平时用纸这么少？那户籍公文这些怎么记载传递？"

宋智哪里知道？

耿荣因为父亲曾是主簿，倒是知道一些。他道："户籍一般是三年修订一次，其余的事情可以让吏员和衙役下乡口口相传。"

这样传递信息也太慢了，而且会耗费大量的人力。

赵含章问："纸张比人力还贵吗？"

宋智觉得她这一问堪比惠帝的"何不食肉糜"。他道："自然。纸张之贵，岂是人力可比的？"

赵含章扭头看向傅庭涵："那我们还得造纸？"

傅庭涵努力地回想纸张要怎么造。他不知道造纸，但也是有所了解的。

赵含章冲他"嘿嘿"地笑，自得起来："我知道怎么造。"

宋智和耿荣愣愣地看着赵含章："女郎会造纸？"

赵含章并不避讳，矜持地点头道："会一些。不过这不是一朝一夕能造出来的。既然纸张没有了，你们就去买。西平没有，上蔡还能没有吗？还有新息，这几个近的地方，都派人去买。"

想到他们这段时间的耗纸量，她道："多买点儿。"

其他的东西，她给傅教授弄不出来，还能在用纸上委屈了他吗？

赵含章回到书房就开始做计划，列出他们要做的事，发现他们竟然要做这么多事。

赵含章捏着笔沉思起来，傅庭涵过来看了一眼，转身就走。

赵含章回神，忙叫住他："庭涵，你说我们是不是需要可以管事的县丞和主簿？"

虽然她设了县丞和主簿，但她突然发现，他们两个竟然都不在县衙里干活儿。

汲渊也就算了，他正在负责买马的事，上蔡那边也需要他盯着，他暂时离不开情有可原，但赵铭……

赵含章用人的想法就像火一样在心中熊熊燃起："你说我对铭伯父三顾茅庐，他会不会……？"

"不会。小心你三顾之后被拒之坞堡外面进不去。"

赵含章一听，便压下了心中的想法："算了，现在我的地盘还小，等大一点儿再说。"

赵含章想了想，道："育善堂可以让陈四娘去试试，她是女子，孩子的戒备心也会淡一些；学堂……我得再想想交给谁。"

傅庭涵道："交给我吧。"

"嗯？"赵含章扭头看向他。

傅庭涵道："教育是最重要的事。既然你想将来用他们，那就要从现在起培养他们的忠诚度，还有对事物的认知惯性。不然学坏了的话，他们将来就有可能站在反对你的那一方。"

傅庭涵和赵含章都知道，她现在能做西平县的主，一是因为西平县刚经历过劫难，而赵含章是救了西平县的人；二是她的手上有兵；三是因为当下没有出现一个能够与她争夺西平县的人。

可将来西平县步入正轨，甚至越来越庞大的时候呢？

到时候她身上的短板就会被放大，比如她是女子出身，比如她没有官身。

所以他们用人也不是谁都能用的，他们一直在着力挑选和培养自己的人手，为的就是预防将来出现这样的情况。

但挑选出来的人哪里比得上他们从小就培养起来的人？

他们从小就培养起来的人的思想、认知几乎是一张白纸，可以任由他们描绘。

这么一想，傅庭涵越发坚定了："学堂交给我吧，县衙这边的事情，你可以交给耿荣和宋智。"

赵含章的心中有数了，第二天她便把县衙的人都叫来，宣布提拔宋智为县丞副手，暂代县丞之职，耿荣为主簿副手，暂代主簿之职，以后县里的事情都听傅庭涵的，当她和傅庭涵的意见相悖时，再听她的。

众人沉默不语，默默地扭头去看傅庭涵。

就见傅庭涵先拱手应道："是。"

众人只能跟着应下，不过对赵含章的威势有了进一步的认识。

把事情一件一件地交代下去后，赵含章每天就在各处巡视，确认事情都在有序地完成，然后就去西平县的各家坐一坐，从他们的手里买些粮食。

这时候，粮食还是挺好买的。

相比于金银珠宝，粮食要廉价很多，因此当时的乱军大多冲着金银财宝去了。对于粮食，乱军也就搬走了一些，所以各家的粮库大多保存了下来。

夏收结束，这会儿各家都不缺粮食，只缺钱，毕竟当时凡看上去是大户的人家都被抢了。

那些金银大多被作为战利品，落在了赵含章的手里。

赵含章抚恤了战亡和受伤的部曲，又拿了一些来犒劳众人，剩下的都在她的口袋里。

现在这些金银转了一圈，又回到了那些老爷的手中，只是付出了一袋又一袋的粮食。

赵驹带着人去各家搬出来一袋又一袋的粮食运回粮库。县城里的人们看见那么多粮食，皆精神一振，他们干活儿更有力气了。

赵驹盯着人把粮食都搬进粮库，和看守粮库的人核对过数目后，便签字画押，将粮库锁了起来。

看到满粮库的粮食，不仅外面的百姓，连部曲们的精神都不一样了："幢主，女郎可真厉害，几句话的工夫就得到了这么多粮食。"

赵驹道："这些都是真金白银买的，你以为是平白得来的吗？"

"可那些钱也是那些老爷的呀，这不就和白得的差不多吗？"部曲喜滋滋，"粮库有粮，心中不慌，幢主，再有两天，我们的军营就建好了吧？"

赵驹问道："那些俘虏还听话吗？"

"还行吧。最开始跑了几个，那几个俘虏都没跑出多远就被抓住杀了。后来其他的俘虏看我们给他们吃的，也不虐待他们，就老实待着，不跑了，军营修建的进度也快了。"

赵驹点头，道："让他们加快速度，建好军营就去地里秋收。"

西平县死了不少人，虽然地里的庄稼也损毁了一些，但依旧有不少。

人力不足，光靠用粮食招工是不够的，他们决定用上俘虏。

只不过田地多在城外，三百多个俘虏拉到外面去，很可能会跑掉，赵驹可不想浪费很多人力在监督上。

所以他们得先在城内把人驯服了再拉出去。

果然，等城中的军营建好，俘虏也被调教得差不多了。

赵驹将俘虏分成三队：一队在城中修缮受损的房屋和街道；一队被派往赵氏坞堡，帮助坞堡的人秋收；一队则在西平县里收割那些已经变成无主田地的庄稼。

赵含章已经把俘虏未来半年的工作都安排好了，等秋收结束，就把他们送去马场，哦，不，牧场里开荒，还有收回官衙的田地也要开始准备种冬小麦了。

三百号人呢，每天能耕种的地还是不少的。

赵含章也知道当下最重要的事就是秋收，所以也拎着镰刀下地去体验生活，顺便拉一下城中百姓的好感。

傅庭涵戴着斗笠，站在田里看她，见她小心翼翼地割了一镰刀后慢慢地熟练起来，竟然就"唰唰"地往前割了，速度虽然比不上旁边的人，但比他可快多了。

傅庭涵低头看着自己手中的镰刀。

赵含章直起腰来，看见傅庭涵没动作，连忙问道："是不是稻叶割手？要不你到田埂上等我？待我割到另一边就回来。"

傅庭涵摇摇头："我只是在想，一穗就这么点儿稻谷，那一亩的产量是多少？"

赵含章道："那得晾干了称才知道。"

她也抬头看了一下这黄灿灿的稻谷："这稻谷看上去挺好的，一亩地应该有个五六百斤？"

事实证明，他们不是农民，估算出来的数据是很不靠谱儿的，这一亩地脱粒后晾干一称，只有两百二十三斤。

赵含章一脸的不相信，问来报数的耿荣："是不是你们称错了？怎么可能这么少？"

耿荣道："女郎，这个产量已经算很不错了。"

赵含章挠了挠脑袋，看向傅庭涵："你还记得我们预计的亩产是多少吗？"

耿荣也看向傅庭涵。

傅庭涵扫了耿荣一眼，拿起赵含章的手，在她的手心上写了一个大概的数字。

赵含章"啧啧"两声："这差距也太大了。"

她沉思片刻，道："除了种子，我们应该还可以通过改进耕作方法来提高稻谷的产量吧？"

傅庭涵点头："还有小麦，中原及北方还是以面食为主。"

耿荣忍不住插嘴："女郎，普通百姓是以豆饭为主。"

赵含章和傅庭涵对视了一眼："豆饭？"

他们俩果然是世家大族，连豆饭都不知道。耿荣正想详细解释一下，赵含章已经摸了摸肚子，道："说的哪里有亲身体验来得好？正好，到吃晚饭的时间了，走，我们出去蹭饭。"

耿荣沉默不语。

赵含章拉着傅庭涵出去找晚饭，直接拉着他去了靠近城门一侧的那两条巷道里。

贫民窟里的人被迁出来后，多数被安排在了这里，这里的民居大多空了，赵含章将空的房屋回收分发下去。还有的人家只剩下孤儿，她就暂时把房子登记造册，打算等以后商业起来了，便将其出租，收益也能抵消一点儿养孩子的花费。

县衙现在每天要养这么多孩子，支出还是挺大的。耿荣知道，城中有不少人都在观望，等着看赵含章入不敷出。

就连耿荣都觉得赵含章支撑不了多久。到现在，城中的以工代赈活动也没有停止，听傅大郎君的意思，后续他们还要挖水渠等，不是发布役令，而是依旧以工代赈。

这就很出乎耿荣的意料，也让耿荣更加担心，他觉得这样下去，赵含章可能连这个冬天都撑不过去。

本来西平县谁当家做主对他来说都差不多，赵含章毕竟是个女子，未必能长久，换个人也不错。

但他想到现在每天见到的人，想到现在手头的工作，不可否认，耿荣觉得当下的西平县生机勃勃，虽然刚经历劫难，但上下一心，其态势甚至比他父亲和范县令在时还要好。

所以他迟疑了一下后，还是道："女郎，一味地发善心未必是好事，县衙的收入有限，以工代赈只能解一时之困，到时候政策骤然回落，只怕会招致许多不满。"

赵含章已经尽量压缩以工代赈的支出，可以说，现在一个成丁劳作一天的收入也就够养活两个人，这样的工钱，在她看来已经极低廉了，再压，她和傅庭涵都要过不了心里的那道关卡了。

而且，这些公共设施将来都会产生收益，远的不说，就说修建水利工程，县衙下的官田就受益匪浅。

可惜了，等冬天一过，大家都要忙自个儿的地里的活儿，赵含章会给他们分一定的土地，到时候，官田想以工代赈或者招工都难，说到底，还是缺人啊。

赵含章安抚耿荣："我心中有数。放心，我们不会缺钱和粮食的。"

战利品还没花完呢，花完了战利品，她的手中也还有钱，前期投入本就是巨大的，她有心理准备。

投入大，收益才更大。当务之急是收服人心，若能收服整个西平县的民心，将来这一片就是她的后盾。

赵含章瞥了一眼耿荣，微微一笑，若连耿荣这样识字、有能力、有想法的人都站在了她的这边，那普通百姓那里还会有疑虑吗？

赵含章看着各家的炊烟，随手敲开了一家的门。

在厨房里做饭的男子跑出来开门，看到赵含章，有些激动，又有些胆怯："女郎怎么来了？"女郎不会是要把房子收回去，把他赶走吧？

赵含章道："我过来看看你们在这里生活得怎样，还习惯吗？"

男子松了一口气，立即回道："习惯的，习惯的，特别习惯。"

"这里住了几个人？"

"五个，一间屋一个，"男子讨好地笑道，"我们把房子打理得很好，没有乱。"

赵含章点头，往厨房里去。厨房里正在烧火的人一愣，就着蹲的姿势跪在了地上："拜见女郎。"

赵含章上前将人扶起来："不必多礼。"

她往釜里看了一眼，问道："怎么只有你们两个，另外三人呢？"

两个人忙回道："他们去挑水和打柴了。"

赵含章赞赏地点头："分工明确，你们若能像家人一样过在一处，日子也轻省些。"

她盯着釜问："你们在做什么吃的？"

二人老实地回道："豆饭。"

赵含章见他们没有留下她用饭的意思，只能厚着脸皮主动开口："我也未曾用晚饭，不介意我等留下来跟着吃一些吧？"

两个人的脸上顿时现出为难之色，一个人犹豫了片刻，道："那女郎得多等一等。"

赵含章点头："我等得。"

那人便立即进屋去了，不一会儿就盛了两碗白面出来。

赵含章看见，伸手拦住："不是说吃豆饭吗？你怎么拿了白面出来？"

"豆饭是我们这等人吃的。女郎娇贵，怎能吃这等粗食？"

赵含章笑道："我也没那么娇贵，你们吃什么，我就吃什么。"

对方坚决不从："不行，贵客登门，我们若用豆饭招待，明儿起，我们在这一片儿也别混了。"

赵含章道："倒不至于这么严重，我就是来尝尝你们日常吃的豆饭是什么样的。"

他们显然没想到竟然还有人放着好好的白面、白米饭不吃，跑来吃豆饭。

但赵含章坚持，他们也只能把白面收了回去。

赵含章蹲在灶前和他们一起看火，顺便聊一下他们最近的生活和将来的打算："衙门分给你们的地都收完了吧？"

"收完了。粮食交了六成，剩下的四成是我们的。"一人道，"豆子都已经晒干拿回家里了，稻谷还在晾晒。"

赵含章问："粮食够吃到明年五月吗？"

"省着点儿吃，应该可以。衙门说还有以工代赈的活儿，我们打算把地整理一下就去衙门领工，挣到的白面和白米拿去换成麦子和豆子，可以多出不少来。"

赵含章道："那你们就一点儿细粮也不吃，全吃粗粮？"

男子不在意地笑道："现在这样已经很好了。我们以前连粗粮也没有，如今不仅有房屋居住，还能饱腹，足够了。"

说着话的工夫，其他三个人也挑着水，背着柴回来了。

这房子，县衙只是容他们暂住，不要租金，一间房住一个人，要是一家人当然好，不是一家人也可以搭伙过日子。当然，要是过不到一处去，请里正出面，他们也可以另起灶台，自己过自己的。

这五个人在贫民窟时就认识，所以干脆就一块儿过了，每天轮流做饭、挑水、打柴，日子倒也过得去。

每日要蒸的饭量都是固定的，赵含章带着这么多人来，豆饭一下子就不够了。

所以五个人都没动手，而是拿了碗筷出来，直接给大家盛了一大碗，想着先紧着赵含章他们吃。

赵含章看了一眼煮得稀烂又挤在一起的豆子，连忙道谢，谢过后，只取了一碗，然后给傅庭涵和耿荣分了一些。

三个人分一碗豆饭，别说，豆饭乍一闻上去还挺香的，就是不好吃，没什么滋味，还有一股豆腥气。傅庭涵吃了一口，看向赵含章。赵含章也觉得不好吃，不过强忍着吃完了。她问道："你们就吃豆饭，不吃菜吗？"

五个人见赵含章不嫌弃，乐得呵呵笑："没有菜。"

赵含章道："还是要种一些菜的，有菜地吗？没有的话，给你们分一些。"

五个人的眼睛顿时一亮："可以吗？"

"可以啊。"赵含章想了想，问傅庭涵，"我记得城西郊外不远处有许多丢荒的田地，那里已经确定没主儿了，是吧？"

傅庭涵点头："那里丢荒超过五年，可以算作无主儿。"

赵含章就对他们道："你们去城西吧，一宅可以开两分的菜地，开出来就是你们的。"

五个人表示：城西离得太远了，还要跑到郊外去，没有菜吃也没什么大不了的。

第十五章
招兵令

耿荣想了想,道:"女郎,离这儿不远处也有一些荒地,就在几排房屋的后头,只是那里的地很零碎,而且土质不好。"

赵含章看了五个人一眼,对他们挥手道:"那你们去选一块开出来吧,土质不好,出去挖土回来填上便是。还是要吃些菜的,不然人容易生病。"

赵含章吃完,见傅庭涵还剩下许多,便伸手接过,将豆饭都倒进自己的碗里替他吃了。

傅庭涵的脸色微红,他忙将碗拿回来:"我自己吃。"

赵含章按住他的手:"我饿了,给我吃一点儿。"

五个人见状,立即起身,热情地道:"这里还有,这里还有。"

赵含章和傅庭涵大惊失色,连忙摇手:"不用了,不用了,这点儿就够了,你们吃吧。"

耿荣低下头去,努力地把豆饭咽下去,眼泪都快要出来了,这豆饭真的好难吃啊!

他看了一眼赵含章,见她把傅庭涵的碗里的豆饭也吃干净了,顿时敬佩不已,是他小看她了。

赵含章呼出一口气,放下碗,问道:"你们平时除了豆饭,还吃什么?"

"麦饭,还有馒头。"

赵含章问:"白面馒头吗?"

五个人笑道:"我们哪里吃得起全白面的,是掺了糠的馒头,虽是灰黑色的,但也极好吃，比麦饭还要好吃。"

赵含章摸了摸肚子，最后还是决定去体验一下。

于是她拉着傅庭涵告辞离开，找了下一家，一开门就问人家今晚吃的是麦饭还是馒头。

赵含章得知是麦饭或者馒头就往里走。

这一条巷道里，大部分人家吃的都是豆饭，只有小部分人家吃的麦饭和馒头。

赵含章一一品尝。等她走出巷道时，不少人家端着碗出来相送，热情地招呼她吃过他们家的晚饭再走。

赵含章一脸笑容地谢过，拉着傅庭涵快步离开。

等走出老远，她才松开傅庭涵，大松一口气："太热情了我也吃不消啊！"

傅庭涵一直忍着笑："可我看你吃得挺快乐的。"

"人家请我吃饭了，我总不能表现得很痛苦吧？"赵含章叹气，"豆饭和麦饭是真的难吃啊，尤其是豆饭。"

傅庭涵道："人均土地虽然多，但这里的亩产量很低，你想要全吃白面，短时间是达不到的。我觉得掺了糠的馒头不错，应该还能够做成饼子。"

赵含章点头："豆子还是应该拿来做饲料、做酱、酿醋，还有榨油，做成菜也行。豆子做成豆饭，太为难肠胃了。"

傅庭涵道："那你得保证从明年开始，人均收获的麦子足够一年的消耗。"

"走，我们回去算算，以现在的亩产量，人均多少亩地，在上缴足赋税后，够一年所需。"

耿荣愣愣地跟在后面，思考半响后，还是决定不懂就问："女郎是想使民间不再食用豆饭？"

赵含章道："他们想吃还是可以吃的。我就是想让他们的日子过得更好一点儿，能够少吃些豆饭，换成更好一点儿的麦饭或者馍馍也行啊。而且大豆的用处是很多的，养马、养牛，还有酿醋、榨油，都需要大量的豆子。"

"用豆子榨油也太浪费了。"耿荣想到之前守城时倒下的油料，道，"桐油应该够用了。"

"我说的是吃的油，你们没吃过豆油吧？我回头让人榨出来给你们尝尝，很好吃的。"

耿荣瞪大了眼睛："豆油可入口？"

"豆饭都能入口，豆油为何不能入口？"

耿荣一想，还真是，桐油不能吃是因为桐果不能食用，但豆子是可以吃的，那豆油自然也可以吃了。

赵含章道:"马吃了豆子后膘肥体壮,油光水滑,豆油对人有同样的效果,到时候豆渣还能喂猪、喂牛、喂马。"

傅庭涵发出灵魂一问:"你会榨油吗？"

赵含章沉默了一下,道:"不会。"

傅庭涵道:"我也不会。"

他甚至没有了解过。

赵含章不死心地问道:"你总知道原理吧？"

傅庭涵道:"挤压？"

赵含章信心满满,她都已经知道有这个东西了,总能做出来的。

"回头试试。"

几个人回到县衙,赵含章留耿荣用饭:"秋收结束后,我们要开始准备种冬小麦了,我决定在此之前分一些田地下去。"

耿荣听赵含章提起过,但他以为那只是她初入县城,为了稳定人心才随口许下的承诺,没想到她竟然真的分地。

他不由得问道:"是所有的人都分吗？"

"不,只分给少地和无地的人。"

"女郎,如今西平县上下一心,正是难得的时候,此时分地,只怕会破坏这种局面。"

傅庭涵也道:"不患寡而患不均。"

赵含章道:"所以我会贴出公告,分到田地的人,除赋税外,还要额外向县衙缴纳一成的佃租,持续五年。五年以后,只要土地一直在耕种,那田地自动归属于他们。而这五年间,只要他们有一年没耕作,那县衙自动收回田地。

"而本身有地,自觉不够耕种的,也可以和县衙申请分地。但申请下来的田地和其私有的田地要全部耕种。同样的要求,五年时间内,申请下来的田地每年缴纳一成佃租,这五年内,其登记造册的私田也要和佃租的一样耕种满五年。只要空荒一块,则他们会被视为恶意抢占官田。我不仅会没收佃租出去的官田,他们的私田也要被罚没。"

傅庭涵惊讶:"这么重的惩罚？"

赵含章的嘴角带着冷笑,她道:"所以啊,我的官田也不是那么好种的。"

此举主要针对的是明明已经有足够的田地,却又盯着官田,想要多占的人。

傅庭涵想了想后,摇头:"不如把赋税换算成等同的佃租,直接租给没有地或少地的人。反正西平县现在是由你做主,你没想把赋税交给上一级,你收了佃租后,免去这些人的赋税就行了。"

"这样换算成佃租，就相当于他们在租你的田地，已经有足够的田地耕作的人不会想到来找你租地的，你可以等他们的佃租足够一定年限以后，将土地所有权交给他们，然后恢复赋税，取消佃租。"

赵含章道："可这样一来，没有地的人也就算了，少地的人因为耕作的田亩不一样，全部免除赋税的话，他们需要交的佃租也是不一样的，这个怎么计算？"

傅庭涵道："现在他们都是粗放式耕作，所以人均耕种面积达到了二十亩地。你既然想改进亩产，还想大量收进人口，我的建议是直接缩减一半，按照人均十亩来计算。这样的话，我来做统计，现在册子上少地的人数和对应的亩数，我可以将他们从家庭里细分出来，按照佃租一亩到十亩，算出对应的各档佃租，到时候收税，按照册子上的数据来就行。"

赵含章道："这样一来，县衙的工作量就很大了。"

傅庭涵摊手道："这是在所难免的，两者总有一失，就看你选择什么了。"

赵含章略一思索，便道："听你的。反正我们也要培养和收罗人才，西平县就可以作为他们的作业布置下去。"

一旁的耿荣默默地吃饭，到后面已经是有听没有懂，一头雾水了。

赵含章瞥了耿荣一眼，鼓励他道："耿荣，你来辅助傅大郎君完成此事吧。"

耿荣一脸为难之色，想说自己不懂，但又觉得给上司留下这样的印象不好，就迟疑了一下。赵含章已经收回了目光，给傅庭涵夹了一筷子鸡蛋："多吃点儿蛋白质，最近脑力耗费太多。"

傅庭涵不以为意地道："只是最简单的计算，并不耗费脑力，不过是事情庞杂费精力。"

赵含章道："对了，傅安呢？让他去选几个机灵的人来跟着你，以后你有事就吩咐他们去做，这样多少能够轻松一点儿。"

傅庭涵一愣："对啊，傅安呢？"

二人面面相觑，一时都想不起来了，还是耿荣道："他好像跟着二公子。我今天看见他们一路往城外跑，说是要去坞堡里请安，不知道回来了没。"

赵含章想让赵二郎锻炼武艺，顺便消磨一下他那过于活跃的精力，自然不能让他骑马去坞堡请安。

所以赵二郎每天都是带着人跑步去，再跑步回来的，还要听季平的吩咐，在城里干点儿给人搬东西、修缮房屋之类的活儿；下午再跑去请安，再回来。

今天季平给他们的任务是把晾晒好的粮食搬到库房里，他们出来时便晚了。

赵二郎是个死脑筋，姐姐说了每天都要去晨昏定省，那就是每天，于是他傍晚时分带着众人跑着去请安。

跟他们编在一起、负责记录他们搬运粮食的傅安稀里糊涂地跟着他们往外跑，等跑出城门后才回过神儿来，他也不好转身就走。

毕竟他是个下人，这可是他们公子的小舅子，面子还是要给一些的。

于是他气喘吁吁地跟着人跑到坞堡，看着赵二郎"咚咚咚"地给赵氏的五太爷磕过头后便出坞堡要回城。

傅安忍不住道："二公子，天已经黑了，我们这时候回去，城门已经关了吧？"

赵二郎道："关了再叫守卫开呗，阿姐还在家里等我呢。"

他坚持带着大家往城门方向跑。

这段时间，他们也跑习惯了，不到半个时辰就跑到了城门下。

果然，城门已经关了。

十一个少年只能站在城门下仰头看。赵二郎冲上面的人喊："快开门，我回来了，我要进去！"

城楼上的人认出了赵二郎，却不敢随便开门。这可是城门，除了赵含章，谁敢随便开？

于是上面的人喊道："二公子稍候，属下这就去请示女郎。"

说罢，那人"噔噔噔"地跑下城楼，扯了一匹马就跑去县衙请示。

赵二郎也不闹，带着人靠在城墙上等着，周围都是"嗡嗡"叫的蚊子，特别讨厌。

赵二郎挥手驱赶蚊子，毫不手软地"啪啪"打在自己的脸上，颇有一种要与它们同归于尽的架势。傅安看得心惊肉跳，忙止住他的动作，伸手在他的四周乱挥，帮他驱赶蚊子。

其他部曲见了，也围上来帮忙："二公子，一定是你的血比较甜，所以蚊子都爱咬你。"

赵二郎道："真的？"

"真的。"

赵二郎正要说什么，突然竖起耳朵："你们有没有听到骑马的声音？"

他们正疑惑，城楼上的人已经发现了，冲着远处高声喊道："来者何人？西平县城已经关闭，速速止步。"

城楼上的人有点儿害怕，二公子可还在下面呢。

城楼上的人急得团团转，一把拉住身边的人："要不我们先开城门，把二公子放进来吧，他要是出事，女郎还不得剥了我们的皮？"

城楼上的人正迟疑着，骑马的人已经到了城楼下，因为赵二郎他们十一个人站在城墙的阴影里，加上大晚上黑乎乎的，所以来人也没发现他们，而是冲着城楼上的人喊话:"刺史府有军令至,快开城门!"

城楼上的人一听,稍微松了一口气,语气也温和了下来:"来使稍候,我等这就去禀报。来使可有公文印章?"

"公文在此,是紧急军令,废什么话,赶紧把城门打开,耽搁了战机,拿你等是问。"

部曲不开。他们又不是朝廷的人,他们的主子是赵含章,在他们接管西平县的第一时间便有命令,除了他们的女郎,无人可以私叩城门,连他们的二公子都得在下面老实待着,来人算老几?

来人的语气不好,部曲的语气也不好起来。部曲粗声答道:"让你们等着就等着,待我等禀报过再说。"

来人大惊,叫道:"大胆,这是紧急军令,凡县城接紧急军令,都要立即开城门,你们敢违抗?"

可关键是,他们不是朝廷军啊,楼上的部曲充耳不闻。

"早就听闻西平县已被赵氏所掌,你们这是投了新主子,便不听上峰之令了,莫不是要造反?"

被捂住嘴巴的赵二郎忍不住了,一把扯掉傅安的手,指着马上的人喊道:"你敢骂我赵家!连我都要老实等着,你算老几?"

马上的两个人被这突然响起的声音吓了一跳。一个人的心脏差点儿从嘴巴里蹦出来,另一个人则被吓得眼前一黑,直接从马上栽下来。

赵二郎"嘿"了一声,蹦起来拉着大家给他做证:"他们坏,他们故意陷害我,就……就跟大姐等人一样!"

赵二郎急切地想得到大家的认可:"我没有打他,碰都没碰到他!"

傅安道:"是,二公子没打他,他只是被二公子吓晕了而已。"

赵二郎瞪圆了眼睛,大大的眼睛里是满满的疑惑之色,还带着点儿骄傲。

他问道:"我这么厉害了?"

部曲少年们缩在赵二郎的身后,小声道:"二公子,他不会被吓死了吧?"

马上的人在手软脚软过后,听到了他们的议论声,理智渐渐回笼,终于反应过来,这不是鬼,而是人!

他白着脸,哆哆嗦嗦地要下马去看同伴,但发现脚还有点儿发抖,一时踩不住马镫,他便指着黑暗中那影影绰绰、勉强可见的影子道:"还不快过来扶人!"

赵二郎是个善良的少年,他带着众人上前,把摔在地上的人翻过来,顺便抬到一边,避免马踩到人。

傅安摸了一把对方的脖子,确定还有气,松了一口气:"还活着。"

401

赵二郎盯着昏迷的人的鼻子看:"要掐人中,掐了人就醒了。我阿姐说的,以前大姐晕过去,阿姐就是这么干的,狠狠地一掐,大姐立即就醒了。"

傅安一听,便用力去掐那人的人中,掐了好久,人才"嗯嗯"两声,那人努力地睁开眼睛,才睁开了一条缝儿,勉强看得见人影,便对上了几双眼睛,在黑暗中泛着亮光,他的眼一瞪,头一歪,人又晕了过去。

赵二郎也被吓了一跳,往后一倒,坐在地上,和大家求证:"他自己晕的,不关我的事。"

围着的人也都丢下那人,往后挪了挪,齐齐对马上的人道:"对,对,他自己晕的。"

马上的人气恼地道:"你们还愣着干什么,扶我下去!"

大家一起看向赵二郎,他们只听他的。

赵二郎想了想,阿姐说过,在外面不要轻易相信陌生人的话,所以他义正词严地拒绝了:"不行,谁知道你是不是坏人?"

对方气急,崩溃地大喊道:"你到底是何人,躲在城墙下干什么?"

最后,马上的人冲着城楼上大喊:"你们还不快把城门打开,若是使者出了意外,算上你们所有人的命都赔不了。"

众人闻言,撇撇嘴,他们西平县已经有三个刺史府来的使者了,再多两个也没啥大不了的。

赵二郎不怕,但是个讲道理的人。他住到县城里来的时候,阿姐叮嘱过他,要遵守县城的规矩,不让人欺负,但也不欺负人,所以他很好心地回答问题:"我叫赵永,我回来晚了,被关在了城外,正在城墙下等城门开呢。

"你不要发脾气。我阿姐说了,来了西平县,就要守西平县的规矩,守卫已经派人去叫我阿姐了,一会儿城门就开了。你再凶他们,我打你啊。"

使者一言不发。

赵含章和傅庭涵快马过来接人,才下马,城楼上的人就跑下来禀报。

得知外面不仅仅有赵二郎,还来了两个刺史府的使者,她便和傅庭涵对视了一眼。

这两个刺史府的使者总不可能是为了前面的三个使者来的吧?

"把城门打开。"赵含章露出友好的微笑,准备接待这两位使者。

部曲没来得及告诉她,其中一个使者好像被二公子吓晕过去了。

城门打开后,赵含章和傅庭涵走了出来。

赵二郎一看到姐姐,立即冲上前去,半是邀功,半是澄清:"阿姐,我很乖的,很守规矩,守卫让我等,我就等了。是这两个人不守规矩,一直叫人开城门,然后

402

其中一个自己晕过去了,我没打人!"

赵含章脸上的笑容一滞:"晕过去了?为什么?"

赵二郎真心实意地道:"我不知道啊。"

傅安上前,小声地禀报道:"回三娘,我们站在阴影处,使者似乎没看到我们,我们一出声,他们可能把我们当成了鬼魅,所以……"

赵含章懂了。

漆黑的夜里突然冒出几个人来,是个人都会被吓死,何况这还是刚经历过劫难的西平县,最近的冤魂传说肯定不少。

赵含章便把脸上的笑容彻底收了起来,算了,既然温柔开局已经不适用了,那就换一种开头吧。

赵含章冲部曲们一挥手:"请使者进城吧。"

部曲们绕过赵二郎这一伙人,将地上躺着的使者抬了进去,把马上的使者也"扶"下来抬了进去。

两匹马被牵了进去。

赵含章伸手摸了摸两匹马,觉得这马还不错,很是满意:"牵下去。"

汲渊去买马,便是直接和马商买,把价格砍了又砍,一匹最次的战马也要三十万钱,上不封顶。

人被一路抬着往县衙送去,赵含章这才上下打量赵二郎,神色平常地问道:"你怎么回来得这么晚?"

赵二郎道:"我请安时去晚了,出来后天就黑了。"

赵含章一愣,问道:"你请安结束是什么时辰?"

"不知道啊。"赵二郎理直气壮地道,"我不会看时辰,反正天已经黑了。"

"那你告诉五叔祖你要回城了吗?"

"回城还要告诉五叔祖吗?"

赵含章听明白了,她叫住要关城门的人:"派两个人快马去坞堡里通知一声,就说二郎已经回到县城了。"

"是。"

赵含章道:"以后要是天晚了回城,要记得告诉长辈一声,免得他们担心,知道吗?"

赵二郎乖巧地应下:"哦。"

等回到县衙,赵含章让赵二郎和傅安下去洗漱和用饭,她则和傅庭涵去见两个使者。

赵驹也在县衙大堂里,正围着两个使者看,见赵含章进来,立即低头行礼:"女

403

郎，人还没醒。"

赵含章也怕人被吓死，道："请大夫来看看。"

另一个被绑起来的使者立即挣扎起来，"呜呜"地叫着。

赵驹得到赵含章的示意，上前将塞住使者的嘴巴的布巾取下来。

"我是刺史府的使者，有紧急军令要见赵县丞！"

赵含章走到主位上，一屁股坐在了县令才能坐的位置上，道："赵县丞不在县城里，有什么事，你告诉我就好。刺史府有什么紧急军令？"

对方一瞪眼，愣愣地看着赵含章，半晌才找到自己的声音："你……你是赵三娘？"

赵含章挑眉，点头："正是在下。"

没想到西平县外的人也知道她，真是意外的惊喜啊。

使者顿了一下，道："我有紧急军令……"

"嗯哼。"赵含章示意他继续说。

使者无奈地道："赵女郎能不能先给我松绑？"

"如今的世道乱，不是谁穿一身官服便是官的。你说你是使臣，那紧急军令在哪儿？"

使者见赵含章并不惧他，甚至连恭敬的样子也没有，只能道："军令在我的怀中。"

赵驹就在他的衣襟里摸了摸，不一会儿就摸出一卷布绢，忙交给赵含章。

赵含章解开，直接看。

使者张大了嘴巴，没想到他们这么随意。

看到是令他们援助灈阳的军令，赵含章微微松了一口气，感觉一直悬在心头的大刀落了下来。

她将脸上的表情一收，立即焦急地起身，拿着军令便道："快……快把使者的绳子解开。"

她行了一礼，道："使者莫怪，实在是近来的骗子多得很，我不过是个小女子，独自撑着一城，难免有些小心过度，得罪之处，还请海涵。"

傅庭涵表示：他们进西平县的这些日子什么都见过了，唯独没有见过骗子。

如果有，那也只有……

傅庭涵的目光落在了赵含章的身上，嘴角忍不住轻轻上扬。

赵驹很听话地把使者的绳子解开了。

使者对上赵含章那笑吟吟的目光，不知为何，气势一弱，竟轻微地打了一个寒战。使者移开目光，道："赵女郎，战机不能贻误，还请派人去请赵县丞，让他点兵去支援灈阳。"

赵含章略过前半句，直接回答后半句："可西平县的兵早就打没了，现在西平县无兵可调呀。"

使者微微皱眉："赵女郎是在糊弄在下吗？我进城的时候可是看了，在城楼处镇守的士兵可不少。"

"他们不是士兵，而是我赵氏的族人，不过是为了守卫西平，这才勉强守夜。待县衙重新招了衙役和驻军，他们势必要被替换掉的。"

使者愣愣地看着她："他们是赵氏族人？"

赵含章一脸严肃地点头："不错，我赵氏是西平大族，族人遍布西平县，凡姓赵的，没有一万也有五千，可以说，西平便是我家，为了家人，我们暂时守一下城门也是应该的。"

使者无言以对。

半晌，他才找到自己的声音："你们西平不想出兵？"

"非也。刺史乃我豫州的顶梁柱，他在，豫州在，豫州在，西平才能在，我赵氏才能存于西平。"赵含章义正词严地道，"即便是为了西平，为了豫州，我赵氏也万死不辞。所以还请刺史答应我招兵，待召集了兵马，我等立即出发往灈阳去，拼死也要救出刺史，解灈阳之危。"

使者也不是傻子，一下就听明白了。

出来之前，刺史为了以防万一，的确给他签了一份招兵令，但是……

使者看着赵含章，迟疑地问道："此事不需要与赵县丞商议吗？赵女郎可以做主？"

赵含章直起了腰，冲他露出浅浅的微笑："可以。"

使者顿了顿，这才从靴子里拿出另一卷绢布，起身恭敬地递给赵含章："这是使君签的招兵令，西平县可以凭此令招三千兵马前往。"

赵含章一脸郑重地接过，心中却不禁吐槽：他们西平县城里现在统共都没有三千壮丁，刺史这是想掏空西平县吗？

不过她也不在意，他们又没说这兵只能在城里招收，只能在西平县内招收，而且谁说这个招兵令不能反复使用的？

她先拿到手再说。

赵含章对赵驹道："请两位使者下去休息，让厨房给他们准备饮食。哦，这位使者还晕着，快去问问大夫到了没有，务必照顾好使者。"

赵驹应下。

赵含章这才拉着傅庭涵离开。

405

傅庭涵问她："你打算在城里招兵？"

"嗯，可以招一点儿人手，但主要还是去外面招。我们的人太少了，建设县城耗费的人力不少，趁此机会，也可以收拢一批人。"

傅庭涵提了一个最现实的问题："钱……"

"钱由我来出。"

赵含章一点儿也不小气，也不觉得西平县占她的便宜，反正西平县是她的，人也是她的！

她只是馋朝廷的招兵令，可不觉得招了兵马后，朝廷会给这些人发军饷。

连东海王那样的人都让属下自给自足，出去捉人卖了抵扣军饷，更不要说西平县这样的小地方了。

指望朝廷的俸禄，比指望天上掉馅儿饼还难。

晕过去的使者被救回来了，但身体虚弱得很，他第二天终于在阳光下看清楚了赵二郎，神情才略微好一点儿。

另一个使者想见赵含章，但赵含章并不在城里——她跑去坞堡找赵铭了。

所以是正在做赋税和佃租互兑表的傅庭涵抽空过来见他们的。

傅庭涵就说了一句话："赵三娘去招兵了。"

"那何时能去灈阳？"

"招到兵马就去。"

使者着急地道："这得等到什么时候？"

傅庭涵稀奇地看了他们一眼，问道："你们都不给练兵的时间吗？这样和带着人去送死有什么区别？现在她已经不要求练兵的时间了，已经大大缩减时间了。"

潜台词是，你们还想怎么样？

使者沉默不语。他盯着傅庭涵看了一会儿，问道："这位郎君莫不是傅中书的长孙傅大郎君？"

傅庭涵颔首："是我。"

"所以现在西平县实际上是傅大郎君做主？"

"不，是赵含章做主。有事的话，你们等她回来再商议吧。"傅庭涵说完，转身便走。

使者一脸不相信，越发确信实际控制西平县的是傅庭涵，那赵三娘多半是被他推出来做挡箭牌的。

赵含章跑回坞堡找赵铭。

赵铭一看到她便想转身回屋去。

赵含章已经高兴地叫住他，热情地和他打招呼："伯父，好巧啊，您这是要出门吗？"

赵铭便回身看她："大清早的，何事值得你跑回来？"

赵含章跳下马上前，拿出招兵令给他："伯父，您看。"

赵铭展开看了一眼，叹息一声："没想到招兵令还真的让你拿到了。三千人，哼，西平县倒是能招到三千壮丁，但带走这三千壮丁，县里还剩下多少人？没有练过的人拉到战场上就是白白送死，你带着三千人去，能带多少人回来？你可想好了，带走这三千人，不仅你在西平的威望会降低，而且将来西平的路也会很难走下去。"

毕竟这世道做什么都需要人。

赵含章道："我打算去平舆和上蔡招兵。"

赵铭的声音都尖锐了起来："去哪儿？"

"平舆和上蔡。"

赵铭的目光落在她的身上："你这是想以一己之力挑起三个县的纷争？"

"我又不是要招安心耕种的人，我招的是沿途的流民。"赵含章道，"当然，我主要还是在西平县里静等他们的到来。灈阳打了这么久，平舆也深受其害，加上颍川的难民，不少离开故乡的流民会从平舆和上蔡经过，然后散于各处。我去官道上招人，一招一个准儿。"

看她在上蔡的庄子就知道了，他们精挑细选地招人，短短三个月的工夫就招了近千人。

要是她不挑选，摆下钱粮，不知道能招到多少人。

可惜的是，大多数人还是冲着上蔡去的，很少有人会走到西平来，她觉得应该改变大家的这种想法。

于是她打算在三边都设立招兵点。

"我打算去上蔡，平舆让赵驹去，县城这边就要拜托伯父了。"

赵铭道："你让我给你招兵？"

"伯父在一旁看着就好，还有庭涵呢，不过他不爱与人打交道，而且那两个使者奸诈得很，庭涵太过正直，怕是会被他们欺骗，所以只能有劳伯父了。"

"哼，他正直，难道我就不正直吗？"

"伯父当然也正直，"赵含章的马屁随口就来，"但伯父阅历丰富、见多识广，那些小计哪里能瞒得过伯父的法眼？庭涵和您相比，还差得远呢。"

赵铭看着赵含章，忍不住感叹："你祖父是个方正通透之人，你父亲也是温柔正直之人，你母亲亦是个老实人，我很好奇，他们到底是怎么生出你这个油嘴滑舌的人的？"

赵含章一脸严肃："伯父，我不过是说了实话，您怎么能说我油嘴滑舌呢？"

赵铭翘了翘嘴角，挥手道："行了，我知道了。你去吧，我一会儿便去县城。解救濯阳是正事，但你也要保护好自己，保全自己的实力，千万不可鲁莽。"

赵含章应下，表示她绝对不会冲动。

赵含章把县衙的两个使者交给赵铭，带上赵二郎回了上蔡。

她直接在进入上蔡的官道上摆了桌子，让人抬了两箩筐的钱和一车粮食放在路旁，直接敲锣打鼓地招兵。

难民们路过看见，纷纷驻足观看。

孤家寡人一个的，想也不想便上前问募军的条件，得知只要年轻、听话、肯吃苦就行。

当然，若是有一技之长更好，或者身强体壮，会骑马，会功夫，力气大，不管是什么特长，只要有，不仅军饷会更多，地位也更高。

汲渊坐在她的身边，跟着她一起招兵。

因为逃难的人多，赵含章不仅招收单身汉，连拖家带口的人都收，并且承诺会安排他们耕田种地，每月都有粮食吃。

不错，凡是投靠而来的人，坚决不做佃农，连赵含章说送给他们土地都不要，他们只做长工，或者直接签死契，让他们干什么都可以，只要保证他们一家有饭吃就行。

赵含章对此很不理解。趁着招兵的事有汲渊接手，她就蹲在一个刚招的兵的身边问："刚才我说送你们田地，你们怎么一点儿也不心动啊？"

那个兵看见赵含章，立即起身要行礼，赵含章就拦住他："坐着说，坐着说，不必客气。"

那个兵便也蹲下，小心翼翼地道："小的觉得为奴挺好的，只要努力干活儿便有饭吃，不必再为生计烦恼。"

赵含章问："有了自己的地，努力耕作，收获不是更多吗？"

那个兵摇头："我家里也有地，一共二十八亩，但没用。"

赵含章惊讶："怎会无用？"

那个兵道："活不下去。颍川去年入秋便开始干旱，秋收就少收了一些粮食，结果冬天又遇雪灾，种下的冬小麦直接被冻死了不少。

"今年入春以来就没怎么下雨，我们当时就知道今年难过。雪一化，那地里的小麦十不存三，天又旱得很，勉强活下来的那些又死了一半，我们想翻地换成春小麦，或种水稻都不行。

"一点儿水都没有，我们连喝水都成了问题，更不要说种地了，衙门还得纳夏税和秋税，我已经卖了老婆和一个儿子、一个女儿，现在就剩下这一个和老爹了，不能卖了。

"我算想明白了，自己种地不行，还是得投靠大地主，我们就干活儿拿粮食，税粮还是地主缴的，我们只要听话就能活。

"女郎，我要是战死了，你们果真会像刚才说的那样，养活我的老爹和儿子吗？"

赵含章看着他那黝黑愁苦的脸，他不说，她根本看不出来他才二十二岁。他看上去就像四十来岁一样，鬓间都有些白了。

她点了点头，道："既然已经签了死契，那你们都是我的人，我自然会养。"

他也不知道相不相信，反正是松了一口气的模样，露出笑容道："女郎是大善人。"

赵含章冲他笑了笑，心情有些沉重。

和他抱着一样的想法的人不少，都是宁愿签死契，或者签活契成为长工，对她提出的诱惑性条件——送地、便宜租地等看都不看一眼，只问每个月能拿到的工钱或者粮食。

赵含章幽幽一叹，坐在汲渊的身边，道："世道艰难啊！"

汲渊扭头看了她一眼，不在意地道："上无道，天降惩罚，这是没办法的事。"

"天降惩罚？"赵含章喃喃地念了一句，"这可真是天灾人祸赶在了一块儿……"

汲渊没听清楚，扭头问道："女郎说什么？"

"没什么，我就是感叹，如此艰难的时候，若是没有一个稳定的局面，百姓们怕是很难熬过这样的天灾。"

汲渊嘀咕："那司马家得出个天纵之才才行。"

赵含章道："那得多'天纵'才能压得住司马家的这么多野心家？唉，所以宗室的人太多，分封太广也不好啊！"

汲渊深以为然，正想和赵含章深入讨论一下，看到"嗒嗒"地跑过来的马车，立即收住话，小声道："女郎，柴县令来了。"

赵含章扭头，这才看到侧后方赶过来的马车。

车一停下，还没稳呢，柴县令就着急忙慌地扶着常宁的手下了马车。

看到赵含章他们的面前排了许多人，全是来投靠的人，四周还站了不少人，忙拎起衣袍，小跑过去："三娘，你这是干什么啊？"

赵含章笑着起身行礼："县君，我在招兵呀。"

"你……你怎能私募军队？"

赵含章立即拿出招兵令给他看："我可不是私募，是奉命招兵，您看。"

柴县令打开看，没想到刺史还真的给了她招兵令。他沉默良久，半响才道：

"那……那也不能在我上蔡县招兵呀,这上面分明写的是特许西平县招兵,三娘应该在西平县招兵才是。"

"这不是西平县才打过仗,没有这么多人吗?您放心,我也不抢您的人,所以我才在路口设台子招兵,这儿来的全是难民,如今上蔡县也收留不了这么多的难民,不是吗?"

"哎呀,"柴县令跺脚,"不只是难民,这里面还有我们上蔡县的人呢。"

"不可能。"赵含章义正词严地道,"他们在这里有地有家,做良民多好,谁会来当兵和卖身做下人?"

"他们还不是为了逃税。"柴县令举目四望,很快找到了人,"那个,那个,还有那几个,都是刺儿头,缴不上税就外逃,没想到他们竟然跑到三娘这儿来了。"

他道:"你要招这些难民,我不拦着,但不能招上蔡县的人啊。你在这儿摆台子,县中的人闻风而动,不少人都跑来了。"

赵含章立即道:"我可不知道他们是上蔡人啊,他们说他们是颍川的,还有从灈阳逃出来的,我便都相信了,哪里知道他们会骗我?"

柴县令就试探性地问:"那三娘把他们交给我带回去?"

交给柴县令带回去,那不死也会去半条命。按照律令,逃税重则砍头,轻的也要坐监。

与其让他们坐监,不如让他们去跟她种地。

赵含章将柴县令拉到一边,叹了口气,道:"县君,他们来应征时,我便问过了,家中已无粮,您就是把他们带回去,他们也交不出粮食来。既然我这边已经登记在册,不如就交给我带走吧。"

柴县令震惊地看着她,不知她哪儿来的厚脸皮开这样的口。

"您放心,已经登记的人不算,后面再有上蔡县的人来,我一定不收了。"

柴县令的话被堵在了嗓子眼儿,半晌,他才问:"三娘如何分辨他们是不是上蔡县人?万一他们也说是颍川人和灈阳人呢?"

"听口音,只要是带着上蔡口音的,我都不收,如何?"

柴县令激动起来,往后指那些人:"那他们……"

"哎呀,我不擅长分辨上蔡口音呀,汲先生也不懂,一会儿我就找几个上蔡的管事来候着,一定不会再漏人进来了。"

柴县令沉吟片刻后,道:"你的台子不能再摆在这儿了,距离城门太近,县中的村镇里收到消息的人都往这边来呢。"

"那您说摆在何处?"

柴县令咬咬牙道:"退出去六十里,离远点儿。"

那也太远了,他们回庄园都得跑上半天,多不方便呀。

赵含章想了想,道:"二十里如何?县君,我收了人,还得带回庄园暂时安顿呀,总不能让他们露宿野外不是?他们一看我如此力薄,哪里还肯为我效力?刺史还等着我领兵去救呢,耽误了招兵,谁来负责?"

柴县令抿了抿嘴,只能后退一步:"行,就退二十里。"

赵含章满意了,这才拉着柴县令说起县务:"县君,使君没让您出兵吗?"

柴县令一脸无奈地道:"我的手上没兵,哪里会让我出兵?"

"我的手上也没兵啊,可以现招嘛。"

柴县令摇头,看了赵含章一眼,幽幽地道:"西平若不是有赵氏,使君应该也不会给军令,三娘,使君让你领兵去救,可不是领这临时招的三千人去救啊。"

这是想让赵氏出兵去救,那三千的招兵令,说白了,就是给赵氏的补偿。

赵含章挑眉,冲柴县令竖起大拇指:"县君厉害啊,我都没想到这一点。"

赵含章夸着柴县令,她的目光却越过他,落在了常宁的身上。

常宁一直安静地站着,见她看过来,便冲她微微点了点头。

赵含章接招兵令时根本没想到这一层,还是回到上蔡见了汲渊,汲渊分析给她听的。

不过这是刺史的打算,他们却不必服从他的意思,用汲渊的话说就是:"您和赵氏培养部曲不易,他们又都经过大战,是很好的战力,损在灌阳不值。"

汲渊还道:"女郎年轻,想不到这一点,赵铭一定能想到,但他什么也没说,显然是不想把家中的部曲用在援救灌阳上,招兵买马后,用新兵去灌阳援救是最好的。

"不过,就算去了灌阳,您也不用太卖力,这一次,刺史一定不只召集了西平县的兵,其他各郡县的肯定也有。和其他郡县比起来,西平县也就因为有赵氏才特别一些。

"灌阳有铁矿,让他们去打头阵。"

赵含章虽然馋铁矿,但也知道,这东西短时间内落不到她的手里,因此应下了。

所以她招兵也慢悠悠的,一点儿也没有接到紧急军令的紧迫感。

她在上蔡县招兵招了三天,除了他们自己,没人知道一共招了多少人,反正最后她带了两千人回西平,剩下的留在庄园里交给汲渊安排。

连柴县令都忍不住忧虑起来:"常宁,你说赵氏真的不会谋反吗?"

这一次常宁没回答他。

柴县令更加忧虑了。

赵含章回到西平,赵驹也从平舆回来了,他也带回了两千多人。赵铭可能是猜到了他们不缺人手,所以只勉强招收了一千人。

且这一千人还都不是西平县城的,而是西平县底下的各个村镇和从外地逃难来的。

这一下人就多了,赵含章便将这五千多人打乱,从中选择合适的三千人来当兵,剩下的全部交给傅庭涵,把他们安排下去种地和建房子。

反正现在西平县挺缺人的,空着的荒地都可以开垦出来种冬小麦了,造纸坊等也可以一起建起来。

一直被限制自由的使者终于再次见到了赵含章,他们立即冲上前问:"赵女郎,我们何时出发去灌阳?灌阳受困许久,就等着你们去救援了。"

赵含章道:"明天就去。"

使者没想到赵含章这么爽快,松了一口气,脸上也露出了笑容:"那明日我等与三娘同行。"

赵含章敷衍地点点头,应付完他们以后,转身去见了傅庭涵和赵铭。

这三天,赵铭都留在县衙里,使得县衙比平时热闹了几分。

用傅庭涵的话说就是:"人家都来看铭伯父是不是拉下你,成功掌握了西平县。"

赵含章道:"那他们岂不是失望而回?"

傅庭涵点头:"确实挺失望的。铭伯父直接告诉他们,他是受你所托,来暂管县务的,所以他们就改而劝说铭伯父,认为西平县应该由他来主持才对,那才名正言顺。"

"看样子,你似乎不是很得民心啊。"

赵含章不太在意地道:"我挺伤心的,等我从灌阳回来再去找他们谈一谈。"

相比这些挠痒痒的小事,她更在意的是别的事。她对傅庭涵说道:"我把名册给你了,其中绝大部分人是奴籍,只有少部分人是良籍,你把他们安排下去,将官田给他们耕种,今年多种些冬小麦,明年我们要养不少人呢。"

"怎么突然收这么多奴籍?"傅庭涵不解,"良籍不好吗?"

赵含章叹了口气,道:"赋税一年比一年重,又有天灾人祸,他们就是有地也很难活下去。所以他们不愿再保持良籍了。"

"那他们耕种官田,以后赋税怎么算?"

赵含章道:"不用算。都是我的,单独成册,就当作是隐户吧。"

"那官田……?"

赵含章道:"优先安排县中百姓,剩下的才给我的隐户。"

傅庭涵不是很理解:"你之前更倾向于提供安全的环境,让他们自由发展,现在怎么想着要这么多隐户?你这是打算把所有资源都掌握在自己的手里再分配?"

赵含章毫不隐讳地点头,她也没想到傅庭涵这么敏感,立即就察觉到了:"我忽略了环境因素,接下来的许多年里,北方不仅仅会因为战事等一系列人祸而混乱,还有天灾。乱世用重典,我想前期掌握尽可能多的资源,后面才好稳定局势。"

"但这样一来,很容易引起反弹,一旦有人反对你,引起的可能是燎原之火。"

赵含章道:"所以我说的是私造册子,将这些人都算作我的隐户。他们既是我的隐户,也是我的部曲。只要我手中的武装力量足够强大,谁能奈我何?

"哦,晋室这种大势力,我们还是不要去招惹了,我说的局限于汝南郡一带。"

所以对朝廷,该恭敬的时候还是要恭敬,赵含章决定这次去灌阳就好好地"恭敬"一番。

赵含章和赵驹带上新招的三千个兵跟着两个使者去支援灌阳,路过上蔡县时,把汲渊也给捎带上了。

一将一谋士,赵含章对这个配置很满意。

汲渊对这次出兵也很看重,道:"这是女郎第一次出现在人前,西平县虽然已在您的掌控中,但那只是县里的人承认,能不能得到刺史和其他郡县的认同,还得看这次。"

赵驹很不解:"既然如此,为何不把我们的部曲带上?带这些新兵,他们能打仗吗?"

汲渊摸着胡子道:"这叫进退得宜。女郎需要展现自己的能力,但又不能过于厉害,引人忌惮,而且他们还不值得女郎损耗手中的精锐去救。"

赵含章一拍大腿,赞道:"先生说得对啊!等到了灌阳,还请先生助我。"

汲渊摸着胡子笑道:"渊定不负女郎所托。"

一旁的赵驹不能理解,不就是出兵援助吗,怎么有这么多的弯弯绕绕?

每个人都只有一颗心,有的人的心怎么有这么多孔?

灌阳距离上蔡并不是很远,急行一天便能到。

汲渊作为赵含章的谋士,在狼烟起时便开始收集信息了,也没少往这边派人,所以他知道的信息比赵含章和柴县令这两个县城掌控者还多。

汲渊道:"带兵的叫刘景,是刘渊的手下,其人甚是残暴。听闻上次进攻洛阳,因为他晚了京兆郡乱军一步,便一怒之下屠了两条街,还迁怒虐杀了自己的前锋。刘渊大怒,这才罚他领兵南下,攻打豫州。现今刘渊称帝,他必急于立功回去。

"他能围住灌阳半个多月,显然不是鲁莽之人。女郎对上他,要小心些。"

赵含章问道:"也就是说,攻打豫州是以他为主?"

汲渊点头:"正是。"

赵含章问:"那石勒岂不是也要听命于他?现在石勒在何处?"

"石勒不过是个流民军,虽勇猛,却没什么根基,兖州一战,他被苟晞打得只剩下他一个人了。"汲渊看向赵含章,有些不解,"女郎为何如此关注他?"

自石勒从西平退去,赵含章一直让人盯着石勒的去向,每隔一段时间还要向他询问有关石勒的消息。

她对石勒的关注,比对刘渊的都多。

赵含章道:"不要小看了石勒,他虽是奴隶出身,但能力不在刘渊之下,刘渊今日的成就,谁知会不会是他的未来呢?"

汲渊惊讶地道:"女郎是说,石勒将来也会称帝?"

谁知道呢?

石勒的能力摆在那里,总不会很差的。

灌阳和上蔡之间有一座山。官道从山间穿过,将其分成了两半。

也正是因为有这座山的阻隔,刘景久攻不下灌阳,便把附近的村镇都抢了一遍,却一直没到上蔡来。

赵含章的队伍在距离灌阳城八十里时停下,不能再上前了,因为前面就是刘景驻扎的地方。

赵含章看了一下附近的地形,找了个易守难攻的地方暂时驻扎下来,然后找来那两个使者,问道:"其他援军在何处?"

一个使者道:"或许还在更前面。"

另一个使者撺掇道:"赵女郎既然已经到了此处,何不趁着匈奴军未曾部署来个突袭?正好与灌阳里应外合,打他们一个措手不及,您也能在其他援军到来之前立功。"

赵含章瞥了他一眼,用眼神表示:我是傻子吗?

当然,她嘴上不能这么说,因此道:"我第一次领兵出征,没有经验,还是等其他郡县的援军到了再一起行动吧。"

赵驹大步走过来,抱拳道:"女郎,斥候来报,东北三十里处发现有军队驻扎,看旗帜,应该是我大晋军队。"

赵含章一听,高兴地拍掌:"人这不就来了吗?走,我们去与他们会合。"

当然不能直接带着大军莽撞地上前,因此赵驹先带着一队人赶去打探消息,他们则带着大军落在后面。

那里还真是大晋的军队。那里全是援军,除了各个郡县的人手,还有东海王派来的一个参将。

匈奴大军再次攻打洛阳,东海王生怕豫州陷落,洛阳成为孤城,所以不得不派出一千人,目的是督促豫州各郡县援助灌阳,速战速决,将匈奴军赶出豫州,他好一心对付冲着洛阳而来的大军。

赵含章他们的队伍刚到五里开外便有人迎了上来。赵驹率先跑上来，低声道："是联盟军的人，特地来接女郎的。"

赵含章微微点头，低声问道："军中是谁做主？"

"是汝阴郡的章太守。"

"怎么是他，东海王派来的参将呢？"

赵驹快速地回道："不知。"

话音才落，迎他们的人也到了跟前。赵含章抬起头冲对方露出笑容。

对方也有点儿惊讶，没想到领头的是个这样年轻的少年郎，长得这样俊朗，雌雄莫辨，脸庞白皙如玉，甚至不比他曾经见过的卫叔宝差。

不过他脸上的惊讶之色也就一闪而过，很快收敛住，上前行礼："在下汝阴郡鲁锡元，不知郎君如何称呼？"

赵含章挑了挑眉，伸手摸了摸自己那高束的头发，这才想起自己出门时为了方便，直接将长发束起，头上戴着头盔，身上穿的是五叔祖叫人打造的甲胄。

她露出笑容，干脆压了压嗓子，道："在下赵氏含章，在家行三。"

"原来是赵三郎，不愧是赵氏子弟，年纪轻轻便能领兵出征，里面请。"

一旁的两个使者知道鲁锡元闹了乌龙，不过他们还是把话憋到了肚子里，没有立即拆穿赵含章。

因为她也没说错，她的确叫赵含章，也的确行三。

赵含章打马上前，和鲁锡元并行了一段。在距离营帐二里处，鲁锡元指了指边上的一片开阔地段，道："还请郎君的队伍在此驻扎，主帐那里已经驻扎不下了。"

赵含章也不想与人挤，不过这个位置……

赵含章左右看了看，笑着应下，然后对赵驹说："赵驹，带着人去驻扎。此处是出兵的大道，别让大家挡住了路。我看那边就不错，你过去看看，若适合，就在那里驻扎下来。"

赵含章指的是一片林子后，前面的林子正好可以做遮挡，而且后面是座小山，可做屏障。

鲁锡元正想说在林中驻扎不方便，万一有人放火就不好了，赵含章却接着道："暂时不知何时发起进攻，怕是要驻扎一段时间，让人把那些树给砍了，用来搭建营帐，天气渐冷，别让士兵们晚上冻着了。"

赵驹应下。

赵含章见他明白了，这才带上汲渊和两个使者随着鲁锡元去主帐。

这是一片开阔的地方，营帐依山而建，赵含章等人过来时，士兵们正百无聊赖地坐着或躺在地上，看到有人来，懒洋洋地睁大眼睛看了一眼，然后又垂下眼帘，和身边的人插科打诨。

巡视的士兵也只瞥了他们一眼,看到鲁锡元在前面,便没再管,由着他们进了营帐。

鲁锡元直接带他们到中帐前,这才勒停马,笑着请他们进去,撩开帐子道:"使君,西平赵氏的援军到了。"

营帐里正坐着说话的众人齐齐扭过头来看。

赵含章解下腰上的剑,拿在手上,大踏步进去,一抬眼就对上了众人的目光。她轻轻地扫过,看向坐在主座上的人。

这是一个挺大的营帐,上首摆了矮桌和席子,矮桌后坐了一个中年男子,面色和蔼,留着两撇小胡子,气质文雅。中年男子听到鲁锡元的禀报,正抬头看过来。

看见赵含章,他略有些迟疑:"这是赵氏的哪位郎君,或是……?"

赵含章露出笑容,上前抱拳行礼:"世伯,晚辈赵含章,出自赵氏长房,家中行三。"

赵氏长房不就是赵长舆一脉?

他们家只有一个孙子吧?

那不是行二吗?行三的是……

章太守默默地看了赵含章一会儿,突然展开笑容,起身笑道:"是三娘吧?"

赵含章露出笑容:"正是,三娘拜见世伯。"

"快快免礼。"章太守让她坐下,西平县的地位不高,但赵氏的地位不低,所以考虑到她出自赵氏,座位特地安排在了章太守的下首,只是谁都没想到她是个女郎。

不过赵含章一点儿也不扭捏,也不推辞,带着汲渊便上前坐下。

等两人盘腿坐好,章太守才一脸温和地问:"怎么是三娘领兵过来?你的铭伯父呢?"

赵含章叹了口气,道:"西平县才逢大难,伯父一时脱不开身,便只能由三娘来了。"

难道赵氏除了赵铭,就没有男丁了吗,用得着一个女郎来领兵?

当下便有人不满,哼了一声,道:"如此要事,赵氏也太不放在心上了,就派一个女子过来?"

赵含章轻蔑地瞥了他一眼,并不作答,而是扭头问章太守:"世伯,不知何时进攻?可与濯阳城内的人联络上了?"

章太守没想到她这么直接,上来就问这么紧要的问题。他忙安抚道:"打仗的事急不得。要知道,一急就容易出错,匈奴军又凶残,我们更应该稳着来。"

章太守说得好有道理。

赵含章却叹了口气，道："我并不是心急，而是我们不能在外停留太久。"

"为何？"

赵含章一脸忧愁之色："世伯只怕不知，我西平才遭大难，夏收的粮食几乎被抢掠一空，所以这次带来的粮草不多，所以我想速战速决，早点儿带他们回去。"

章太守实在没想到，第一个和他讨粮的竟然是才到的赵含章。

赵含章的话一说出口，底下的人各自对视一眼，也立即哭穷。

"使君，我等出来时心急救援，带的粮草也不多……"

"我等亦是。"

章太守看向那两个低头站着的使者，没好气地道："放心，等打退匈奴军，进到城里，刺史应该不会亏待我等。"

赵含章问："那何时打？"

章太守道："这不是一时可以决定的，待灈阳的消息回来了再说。"

赵含章乖巧地应下，表示她一切都听章太守的。

章太守悄悄地松了一口气，想了想，道："各路援军应该都到齐了，晚上我设宴，让大家互相见见，认识一番，也商讨一下对敌之策。"

众人起身应下，表示没有意见。

章太守这才问赵含章："不知三娘带了多少兵马来？"

赵含章道："只有三千人。"

章太守微微有些惊讶，三千人也不少了，在众多来援的队伍中，可以排在前五名。

他不信一个小小的西平县能出这么多人，没见更大的上蔡县都没来人吗？

所以这是赵氏出的人？

看来赵长舆的死没有破坏赵氏和东海王的关系，赵氏还是愿意听东海王的调遣的。

章太守心中有数了，笑着让众人先去休息，他则去准备晚上的酒宴，顺便接见灈阳的两位使者，他得想办法联系上灈阳。

赵含章一脸高冷地出去，把汲渊留了下来。

汲渊撑着腿起身，笑着与众人行礼告退。有一人拦住他，迟疑地问："刚才听赵含章称呼先生为汲先生，难道先生是赵中书身边的汲先生？"

汲渊笑道："正是汲某，没想到这儿还有知道汲某的人。"

"真是先生，久闻大名啊！"对方一脸惊讶地问道，"先生怎么跟在一个女郎的身后？"

话匣子这不就打开了吗？

417

赵含章留下汲渊打探消息，自己则带着两个部曲在营帐里瞎逛起来，逛着逛着，就摸到了堆放粮草的地方，又去看了一下她的马，顺便看了一下旁边的马厩里的马。

看得出来，联盟军并不是很富有，这么多人，就这么点儿粮草，马也不多，看来大家穷得很一致嘛。

赵含章摇了摇头，带着护卫朝那些坐着或躺着的士兵走去。

她现在的年纪还不是很大，穿着盔甲，正是雌雄难辨的时候，她不说，还真没人发现她是女子。

所以她很快就和那些士兵坐在了一起，她拿出荷包里装着的炒豆子，分给他们一些，和他们唠嗑儿。

士兵们看见吃的，纷纷热情地围过来，哪怕分到手的只有十几颗豆子，他们也很高兴。

吃人的嘴短，于是大家对她的问题，只要不涉及军中机密的，都回答了。

"你们三天前就到了？一场仗都没打过？"

"没呢。我们一直在等着呢，说是要等所有援军到了再打。这不，这两天陆陆续续来了不少人。"

赵含章问："每日能吃饱吗？"

"吃饱？也就头天打仗能吃顿饱饭，像这种等人的时候，能有五分饱就不错了。"

所以他们能坐着，绝对不站着，能躺着，就不坐着！

赵含章又问了一些问题，两刻钟后，她背对着营帐忧伤地叹气。

汲渊也和人寒暄完了，一路找过来："女郎，盟军约有两万人，算上您的三千人，大概两万五千人吧。"

赵含章道："听上去挺多的，匈奴军有多少人？"

"打到现在，他们还剩五千人左右。"

赵含章道："五比一，但胜算依旧不大。"

"不错。"汲渊点头道，"刘景的手中有一支骑兵，攻城或许不成，但对战和突围无人能敌。"

"而且他手下的兵不说身经百战，至少都见过生死，比我们这些新拉起来的队伍不知强多少。"

一打五就跟砍瓜、切菜一样，人家没带怕的。

"这些人马已经是各个郡县可以凑出来的最多的了。"汲渊道，"所以章太守他们犹犹豫豫，一直不敢冒进。"

"他们没和濯阳城内联系上吗？"

汲渊冷笑道："何刺史不行。他向外传递过两次命令，都是让援军进攻，却没能给出好的调度法子。章太守又爱惜手中的兵马，所以一直不下命令。"

赵含章摸着下巴道："再不打，粮草支撑不住啊，我们在这儿耗着，要是吃完了粮草怎么办？"

汲渊道："我问过了，有人提议就地征粮，章太守已经答应了。除了濉阳下的村镇，离得最近的就是上蔡县，上蔡恐怕还要再缴一成军税。"

赵含章一听，脸色一沉。

这军税不管是从土地上算，还是从人口上算，她都占大头儿，因为她就是上蔡县的最大户啊！

合着兜兜转转，她不仅得养活自己带来的三千人马，还得养其他援军？

他们想都不要想！

赵含章扭头对汲渊道："知道晋室为何总是打不赢仗吗？"

汲渊表示，这样重要的问题要问得这么突然吗？

"一是因为这些自私自利的酒囊饭袋；二嘛，就是他们都太浑蛋，将人命当草芥。上蔡县已经加过一成税了，再加，明年上蔡县还能留下多少人？"

汲渊压低声音道："现在只加到上蔡县的头上，明年只怕西平也逃脱不掉。"

赵含章冷哼一声，道："想从我的手上拿西平的税收，做梦！"

若不是她不能做上蔡县的主，她连上蔡县的赋税都不想给。

现在的赋税重得连她这个大地主都要喘不过气来了，更不要说普通的百姓了。

汲渊想起柴县令，压低声音道："女郎，柴县令此人虽蠢笨，却识时务，或许可以通过他把控上蔡县。"

赵含章道："但他太蠢笨了，且不能拒绝来自太守和刺史府的不合理要求，只通过他一人，太耗费精力，而且我怕我的寿命会受到影响。"

汲渊不解："嗯？"

"生气多了会短命的。"

汲渊心想：比如他吗？不知道无言多了会不会短命？

汲渊将话咽下，问道："那女郎想怎么处理上蔡这边的事务？让我一直留在上蔡打理吗？"

"不，如今西平已在我的掌控之中，发展西平，以西平作为我们的根基才是重中之重。县务繁多，我需要先生帮我，上蔡那边……"赵含章顿了顿，道，"先生觉得柴县令身边的常宁如何？"

汲渊想了想，摇头道："女郎想以常宁代替柴县令？他不行。常宁是庶民出身，连参加品评的机会都没有，没有品级，如何出任县令之职？"

赵含章笑道："虽然我并不是想让常宁代替柴县令，但我依旧要说，我用人不看

419

品级，而是看才德。"

"中正官正是以才德定品级。"

赵含章道："先生这话也就糊弄糊弄二郎那样的小孩子。我又不是小孩子了，若真的是以才德定品，那以先生之才、先生之品行，不该被定为上品吗？但先生并未去定品，这是为何？"

汲渊沉默下来。

因为他是寒门，就算他去了，那也只能定下品。不论他多有才华，家世摆在那里，能有个下九品就算不错了。

但是如果他被定为下九品，当到县令也就到头了。与其如此蹉跎，不如放手一搏，所以他才跑去给赵长舆当幕僚，这一当就是十多年。

通过赵长舆，他可以实现自己的抱负，做许多自己想做而做不到的事。

但幕僚就是幕僚，可以出谋，却不可能在史书上留下名字。

要说他不遗憾是不可能的。

汲渊沉默地看着赵含章，心中却掀起轩然大波："女郎的意思是，再定品，只以才德，不论家世吗？连庶族都能参加？"

要是连庶族都可以，那他这个寒门更可以啊。

赵含章摆摆手，道："我不论身份高低、血脉贵贱，只看才德。"

汲渊在心里做着剧烈斗争，半晌，他才声音艰涩地问道："女郎想怎么安排常宁？"

"他若肯投靠，我给他两条路：第一，还是做柴县令的幕僚，引着他偏向我们，将来待我掌握上蔡县，我让他当上蔡县的县令；第二，我直接让他当上蔡县的县丞或者主簿，架空柴县令，以后还是让他当上蔡县的县令。"

汲渊问："女郎打算怎么拿下上蔡县？"

赵含章意味深长地道："那要看以后灌阳在谁的手里了。"

上蔡县距离灌阳太近了，之前何刺史还是太守时，就常住在灌阳，所以上蔡县做什么都不方便。

但这一次之后，何刺史应该不会想留在灌阳了。

"女郎对自己可真有信心啊！"

赵含章道："倒也不是。"

她能说，她是因为对大晋没有信心吗？

自刘渊称帝后，大晋就在慢慢走下坡路，皇帝没有威望和权力，一直想着摆脱东海王的控制，根本没有心思管地方百姓。

而东海王疲于应付各地叛军，在洛阳之外，别说一郡一县，就是一个村子都可以自行其政。有许多日子走到绝路的人振臂一呼，随便就拉起了一支起义队伍。

她并不觉得自己割据几个县是多困难的事，只要她有钱有人，胆子够大，拿下整个豫州也只是时间问题而已。

当然，这些事，她都不能告诉汲先生，免得吓坏他。

虽然大军的粮草看似不多，但晚上的酒宴依旧办得很丰盛。天还没黑，主帐前面的空地上便搭好了台子，台子上有两个席位，而台下左右两边也摆上了席子和矮桌。

这一次，赵含章的位置被安排在了最后。

即便汲先生再有涵养，此时也不由得脸色一沉。赵含章的脸上却笑眯眯的，她还有空安慰汲先生："这个位置正好。我们就是来充数的，只听他们怎么安排就好。"

汲先生的脸色这才略微好转，但他还是忍不住回了一句："若他们让我们做前锋，去送死呢？"

赵含章意味深长地道："那也要他们有这个胆子啊。"

他们都看不起她是个女人了，得有多大的胆子，才敢把前锋这么重要的位置给她？

汲先生一想，也是，即便他们家女郎有这个本事，也要他们相信啊，前锋一溃，全军崩溃，他们只怕不敢把这么大的担子放在他们家女郎的肩上。

不知为何，汲先生竟然有一点点失望。

待所有人入座，章太守才和一个中年将领走来。

汲渊小声地道："那就是东海王派来的吴参将。"

赵含章也压低声音和汲渊说话："我们之前在大帐没看见他呀。"

汲先生赞赏地看了她一眼，低声道："所以这盟军是由章太守做主。"

虽然是由章太守做主，但他还是为大家介绍了一下吴参将，然后开始发表战前宣言，鼓动大家的战斗激情。

章太守表示，解了濮阳之围，就是解了豫州之危，就是解了洛阳之危，就是解了陛下和王爷的危难……

这是大功，所以只要解了濮阳之困，大家以后升官发财，哦，不，是会在陛下和王爷的面前留名，前程远大……

其实是在东海王的跟前留名。在皇帝的跟前留名有什么用？

赵含章静静地听着，目光扫了一圈，她发现激动的人还真不少，大家都跃跃欲试。

章太守拍了拍手，让人将酒菜端上来。

赵含章闻到了肉香味，不由得坐直了些。

有士兵端了很大的盘子上来，盘子用盖子盖着，一掀开，肉香味扑鼻而来。

赵含章微微一低头，便看到上面是半条炙烤羊腿。

她将目光扫过去，发现每桌都有，这得杀了多少只羊啊！

然后是一大盆羊汤，汤盆里一眼看过去，全是肉，可见章太守的大方。

除了羊肉，还有羹汤，甚至还有一盘瓜果，可以说，筵席的规格并不低。

赵含章略一挑眉，看向汲渊。

汲渊也正看着她：您不是说他们的粮草看着不多吗？

赵含章用眼神示意：我哪儿知道？或许是别处还有粮草，是我未曾发现的？

那可真是……太好了。

士兵还送了一坛酒上来，一桌一坛，章太守倒了一碗酒，端起来道："诸位，让我等同心协力，共战匈奴，救社稷于危难。"

众人连忙倒酒起身，赵含章也拍开坛子，给自己和汲先生倒了一碗酒，起身，含笑与章太守遥遥一碰便仰头喝下。

章太守看见了，冲她笑了笑。

章太守喝完手中的酒，见大家也都赏脸，兴致高涨起来，一挥手，道："诸位请坐。趁着今晚大家都在，我们不如商量一下进攻之策？"

当即就有人道："直接打就是，我们有两万多人，还怕匈奴那几千兵马吗？"

章太守只当没听见这话，匈奴军的骑兵是能够以一当十的，甚至更多，用得好，一千打一万都跟玩似的，两万多人在他们的眼里算什么？

"可有人有良策？"他要是想莽着上，用得着在这里停留这么久吗？

有人问："不知太守可与灅阳城内的使君联系上了？"

章太守叹了口气，道："联系上了。但如今灅阳被围，消息传递不顺，使君只传话快攻，其余的话皆无，所以我等只能便宜行事。"

什么是便宜行事？

那就是听章太守的，不必听城内的刺史调遣。

于是有人提议道："或许我们可以让一部分兵马去诱敌，其余人等提前埋伏好？"

"这个法子不错，但派谁去呢？"

赵含章看向章太守，见他没反对，竟然真的思索起来，目光还开始看向场上的人，甚至若有似无地从她的身上扫过。

赵含章忍不住举手："世伯啊！"

她举起来才想起没有必要，又放下手，端坐着说话："诸位叔叔伯伯，大军在此驻扎已有三日，这三日来，陆续有援军到达，距离灅阳城六十里左右，距离匈奴军营帐也才四十里上下,你们觉得他们一无所知吗?"

众人沉默。

赵含章指着边上茂密的树林说道:"说不定此时匈奴的探子就躲在暗处盯着这儿呢。"

大家一听,脊背一紧。有人东张西望起来,发现他们四周都是驻扎的大军后怒喝起来:"黄口小儿休要乱唬人,这里驻扎了两万多大军,匈奴探子敢靠近吗?"

主要是靠近了你也不知道啊。

赵含章看向章太守。章太守沉思了一下,觉得她说得有道理,于是问道:"三娘可有好的法子?"

赵含章道:"没有。我们能探得了匈奴军的底细,匈奴军自然也能够探得了我们的人数。双方的情报如今是公开对等的,既然是对等的,搞虚的显然不行,那我们不如锣对锣、鼓对鼓地对战。"

"哼,赵氏也太自大了,这样的大事,竟然派个女娃娃来,赵家娘子,我奉劝你一句,不懂就少开口,免得给自己的宗族丢人。"

"这是大人的事,小娃娃老实听着就是,别真以为带了三千人来,便有多了不起。"

赵含章不理他们,就着章太守问:"世伯以为呢?"

"这……"章太守迟疑起来,看看他们,又看看赵含章,最后道,"三娘啊,你年纪小,或许读过些兵法,但纸上谈兵到底比不上真的用过兵,可以多听听叔伯们的教诲。"

赵含章笑着颔首:"世伯说得有道理。"

灈阳不能落在章太守的手里,赵含章垂下眼帘,若有所思起来。可惜她未曾见过那位何刺史,不过他能在她祖父的手底下拿到汝南郡的铁矿开采权,应该不弱。

赵含章给自己倒了一碗酒,低声对汲先生道:"若能救下灈阳,小心些章太守,尽量保何刺史。"

汲渊低声应下。

章太守继续问计,大家贡献了很多计策,这些计策比诱敌然后埋伏还要奇异。

这些计策都不用赵含章质疑,他们自己都能找出一堆毛病,一人提出来,其余人就会想办法找出问题来,热闹得不行。

不过赵含章听得津津有味,甚至还把那些方法都记了下来,说不定将来她打仗时用得着呢,哈哈哈哈……

汲渊见他们家女郎从腰上抽出一把匕首来,用帕子擦了擦后就开始割肉,割出来的肉准备放进他的盘子里,汲渊忙伸手拦住:"女郎吃吧。"

赵含章便自己吃了，一边吃一边听，颇为开心。

汲渊不由得摇了摇头，觉得她不是来支援打仗的，分明是来玩的。

这一场酒宴进行到了深夜。赵含章把桌上的羊腿都吃光了，还啃了好几块羊骨头，喝了两碗汤，又吃了不少菜。

最后她还不觉得饱，大概是因为她正在长身体，所以她抬手叫来随侍在一旁的士兵道："去拿些馒头、米饭或者饼子来，光吃菜，吃不饱啊。"

士兵看了一眼她桌子上的空盘子，肉竟然不饱腹？

不过士兵还是去了，不一会儿，就给她盛了一盆饭来。

赵含章给自己盛了一碗，泡了羊肉汤后开始吃了起来。

等他们终于有了定论，赵含章肚子里的饭都消化一大半了。

而且兜兜转转，众人最后商议出来的结果还是与匈奴军正面对战。等他们这边打上，吸引了注意力后，灈阳城门再打开，来个前后夹击。

此计一定下，众人纷纷夸赞章太守好计策，这一次，他们一定可以打得匈奴军落荒而逃。

赵含章静静地听着，然后开始听他们分配站位。

章太守到底是看不起赵含章的，不敢把她放在中军，更不要说前锋了，因此让她带着她的三千兵马做右翼，和另一路援军一起对匈奴军进行包抄，其实主要是让她的兵马给中军掠阵。

匈奴有骑兵，且骑兵厉害，她不觉得他们能包围住匈奴军，若是不能包围住，这样的阵形，一旦混乱起来，那就是彻底大乱，首尾不能顾。

不过，大家互相不熟悉，又人心不齐，这已经是目前能想到的最好的阵形了。

赵含章起身和那位参军一并应下，表示会听从安排。

于是，宴席散去，大家各回各的营帐。

章太守表示，他叫人匀了一个营帐给赵含章，赵含章可以留下好好地休息。

赵含章谢过，表示自己驻扎的地方离这儿不远，骑马跑一下就到了，没必要留在这儿。

赵含章带着汲渊离开了。

章太守目送她上马走远，脸上的笑容变淡了。

第十六章
射杀刘景

鲁锡元见了，问道："府君在担心什么？"

"汲渊名声在外，我以为赵长舆死后，他会跟着赵仲舆，没想到却来了汝南郡。这是赵仲舆的意思，还是赵氏内部不和，西平这边将他抢了过来？"

鲁锡元想了想，道："我倒是听说过一些消息，西平这边代理族务的是赵氏五郎，他和赵仲舆素来不和，或许赵仲舆不能收服族人。"

章太守翘了翘嘴角："那就是赵氏内部不和了。自赵长舆后，赵氏一直盘踞汝南郡，在整个豫州颐指气使，现在赵长舆死了，看来他们也要分崩离析了。"

"可赵仲舆已经晋升为尚书令。"

章太守道："那不过是朝廷逃出洛阳时无人可用罢了。朝堂还是以东海王和王衍为主。他，哼，说的话连傅祗都不如，更不要说与先时的赵长舆相比了，不必忧虑。"

"那这次赵氏的援军……"

章太守道："让他们自己管吧，虽然我不知赵氏为何派赵三娘领军，但让豫州各郡看看赵氏现在的境况也不错。像赵氏这样的世家大族的威望降低了，我以后管豫州才简单些。"

鲁锡元低声应了一声。

赵含章摸黑回到营地。

他们人多，一人一棵树都能砍下三千棵来，当然，他们没这么粗暴，所以只清理了一些树木，搭建营房。

此时夜已深，除了巡逻的士兵，大家都已熟睡。

赵驹还未睡下，一直等着，听见赵含章和汲先生回来了，立即迎出来，看了一眼他们的身后，问道："使者呢？"

"咦？"赵含章这才想起来，"哎呀，忘了他们。"

她挠挠脑袋，道："虽然是来找我的使者，但章太守应该会给他们安排地方住下吧，白天他们不是还被找去说话了？"

"是。"汲渊点头应道，"应该会安排。"

赵含章跳下马："千里叔，走，我们去营帐里说话。"

她将章太守的安排告诉他。

赵驹问道："所以明日我们守右翼？"

"对。你看情况行事。记住，不要鲁莽。中军若能支撑，我们就打；要是不能，你就带着人走。"

赵驹道："这样不好吧？"

"没什么不好的，保住有生力量要紧。我们的人都是新兵，莽撞冲锋不过是让匈奴军的刀卷刃罢了，不值得。"

汲渊点头，还叮嘱道："撤退的时候要有序，不然一旦溃败，后面我们就不好整军了。"

赵驹一脸纠结之色："还没打呢，女郎怎么尽想着败的事？"

因为盟军人心不齐啊，若是人心齐，坚定了一定要救濋阳的决心，那她自然会让他们使死力，死再多的人，为了救整个豫州也值得。

他们也算死得其所。

可盟军人心不齐，中军一旦败走，那左右两翼就会沦为弃子。不能救濋阳，士兵的死有何意义？

赵含章一脸郑重地对赵驹道："将士可以不畏死，但不能死得毫无意义，我也不能让他们死得毫无价值。"

赵驹沉默了。

赵含章道："千里叔，我将他们交给你了。"

赵驹也郑重起来："女郎放心。"

说完，赵驹才想起来，问道："女郎不和我们一起吗？"

汲渊也看向她。

"我去中军。去凑一凑热闹，顺便也让其他人看看赵氏的本事。"

她嘴角带着冷笑，道："虽然不能让我们的士兵去拼，但我们也不能白来一趟不是？先生不是说了嘛，这是我第一次显露于人前，那就不能什么都不做。"

汲渊大为感动，立即道："明日我陪着女郎一起去。"

"汲先生还是跟着千里叔吧，跟着我，我怕是不能保护您。"

赵驹立即道："对，先生跟着我吧，让秋武和季平跟随女郎。"

汲渊迟疑地道："女郎，这毕竟是你第一次在人前活动，有我跟着……"

赵含章往营帐外看了一眼，然后拉过汲渊小声地道："其实让先生跟着千里叔还有我的一个私心。你们留在右翼，可以伺机而动。"

汲渊挑眉："比如……？"

"比如去抄了匈奴军的营帐，断掉他们的后路。"

汲渊道："就凭这批没有上过战场、没有被训练过的新兵吗？"

赵含章道："告诉他们，营帐里有匈奴军抢来的金银珠宝、数不尽的粮草。先生，外面随处可见的流民军，谁又被训练过？在沦为流民前，谁又打过仗？"

汲渊沉吟道："我明白了，我会助赵千里调派好，伺机行事。"

赵含章满意地点头："能去就去，不能去便尽量保住有生力量。"

"有生力量？"汲渊喃喃两遍，眉毛高高地一扬，他哈哈大笑起来，"女郎说得不错，新兵都是有生力量，只要保住人，我们就是赢家。"

一旁的赵驹沉默地听着，虽然听了，但是没有懂，不过前面赵含章说的话，他还是听懂了，要看情况偷袭匈奴军帐。

"时间也不早了，先生和千里叔去休息吧。"她也要睡了。

汲渊和赵驹便起身告退。

有士兵送了热水过来给她洗漱，赵含章擦了擦脸和手，觉得下次还是带听荷来，这样进出营帐也方便点儿。

赵含章坐在现刨出来的床板上，铺着的毯子和底下的叶子都挡不住木板的清香气。

赵含章解了衣裳，将小腿上绑着的布袋取下来，放在床头，碰在床板上，发出"哐当"的声音。

她将手腕上绑着的布袋也取了下来，揉了揉手腕，伸了伸腰才躺下。

和石勒交过手后，赵含章便知道，马上功夫仅靠巧劲儿和功夫是不够的，还得有力气，尤其是砍人的时候。

砍久了，力气就会变小，所以她在有意地训练臂力和腿力。

布袋里放了石块，她之前带的是小块的，前天开始多加了一块，不仅手上绑了，小腿上也绑了。一开始她很不习惯，但时间长了，她适应了这个重量以后，便能和正常人一样跑和跳。

再配以呼吸之法，说不定她还能练出轻功来呢——那种轻巧腾挪、身轻如燕的轻功。

赵含章躺了一会儿,"唰"的一下睁开了眼睛。奇怪了,她明明困得很,怎么睡不着?

赵含章躺了好一会儿,最后还是爬起来,在她的行李里摸了摸,最后摸出笔墨纸来。

她默默地看着黑暗的帐外,最后提笔写道:

傅教授,见信安。

长夜漫漫,心绪复杂,我竟第一次产生了惶恐之感……

这一次打仗和上一次保卫赵氏坞堡和西平县不一样,上一次事情太紧急,她没有太多思考的时间,也没有多余的选择。

但这一次有。

所以她迟疑了,甚至有些害怕,她不知道自己的选择是对的还是错的。

对的结果,她已经可以预见,错的后果却是没有尽头的,她甚至都不确定自己是否能承担得起。

但她不能在汲渊和赵驹的面前显露出来。

在今晚之前,她以为自己是可以预见两种结果的,即便是最坏的结果,她也不怕。

但现在,她突然不太确定了。

赵含章呼出一口气,静静地看着手中的信。她很想将这封信毁掉,就当作没有写过,但她迟疑了一下,还是放下笔,将墨吹干,将信折起来,放进信封里。

如果她能安全地带着人回去,她就把这封信给傅教授看。

赵含章将信收好,重新躺在了床上。

或许是因为写信倾诉过,她心头一松,闭上眼睛后,不久便睡了过去。

第二天一大早,赵驹就起来让人埋锅做饭。

章太守他们还算守时,在约定的时间整顿好兵马就出发了。

赵含章领着赵驹去见和他们同在右翼的蔡参将,他是代表南阳郡来的。

他带的兵马不多,只有两千人,不过他自觉比赵含章这个小姑娘厉害和重要,因此直接要统御右翼。

赵含章一口应下,转身却对赵驹道:"听汲先生的。"

赵含章阳奉阴违得光明正大。

赵驹忍不住去瞪汲渊,觉得女郎一日比一日无耻就是他教坏的。

汲渊都忍不住自省，女郎变成这样，难道真的是他教的吗？

赵含章已经上马，带上秋武和季平跑去中军那里看热闹。

秋武和季平各带一什跟上，二十个人护着赵含章挤到中军的前面。

各路援军的参将、郡守和县令都在此处，因为章太守在这里，大家都围着他转呢。

赵含章带着二十人上来并不显得多，但也绝对不少，其他人都只带着三五护卫便过来了，像她这样浩浩荡荡地带了这么多人的没几个。

章太守只看了一眼，并没有放在心上，小姑娘嘛，害怕是正常的，多带一些护卫也情有可原。

不过他还是不希望赵含章在这里，要是打起来，他还得有所顾忌，因此他冲她招手，等她笑眯眯地骑马挤过来，便道："三娘，中军危险，你还是到后面去吧，若有流矢伤到你就不好了。"

赵含章一脸天真地道："世伯，我不怕流矢，我在这里，还能保护您。"

章太守见她坚持，便也不多劝，点头道："算了，不过你留下要听调遣，可不要乱跑。"

"好。"

赵含章带着她的二十个护卫退到一旁，很是低调地往前走。

这一支援军的确早就被匈奴军看在眼里，大军开拔没多久，才到濯阳城下继续攻城的匈奴军就收到消息了。

于是匈奴军有序地后撤，退出城楼的射程后，便将后军变前军，静等大军的到来。

其实要不是两军离得太近，沿路都派有斥候，他们还想来一拨儿埋伏呢。

但因为两军距离不远，所以谁想埋伏都不容易。

两军很快便在濯阳城外的开阔地带遭遇上。章太守抬手止住大家的动作，先上前一步，召来令兵，道："叫一下他们的将军，就说我有话与他谈。"

章太守无非是想劝降对方，当然，双方都知道不可能，所以他退一步，想要劝走对方。

他展现了自己的力量，他们有两万多大军，是匈奴军的五倍。

匈奴军表示一点儿也不害怕，并还以一声嗤笑。

刘景坐在高头大马上遥望对面的晋军，举着大刀，都不用令兵传话，直接冲着对方大吼："要打就打，磨叽什么？待收拾了你们，我再收拾城中的那些人。"

刘景舔了一圈嘴巴，眼冒红光，他回头冲着匈奴军大声吼道："杀了他们，冲进城中，随便你们杀，随便你们抢，我要屠了这座城！"

"屠！屠！屠！"

一直带笑的赵含章笑容一收，章太守的脸色也沉了下来，他对众人道："你们也听到了，这样的狼子野心，我们怎敢让此人留在豫州，务必将此人赶出豫州。"

赵含章死死地盯着刘景，对秋武、季平道："想办法诛杀此人。"

秋武和季平心中一凛，沉声应下。

刘景都那么说了，自然没有谈下去的可能性，于是双方摆开阵势，开始斗将。

其实章太守是不太想斗将的，因为论单打独斗，他们这边真的很少有人能比得上对面的匈奴军，他更想一股脑儿地冲上去干一场。

但他需要给灅阳城内反应的时间，所以见对方想要斗将，便顺其自然地应下了，只希望能拖延更长的时间。

待城里准备好，他们前后夹击，胜算应该很大吧？

刘景却是想击溃他们的士气，他们不是有两万多人吗？他要他们连两千人的士气都发挥不出来。

他点了一员猛将："刘武，你去。"

一个络腮胡、高鼻深目的大汉骑着马出列，大声应道："唯！"

刘武打马跑到两军正中，指着对面喊道："孙子，你们的爷爷来了，出来吃爷爷的孝棍！"

章太守回头问："谁愿往？"

人群中安静了一瞬。

赵含章心想，应该不会这么尴尬吧，第一场斗将就没人敢出来？

安静了一会儿，一骑出列，大声道："末将愿往！"

赵含章微微倾身看过去，见那人身材高大，虽然皮肤有点儿黑，但五官周正，眉毛浓密，是个有点儿帅气的大哥。

她仔细地回想了一下，记得昨天晚上的酒宴，他似乎坐在她上首的上首，那看来地位比她高多了。

赵含章听到边上的人道："是夏参军，他的功夫算不错的了，应该可以打赢。"

"打不赢也能拖一阵，里面应该就准备得差不多了。"

"好！"章太守夸了夏参军一句，让他上前斗将。

夏参军用的是长枪，他一踢马肚子便冲了出去。刘武早就等着了，待他一上来，大刀劈过去，夏参军速度不减，举枪去挡……

两匹马错身而过，瞬间便过了三招儿。

赵含章目光炯炯地看着，看双方你来我往地打了一会儿后，眉头一皱："夏参军的力气不足……"

她的话音还未落，刘武在又一次冲锋中侧身躲过夏参军一枪，然后快速地抬手夹住夏参军还未来得及回撤的枪，右手的大刀一举，手起刀落，一股血液喷涌而出……

赵含章微微偏过头去，握紧了手中的缰绳："夏参军回枪慢了。"

季平也看得心有余悸，他曾经也差点儿这样命丧石勒之手，当时要不是他将枪放开……

刘武挑起夏参将的脑袋，冲他们大笑道："还有谁来？"

章太守没想到夏参军会这么快失败，脸色一青，径直朝吴参将看去："吴参将，你看……"

吴参将见后军有些鼓噪，显然士气大受影响，握紧手中的刀，骑马上前一步："府君，末将愿往。"

"好，我为参将擂鼓，鼓舞士气。"

吴参将出列，沉声对刘武道："蛮夷之人也敢来我中原之地撒野，今日爷爷便教教你规矩。"

刘武把手上的脑袋一扔，冷哼一声："来啊，爷爷怕你吗？"

吴参将见同袍被如此羞辱，气得脸色通红，打马便冲上前去。双方刀对刀，每一刀都冲着对方的要害去，被挡住后又回防，你来我往，片刻就过了十几招儿。

赵含章看得很认真，很快就看出刘武的破绽在右肩，每次他一出手，右肩处都有空隙，可惜吴参将的速度不够快，不然……

她正想着，刘武已经一刀砍中吴参将的手臂。吴参将惨叫一声，拼着手臂不要，狠狠地一踢马肚子冲过去，与刘武的马擦身而过，直接往大军这边跑。

一直擂动的鼓声一顿，士兵们鼓噪起来，连章太守也不由得惊叫一声："吴参将！快来人，去救吴参将！"

对面的匈奴军却举刀大吼，兴奋地大叫起来："杀！杀！杀！"

援军直面如此高涨的士气，士兵们一时面如土色，甚至还有人胆怯地悄悄后退。

骑马围在章太守身边的人也齐齐打了个寒战，面对正夺命往这边跑的吴参将，一时竟都没反应。

吴参将身后的刘武举刀追了上去。赵含章抽出剑，一踢马肚子，便越过众人飞射而出，秋武和季平惊叫一声："女郎！"

两个人要去追，但想到斗将的规矩，又暂时克制住了。

女郎能在石勒的手下过招儿，此人比石勒差远了，一时间应该不成问题吧？

赵含章迎着吴参将就冲了上去，直接越过他，举剑挡下刘武的一刀，用剑将刀引开，笑道："孙子，你现在的对手是姑奶奶我。"

"哪儿来的女娃娃,你们大晋是没男人了吗?"

赵含章见刘武不追吴参将了,便勒停马,笑道:"有啊,睁大狗眼往那边瞧,那边都是男人呢,不过现在还用不着他们,姑奶奶我先出来玩玩,我要是还打不赢,他们再来。"

刘武脸色阴沉地盯着赵含章看:"别以为你是个女的我就不杀你,敢上战场捣乱,爷爷我要把你的皮剥下来做成灯笼。"

刘景更怒,认为晋军这时候还敢拿个女人来糊弄他们,简直是在羞辱他,因此大声下令:"刘武,把她的脑袋给我取下来,我要挖空了当水瓢用!"

刘武的眼睛更红了,他面目狰狞地盯着赵含章大声应下:"是!"

赵含章浅笑:"那得看你有没有那个本事了。"

对方一点儿绅士风度都没有地举刀砍过来。赵含章又不傻,不可能坐着让他砍,一踢马肚子,往前蹦了两步躲开,对方在后追击,举刀要砍⋯⋯

赵含章没有回头,听到破空声,便往前一趴,同时放缓马的速度。秋武没想到女郎的胆子这么大,在这样的情况下还敢降低马速。

但她就是险而又险地避过去了,这一刀从她原先的脖子的位置砍过去,几乎刀才过去,她便直起身来,在刘武的马与她交错而过时将剑直直地一刺。对方一刀砍空,来不及撤刀回挡,错身而过后,低下头看了一眼自己的肚子,伸手一摸,摸到了一手的血。

这一系列动作看着多,但不过是三四息的工夫,大家眨两次眼的工夫,他们就停手了。

这情况看着似乎是刘武吃了亏。

刘武怒骂了一声:"纳命来!"

说罢,他举着刀,又冲着赵含章砍来。赵含章刚才已经看过他的对招儿,猜出他要出的招式,也不惧,与他对冲过去。她灵动,出剑极快,且躲闪也快,刘武的力量在她这里竟发挥不出来。

两个人在场中绕了好几圈,你来我往地过了二十多招儿,刘武竟然都没碰到她,两军都看得出来,赵含章还游刃有余。

不说匈奴军,就连晋军这边都很惊讶。章太守不由得回头看了一眼秋武和季平。

章太守见他们稳稳地坐在马上,便垂下眼帘思索起来,再看向赵含章时,态度庄重了许多。

而就在章太守回神的这一刻,赵含章找到了空隙,终于引出刘武的破绽,剑直冲他的右肩刺去,剑尖才碰到他的右肩甲胄,刘武的脸色一变,身体向后仰,同时,他急忙撤刀回防,就是这一撤,他的门户大开,赵含章将剑一翻,变刺为带,剑尖向左狠狠地一划，马上的人一下子瞪圆了眼睛，身子僵住了。

赵含章与他错身而过，勒停马看向他。刘武抬手捂住脖子，眼睛瞪大，红色的血液这才汩汩地从他的指间冒出来。他不可置信地看着赵含章，想要说什么，却什么都来不及说，眼睛圆睁地从马上落下，直接倒在了地上。

他被割喉了！

两军都没想到是这个发展，一时静默，片刻后，晋军这边爆发出冲天的呐喊声，鼓声重新擂动，而匈奴军这边沉默地盯着赵含章看，眼神恨不得撕碎了她。

赵含章却没退下，而是用剑指向刘景："刘景，你可敢上前与我一战？"

刘景目光沉沉地盯着赵含章："你倒是胆大，既然想找死，那我就成全你。"

说罢，刘景抽出大刀便朝赵含章冲去。

赵含章浅浅一笑，一踢马肚子便迎了上去。

章太守有些焦急，觉得现在士气正好，完全可以发起冲锋，没必要再和匈奴军斗将，但见二人已经迎上，他便只能按捺下来。

他只希望赵含章不要输，或者不要输得太难看。

赵含章并没有输，甚至和刘景你来我往，打得不亦乐乎，棋逢对手，武功相当，这样打才畅快，既不会像对战刘武时那样赢得轻易，也不似对战石勒时那般应付艰难。

赵含章很喜欢这种感觉，越打越兴奋，出招儿也越发快。刘景很快从攻转为守，不得不先出招儿挡住她的攻势。

不仅晋军这边看出赵含章占了上风，匈奴军那边也看出来了，于是刘景的副将上前两步，准备随时去把刘景救回来。

终于，赵含章手中的剑快速地一挑，刘景的手腕见血，手中的刀落地，她一剑刺去，刘景翻身下马躲过……

他一落马，副将立即带着人冲上去，要把人救回来。

章太守等的就是这一刻，立即令人擂鼓发起进攻。

此时晋军士气大盛，鼓声一响，中军立即冲入战场。

匈奴军一看，立即也叫着往前冲去。

秋武和季平率先冲出，冲着赵含章飞奔而去。

而赵含章此时眼里只有刘景，他一落马，她便乘胜追击，一踢马肚子，冲上前去要割了他的脑袋。刘景在地上灵活地一滚，脚一蹬，便从边上的他的马的肚子下滑过，然后快速地抓住马脖子，翻身就要上马……

赵含章回身刺去，刘景上不了马，只能重新落下。

而此时，刘景的副将也杀到了，直接朝赵含章砍去。赵含章干脆刺了那马一剑。

433

马儿受惊，嘶鸣一声，用力甩掉挂在身上的刘景，撒开蹄子乱跑起来。

赵含章回身挡住刘景的副将的刀，不过片刻，她便被人团团围住了。

赵含章一剑杀了一人，破开包围圈便往外跑，而此时，秋武和季平也带着人冲了上来，迎上刘景的副将……

大军相碰，双方瞬间杀成一团。

赵含章跑出包围圈后便举目看去，很快便找到混到了匈奴军中的刘景。

他接过一员小兵的马，翻身上马后便振臂一呼，鼓舞士气。

赵含章将剑插了回去，将马上挂着的弓箭取下来，瞄准他，将弓拉满后射出……

刘景正在指挥匈奴军冲锋，心头一紧，一回头便直面一支箭。他反应迅速地偏了一下头，箭矢擦着他的脸颊射过去，射中了他身后的一个护卫。

刘景和赵含章隔着混乱的战场对视，这一刻，他的心头有些发寒，他意识到此人绝不能留着，她活着，将是他们匈奴的一个大敌。

于是刘景拿过一把刀，重新朝着赵含章杀来。

赵含章也冲他杀去，不过他们之间相隔甚远，中间的士兵正在厮杀，他们便也一路杀过去。

秋武时刻记得要保护好女郎，待杀了刘景的副将，便打马回头找赵含章，见她正一路杀，一路往敌军深处去，连忙道："女郎，莫要孤军深入啊！"

赵含章回神，这才发现她慢慢杀到了最前面。

她看到相隔不远的刘景，二人的目光对上，她瞬间觉得，管他呢，先杀了他再说。

刘景将赵含章视为大敌，想要除之而后快，而赵含章也想杀了他。

此时，赵含章既然有机会杀他，为何还要留着他？

赵含章和刘景的眼神一碰，便知道双方都想取对方的项上人头，于是达成共识，丢掉身边的人，直冲对方而去。

赵驹和汲渊在右翼掠阵，看不到赵含章，自然也不知道她已经杀疯了，完全沉浸于追杀刘景之中。见中军冲锋而士气不弱，汲渊便道："可以打，我们静候。"

蔡参将也在等，等到鼓声进行到第二段时，灌阳城门打开，从里面杀出一队士兵来。

蔡参将一见，精神一振，就要下令冲，汲渊拦住了他："蔡参将，且再等等，等匈奴军向两边撤，我们再上，现在还是呈合围之势比较好。"

"我们士气高涨，已经把敌军前后夹击了，再等下去，我们连汤都喝不上了，此时合围不是更好？"

汲渊坚持:"等他们散出来一点儿再打,一会儿要是杀得太狠,还要放开一个口子让他们逃命,这样他们才不会过于拼命。"

蔡参将不想听他的,奈何赵家的兵马只听汲渊和赵驹的,他们两个不下令,三千兵马就老实待着不动。

蔡参将不觉得自己手上的两千人能挡住要突围的匈奴军,因此脸色铁青之余,还是只能先老实待着,不过他还是表达了自己的愤怒:"赵三娘临走前下过命令,让你们都听我的,结果你们却临阵不听令,待此事毕,我一定要和章太守状告你们。"

汲渊含笑应道:"蔡参将请便。"

赵驹则撇撇嘴,章太守又管不到他们的头上来,和他告状有什么用?有本事和他们女郎告状。

灌阳城内的守军杀出,一直又稳又狠的匈奴军终于胆怯了,连忙去找他们的将军,然后发现他们的将军正和对面的晋军的那个小娘子打得不亦乐乎,完全忘记了指挥兵马。

刘景并不是不想脱身,他是老将了,自然察觉到现在的局势不妙,但赵含章咬得太紧,他不仅不能脱身,连分神都难以做到。

他一旦分神,本就隐隐占上风的赵含章会立即劈死他。

和他不一样,赵含章今日不是指挥,她就只管带着秋武做个小兵冲杀,听着鼓声死死地咬住刘景就行。

"将军,我们被包围了,要后撤!"

刘景表示,你倒是上来帮忙啊,隔着十来个人冲他喊有什么用,没人替他挡住赵含章,他怎么撤?

对方终于发现了刘景的难处,带着人杀开晋军士兵,想要挤上来挡住赵含章。

但秋武很快也杀掉周围的匈奴军迎上去:"你的对手是我!"

赵含章一剑杀掉过来挡她的匈奴兵,骑马追上正要跑的刘景。刘景听到破风声,只能回身举刀挡住,这一刻,他终于忍不住出声道:"你今天非得杀我是不是?有本事来追我啊!"

说罢,刘景狠狠地一推,用刀将剑隔开后大声吼道:"向两侧后撤,突围而出……"

说罢,他率先向一侧冲去,赵含章带着人追了上去……

最后赵含章和赵驹在乱军中相见。

汲渊在匈奴军从侧边冲出来时,才同意包围上去,于是,刚甩开晋军中路一小段的匈奴军就遇上了他们。

汲渊知道哀兵必胜的道理,所以不想把匈奴军逼得太狠,看他们打得充满血性,

435

已经开始不要命了，于是让人留了一个缺口，让他们跑。

只要有这一个缺口的希望在，他们就会惜命，就不会拼命。

刘景最先发现那个缺口，带着人冲杀过去。

赵含章在后面追，也看到了那个缺口，立即大声喊道："汲先生，封住口子，留下刘景。"

刘景已经带着人先她一步冲了出去。

赵含章打马便追。

汲渊没想到女郎会追到这里来，连忙喊道："女郎，穷寇莫追啊！"

赵含章追出去，看着带着几骑飞奔而走的刘景，将剑插回去，将弓箭拿在手上，一边骑马追赶，一边拉开了弓，她的目光一沉，心都静了下来，眼里只看得到前面飞奔而逃的刘景，连耳边的风声都静了下来。

赵含章的手一松，箭矢如流星一般急射而出，"嗖"的一声，从刘景的后心插入，他骑在马上晃了晃，没摔下马，而是继续打马前行。

护卫们大惊失色，叫道："将军！"

赵含章看他们跑远，追也追不上了，便勒住马，无限惋惜地看着他们远去："也不知道他会不会死。"

汲渊追了上来，有些气喘："女郎，穷寇莫追啊！"

"我知道，这不是停下了吗？"

汲渊也看向远方，一回头，看到突围出来的匈奴军，吓了一跳："女郎，我们先避到一处……"

赵含章已经把弓重新挂上，抽了剑就冲杀上去："秋武，保护汲先生退到一边……"

汲渊没忍住，扭头问秋武："女郎是不是太爱打仗了些？这见血杀人的事，她不应该感到害怕吗？"

秋武很自豪地道："岂能将女郎与一般女子等同视之？"

赵含章一路杀回战场，大声喊道："刘景已死，你们还不投降吗？"

赵含章才不管他死没死，先瓦解匈奴军的士气再说。

果然，这句话一传出，晋军就开始鼓噪起来，到处都在跟着喊"刘景死了"……

还在努力突围的匈奴军是不想相信的，但一来喊话的是刚才能打败将军的赵含章；二来他们趁着杀敌的空隙往四周一看，没发现他们的将军，有人说是突围出去了，旗帜还在，但……心慌慌的。

于是，匈奴军溃败，在前后夹击和左右包围下，他们只突围出一百来个人，剩下的，不是被杀了，便是被俘虏。

灌阳县的乔参将带着一身血迹上来见章太守："章太守，使君有请。"

他看向其余人等，目光从他们的身上扫过，最后，他看向远处的赵含章："那位小将是谁家的？使君也要见。"

章太守扭头去看，沉默了一下，道："那是西平赵氏的三娘。"

乔参将微微瞪眼："女郎？"

章太守颔首："不错。"

两个人正说着话，赵含章骑马过来，她的身上也沾染了不少血迹，都是别人的。

她冲章太守抱拳问道："世伯还好吧？"

章太守露出笑容："我并未受伤，倒是世侄一直冲杀在前，可有受伤？"

"没有，"赵含章笑道，"宵小之辈还伤不到三娘。"

章太守便感叹道："没想到三娘竟有如此高强的武艺。"

是他小瞧了她，章太守瞥了乔参将一眼，再次忍不住叹气。本以为这一仗会无比艰难，他已经做好最后实在抵挡不住就冲杀进灌阳城中的准备，没想到，赵含章不仅能鼓舞士气，还能紧咬着刘景不放，让对方没有在这一场战事中发挥作用。

对了，章太守想起来，连忙问道："三娘，刚才军中大喊说刘景死了，不知是真是假。"

乔参将也正想问这件事，连忙看向赵含章。

赵含章道："不知真假。我一箭射中了他的后心，但他被护卫救走，我没看到尸体，并不能确定人就死了。"

"被射中了后心，刘景多半是死了。"边上一人恭喜章太守和赵含章，"此是府君和赵女郎之功啊！"

乔参将侧身道："章太守、赵女郎，请吧，使君有请。"

于是一行人跟着乔参将进城，大军则留在城外。

秋武和季平不知何时又跑了过来，他们左右看了一下，见大军被留在外面，那些参将郡守的侍从也大多留在城外，于是也把自己的手下留下，他们两个跟着赵含章进城。

乔参将看了他们一眼。赵含章不在意地道："这是我的两个护卫，家中大人不放心，命他们随时跟着。若使君不方便让他们进去，我让他们留在外面。"

别说刺史不会觉得不方便，就是真不方便，乔参将也不敢当着这么多人的面说啊。

他们都是晋军，若是不方便，那刺史是要做什么？

章太守他们还敢进城吗？

他们最少还剩下两万人，这两万人要是鼓噪起来……

乔参将挤出笑容,道:"既然是赵女郎的贴身护卫,那便一起来吧。"

斗将时,他就在城楼上看着,刺史也在,他们都看到了赵含章的武艺和能力,可不觉得她的身边随时需要护卫。

灈阳县不小,看着和上蔡县差不多,但此时却很萧条,路上几乎没有人,家家门窗紧闭,距离城门近一些的房屋里甚至都没有人。

乔参将见赵含章看着路两边的破房子,便道:"匈奴军攻城时,投射石头,把房屋砸坏了,赵女郎是第一次见吗?"

"不是。"赵含章道,"西平县被攻破时也是如此,甚至比这还要破败。"

乔参将惊讶地道:"西平县被攻破了?"

赵含章浅笑道:"是。好在乱军已被赶走,如今正在修建城门和城墙。"

虽然灈阳被围,但消息是一直可以传递的,朝廷公文也能送进去,不然何刺史也不能在被困的情况下又是下令让各县增缴赋税,又是让各郡县派兵来援,她不信乔参将不知道。

乔参将还真的知道,但刺史让他不知道,那他就只能假装自己不知道了。

何刺史在县衙里等他们。

他们到时,何刺史正坐在榻上吃东西,看到他们来,拖着鞋子立即迎上去,将人迎进门,道:"诸位都是大功臣,本来该由我亲自去迎接才对,只是我的老毛病犯了,一过饭点还未吃东西便头晕目眩。没办法,我就只能先回府用饭了。"

何刺史请众人坐下,让人上饭菜:"大家奋勇杀敌,此时应该也饿了,先用饭,待用过饭,我们再说话。"

章太守一脸为难地道:"使君,我等身上脏污,太过不洁,不好在使君面前失礼。"

何刺史笑道:"战场上哪有这么多讲究?你看我的身上不是也有血迹吗?我们先用饭,这世上没有比吃饭还要紧的事了。"

赵含章深以为然地点头。

何刺史看见她,脸上的笑容更深了,他放轻了声音问:"这一员小将怎么称呼?刚才我在城楼上见你英勇对敌,甚是神往啊!"

赵含章行揖礼道:"在下西平赵含章,拜见使君。"

"西平?那你是赵氏的子弟了,不知父祖是何人啊?"

何刺史是今年刚升任的豫州刺史,在此之前,他是汝南郡太守,干了有十年了,对赵氏再熟悉不过,熟悉到赵含章可能都没他熟悉。

他上下打量赵含章,从记忆中实在找不出这个人来,不过,有一点点眼熟。

何刺史正在想,就听她道:"家祖名讳峤。"

何刺史的笑容一僵，他偏头看她："赵峤赵长舆是你的祖父？"

赵含章恭敬地应道："是。"

他没听说赵长舆在外面有私生子生了儿子，或是儿子在外面有私生子啊。

他上下打量了一下赵含章，半晌才幽幽地道："你是个姑娘家呀。"

赵含章笑着应是。

何刺史想到自己近来听到的消息，不由得失笑，道："好，好，好啊，巾帼不让须眉！我等惭愧呀，来，坐到这儿来，论起来，你也该叫我一声祖父。"

赵含章特别乖巧地重新称呼："何祖父。"

何刺史就畅快地笑了起来，连声应道："好好好，快坐下，你拼杀了一阵，必定饿了吧，我让人给你煮大肉吃，来人，快上饭菜！"

下人连忙下去叫餐，不一会儿便有人端了饭菜上来。

何刺史似乎很喜欢赵含章，不仅让她坐在左边下首，正对着对面的章太守，还把自己的桌子上的两盘菜给了她。

对于晚辈和下属来说，这是很大的偏爱和认同了。

而赵含章现在不仅是晚辈，也是他的下属，她欣然接受，不过心一直提着，并不曾放下。

从她所知的信息来看，赵家和何刺史表面上虽然关系不错，一直友好相处，但往深处挖便知道了，赵长舆可是坑过这位的，而且貌似还坑得挺惨。

何刺史笑眯眯地看着赵含章吃东西，心里却在想，赵长舆啊赵长舆，想不到吧，有一天，你的亲孙女不仅会叫我何祖父，还要在我的手底下做事。

何刺史的笑容渐盛，他问赵含章："西平县现在是谁在做主？我听说县丞一职定了赵铭，那为何县令之位空着？"

本来县丞和主簿应该由何刺史来指定，而县令才是朝廷封的，不巧的是，何刺史那段时间被困在濯阳，焦头烂额，哪里会去操心一个小县城的事？

赵氏也顺势当何刺史不存在，直接向洛阳请封。

赵含章拿不准他是要秋后算账，还是真的只是想了解情况，顺便安插个人过去，所以她停顿了一下。

不过她很快就想通了，他要是真的派个县令过去，她也有办法做西平县的主，于是坦然地道："现在西平县是含章做主。"

此话一说出口，包括章太守在内的人都眉头一皱。

如果昨天她这么说，大家只当是个笑话，或是赵氏的遮掩之计，但经过刚才那一遭，没人再小瞧她了，都下意识地相信了她的话。

何刺史也信了。他上下打量赵含章，见她盘腿坐在那里，脊背挺直，面着浅笑，自信而坚定地看着他。

何刺史恍惚间觉得看到了赵长舆，心情一下子就不美丽了起来。

像赵长舆的赵含章，何刺史沉思起来，他的目光划过右下方坐着的章太守，他微微一笑，问道："看你今日的武艺，西平县是你从乱军的手里抢回来的？"

赵含章这次不再谦虚，点头应道："是。"

何刺史便笑道："果有乃祖之风，不愧是赵中书教出来的孩子。"

赵含章微微躬身，接受他的夸奖。

这样的赵含章和昨天他们见到的大不一样，众人都沉默了下来。

章太守的感受尤其深，这一刻，他感觉脸上火辣辣的，只觉赵含章指不定在心里怎么笑话他呢。

毕竟从昨天到今天，他都有些看不起她，对她的建议充耳不闻，而她竟然都笑眯眯地接受了。

那一刻，包括这一刻，她是不是在心里嗤笑他？

章太守握紧了手中的酒杯，脸色有些不好看。

何刺史看到了，心里舒服了些。

虽然用赵长舆的孙女他也不太高兴，但能让章太守不开心，他就略微舒心了些。

而且，从长远来看，西平安稳对他来说更重要，赵氏既然让赵含章做这个主，这次还带了三千兵马来援，那说明他们是支持赵含章的。

他再选派一个县令过去，只会让西平动荡不安，对汝南郡、豫州都不好。

何刺史在心中权衡一番，已经将之后几年豫州的状况都想到了，但这些思绪闪过不过须臾罢了，他并没有停顿很久。

何刺史改换了态度，以对待下属的姿态对赵含章，叮嘱道："西平紧邻上蔡和灈阳，是西北南下的最重要的通道。这一次是豫州没有防备，让匈奴乱军从颍川流窜到了汝南。这次将匈奴军赶走，从洛阳到汝南一带的道路都要严防死守，你们西平的位置极为重要啊！"

赵含章立即道："是。含章定会看顾好西平，不让乱军越过西平南下。"

到此，赵含章为西平县"县令"的事情就算是过了正路。

和朝廷请封，正式下公文是不可能的，但豫州刺史认可了赵含章，不再给西平安排县令，那她就和真的县令没差别了。

朝廷，朝廷才不会想着去管一个小小的西平县呢。

现在他们要忙的事已经够多了。

其实何刺史也不太看重西平县，他更看重的是在西平的赵氏，还有就是，辖下的郡县，能安稳一个是一个。

他这位刺史当得其实并不是那么安稳。

　　他和章太守之前是竞争对手，二人同为太守，最后朝廷选豫州刺史时也主要是考虑他们两个。

　　最后何刺史胜出，是因为他给东海王及其身边的人送了大量的金银珠宝，以及一批军备。

　　这次他被围困在灉阳，求援的命令早就发出去了，但各郡县一直不曾来援。

　　西平县还情有可原，毕竟城破了，但其他郡县呢？

　　要知道战场上的局势瞬息万变，他发出的是最紧急的求援令，按说收到命令后，他们应该一昼夜便整顿好军队，急行过来救援。

　　结果半个多月后他们才陆续到达灉阳，到了以后不牵制敌军，反而在外面扎营，一扎就是三天，这像是来救援的吗？

　　何刺史的胸中一直堵着一口气呢，但他知道此时不能发火儿，在没有绝对的力量前，他只能力求安稳。

　　赵含章和赵氏就是他找的第一个安稳。

　　因为见过她在战场上的英勇表现，何刺史对她很有信心，对赵氏更有信心，毕竟就整个豫州来说，没有几家士族能与赵氏相提并论了。

　　因此，何刺史表现得对她很是优待，不仅单独给她赐了两道菜，开完会后，还特意把人留下来说话，像极了领导找心腹开小灶，一副推心置腹的样子。

　　赵含章也很高兴地留了下来。

　　何刺史只稍微提了一下赵长舆，然后重点提起他和赵淞的交情。

　　他不太喜欢赵长舆，每每与赵长舆对上，他都是吃亏的那一个，他更喜欢有侠气却又温和的赵淞。

　　赵氏和他的利益往来也多是由赵淞做主，比如铁。

　　何刺史谈起前段时间赵淞和他家的管事下的单子，问道："是要做军备吗？"

　　赵含章当然不能说是，而是微微躬身，道："是要做农具。"

　　何刺史挑眉，一脸不相信。

　　赵含章便解释道："使君不知，这两年，汝南郡的日子不好过，佃户和长工丢地逃走的多，他们走时，把农具都带走了。"

　　"这一次我回乡才发现，家中竟有许多田地丢荒，不免心痛，所以想要派人将这些地种起来。"要种地，就需要农具，赵含章道，"庄园里的农具奇缺，而县城的打铁铺里的铁器极贵，都在那里买，不免囊中羞涩，含章这才求五叔祖帮忙买些铁器。"

　　不管何刺史信不信，反正他认同了这个理由。如今正值乱世，他可以理解各地士族囤积铁器，招募人手防备，但凡事要有个限度。

何刺史留下赵含章要谈的便是这个限度。

"这一次西平县招收的三千兵马，你打算怎么处理？"

赵含章知道正戏来了。她挺直了腰背，恭敬地答道："此次西平城破，死伤惨重，我想回到西平后，分他们一些官田，使他们在西平县安居乐业，不然我们西平县就太过萧条了。"

何刺史微微颔首，摸了摸胡子，道："使民安于田地，是个好法子，回头你将西平的花名册交上来，我看看受损的情况。"

赵含章应下，顺势提起免掉秋税的事。

何刺史沉吟片刻，最后为了拉拢赵含章，还是点头应下了："也好，西平才遭大难，今年的秋税便免了。"

赵含章装作大松一口气的模样，高兴地道："含章替西平的百姓谢过使君。"

何刺史看着面色还稚嫩的赵含章，也微笑起来，她是个聪明的孩子，但到底还是和赵铭那样的狐狸有区别，最多只能算个小狐狸。

何刺史的心情又好了点儿，他对赵含章道："回去后，替我向你的五叔祖问个好。若有空闲，让他去寿春玩，我必扫榻相迎。"

豫州的州治在寿春，说来可怜，何刺史接到朝廷的任命书后就被堵在了灈阳，还没来得及去寿春上任呢。

他这次要是真的战死在灈阳，那下一位刺史多半是章太守。

也难怪他会拉拢她，赵含章笑着应下，表示一定会转达。

赵含章出县衙时，天已经快黑了，灈阳给他们在驿站里安排了住处，大军都还驻扎在城外。

赵含章没有去驿站，而是带着秋武和季平直接出城。

城门还开着，她出去后，正好到关闭的时间点，城门缓缓关闭。

她回头看了一眼灈阳城，呼出一口气，转头一抽马鞭："走，去找汲先生和千里叔。"

大军并不是都驻扎在一起，一场战事过后，大军便分开了，各郡县的军队都默契地隔开了一段距离，各自驻扎。

赵含章和秋武一路找过去，没找到他们的人，季平便去找人问话，赵含章牵着马站在黑暗中等着。

微风中，她听到了和风一起吹过来的低语："好饿啊，你吃饱了吗？"

"就那么一碗稀粥和一个杂面馒头，怎么可能吃得饱？你再喝口水吧，挨到明早就又有吃的了。"

442

"这当官的就是小气,我们好歹给他们打了一场胜仗,结果连口饱饭都不给,我们死了这么多兄弟呢。"

"别抱怨了,总比饿死强。"

"我好像闻到饭香味了。"

"你闻错了吧?"

他没有闻错,赵含章闻了闻,牵着马顺着香味往前走,一路上经过了好几个营地,都有人在低声抱怨肚子饿。

待走到最后,她才在路边看到他们西平的旗帜。

季平和秋武着急地从后面赶上来:"女郎,您怎么先走了?我们还以为您不见了……"

赵含章道:"闻着香味过来的,走。"

他们的人正在吃晚饭,还有的在包扎伤口。

赵含章一路看过去,最后在人堆里找到汲渊:"先生。"

汲渊回头,看到赵含章,一脸的笑容:"女郎回来了,可还顺利?"

赵含章点头,看了一圈后,问:"伤口都是新的,怎么到现在才包扎?"

汲渊就把赵含章拉到一旁,低声道:"听您的吩咐,匈奴军溃逃时,我让赵驹带着一队兵马奇袭了他们的营地。"

赵含章一挑眉,也压低了声音:"里面有东西吗?"

"有一点儿。"汲渊笑着说道,"不是很多,但也足够我们这次出兵的粮草了,比其他郡县的兵马强一些。"

赵含章问:"灌阳没送粮草过来吗?"

汲渊就叹了口气,道:"何刺史还是太过小气,只送了少许,都不够一人一碗粥。最后还是各郡县自己负责的军粮,不过他们也不舍得,所以我看今晚很多人都没吃饱。"

赵含章闻言,微微皱眉:"何刺史竟是这样的人?"

汲渊看了她一眼,便知道她和何刺史应该相处得不错:"女郎与何刺史相处得好是好事,但也不可过于信任此人。

"何刺史这人虽有心计能力,但过于惜财吝啬,在我看来,灌阳之危本可以化解的。

"据我所知,灌阳一被围困,他便召集了汝南郡的驻军来防,只是将士们的情绪不高,所以不肯出力。他若肯舍掉钱财,激励将士,这点儿匈奴军哪里能围得住灌阳?"

赵含章颔首道:"刘景是孤军深入,也不敢太放开打,所以能打半个多月,何刺史也能守城半个多月,都很厉害。"

汲渊撇撇嘴,说道:"这算什么厉害,后来朝廷让颍川来援,他要是肯出钱,早就打赢刘景了。一直拖到现在,他就是不想用自己的钱,而灌阳县衙又没钱。因为吝惜财物便将一城百姓的生死置之脑后,甚至不顾自己的性命,此人不可深交。"

赵含章认真地看了看汲渊后,八卦地问道:"先生,世人都说我祖父吝啬,那您说,是我祖父吝啬,还是何刺史吝啬?"

汲渊当然不可能说前东家兼现东家的亲祖父的坏话,于是道:"自然是何刺史吝啬。你祖父不是吝啬,他是惜财节俭。"

赵含章一脸的不相信。

汲渊想了想,道:"好吧,主公是有些小吝啬,但在大事上,他从不吝惜财物。比如赵氏的坞堡、铁器,这些可都需要钱,主公何时吝啬过这个钱?"

赵含章道:"其实坞堡外的那条沟渠,我想说很久了,挖得太小了,不敢说应该要和护城河一样宽大,但至少不能这么小,腿上功夫好一些的都能跳过去。"

汲渊摸了摸鼻子,道:"那等回到西平,女郎和宗族提一下重修坞堡?"

赵含章想了想后,道:"是要提一提,这件事以后再说,你们都抢了什么东西回来?我们的伤亡情况如何?"

汲渊便带赵含章去看。东西都在营帐里,其实并没有多少。

"这些东西都是他们打劫而来的,应该是不好随身携带,所以被放在营帐里,倒是便宜了我们。"汲渊顿了顿后,道,"我们攻入营帐后不久,大军也追着溃散的匈奴军到了,争抢时差点儿打起来。女郎,这些东西,我们能保住吗?"

这是怕有人不让他们带走?

赵含章闻言,冷笑一声,道:"抢到手上的自然就属于我们,谁能从我们的手里再拿走?"

她翻开看了看,很多的铜钱,还有些金银,但更多的是一些瓷器、布料和木料,以及摆件,她甚至还看到了一箱子字画。

汲渊的精神一振,他立即上前道:"这是里面最值钱的东西了,可惜他们不识货,胡乱地丢在营帐里。"

赵含章道:"这种东西本来就难携带,收拾好,回头放到我的私库里。先生,凡是战利品,以后另外造册。"

以后这些东西是要变现后犒赏三军的。

汲渊表示明白,点头应下。

"除了这些,将士们的手上应该还私藏了一些。女郎,要不要让他们交上来?"

赵含章摇头:"本就是用金银珠宝诱惑他们去攻打营帐的,不能到头来什么都不给他们，让他们收着吧。"

汲渊心中感到满意，不愧是他看中的主子，比赵长舆还要得他的心意，够大方。

汲先生这才问起她此次去见何刺史的事。

赵含章将经过仔细地说了一遍，然后道："章太守他们好像都没出城，都留在城里了？"

"是。所以现在各郡县的军队都只有副官在，女郎是唯一一个出城的人。"

赵含章摸着下巴思考起来，汲渊打断了她的妄想："女郎刚在何刺史的面前过了明路，还是守规矩一些好，像什么抢人、捞人之类的事，能不做就不做，惹恼了人家，官司要是打到朝堂上，何刺史不会保您的。"

他顿了顿，又道："您的祖父和何刺史的关系实属一般，甚至还隐隐有些不和。"

所以你得低调点儿，不是何刺史认同了你便是喜欢你，人家说不定就是退而求其次，你只是个其次。

赵含章的目光和汲渊的对上，她从他的眼里读懂了他没说出口的话。

赵含章还能说什么呢，当然只能将心思收敛了，只是觉得有些可惜。

她背着手站在营帐前，遥遥看着不远处的星星点点的火光，那里正围着一堆又一堆的人，还有可能是很有战斗经验的人。

"当下最难得的就是人了，他们怎么舍得不让这些将士吃饱呢？"

汲渊站在她的身侧："只有女郎才会这样认为，绝大部分的人认为，当下最不缺的就是人，人命还不如草芥，金贵的是钱财粮草，他们怎会将这些宝物浪费在连草芥都不如的人身上？"

赵含章抿嘴不语。

汲渊道："女郎很好，但其实他们的想法也没有错，如今人的确易得，您随便在哪条大道上摆下粮食，振臂一呼，多的是来投靠的人。只要女郎养得起，天下的人都可招揽而来。"

赵含章沉思道："像先生这样的人也愿意为五斗米来投吗？"

汲渊笑道："像我这样的人也是要吃饭的，而且我不是为五斗米来投的女郎……"

他的目光直直地落在赵含章的身上，他道："我是为了可以给许多人五斗米的女郎而来。"

赵含章与他对视，看到他眼中的认真之色，微微点头，转头继续看着黑暗中的各处亮着的火光："有人曾经和我说过，一个人的能力有多大，那他对应的社会责任便有多大。上天应该是公平的，既然给了你聪明的头脑，那你就应该承担起更多的痛苦，同时，你也会收获更多的快乐。"

汲渊不解地看向赵含章,不太明白这一番话的意思。

赵含章继续道:"我曾经锦衣玉食,即便我一辈子无所作为,身有残疾,也能自在富足地过完一生,但那样的快乐其实很短暂和微小,没有根基,经不起一点儿推敲。他说,这种快乐是虚妄的,是低级的,我这么聪明,应该得到更高级的快乐。"

汲渊一头雾水,问道:"所以更高级的快乐是什么?"

赵含章轻声道:"尽自己对这个社会应该尽到的责任,付出和自己的聪明才智相应的能力,这是我以前对自己的要求和目标,同样也适用于当下。"

这一番话,汲渊听懂了,他忍了忍,没忍住,道:"女郎还是应该多读书,这样说话才能够更简练些。"

不过他还是夸了一句:"女郎的志向不错,若能庇护这一方百姓,的确是一件很快乐的事。"

其实,他觉得她的野心可以更大点儿,把这一方的范围再扩大点儿。

汲渊此时也雄心万丈,笑问:"这话是谁和女郎说的?"

她爷爷!亲爷爷。

赵含章没回答他,而是呼出一口气,直接抬手在空中画了一大片,道:"总有一天,这一片也终将属于我们。"

铁矿什么的,也要属于他们,这样他们再不会受人掣肘。

汲渊也眼睛发亮地环视这一片。

赵驹安排完伤兵,过来便看见一老一少正站在营帐前目光炯炯地盯着别人家的营地里的火堆看。

赵驹也不由得看过去,都是一样的火堆,并没有比我们的圆或者大,有什么可看的?

赵驹上前:"女郎,伤亡情况已经统计出来了。"

赵含章回神,转身道:"走,我们进营帐说。"

章太守没有出城,其他郡县的领头人也不知道是怎么考量的,竟然一窝蜂地跟着他去住驿站了,都没出城。

于是没人给城外的大军做主,他们就吃着灈阳城送来的那一丁点儿粮食,再配上自己带的一点儿干粮,勉强度过了一晚上。

章太守的房间的灯亮了后便一直没灭,等到夜深了,送走了又一批人后,他才看向外面,忍不住问:"赵含章还没回来吗?"

"没有。"

章太守皱眉道:"难道她留宿在县衙了?"

鲁锡元出去探问,很快回来禀道:"她傍晚时便出去了,直接出城,没有来驿站。"

章太守垂眸沉思，半晌后，问道："锡元怎么看待此人？"

鲁锡元道："她虽是女子，但非池中之物。府君，我们之前都小看她了。"

章太守捏了捏手，道："她这是要和何刺史结盟？赵氏要为何刺史所用？"

鲁锡元摇头："赵氏在朝中还有赵仲舆呢，最多是合作和结盟。想用赵氏，何刺史还不够格。"

人家好歹是世家大族好不好，赵仲舆在朝中都当上尚书令了，官职远在何刺史之上，赵氏好好的自家族长的话不听，为什么要跑来听何刺史的话？

同理，赵氏也不会听章太守的话。

章太守叹息一声，小声嘀咕起来："我还以为赵氏内部不和，长房和二房相争，闹起来了呢……"

搞了半天，是赵含章能力卓绝，而赵氏还真的站在赵含章的身后。

鲁锡元只当没听见，这样彼此也不会尴尬。

章太守回过神，挥手道："罢了，不必管她了。夜深了，先生去休息吧。"

但章太守就是睡不着。熄了灯后，章太守辗转反侧，心好似被火烧一样，明明是他先见到赵含章的，论两家的关系，章家也比何家要更近一些吧？

怎么赵含章就选择了何刺史呢？

赵氏，赵氏……

在豫州，赵氏代表着什么，他最清楚不过，若谁能得到赵氏的支持，相当于得到一个郡的支持啊。

章太守翻来覆去，最后坐起来，或许赵氏族内会有持不同意见的人？

他最后一拍床板，决定找机会试探一下赵氏。

赵含章并不知道章太守的打算，她刚和赵驹核对完伤亡人数和名单，定好抚恤的东西。

见夜色深了，赵含章便让他们回去休息。在他们走出营帐前，赵含章突然想起来一件事："对了，何刺史的身上有伤，我怀疑他伤得不轻。他这次直接承认我，也有可能和健康有关，我们可以大胆假设，他或许命不久矣。"

汲渊道："这么重要的事情，女郎为何放到现在才说？既然已经放到了现在，为何不明天再说？"

今晚她到底还让不让他睡觉了？

何刺史虽然做了掩饰，但赵含章还是发现了异常，尤其是最后两个人单独相处的时候，她能闻到他身上散发出来的淡淡的新鲜的血腥味。

至于她为什么到现在才说？

"他还能装作若无其事地招待我等，那说明一时死不了，只要不是当场死了，此事就没那么急。"赵含章挥手，"我就是告诉你们一声，夜深了，先生和千里叔回去休息吧。"

汲渊思索起来："他一受伤，身边的人的注意力都会放在他的身上，对外面的控制肯定不及平时。女郎，我们要不要选几个人，让他们跟着刺史一起去寿春？"

赵含章本来没想到这些的，一听，立即侧身："来来来，先生，我们进营帐里面再谈一谈。"

汲渊瞥了她一眼，转身与她一起进去。

赵驹表示，所以今晚他们到底还睡不睡了？

汲渊以前掌握的情报系统都交给了赵仲舆。赵仲舆是族长，情报系统是用赵氏的资源构建起来的，自然是要交给他的。

而且赵含章也在有意地隔开自己和赵氏，那她就要培养完全属于自己的人手。

这一次的机会很难得。

汲渊道："这一次灈阳被围，何刺史的身边肯定有很多缺口，送人进去最合适。得多挑几个，可惜时间紧，来不及细细挑选，千里，你那里可有好的人选？"

作为赵氏的前任部曲首领，赵驹当然也奉命选派过细作，对这种流程很熟悉，所以他想了想后，道："这次带来的部曲都不太合适，只能从底下挑选。"

汲渊道："可他们都是才招进来的，未必忠诚。"

赵驹道："我知道几个还算机灵，又有家人一块儿投靠来的。"

汲渊松了一口气："品性如何？"

"时间太短，我也看不太出来。但从他们对家人的态度来看，他们倒是重情。"

"那就可以一用。"

赵含章道："先把人找来，我们一个一个地谈，送去做细作，也要他们心甘情愿才好。"

细作的危险性极高，而且孤身在敌军中，对身心的考验都很强大。如果他们不威逼，那就只能利诱。

赵含章道："这一次招的人似乎都不喜欢分田地，那我们就分房子、分钱、分粮食，再许他们家中一个读书的名额。"

这个待遇，连汲先生都忍不住心动。

他问道："许如此重利，女郎想要他们做什么呢？"

赵含章道："先让他们潜伏下来，也不需要做什么，就当作自己的确是何刺史的人，平时只要传递一些何刺史和寿春的消息。等将来需要用到他们做不一样的事时，自会有人去通知他们。"

汲渊道："那这个人选就得好好地选了。这个人不仅要忠诚，还要够聪明才行。"

赵含章此时当起了甩手掌柜，道："此事就托付给汲先生了。"

汲渊回过神儿来："大军要在灈阳驻扎几日？"

赵含章道："我倒是不介意多驻扎几日，只怕何刺史不愿。"

"我明白了，我明天就把人选出来。"

于是汲渊拉着赵驹回去，把他认为还不错的人挑出来，尽量将人的生平都摸清楚，二人一夜未眠。

第二天一大早，两个人就把他们挑了一晚上的人一个一个地叫到跟前来见。

赵含章起床，洗了一把脸，还没来得及用早饭，秋武便找了过来："女郎，城里来了人，说是何刺史请您一同去用早饭。"

他压低声音道："还有商议退兵的事。"

赵含章决定给大家省一顿口粮，于是道："把我的早食给汲先生和千里叔，你们也别吃了，走，进城吃大户去。"

秋武高兴地应下，和季平一左一右地保护着赵含章进城了。

何刺史很大方，让厨房的人为大家做了丰盛的早餐。

赵含章一人一张矮桌，秋武和季平被留在外面，也被带下去用饭了。

章太守等人也已经到达，坐在她正对面的席子上。

她因为住在城外，所以来得最晚，坐下后，见章太守正在看她，便抬手冲他行了一礼。

章太守笑着回礼，问道："使君在驿站里为大家准备了房间，含章昨晚怎么没留在城中？"

赵含章解释道："含章第一次带兵，经验不足，怕他们在外生乱，所以就出去看看。"

来了，又来了，这种怪异的谦虚让章太守心中一凛，笑容也勉强起来。

他似笑非笑地道："你倒是殷勤。"

赵含章冲他笑了笑。

何刺史这才进来。他坐在主位上，笑道："大家都饿了吧，来来来，先用早食，这早上的饭食可是很重要的。"

大家笑着应下，等何刺史执筷后，大家才拿起筷子开吃，没人提城外还在嗷嗷待哺的大军。

赵含章也没提。

她在众人的眼中算是何刺史的人了，又刚拿了人家的好处，自然不可能拆他的台子，而且，她带的粮草足够了。

加上刚从匈奴军营帐里抢回来的一些，赵含章并不着急，所以她先夹了个包子津津有味地吃了起来。

何刺史吃了一些，看了众人一眼，见大家都不提军粮的事，便只能自曝。他一脸歉疚地道："真是委屈众将士了，昨天和今天给大军的军粮都不是很多，实在是濉阳被围困许久，粮草运送不进来，如今囊中羞涩啊！"

何刺史都这么说了，大家还能怎么办呢？

大家只能表示理解呀。

于是何刺史顺势提到让大军离开的事，反正就是，你们留下来也没粮草吃，现在匈奴军也退了，你们啥时候走？

章太守没有说话，把问题交给大家。

大家面面相觑，一时拿不定主意，这和他们预想的不一样，和章太守承诺他们的也不一样。

所以他们跑这一趟，不仅耗费了军粮，死了将士，回去还得饿着肚子？

不提回去以后，现在他们也没办法给士兵们交代呀。

赵含章低着头静静地吃，把包子吃完，喝了半碗粥后，便开始夹盘子里的切成一块一块的肉饼吃。

何刺史见他们不舍得离去，只能点赵含章的名字："含章呢，西平距离濉阳不远，若是今日启程，傍晚便可到达。"

赵含章用帕子擦了擦嘴巴，喝了一口水，才笑着颔首："是。所以待大军用过早饭，我们就要启程了，此次来濉阳的目的已经达到，濉阳县和使君平安，我等便安心了。"

何刺史大喜，立即道："你们启程，我亲自去送你们。"

大家一起扭头看向赵含章。

在众人的注视之下，赵含章笑着应下。

众人不由得轻蹙眉头，这也太谄媚了，还没得到一个结果就走？莫非她在何刺史那里得到了点儿什么，是特意冲出来做马前卒的？

赵含章可不管他们的官司，西平和上蔡还有一堆事情等着她回去处理呢。想要何刺史出血，岂是那么容易的？之前他被困在城中，尚且不舍得出钱让将士们拼命，更不要说现在了。

对她来说，时间比何刺史可能出的那点儿好处要珍贵得多。

何况，他们刚达成了合作。

赵含章特别爽快地带头离开。

其他人面面相觑，迟疑起来，最后看向章太守。

章太守放在膝上的手瞬间握紧，片刻后，他扯出一抹笑，道："我们也去送世侄。"

他没有说要走，倒是拉了一下和赵含章的关系。

赵含章笑了笑，没有反对。

于是一群大佬去送赵含章。

赵含章觉得，之后再离开的人，怕是无人能有她今日的待遇。她露出笑容，让赵驹整顿人马，她则和何刺史等人站在一处等着。

等到赵驹整顿好人马，拆掉营帐，都快巳正了，赵含章回头看了一眼后面正往这边张望的普通士兵，对何刺史低声道："使君，您回头看。"

何刺史回头看，见是其他郡县的援军，一点儿规矩也没有，站没站相，坐没坐相地正往这边张望，不由得微微蹙眉。

赵含章道："他们就是豫州的未来。"

何刺史以为赵含章是在讽刺他和豫州，正要说话，就听到她感慨地道："刘渊称帝，正指使大军进攻洛阳和豫州，将来豫州全赖他们保护，使君，若不善待他们，不远的将来，再要他们出力，他们还愿意卖命于豫州，卖命于使君吗？"

何刺史到嘴边的话顿住了，他蹙眉不言。

赵含章点到即止，等赵驹将人整顿好，便冲着众人抱拳行礼："诸位，含章先走一步了。"

何刺史的眉头松开，他虽有些不悦，但还是笑着与她道别："替我和你五叔祖问好。"

章太守也道："替我和你铭伯父问好，我那儿又得了几坛好酒，知道他好酒，我给他留了一坛，改日让他去汝阴找我共饮。"

哼，谁还不认识两个赵氏的人？

赵含章全都应下，表示回去后会一一转告。

其他人也笑眯眯地和赵含章告别，看着她飞身上马，一声令下，西平县的援军便有序地离开。

几个人眯了眯眼，听说这些人是赵含章这几日刚招的，虽然阵形也不整齐，但和他们的相比也不差，关键是，他们都很精神。

想到她在战场上的勇猛，所有人的心里都留下了一丝痕迹，赵氏……在这乱世之中怕是会腾飞，即便不能更进一步，他们也比其他人更长远和安稳。

而在这个世道里，长远和安稳便拥有着最大的吸引力。

汲渊没有上前去见何刺史，这是女郎的主场，他这个比较有名的谋士还是不要上前去抢风头了。

要知道，以前郎主和何刺史的几次交锋，他都有参与，他要是出现，也不知道对方会不会恨他。

等走出老远，混在队伍里的汲渊这才打马追上赵含章，低声道："选了三个人，都送到城里了，接下来就看他们能不能进到何刺史的身边了。"

"给他们留了钱吗？"

"留了一些，不敢多留，毕竟他们是上门投靠的。"

赵含章便点了点头："回去后，找个理由厚待他们的家人，平日里多照顾些。"

汲渊应下。

赵含章扭头对赵驹道："下令急行，入夜前回到上蔡。"

赵驹一愣："还要拐去上蔡？"

上蔡和西平的方向不太一样，他们来时绕道上蔡是为了接上汲渊和要他准备的粮草，可现在……

赵含章道："西平现在缺粮，我们去上蔡买些粮食带回去。"

"可现在就要入冬了，匈奴军又在进攻豫州，流民肆虐，这会儿，谁还愿意卖粮食？"

赵含章笃定地道："他们会愿意的。"

汲渊的目光扫过他们的这些人马，他深以为然地点头："他们一定会愿意的。"

天将黑时，他们才回到上蔡庄园，赵含章让士兵们在庄园外扎营，埋锅做饭，她则带着汲先生回别院。

王氏都要睡下了，听说女儿回来，立即爬起来，换上衣服迎出来。

王氏见赵含章穿着一身盔甲，腰上挎着一把长剑，举着一盏灯笼，笑着冲她走来，恍惚间似乎看到了赵含章的父亲。

"阿娘？"

王氏回过神儿，便见女儿正歪头看她，她重新露出笑容："回来了，快进屋，身上穿着这盔甲很重吧，快脱下来，我让人给你烧热水洗漱。青姑，快去吩咐厨房的人做三娘喜欢吃的菜……"

赵含章忙道："天都黑了，不必这么折腾，让他们煮面就行。汲先生他们也回来了，多煮一些。"

"这些不用你操心，快进屋去换衣裳。"王氏推着赵含章进屋洗漱和换衣服。

而上蔡县里，已经睡下的柴县令又从床上爬了起来，在堂屋里急得团团转："县外怎么会一下子来这么多兵马？"

常宁很平静，道："可能是赵含章的那三千兵马。"

"他们去的时候经过我们上蔡县也就算了，为何回来时还要经过？"柴县令愤愤地道,"从灈阳过来,西平和上蔡又不在一个方向,多绕这么一段路是为何?"

可能是为了吓你吧。

常宁默默地咽下快到嘴边的话,想了想,道:"可能是为了粮食而来,听闻西平这一次收拢了不少难民,他们刚破城重建,可能很缺粮食。"

"啊,对。"柴县令想起来了,"赵三娘的庄园还没缴足秋税呢,她不会不想缴,直接把粮食拉去西平吧?"

常宁微微叹了一口气,缴应该还是会缴的,不过,她只怕不是为了那点儿秋税来的。

果然,第二天,赵含章便让人推着板车到了上蔡县外,不算这次伤亡的人,她的三千兵马还剩下两千多呢。

上蔡县想要紧闭城门,但她也没有让人进去,而是留在城外,然后自己带着秋武和季平进城,在众人的注视下拜访了几家当地有名的士绅富商。

赵含章用金银和琉璃以比市价高一成的价格买到了大量的粮食。柴县令听到消息后都呆住了:"她买这么多粮食干什么?不对,她都……带了兵马来了,怎么还以高价买粮?不应该压低价格吗?"

常宁道:"恐怕没人愿意用高一成的价格卖粮食吧?"

不错,此时已经入冬,汝南边上的颍川受灾,加上匈奴军正在打洛阳和豫州,外面的粮价都涨疯了。

虽然现在汝南郡的粮价还算稳定,但那也是因为秋收刚结束,再等一段时间,受外面的影响,汝南的粮价肯定也会飙升。

再不济,他们几家组建一支商队,把粮食运出去,那也能赚不少钱,那可不只是一成两成地往上涨,而是一倍两倍地往上涨啊!

可是,赵含章有三千兵马在城外,没人敢不卖。

好在她还算有点儿良心,要买的粮食几家一平摊,虽然依旧会让他们肉痛,但不至于把他们的粮库掏空,以后他们还能抓住机会挣一笔。

所以他们咬牙卖了。

第十七章

招揽常宁

对于赵含章状似特别大方地主动提出的比市价高一成的价格，士绅富商们心中冷哼，真以为他们稀罕吗？

尤其是上蔡县的粮商，他们现在正控制着每日售卖的粮食量，就是想把更多的粮食留待以后，这比市价高出一成的价格，他们一点儿也不稀罕。

可做生意的最怕的就是赵含章这样的流氓，没地方说理，他们只能自认倒霉。

等赵含章付钱拉走粮食，他们立即跑去县衙找柴县令诉苦。

这样的日子，来一次两次也就算了，可不能长久呀，不然他们的日子还过不过了？

柴县令想要躲，但躲不掉，被人堵在了县衙，只能坐下听他们抱怨。

"要说土地最多的，整个上蔡县谁比得过她赵三娘？结果她还要强买我们的粮食。县君，您是父母官，可不能不管这件事啊。"

"是啊，他们赵家在西平已经一手遮天，难道还要做上蔡的主不成？太霸道了！"

"是啊，太霸道了！"

柴县令扶额靠在矮桌上，叹了口气，道："我也很无奈啊，这交易已成，你情我愿的事，我如何能找她评断？"

大家激动起来："怎么是你情我愿的事？县君，她有三千兵马在城外，我等敢说不卖吗？"

柴县令道："可尔等生意未成前也没找我呀，而且她并不是压低价格买的，她还出了比市价高的价格呢。"

说起这个，柴县令就糊涂了，疑惑地问道："若是她压低粮价，可以说她是强买，但她出了比市价还高的价钱，反正你们都要卖粮，卖给谁不是卖？你们为何不愿卖给她？"

众人沉默了。

常宁抬起眼皮扫了他们一眼，等他们被柴县令噎走以后才和柴县令解释："他们在囤积居奇。"

柴县令虽然不太聪明，但理解能力还是有的，他一听就明白了，一时气得脸都红了："都这时候了还想着囤积居奇，今年上蔡县已经够难的了，他们再抬高粮价，到明年，我这县里还能剩下多少人？"

说完，柴县令又忧愁起来："赵三娘一下子从上蔡买走这么多粮食，以后我们上蔡的粮价不会涨得更高更快吧？"

常宁道："县君可以想个办法，使他们不敢控制粮价。"

"什么办法？"

"不如趁着赵含章的这股东风，趁机向他们收购一些粮食充盈粮库，还有这次的秋税，其实我们可以只上缴一部分，另外一部分找些理由扣下，等到冬后和来年二三月青黄不接的时候放出，可平抑物价。"常宁蛊惑道，"这样一来，不仅百姓受益，不受高粮价所害，县君也能趁机赚一笔，县衙也能存下一笔钱，来年重复此操作，那平抑物价和赚钱这种与百姓共同受益之事便不会断绝。"

柴县令没吭声。

常宁就给他举例，并且算出了具体的数据："现在麦子的价格已经涨到十五文一斗，以现在的上涨速度，以及外面的乱势，入冬后，只怕会涨到十八文或者二十文一斗，而等过完冬季到夏收，至少还有四个月的时间。四个月，以这两年每逢乱势粮价就疯涨的态势来看，到时候涨个两三倍不成问题，县君这时候以十五文一斗的价钱买入，等开春，哪怕以二十文的价格缓慢卖出，也能赚不少钱了。

"其中，成本十五文还是属于县衙的，剩下的五文完全可以算作县君的私产，二十文一斗的粮价还是有些高，但比之三十文、五十文，甚至是更高的粮价来说，这个价格，普通的百姓还能勉强支付，有您平抑物价，其他家的粮价也只能往下压一压，这是造福于民的好事。县君此举不仅赚了钱，还得了美名功德，何乐而不为呢？"

数据一摆出来，柴县令就心动起来，但他还是有些犹豫："我买他们就卖？"

常宁道："县君强硬一些，他们才被赵含章吓唬过，此时正惊魂不定，就算心痛，也会卖县君一些的。"

而与此同时，赵含章也对汲渊道："先生还是得想办法从各处购买粮食，我不介意出比市价高的价钱，若是平民百姓家中有愿意卖粮的，也都买回来。"

汲渊略一思索便问："女郎是为了平抑来年的粮价吗？"

赵含章叹息道："我们手底下养着的人太多，恐怕起不到多大作用，我只能尽量让手底下的人不饿肚子，到时候若有余力，再平抑物价，所以我们可以尽量多购买粮食。"

"价格上限是多少？"

"不超过市价的五成吧。"太高了，她也心疼。

汲渊明白了，颔首道："我明日便开始派人去各地收购。"

赵含章满意地颔首："我这次会带母亲回西平，上蔡这边还是交给先生。"

她得尽快想个办法让汲渊从上蔡的事务中脱离出来，西平那边也很需要他啊。

赵含章正想着，一个部曲小心地从外面进来，附在汲渊的耳边低语。

汲渊微微有些惊讶，扭头看向赵含章。

赵含章抬眼看向他："怎么了？"

汲渊笑道："女郎曾经说过，想要收常宁为己用？"

赵含章挑眉，示意他继续说。

汲渊道："我觉得女郎的这个想法很好，常宁的确是可用之人。"

紧接着，汲渊将常宁建议柴县令提前收购粮食，以期来年平抑物价的事说了。

赵含章的目光扫过那个部曲，她问道："这是……？"

"哦，我们在县城里为质时，我与县衙里的两三个衙役交好，平时有什么消息，他们也都愿意告诉我。"汲渊平淡地道，"这是才收到的消息。"

赵含章冲汲渊竖起大拇指。

汲渊虽然是第一次看见这个手势，但奇迹般看懂了。他有些骄傲地抬起下巴。

两个人相视一笑，都笑得像只狐狸。

赵含章道："先生充当说客？"

汲渊想了想，摇头："我不合适。"

他道："在县城时，我们二人针锋相对，很不和睦，他心中只怕对我有芥蒂，而且，现在有一个更合适的人。"

"谁？"

"女郎你呀。"汲渊道，"还有比女郎你更适合去劝说他的人吗？"

赵含章思考起来，一想，还真是，老板亲自出面请人总是会显得更有诚意。

她道："让赵驹带着人先押运粮食回去，我多停留两天。"

汲渊笑着应下。

这一次他们买到的粮食不少，加上庄园这边也收集了一部分，于是，不到三千的兵马浩浩荡荡地绵延得更长了，粮食基本上是用手推车和扁担运到西平的。

路上的灾民看见这么多人，先是下意识地往荒野和树林里跑，跑了一阵儿，发现没人来抓他们，便又冒出来，待看见士兵们推着这么多手推车，挑着这么多担，就忍不住凑上去问："喂，兄弟，你们挑的是啥？"

士兵瞥了他们一眼，骄傲地道："我们的军粮！"

灾民们一听，脚便不由自主地跟着士兵们走了，等到了西平城外才反应过来，他们好似走偏道了，他们本来想去洛阳讨活路的。

普通的百姓并不知道洛阳又打仗了，只是觉得洛阳是天子脚下，皇帝老爷子住的地方，那自然是安全又富足的。

今年的赋税又增加了，他们在家乡已经活不下去了，只能往可能活命的地方去。

但才走出两个县，他们就顺着士兵们到了西平。

难民们为难起来，既想转身去洛阳，又想进西平县城看看，万一在这里面找到了活路呢？

看到那一车车的粮食，有些身强力壮的难民忍不住上前问走在后面的士兵："你们的将军还招人吗？我的力气也很大的，可以打仗，给口饭吃就行。"

"已经招够了。"士兵见对方一脸失望，顿了顿，道，"这次我们去濮阳作战，死了百十来号人，可能要补足，要不你去县衙问问，可能还招人呢？"

对方一听，立即道谢，抬脚跟在后面进了县城。

边上的其他人也听到了，大家立即跟着进了西平县城。

正站在县衙门口的傅庭涵没等到赵含章，倒是等来了一拨儿又一拨儿的难民。

季平来禀报："女郎要在上蔡多停留两日，还要接夫人回来，所以西平这边还得劳烦郎君。"

傅庭涵就问："二郎呢？"

季平道："二郎君还在军中，幢主领着他们去安顿了。这一次，女郎买回来不少粮食，粮食要入库造册。"

难民们蜂拥而来，挤在县衙门口，扯住一个衙役就问："你们还招兵不？你看看我，我的力气大。"

"他瘦得跟竹竿似的，能有什么力气？"边上的一个难民脱掉自己的上衣让衙役看他的臂膀，"您看我，我才强壮呢，要我吧。"

"他吃得多，我吃得少，官爷，收我吧。"

衙役都惊呆了，下意识地回头看向站在门口的傅庭涵。

难民们顺着他的目光看去,看见丰神俊朗的傅庭涵,下意识地觉得他是当家做主的人,立即往上冲。

季平立即挡在傅庭涵的身前,剑出半鞘,喝道:"大胆,还不快退下,郎君岂是尔等可冲撞的?"

其实不用他喝骂。众人对上傅庭涵那冷冷的目光,也不敢冲得太上前,在离傅庭涵三步的位置跪下磕头:"郎君,收了我吧,我能打仗的。"

傅庭涵扫了一圈跪下的人,招来两个衙役,道:"让他们排队登记吧,问清楚来历和姓名。"

"郎君,我们的纸张又不多了。"

傅庭涵叹息一声,道:"让人去赵氏坞堡里借一些,再让人出去买。"

他一定要加快造纸的速度,说好了要给他造纸的人呢?

承诺了要给他造纸的人正坐在酒楼的二楼喝酒呢,她一边看着下面的街景,一边等人。

赵含章的人马一离开,柴县令就放下心来,对赵家的庄园也就不那么关注了,因此还不知道赵含章没跟着一块儿走。

县城的事务本就不是很多,何况是柴县令管理的上蔡县,县务就更少了,大部分事务在里正那一阶段就被处理了。

所以常宁也闲。

他收到赵含章私递的信件时,迟疑了一会儿,最后还是出了县衙,悄悄地来酒楼见人了。

这家酒楼不大,在街道的拐角处,生意很一般,所以赵含章直接包下了整座酒楼。

不管是她来,还是常宁来,都不惧人看见。

但常宁还是佩服她的胆量。在上蔡县城里私下见柴县令的幕僚,这件事一旦传到柴县令的耳朵里,赵含章和柴县令之间一定会出现裂痕,当然,柴县令对他更会心生疑虑。

不过现在他们之间就不是很融洽了,他也已经决定寻找时机,辞职回家,所以柴县令对他是否心生疑虑,常宁也不是那么在乎了。

常宁坦然地来,赵含章也坦然地接待了他。

"常先生请坐。"赵含章起身相迎,并且亲自热酒,"这是先父十二年前埋下的酒,今日高兴,我便挖出一坛来邀先生共饮。"

常宁惊讶地看向赵含章,这酒的意义可不小,他忙用双手捧住酒杯,看着杯中的酒,却没有饮下,半响后,苦笑道:"赵女郎有话不如直说,不然这酒,我可不敢喝呀。"

这酒太贵重了,要是他没有猜错,这应该是赵治给赵二郎埋的酒。

赵含章便也放下酒杯,正襟危坐,道:"含章来请先生助我。"

常宁不解地看向她,助她干啥?

赵含章一脸正色地道:"含章的身边还缺一幕僚,想请先生为我参谋。"

常宁一听,立即问道:"汲渊弃你而去了?"

赵含章愣了一下,忙道:"这倒没有。"

常宁那热切的心冷了下来,他冷淡地道:"三娘请回吧,我们不合适。"

"先生没试过,怎么知道不合适?"

常宁静静地看着她。

赵含章笑了起来:"汲先生亦对先生推崇得很,知道我对先生有意,便特意托人为我给先生送信。"

常宁冷笑,挑拨离间的奸诈小人,他才不信呢。

赵含章见状,端起酒杯,叹了口气,道:"先生这是记恨汲先生先前亲近柴县令之举吗?但那时先生和汲先生各为其主,汲先生虽然冒犯了先生,却是为了含章,所以算起来,此是含章之过,含章自罚一杯,还请先生见谅。"

赵含章说罢,仰头一饮而尽,又给自己倒了一杯,道:"柴县令为人敦厚老实,而先生大才,处事灵活,他怕是不能理解先生的想法,再留在柴县令之下,太过委屈先生了。"

赵含章郑重地道:"含章虽不才,但有幸在祖父的身边聆听教诲,多少有些见识,初次见面时,含章便心折于先生之才,奈何先生一心忠于柴县令,含章这才不敢开口。"

常宁的脸色微微和缓了一些:"现在就敢了?"

赵含章叹了口气,道:"柴县令太过敦厚老实了。"

这和直接说柴县令太蠢了有什么区别?

常宁努力忍住,但脸色还是不由得变得怪异了一瞬,他想起了赵长舆当年劝诫武帝废黜太子的话,就是说太子有"淳古之风"。

今日赵含章的这句"敦厚老实"和那"淳古之风"有异曲同工之妙啊!

这祖孙俩都一脉相承地……体面,给人留体面。

赵含章继续道:"听闻昨日先生建议柴县令趁着秋收之际收购粮食,以待明年粮价上涨时平抑物价,但柴县令认为此举有违道德法度,所以没答应。"

常宁垂下眼眸,他的心防终于有所松动,这也是他悄悄来见赵含章的原因之一。

昨天他说了一大堆,柴县令本已经答应,但出门走到一半,又反悔了,估计是害怕事情闹出来不好看，到时候不仅有损县令的威望，于名声上也有碍，所以中途后悔了。

常宁当时失望不已，思索了一晚上决定辞去幕僚之职，回乡去。今早收到赵含章的信，他也不知为何，就稀里糊涂地避开人，找了过来。

常宁在心中苦笑，或许他的心里还是有些期望和不甘的。

他是庶族，好不容易才求得读书识字的机会，飘零多年才投在柴县令的门下，这一次回乡，可能就要断绝前途，一生劳作于田野之中了。

别说抱负，怕是连温饱都成问题，但……他继续留在上蔡，心中实在抑郁。

幕僚和主公犹如情人，本该互相信任、亲密无间，但自汲渊在其中横插一脚后，柴县令对他越来越不满，以前，他提出的建议，柴县令总会听取，而现在，他十个想法，柴县令会质疑九个。

现在离开，他和柴县令之间还能有一分情谊，再留下去，他们只怕要成"怨侣"了，到时候，他的性命能不能留住都成问题。

常宁毕竟跟随柴县令多年，并不想与他闹到这个地步。

他抬头看向赵含章，纠结不已。

赵含章立即道："先生若肯到含章的身边来，柴县令那里由我来说。"

常宁垂下眼眸，问道："女郎的身边已有汲渊，以汲渊之才，女郎哪里还用得着在下呢？"

赵含章却听出了他的动摇，立即道："先生之才与汲先生之才不一样，汲先生跟在我祖父的身边，习的是谋士之道，而先生跟随柴县令多年，于民生经济上另有见识，虽然与先生来往不多，但仅仅几次见面，含章便心折不已。"

话说到这里，赵含章想到他们现在什么都刚刚开始，收留了这么多难民，最需要的就是可以搞活民生经济的人。

赵含章心中瞬间做出决定，目光炯炯地看向他："先生肯到含章的身边来帮忙吗？"

常宁思考半晌后道："我得再想想。"

赵含章便请他喝酒："那含章等着先生的好消息。"

常宁瞬间感觉压力颇大。

他喝了一杯酒后起身离开。

赵含章回到别院，汲渊已经等在了书房。他立即问道："如何？"

赵含章道："他还没答应，但他的态度缓和了。"

汲渊沉思道："常宁对外人凶狠，对自己人却有些心软。柴县令虽愚笨，但对他还算不错，又于他有知遇之恩，他已看出女郎对上蔡的必取之心，也能猜出女郎用他,志在上蔡,他只怕不愿与柴县令交恶。"

赵含章嘟囔道:"我也没有说要和柴县令交恶呀,我们先求同嘛,实在不同路,再分开也不迟。"

汲渊瞥了她一眼,道:"女郎,你现在也只是西平县县令而已,柴县令此人,除非你的地位在他之上,不然他不会听你的。"

而赵含章有大批的产业在上蔡,两个人势必会有矛盾,到时候想要不交恶,基本不可能。

常宁早就预见到了这一点,所以站在柴县令的位置上,一直对赵含章不假辞色。

现在赵含章挖常宁,那常宁就要考虑到以后的事,他需要代替赵含章对上柴县令。

昔日的主君成了对立面,常宁怕是有的顾虑了。

汲渊摸了摸胡子,沉吟半晌,突然一笑。

赵含章一脸莫名其妙地看向汲渊。

汲渊看着懵懂的赵含章,忍不住放声大笑,道:"是我受限了,其实还有一个更好的办法,女郎将西平县主簿之位给他吧。"

赵含章惊讶地看向汲渊:"那先生呢?"

汲渊不在意地挥手道:"渊之所想,并不在于女郎的一个主簿之职,我留在上蔡,替女郎夺取上蔡。"

常宁会顾念柴县令,对他手下留情,汲渊却不会。

赵含章看向他,思索片刻后颔首道:"也好,上蔡距离灈阳更近,又是汝南郡最大的县,这里往来的客商、文人都比别处的要多,消息也更灵通,有先生在此坐镇,含章也更放心。"

汲渊很满意,他就知道女郎不可能只满足于西平、上蔡两县。看,现在上蔡县还没到手,她就已经盯着灈阳了。

他去西平,也会受困于西平县务,不如留在上蔡,替她盯着全局。

汲渊便起身催促她:"女郎再去一趟县城吧,也让常宁看看您的诚意,争取今日便把他拿下。"

赵含章一听,立即起身:"我这就去。"

汲渊见她说走就走,又忍不住吃醋,幽幽地道:"看来女郎是真的喜欢常宁啊,如此迫不及待。"

赵含章表示:不是你让我去的吗?

赵含章这次直接到了县衙外的那条街上等着。她招来一个小孩子,给了他两文钱,让他给县衙里的常宁送了一张字条儿。

常宁正在公房里看书，收到这张字条儿，内心是崩溃的。

他说了要好好想想，这才分开两个时辰，她怎么又来了？

他现在还是柴县令的人呢，她真的不怕被人发现？

常宁觉得赵含章是挺聪明的一个人，怎么在这件事上这么不理智？

常宁虽然这么想，但还是收了字条儿出门。

常宁才出县衙，便看到对面的摊位上坐着的赵含章，她带了秋武，正在吃馄饨，看到他，立即站起来招手。

常宁无言地走上前去："女郎怎么又来了？"

赵含章笑眯眯地道："中午光想着喝酒，忘了请先生吃饭，所以我特来补上，这家馄饨摊儿就开在县衙的对面，味道应该还不错，先生不嫌弃的话，就坐下吃一碗吧。"

此时近傍晚，的确快到用晚饭的时间了。

秋末，太阳下山早了点儿，此时县衙里正有人外出，常宁往后看了一眼，心虚地小声问赵含章："女郎就不怕县君看见吗？"

赵含章当然不怕了，柴县令要是看到，她正好顺势和他提出要人。

当然，当着常宁的面不能这么说，她先给他点了一碗馄饨，这才道："我回去思之又想，实在心急，一刻得不到先生的答复，我都坐立难安。"

常宁抬起眼皮看了她一眼，问道："女郎是在逼我做决定吗？"

"自然不是，"赵含章立即道，"我怎么舍得勉强先生，不过是有件事想告诉先生。您若肯到我的身边来，我想让您主管西平县户房。"

常宁蹙眉："西平县的主簿不是汲渊吗？女郎让我给汲渊打下手？"

"不，西平县主簿是您。"

常宁惊讶地看向赵含章，二人默默地对视了片刻，有些事情没必要说透，彼此便已心知肚明，赵含章这是把主簿之位给了他。

那汲渊就要留在上蔡了。

他留在上蔡干什么？

常宁用脚指头都能想得出来，想到现在日渐信任汲渊的柴县令，他微微叹了一口气。

赵含章也不催他，静静地等他做出决定。

常宁想了许久，终于回神，问出了自己一直想问的问题："三娘是女子之身，只要嫁入傅家，便能衣食无忧，安稳度过一生，为何想要如男子一般在战场上拼杀，与男子谋夺官场呢？你先是掌管了西平县，现在又志在上蔡，那你的最终目标在哪里？这是三娘自己想做的，还是赵氏指使的？"

他总得问明白目的，才好决定是否要投靠。

赵含章沉默了一下，道："常先生，这世道，连帝姬都不能安稳，我不过是一个普通女子，又如何能坦然地认为只要嫁人便可安稳一生？依靠夫家的女子，若是连夫家都不安稳，女子还能安稳吗？所以我不想把安稳放在其他人的身上，我想要自己握在手中，安稳与否，要我自己说了算才行。"

她回答第二个问题："赵氏是赵氏，而我是赵含章！"

常宁一听，一下子抬头，看进她的眼睛里，脊背不由得挺直，他问道："那女郎想怎样？"

赵含章道："我志在豫州，我想要以一州之力保护好我的家人、家族，以及生活在豫州之内的人。"

这是要割据一方啊。

常宁却不慌张，他早就想过了，他以为赵含章和赵氏的目的是汝南郡，却没想到她的野心更大，竟然是整个豫州。

倒……也不是不可以。

常宁咽了咽口水，低声道："三娘，我不过是一个庶族，没有定品，怕是不好出仕。"

赵含章不在意地挥手道："我看中的是先生的才华，西平县的百姓需要的也是先生的才华和品性，是否定品并不重要。

"先生若能立大功，将来自然是以功劳来论升迁，而不是以一二人的点评定论。"

常宁愣愣地看着赵含章，心头火热起来。他一时冲动，当即就应下："多谢女郎。"

他端起已经快凉的馄饨，当酒一样朝着赵含章举起来："主公不负子宁，子宁将来也必不负主公。"

赵含章第一次听到这个称呼，高兴地端起馄饨碗和他碰了一下，两个人干了一大口馄饨汤："一言为定！"

赵含章特别贴心地问："可要我出面与柴县令说？"

"不必。"常宁道，"女郎先回西平吧，我稍后便去，我来与县君辞别，我们既然好聚过，自然也要好散。"

常宁最了解柴县令，知道怎么说会让他好好地放了自己。

赵含章便不再提，笑着说道："那我在西平等着先生。"

常宁点了点头，见赵含章低头吃着馄饨，夕阳正好在她的身后，让她整个人都变得模糊起来，似乎成了橘红色，本来霸气凌厉的人也显得柔和起来。

或许是气氛太好，常宁便不由得问道："少有女子有此野心，女郎年纪轻轻，是怎么想到……自己称霸一方的？"

"我一开始没想这么多。"她道，"我本来只想在上蔡庄园里建一个坚不可摧的坞堡，保护自己，也保护自己的家人，但真的到了上蔡才发现，世道艰难，一个坞堡根本保不住自己，也保不住我在乎的所有人。"

"而且……"赵含章指向摊主和街上来往的行人，"先生不觉得他们很可爱吗？我生活在这里，目之所及是他们，我做不到无视他们的苦难和死亡，所以我想多做一些事。"

常宁扭头去看那些人，暗道：可西平和上蔡之后还有濯阳，汝南之外是豫州，豫州之外是中原，将来她见到的人越来越多，看到的地方也越来越大，那时候又岂是一个豫州可以满足的？

常宁觉得这样的想法太过大逆不道，但……

他看向对面的县衙，他一直想要的不就是这样的野心吗？

为了百姓，为了这个天下的野心，而不是如柴县令一样得过且过，只为不被问责而浑浑噩噩地度过每一天。

即便这条路走不远，甚至最后不能善终，但他朝着自己的抱负去了，赵含章又是一个难得的女子，说不定反而能跟着她在青史上留下一笔。

如此，这一生也算值了。

常宁笑了起来，朝赵含章举碗示意一下，将馄饨汤都喝了。

赵含章纠结起来，她的碗已经空了，总不能再要一碗馄饨吧？

柴县令和常宁合作很多年了，从他开始当县令就请了常宁做幕僚，二人一直相处得不错，也就是最近才出了一些问题。

但柴县令一直觉得那都是小问题，两个人不也还是每天都在一处吗？

他怎么也没想到常宁会请辞。

常宁也不隐瞒，直接告诉柴县令，他找到了一个更好的工作，所以才辞职，以后他也会很想念县君的。

柴县令便问："先生要去何处高就？"

常宁道："西平县。距离并不是很远，我会常回来看县君的。"

柴县令愣愣地道："西平县？你……你要投靠赵三娘？"

常宁默认。

柴县令惊得一屁股坐在了椅子上。他苦着脸，扯了扯嘴角，眼睛却不由得含了眼泪，最后，他终于忍不住落泪，拍着大腿哭道："先生没说错，赵三娘的确不怀好意，她竟把你给挖走了！"

这不是居心不良是什么？

464

这简直是最大的居心不良啊！

柴县令哭得不行，但最后还是决定放常宁离开，还和他喝了一顿酒，表示对方以后发达了可不要忘了自己。

常宁苦笑不已："县君又在开我的玩笑了，我的前程岂能和县君的相比？"

柴县令一想，也是，便举了举杯，道："来来，我为先生饯行。"

常宁到底有些不忍，沉默了好一会儿后说道："县君，我有二三好友，县君若想请幕僚，我可以为县君引荐一二。"

柴县令却挥了挥手，不在意地道："暂时不必，我的心中已经有了一个人选。"

常宁惊讶地道："这么快？是谁？"

柴县令在心中哼了一声，他也不是非常宁不可的，他已经决定了，他要去挖汲渊！

常宁得知柴县令的打算后，整个人都呆住了，但见柴县令信心满满，他张了张嘴，还是没将心底的话说出来。

他颇为纠结。

一是，柴县令是旧主，眼见柴县令要踩这么大的坑，他不忍。

二是，赵含章是新主，这是对她有利的事，他提醒了柴县令，有违职业道德。

常宁为难不已，最后还是提了一句："县君以后若是想请别的幕僚，子宁另有推荐，到时候，县君可以看一下是否契合。"

柴县令敷衍地点了点头。

赵含章定下常宁后，就高兴地收拾东西，带着娘亲回西平去了。

王氏主要是想孩子了，但她其实并不怎么想回西平。

赵含章看出她不喜欢西平，或者说是不喜欢赵氏坞堡，于是道："阿娘，我们就只回去拜一拜长辈，您可不能留在坞堡里，得去县衙里找我和二郎才行。"

一听说不住在坞堡，王氏高兴起来："好。我也看看傅大郎君，他在西平还住得习惯吗？他孤身在此，你可得好好地对待人家，别让他受委屈。"

赵含章立即点头："知道，我一定不让他受委屈。"

一行人回到西平，赵含章过家门而不入，让秋武护送王氏先去坞堡里拜见长辈，她则要先回县城。

"大胜归来，我本应该和将士们一起回城的，但我没回来，自然要先回县衙看情况。阿娘，您先去拜见五叔祖，我晚些时候来接您。"

王氏依依不舍地道："那你可要来接我。"

赵含章应下，先跑回县城见傅庭涵。

傅庭涵正和赵铭坐在县衙的后院里下棋喝酒。傅安小跑着进来，隔着老远就高

465

兴地禀报："郎君，三娘回来了！"

傅庭涵一下子从席子上站了起来，碰到棋盘，本来局势大好的棋局一下子就乱了。

赵铭抬头看了他一眼，丢下手中的棋子，大方地道："你去吧。"

傅庭涵的脸微红，他有些不好意思，但还是朝赵铭行了一礼，穿上木屐往外走。

赵铭慢悠悠地将棋盘上的棋子收起来，在一旁服侍的长青忍不住叹道："只差一点儿，傅大郎君又要赢了。"

赵铭道："我观你面色红润，恐怕是血气上涌，这时候就应该少吃一些，今晚你不要吃饭了。"

长青顿时把嘴闭上了，不再说话。

赵铭将棋子收好，这才慢悠悠地起身："走吧，去看看我那迟回两天的侄女在外面干了什么事。"

赵含章得知傅庭涵不在县衙前院，而是在后院，便立即往小门去，要从小门进后院。

两个人便在小门那里碰到了。

赵含章看见傅庭涵就忍不住露出大大的笑容，心情雀跃："我正要去找你呢，这几日，县衙无事吧？"

傅庭涵也不由得露出笑容，心情欢快起来："没事，一切顺利。你呢，他们说你亲自上战场斗将，没事吧？"

赵含章摇头："没事，他们比石勒差远了。"

二人对视着笑，笑容灿烂。

赵含章身边的听荷默默地和对面的傅安对视，正想着自己是不是要退下时，就听到一声咳嗽。

四个人一起扭头看过去，只见赵铭正笼着手，站在不远处看着他们。

他慢悠悠地问道："看够了吗？是不是要找个地方坐下来慢慢谈？"

赵含章扬起笑脸，冲他行礼："含章拜见伯父。"

赵铭点了点头，率先走出小门："走吧，去县衙大堂谈。"

到了大堂上，大家分席而坐，赵铭和傅庭涵坐在左右两边，赵含章坐在了主位上。

赵铭坐下后才发现不对。按理说他是长辈，又是西平县名义上的二把手，在一把手的位置空着的情况下，应该由他坐主位才对呀。

但他抬头看了一眼赵含章，见她坐得无比自然，便默认了下来。

赵铭问道："赵驹回来时说得不是很清楚，二郎更是一问三不知，所以濉阳的情况如何？"

赵含章便将他们去救援时的所见所闻详细描述了一下。当然，主要说的是别人，涉及自己的事，她就略过，只简单提了一句。

只有一个中心思想，她代管西平县的事在何刺史那里过了明路，豫州各郡县的人还做了见证，她以后可以光明正大地管事，不必借用赵铭的名号和印章了。

赵含章决定刻自己的私章。

赵铭的注意力却在何刺史受伤以及他和章太守的交锋上："也就是说，何刺史在拉拢你？"

赵含章点头道："对。"

"然后你还被他拉拢了？"

赵含章点头："没错。"

赵铭道："你可知，在外，你不仅仅代表你自己，你还代表赵氏？"

"我知道。"赵含章问道，"难道赵氏要拒绝何刺史的拉拢吗？"

那倒也不是，但赵氏也不能直接站队啊。

赵含章很干脆地道："谁当刺史我站谁。伯父，豫州不平，不管是谁当了刺史，我们赵氏都是被拉拢的一方。"

赵铭一想，还真是，于是不再纠结此事，想了想后，起身道："既然你回来了，那我就回坞堡去了。"

赵含章立即跟着起身："我与伯父同回，我去拜见五叔祖。"

她扭头却对傅庭涵低声道："我的母亲也来了，我现在去接她回来。"

傅庭涵一听，也跟着起身："那我和你们一起去吧。"

赵含章就吩咐听荷："派人去军营里把二郎叫回来。"

听荷躬身而去。

赵铭沉默了一下，幽幽地道："你倒宽心，让你母亲一人回坞堡。"

因为所谓的高僧的论断，王氏在坞堡里不太受欢迎，尤其是不受长辈们的欢迎。

他们的态度直接影响了坞堡的女眷，所以每次王氏回乡都抑郁不已。

赵含章就催促道："那我们快点儿去拜见五叔祖吧。"

潜台词就是快点儿去接人。

赵铭撇撇嘴，和赵含章走出门去。

西平县城就那么大，军营距离县衙并不是很远，赵二郎很快就一身汗地跑来，身后还跟着九个壮小伙子。

赵铭上下打量他，总觉得赵二郎又变黑了。他不太确定，扭头问赵含章："二郎是不是又长高了些，还变黑了？"

赵含章对赵二郎很满意，夸道："是长高了，他现在才十二岁，多吃点儿，以后走出去，谁都要夸一句玉树临风。"

赵铭无言，她怕是对玉树临风有什么误解。

赵铭叮嘱赵二郎："少晒些太阳，太黑了。"

赵含章持不同意见："又不是故意在烈日底下暴晒，只是正常的训练，现在他还小，黑一些就黑一些，以后捂上一段时间就白了，现在要紧的是学本事。"

赵铭道："翻过年就十三，差不多可以定亲了，这还小吗？这么黑，谁会选他为婿？"

赵二郎本来就有痴傻的名声，再不好看点儿，哪家愿意选他当女婿？

赵铭越看越伤眼，忙移开目光："以后过了午时，就别让他出门了，先养一养，请人教他一些礼仪，"

赵铭顿了顿后，问："你那里有先生吗？要是没有，就送回坞堡，让他跟着族中的子弟一起学习，族谱和家训背全了吗？虽说他没有机会觐见，但礼见上峰、长辈，还有族中祭拜的礼节都要学。

"冬至将至，到时候饮宴多，我带他出去走走，若有合适的女郎，就定下吧。"

赵含章呆住了，赵二郎才十二岁吧，这就要定亲了？

她想起来，忙道："伯父，我们在守孝，不能出门饮宴和定亲。"

赵铭瞥了她一眼，道："不出门，也有别人上门来拜访，到时候，他在一旁服侍不需要礼节吗？这两年是不能定亲，但先看看，选好人，等你们一出孝就可以定下。"

"各家的好女郎都是及笄前便会被定出去，你等他出孝再说亲，还能说到什么好亲事？"赵铭意有所指地道，"他本就先天不足，再不抓紧些，以后怎么传续后代？"

赵含章和傅庭涵听得目瞪口呆，一起扭头看向一脸懵懂的赵二郎。

这孩子现在虽然长得人高马大的，但他是真的只有十二岁啊，加上心智上的影响，他现在从里到外都是小学生标配。

这时候就要操心定亲的事……

赵含章咽了咽口水，问他："二郎，你想娶媳妇吗？"

赵二郎想也不想就点头："想啊。"

赵含章惊呆了："你想啊？"

赵二郎点头："我想啊。"

傅庭涵好笑地问："你知道娶媳妇是什么意思吗？"

"知道啊。"赵二郎理所当然地道，"媳妇可以和我玩，还能生娃娃，阿娘说了，等我娶媳妇生了娃娃后，我就不用认字了，她要教娃娃认字，没空搭理我了。"

傅庭涵忍不住笑出声来，赵含章直接对赵铭道："伯父，还是不要去祸害别人家的女郎了，等他再长大一些，懂事了再说吧。"

赵铭也没想到赵二郎娶媳妇打的是这个主意，无言了片刻，道："随你们，只要你们能说服我父亲。"

想到爱操心的五叔祖，赵含章沉默了下来。

她倒是没什么，毕竟她的皮厚，就怕王氏受不住压力，赵二郎的婚事肯定要经过王氏的同意。

"走，我们去接母亲。"

赵二郎一脸懵懂地跟着他们走。

他们回到坞堡时，已是傍晚，王氏已经拜见过族中长辈，回到了老宅，此时老宅正热闹，好多婶娘伯母嫂子姐妹都在。

赵含章领着傅庭涵和赵二郎进来时，听到正堂里爆发的笑声，一脸蒙，没敢上前。

有仆妇看见她，忙上前行礼："女郎，您回来了。"

赵含章好奇地问："谁来家里了？怎么这么热闹？"

仆妇笑吟吟地道："是五房的大太太和六房的大太太带了孩子们过来玩，都是女郎的姐妹，夫人正在招待呢。"

赵含章迟疑了一下，看向傅庭涵。

傅庭涵笑道："你们去吧，夫人难得回乡，总免不了应酬的。"

赵含章便让仆妇带傅庭涵去后院，她则领着赵二郎去正堂。

正堂里全是女眷，不仅有五房和六房的伯母，还有其他各房的婶娘和伯母，不过这一群人是以她们二人为主罢了。

现在一群人正围着王氏说话。

赵含章一进来，喧闹的正堂一静，屋内正在玩耍的女郎们下意识地站起来，看向赵含章。

连坐在王氏身边的婶娘伯母也站了起来，站起来后才发现不妥，但再坐下去也太显眼了。

就在迟疑间，赵含章已经笑吟吟地领着赵二郎与众人团团行礼："伯母、婶娘们安，姐妹们安。"

王氏嗔笑道："瞧你，行的是什么礼？让人笑话。"

她扭头向众人致歉道:"这孩子近来操心外面的事,礼仪都忘记了,回头我让她捡起来重新学习。"

五房的大太太笑道:"她这礼也没行错,不过是跟着郎君们一起行的,我看挺好的。"

六房的大太太也笑着说:"是啊,三娘现在在外面行走,行事豪爽,跟着兄弟们行礼也没错。"

王氏咋舌,这要是以前,三娘这么行礼,她这个做母亲的得被人指着鼻子骂,毕竟没教养好女儿是她的过错。

可现在……

哪怕这半天来受到的冲击已经很多了,这会儿,她依旧被她们的宽容和讨好搞得蒙了一下,许久回不过神儿来。

赵含章刚从战场上下来没几天,虽然她觉得没什么,但她身上还是带了些肃杀之气。女眷们和她都不太熟悉,加之现在坞堡中有她的传闻,大家都下意识地避开她的眼睛,不敢直视她。

于是一人等看向天真活泼又可爱的赵二郎。众婶娘看着黑乎乎的赵二郎,心疼不已,将他拉到身边来,问道:"怎么这么黑了?"

赵二郎今天已经被人说了好几次脸黑,他虽然小,但也爱美,心中还是有点儿介意的,所以嘟了嘟嘴,不太高兴地站在人堆里。

王氏扫视一圈,突然领悟到了,三娘现在和她们不一样了,自然也说不到一块儿去。

于是王氏道:"三娘,你去厨房看看晚食好了没,今晚我留你伯母她们在这里用饭。"

然后她将赵二郎留下陪大家说话。

赵含章笑着应下,她本来是来接母亲的,结果变成了一家人暂时住下。

亲眷们也不客气,在老宅里用过晚饭,又说了一会儿话才告辞。

在坞堡里是很安全的,各家离得也不是很远,走一会儿就能到,稍远一些的,家中见人迟迟不回来,也派了人来接。

女眷们回到家中,悄悄地对各自的丈夫道:"我看三娘比之前还要威风了。"

六房的大郎君道:"她前两天刚打了一场胜仗,何刺史亲口应下由她做西平县的主。虽然她因为女子的身份,不能和朝廷请封县令之职,但以后西平县也不会有县令了,你说她威不威风?"

六房的大太太道:"我们赵氏又不是没有县令,连中书令和尚书令都有,但我见她,倒像是见到了族长。"

"毕竟是大伯教出来的孩子,像大伯不是正常的吗?"大郎君顿了顿,叮嘱道,"你以后约束好家里人,别总是提王氏的命格的事,还有母亲那里,你提醒一下,别总是给王氏脸色瞧。"

"以前大伯不管后宅的事,王氏又只是儿媳妇,所以由着你们来,但现在大房当家的是三娘,"大郎君道,"那是她娘,她能看着人家欺负她娘吗?"

"现在二郎和她都在西平县,王氏却在上蔡不回来,说是为了管那边的庄园,但谁不知道是因为王氏不喜欢坞堡?"他道,"虽说三娘现在还做不得坞堡的主,但她已然可以代表大房,又有五伯帮衬,她要是发起火儿来,我可保不了你们。"

"知道,"六房大太太道,"正是因为知道,我们今天才去了老宅,还一顿奉承她呢。"

她压低了声音道:"听说三娘近来收拢流民,拿着刺史府给的征兵令征了有五千多人呢,现在还在招兵?"

他们赵氏坞堡都没这么多部曲,赵含章这是要拥兵自重不成?

大郎君也压低了声音:"所以才让你们与王氏交好,没事少惹她。"

"现在的世道不太平,她这番行事,倒不像我们世家那样一味地求稳,而是像外头那些流民军。"

别说赵铭,有时候他都有一种赵含章要振臂一呼造反的感觉。

她招收的兵马太多了。

别说县,就是一个郡的兵力也未必有六千人啊,但她管着一个小破县,就敢把那征兵令用了一遍又一遍。

洗漱好,坐在床边的王氏也在和青姑说:"今儿你看见了吧,她们都在讨好我呢。"

青姑把被子掀开,服侍王氏躺下,笑道:"娘子都来回说了八遍了,看到了,看到了,她们都在奉承娘子呢。"

王氏躺下后,双手交叠放在被子上,她睁眼看着头上的帐子,道:"真是神奇,以前公爹当着族长,还是中书令,在族中极有威望,无人敢犯,但他们就是不怕,该嫌弃我还是嫌弃我,私底下不知骂了我多少回。结果三娘出了两次兵,他们竟然就不记得我克夫克子了。"

王氏说到这里,眼眶微红,伸手擦了擦眼角。

青姑跪在脚踏上,伸手握住她的手,低声安抚道:"娘子别听他们胡言,什么克夫克子,那都是他们忌妒您,才乱说的。

"您和郎君琴瑟和鸣,三娘生得聪慧,二郎生得健康,这全族上下有几家比得上您这样的好福气?就是郎君,那也是生病,与您毫不相干,他走的时候劝您的话,您都忘了不成？"

"什么克夫克子的话，您趁早忘了。要我说，他们就是欺软怕硬，以前郎主不管这些事，所以他们有恃无恐，现在三娘出息了，他们就有所顾忌了。"

王氏点点头，将眼泪擦干，小声地问道："你说我是不是得搬回来帮帮三娘啊？我在上蔡什么事也做不了，回来这里，还能替三娘看顾一下，万一族里有什么消息，我也能及时告诉她。"

青姑笑道："娘子能有这个想法自然好，但娘子心疼三娘，三娘也心疼娘子呢，她怎么舍得让您回坞堡受气？"

王氏道："我本来也没想回来，但看今日她们的态度，以后我应该不会再无辜受气了。"

青姑心领神会，所谓衣锦还乡，现在三娘如此有出息，族中之人的态度发生了变化，王氏要是不回来感受一下，岂不是锦衣夜行？

主仆两个对视一眼，当即拍板："就这么决定了，我留下来帮三娘！"

青姑自然高兴，重新给王氏盖好被子："娘子今晚睡个好觉，明儿一早再告诉三娘这个好消息。要是知道娘子愿意留在西平陪他们，三娘和二郎一定很高兴。"

王氏应下，闭上眼睛要睡觉，但不一会儿又睁开，翻了个身，侧身看着青姑："我睡不着，要不你上来陪我睡吧。"

青姑也不推辞，主仆两个从小一块儿长大，没少一块儿睡。

于是青姑脱掉鞋子上床。

王氏给她让了一个位置，唉声叹气地道："其他人对我的态度变好也就算了，怎么五叔也对我比以前更好了一些？"

青姑笑道："或许是不想让三娘为难吧。"

赵淞的确是这么想的。

赵铭想到今天赵含章急匆匆地回来接王氏的样子，在书房议事到最后时，就忍不住提了一句："阿父，应该约束一下族中之人，像高僧、高道之类的话，以后不要再说了，免得族人之间生出嫌隙。"

赵淞道："你直接说王氏的事便是，何必拐弯抹角？"

赵铭道："父亲领悟了便好，您和七叔对王氏一直不假辞色……"

赵淞冷哼一声，打断他的话："虽然我的态度变好了，可不代表王氏命格不好的事就不存在，我这样做不过是不想让三娘为难。

"现在三娘是大房一脉和西平县的主事人，王氏是她的母亲，有那样的名声，对她颇有影响。"

赵铭道："原来您知道啊，那您怎么不想想，三娘若是没有现在的建树，王氏那样的名声，对她和二郎的影响只会更恶劣。"

赵淞就发起火儿来："我难道不知道吗？难道我连好恶都不能有了吗？王氏的命格不好是不是事实？"

赵铭道："不是！"

赵淞没想到他们在基础认识上就有分歧，气得连忙轰他："我不与你说，不信的话，你去问你的七叔，那高僧的批断没有问题，且灵得很，附近几个县好几家都受过他的点拨。"

赵铭道："七叔还说要给大伯殉葬活人呢，这么荒唐的事，阿父为什么如此坚信？"

赵淞被噎得半晌说不出话来，最后气恼地道："我对事不对人。"

"那我们就事论事，当年……"

"你闭嘴，"赵淞突然暴喝一声，打断了他的话，"我不听你的歪理，给我滚出去。"

赵铭道："分明是您知道辩不过我，所以不准我开口……"

赵铭最后被赵淞用一卷竹简给拍出去了。

赵淞拍完，又心疼地跑去把竹简捡回来，小心翼翼地摆弄好。

赵含章昨天没空去见赵淞，所以决定今天用过早饭后去见。

一大清早，天才微微亮，赵含章和傅庭涵便领着赵二郎出了坞堡，沿着庄园里的大道跑起来。

赵二郎跑得快，见姐姐和姐夫慢悠悠地跑，就一溜烟儿地跑在了前面，不想随他们慢慢跑。

赵含章的腿上绑了沙袋，她是为了迁就傅庭涵的速度，所以才放慢脚步的。

傅庭涵也知道她的腿上有负重，问道："增重了吗？"

赵含章应了一声："沙袋比石块好用，等你的训练量上来，你也可以试试。"

一大清早，有人扛着锄头下地，看见他们三个从远处跑回来，不由得愣住了。

赵含章的记性好，她见过这个人，于是向他打招呼："是桂叔吧，下地啊？"

桂叔愣愣地应了一声："三娘这是干什么呢？"

他往他们的身后看去，也没见到有东西追他们呀，而且这也不像是逃命，跑什么？

赵含章已经跑了过去，随口回了一句："我们锻炼呢。"

人跑远了，桂叔还愣愣地看着他们的背影。这之后，坞堡里又有了一个传言，大房的三娘的功夫之所以这么好，那都是跑出来的。

赵含章回到老宅，解了沙袋，又打了一套拳，练了一套剑法才罢休，这会儿，她的衣服都湿透了。

傅庭涵坐在栏杆上看，他只跟着学了一点儿拳法，然后就受不了，停下了。

赵含章一边用布巾擦汗，一边对他道："强度不一样，等你适应了现在的强度，再慢慢提升。"

傅庭涵道："我听说还有药浴可以提升力量？"

赵含章一愣，擦汗的动作一顿："是有，但那是缓解肌肉疼痛的，进行强化训练时，最难受的事就是肌肉受伤，泡药浴可以让身体消化掉训练到的力量，你怎么知道这个的？"

傅庭涵不自在地垂下眼帘："有一段时间，你的身上总是带着药味，听说你家的院子里总有中药味飘出来，我还以为你生重病了。"

因为药味持续的时间太长了。

赵含章笑了笑，道："那是我训练的时候急于求成，所以我爷爷就给我找了个老中医开药泡澡。"

她沉吟片刻，道："我还记得方子，回头我写下来，看看能不能把药材找齐，我们可以试一试效果。"

傅庭涵点头，他也想加大训练力度，在身体素质方面，他和赵含章差距太大了，这让他有点儿羞愧，总不能以后遇到暴力事件，都要靠赵老师保护他吧？

赵含章休息了一下，按了按自己的腿，放松肌肉，等身体的热度下去后才去沐浴更衣。

王氏将一切看在眼里，心疼不已，用早饭的时候就不断地给他们夹包子和肉饼："我知道你们辛苦，却没想到这么辛苦。"

天不亮就要起床，跑那么远回来还要打拳和练剑，衣服湿透了都不停下。

王氏默默地垂泪，更加坚定了要留下来的决心。于是她放下筷子，一脸郑重地宣布："我决定了，我要留在坞堡里帮三娘。"

赵含章被呛了一下，差点儿把羊奶给喷出来。

傅庭涵忙递给她一块手帕。

赵含章捂住嘴巴，等平静下来，忙问道："阿娘，你要在这儿帮我干什么？"

王氏往外看了一眼，凑近她，小声地道："帮你盯着族人。万一他们不服你，我也好告诉你。若是我混得好，说不定还能为你居中调停。"

赵含章看着眉飞色舞的王氏，拒绝的话在舌尖绕了一圈后吞下了，她竖起大拇指道："还是阿娘想得周到。"

"那是自然，"王氏自得起来，拍下赵含章的拇指，"别做这些不雅的动作，虽说你现在是主事人，但还是女郎，日常礼仪还是要注意些的。"

赵含章竖着自己的大拇指看:"这有何不雅?这是大拇指,又不是中指。"

王氏疑惑:"为何拇指可以,中指不可以?"

她拍下赵含章的手指,道:"在我看来都是一样的,你少做些怪动作。"

赵含章只能收回拇指,重新端起碗喝羊奶:"好吧,我都听您的。"

王氏抒发了豪情壮志后,又有些胆怯起来:"那你五叔祖那边……"

赵含章道:"我去说。正好我一会儿要去找五叔祖商量事情,顺便把这件事办了。您既然想住回西平,那平日里是住在县衙,还是住在老宅?"

王氏道:"当然是住在老宅了,不然我怎么帮你盯着他们?不过县衙也可以偶尔去住住。我还没住过县衙呢。"

她兴奋起来了。

赵含章道:"等以后,我还让您住太守府和刺史府。"

"这两个我都住过。"

赵含章不说话了,给她娘夹了一个包子:"阿娘,您也吃饭吧,一会儿您给上蔡寄封信,让成伯把您的东西和下人都给送到西平来。"

王氏应下。

赵含章过来时,赵淞也刚用完早饭,看到她,立即笑开了:"我就说你今日要过来,昨晚你伯父已经和我说了,你在濯阳打了胜仗,西平县的事算过了明路。"

他扭头吩咐下人:"去把老六和老七几个人请来。"

下人应声而去。

赵含章笑吟吟地行礼后坐下:"还是五叔祖疼我,我也正要见见几位长辈呢。"

赵氏是西平县最大的宗族,又姻亲遍布,一项政策的发布,若得到他们的支持,那之后就好办多了。

所以等族老们到齐,她就先提起今年免掉秋税的事。

听到这桩好事,长辈们都面色和缓起来,温和地问道:"此事何刺史答应了吗?"

赵含章点头:"我们西平才经过大战,所以这是刺史给我们的优待。"

在场的人,除了真憨的,谁信哪?

过去的几年时间里,汝南郡内也有地方造反打仗,同样受损严重,但该缴的赋税还是要缴,会增加的军费也一文不减。

所以他们都知道,西平县能得到这个结果,多半是赵含章奋力争取的。

众人都很满意,让族人做这个西平县县令似乎也还不错。

之前打仗,各家都损失惨重,阵亡的需要抚恤,坞堡也要修缮,各家都要出不少钱。

赵含章这才提起另一件事，明年的赋税会有些变化，到时候，具体的情况他们再商议。

听说赵含章要设立两套账簿，长辈们面面相觑，然后不约而同地看向赵淞。

赵淞的心直跳，儿子当初对他的劝告又冒了出来。他不由得扭头看向一直坐着不吭声的赵铭。

赵铭早就知道这件事了，他还看着傅庭涵计算分级呢，见他爹看着他，他就微微点头。

六叔祖小心翼翼地道："这第二套账簿是在三娘的手里，好处也算是三娘的，你拿这么多人和粮食做什么？"

"保护西平县，保护坞堡。"赵含章也不隐瞒，"现今陛下不能掌权，上头掌权的王爷隔段时间就变一变，朝政混乱不堪，叔祖们，他们在举全国之力争权夺利。他们可以不在乎地方百姓的死活，我们也管不到外面去，但我们总得保证自己活着，家人活着，亲友活着。"

而赵氏的亲友多分布在豫州，这第二套账簿留下的资源就是要用来保护西平，保护汝南，甚至保护豫州。

几位长辈看着赵含章半晌说不出话来。

众长辈纠结，一时没吭声，赵瑚却一拍大腿，道："对嘛，总不能什么东西都往洛阳送，他们又不管我们的死活，我们总得为自己着想。五哥，就照三娘说的办，我早就想那么说了，就是大哥迂腐，这也不许，那也不许。"

赵淞烦躁地呵斥他："你闭嘴！"

赵瑚不甘地闭上了嘴巴。

赵淞低下头沉思片刻，问她："你这样的想法是何时有的，你祖父知道吗？"

赵含章道："就是这次解坞堡之困后渐渐产生的。这次我去灈阳见刺史，不仅是为了解灈阳之困，也想问刺史拿主意，匈奴军南下，豫州首当其冲，上蔡关卡重要，而上蔡过后就是西平，我们赵氏在豫州又是出了名的，匈奴军以劫掠财物闻名，他们肯定会来我们赵氏坞堡的。"

长辈们微微点头，问道："何刺史怎么说？"

赵含章深深地叹了一口气，道："此次前去解困的援军总共有两万多人，战后，何刺史只让人送来了五车粮食，之后再也没有了，我回来时，何刺史已经在催促大军离开，但将士们的粮食吃尽，连启程的粮食也没有。"

众人沉默下来，她没有说何刺史要怎么解决西平和赵氏的难题，但又好像什么都说了。

连一顿饱饭都不舍得给援助的军队吃的刺史，他会舍得给钱给人保护西平、保护赵氏吗?

别说他们自给自足,那是根本不可能的,朝廷恨不得把民间的资源都搜刮上去,去争上面那个位置,去保护自己。

大家都动摇起来,不断地去看赵淞。

赵淞也有些茫然,这不是光明正大地挖朝廷的墙脚吗?

一直沉默的赵铭便幽幽地道:"阿父,这不仅是为了保护赵氏,也是为了保护西平的百姓,西平县可不止我们姓赵的人。"

赵淞一想,还真是,于是心里好受了点儿,勉强同意了这件事。

赵含章松了一口气,赵淞松口,那赵氏这边就算通过了,其他家也不成问题。

正事说完,赵含章喝了一口水,想起一件事来,扭头看向赵瑚:"七叔祖,你之前欠县衙的赋税得补上,含章现在穷得很,您可得帮帮我。"

赵瑚一呆,差点儿跳脚:"我什么时候欠县衙的赋税了?"

他瞪着眼,不假思索地喊道:"你要查隐户?好啊赵三娘,我才帮你说话,你自己都隐户呢,转身就查我隐户?"

赵淞重重地咳嗽一声,警告地喊了一句:"老七!"

赵含章无语地道:"七叔祖,我啥时候说过要查你隐户了?我要的是县衙账簿上该有的那一份赋税,我都核对过了,你每年都少缴了,去年尤其多。"

赵淞就幽幽地问:"老七,你是不是把你家的明账给并到暗账里去了?"

赵瑚努力地思考起来,难道他真的弄错了?

"我回去让人查一查。"赵瑚顿了顿,道,"范县令都死了,人死账消,你还找我算账……"

赵含章幽幽地道:"七叔祖,那账不是范县令的,是西平县衙的,我现在是新县令。"

其他人也忙道:"是啊,老七,你就给她吧,现在三娘也难,要养这么多人呢。"

"给她吧,给她吧,隐户都给你留着了,又没掘你的底,她一个孩子,要是不先找个大头儿的下手,县城的那些人也不可能搭理她。"

赵含章深以为然地点头:"还是十一叔祖通透。"

赵瑚道:"合着你拿我当杀鸡儆猴的鸡啊。"

赵含章道:"那必然不是,以七叔祖您欠的数目来看,您哪是鸡啊,您得是那只猴。"

赵淞又转而训她:"促狭鬼,哪有这样和长辈说话的?"

赵含章连忙乖巧地认错,气氛一松,大家都笑了起来。

只有赵瑚的心情不太好,他嘟囔了好几句,才道:"我回去就让账房查。"

赵含章很大方地道:"此事含章也不是很急,现在要种冬小麦了,我们可以等种完冬小麦后再清账。"

说到种地的事,赵含章很是重视,叮嘱道:"叔祖们手中的地最好都种上,若是缺人,可以和我要,我那儿的人工费特别便宜,一日两餐,再加上一天两斤麦子就可以,犁地、播种、除草、窖肥,他们都能做。"

众人还以为她要孝敬他们,免费帮忙干呢,但想到如今各地的混乱,明年粮价的确可能飞涨,于是也默认了她的这个定价。

不过……

"这种地可不只是下种那么简单,后面还需要除草、除虫、施肥,还有收获,到时候,你还有人给我们吗?"

赵含章道:"自然有,到时候,凡是赵氏坞堡请人,人工都要比外头的市价便宜三成,要是人不够,我把我的那些部曲拉来干。"

众人这才放心,开始在心里计划起来,本来因为今年死了不少人,他们打算丢荒一些土地的,实在是耕作不过来。

但如果赵含章肯出人,那就要另外计划了。

谈完了正事,赵含章随口提起她的母亲:"现在上蔡庄园那边已经稳定,我打算请母亲回西平,只是县城里她不熟,还是住在老宅好,既有熟悉的人说说话,也有叔祖母和伯母婶娘们照看一二。"

听说王氏要搬回来,长辈们的脸色更加和缓了,众人颔首道:"是该搬回来,总在外头住着,像什么话?"

"回来也好,若是有事,族里也可以帮衬一二。"

王氏住在上蔡,而赵含章和赵二郎又住在县城里,如此生分,哪怕众人心里知道他们是自己人,依旧有些不安心。

王氏住回来也好,别的不说,显得亲近多了。

而且王氏住在坞堡,以后和赵含章来往也方便许多,她也会有些顾虑。

赵含章见他们很欢迎王氏,也很高兴,于是双方皆大欢喜。

赵含章特别殷勤地陪赵铭将长辈们送出门。

赵铭等他们走了,才扭头问赵含章:"你用那征兵令招了这么多人,打算怎么安置他们?"

她的账上就放三千人,剩下的,她全给隐下来了,赵铭都不知道该说她胆大还是愚蠢:"这么多人,你养得起吗?"

赵含章浅笑道:"当然,伯父若不信,就且看着。我要是做成了,以后伯父可要帮我。"

赵铭挥手道："走吧，我就不送你了。"

他转身回屋。

赵含章笑了笑，跑回去喊傅庭涵和赵二郎回县衙。

王氏依依不舍，知道赵含章忙，所以不敢拉她，便拉赵二郎："二郎，要不你留下陪阿娘吧，阿娘带你去做客，吃好吃的。"

赵二郎用力地把手抽出，不乐意地道："阿娘，我是去练兵的，我现在是什长了，不能随意离营。"

"你才多大，那就是你姐哄着你玩的。"

"才不是呢。"赵二郎不高兴地道，"我和阿姐去瀍阳，还上战场了，虽然我没拿人头，但我抢到东西了，我有战利品。"

赵含章回头道："阿娘，让他跟我去吧，留他在坞堡里无所事事，反而浪费大好光阴。"

"他这个年纪应该进族学读书……"

"算了吧，您放过十一叔祖，也放过二郎吧。送他去族学，最后不是他被打死、骂死，就是十一叔祖被气死。"族学现在是由十一叔祖管着的。

王氏想到他那怎么也不开窍的榆木脑袋，叹息一声，应了下来。气坏她没什么，要是气坏了族中的长辈，那他的名声就要毁了。

从坞堡到县城并不远，三个人骑马，一小会儿就到了。

县衙里主事的人一下子跑没影儿了，耿荣和宋智等人要找人找不到，正急得团团转，看到赵含章和傅庭涵回来，立即迎上前去。

"女郎，傅大郎君。"

赵含章微微点头，问道："怎么了？"

宋智道："依照傅大郎君的吩咐，这几日新投奔而来的人都编满了，不知要送往何处去？"

傅庭涵道："把名单和总数给我，我一会儿安排。"

耿荣则道："各家积年少纳的赋税已经算出来了，这是账目。"

连陈四娘也过来了，躬身道："快要入冬了，育善堂里的被褥和衣服都不充足，新收的孤寡过多，现在的院子已经住不下了。"

赵含章将马交给迎上来的衙役："走，我们进大堂说。"

耿荣道："还有小麦种子，女郎要种这么多地，种子根本不够，现在已经开始修整土地，不日就要下种了。"

总之，事情很多，都是需要他们出钱拿主意的事。

赵二郎稀里糊涂地跟着他们进了大堂，赵含章转身看见，便拍了拍他的手臂，道："你回军营去吧，带着你的人去训练。"

赵二郎高兴地应下，转身就走。

临走前，赵二郎看到靠在门口的傅安，一把拉上他："走，跟我去练兵。"

傅安扒着柱子："二公子，我要跟着我们家郎君。"

"姐夫又用不着你，你跟我去吧，一会儿给我们念兵书，姐夫上次给我念的我又忘了，晚上阿姐肯定要考我的，快走……"

傅安想到他们的训练强度，倔强地抱住柱子："我不……"

赵二郎的力气大，一把就将人给拽走了："走吧，走吧，姐夫又不用你……"

傅安快要哭了，他是郎君的小厮，不是赵二郎的啊。

傅庭涵抬头看了外面一眼，又低下头去看手中的账簿，没有管。

这上面是一个个名字和年龄、籍贯等，后面是总数。

宋智按照他的叮嘱，以两百人为一队，将人分成九队，这是这几天陆续来投奔的人。

傅庭涵将账簿给赵含章看："我打算在西平县范围内划一块地方来安置他们，就像安置村一样。"

赵含章道："战时为兵，农忙时则为民？"

傅庭涵点头："这段时间，我清点了一下西平县内的官田资产，账簿上的官田没多少，但民间丢荒的土地很多，这些土地都可以利用起来。"

赵含章略一思索就点头应下了："好，那就设安置点。"

赵含章先去看了看育善堂，见里面住满了人，的确腾不出位置来了。

一间房里住了十多个孩子，再挤也挤不下了。

她便走出育善堂，看了一眼街上的院子，问："这条街上还有院子是空置的吗？"

"有。"陈四娘道，"还有三个院子是空着的，其中两个院子的人举家搬迁了，院子留给牙行出售，还有一个……"

她顿了顿，道："是宋家的别院。"

赵含章直接吩咐道："去找户房看一下两个院子的报价，价格合适的话，就买下来。"

陈四娘道："但两个院子再便宜也需要不少钱，现在正是花钱的时候，县衙怕是拿不出这么多钱来。"

赵含章想了想，道："走私账。把房子记在我母亲的名下，这院子就当是我母亲借给育善堂用的，让人改一改院子内部，准你们多建几间房，以后两个育善堂分开，男孩住一个,女孩住一个,你们也好管理些。"

陈四娘闻言,大松了一口气,高兴地应了一声。

至于被子等御寒之物,赵含章翻看了一下县衙的账簿,不得不承认,如果走公账,她还真的啥都添置不了。

她将陈四娘算好的要添置的被褥单子递还给她:"也走我的私账吧,等我的管家过来,我让他给你们买足够的布匹和丝绵,你看看育善堂里有谁会缝制被子,人手不够就从县城里找。"

西平县城因为破城,死了不少壮丁,很多女人都成了寡妇,冬天快到了,她们也需要挣一些家用。

赵含章又想到之前乱军放火烧毁了不少房屋,里面也有被褥等物,看来今年缺防寒物资的人不少。

赵含章当即回县衙去给汲渊写信。

她需要做被褥的麻布和棉布,麻最好是细麻,还有各种防寒的布料。

赵含章一边写信一边叹气,除了育善堂,还有军营,他们招了这么多难民,全都需要做过冬的衣物和被褥,这可是一笔不小的开销。

赵含章把信写好,把数据处暂时空着,等傅庭涵忙完手头上的工作才道:"庭涵,你得帮我算出今冬我需要购置的最少量的防寒物资。"

傅庭涵看了一眼她递过来的信,在桌子上找了找,找出一张单子给她:"我都算出来了。"

赵含章低头一看,就见上面罗列得特别详细,人数、所需的冬衣数量、冬被数量,连鞋子的数量都列出来了。

后面则是制作一身冬衣、冬被和鞋子的材料耗费,价格估算,最后是总数。

赵含章问道:"你是什么时候算的?"

"刚刚。"傅庭涵道,"你去育善堂的时候,既然育善堂的孩子需要被褥,我们收下来的难民自然也需要,各类布匹和丝绵的价格是问的耿荣,但我们拿的东西多,这里的价格又偏高,所以我认为价格有些不准确,这张单子只是给你做参考。"

所以他直接用数字写的,都懒得替换,彼此能看懂就行。

赵含章就拿着这张单子沉思:"这么大量的衣服和被子,光靠县城里的女眷是做不出来的。"

傅庭涵捧场地问道:"所以……?"

"所以我得见一见各里的里正了,肥水不流外人田,从底下的村子里找一些手艺还行的妇人,把缝制被子的事交给她们。还有上蔡,那边的城里的大人多,速度也更快。"

正好趁此机会让上蔡的平民百姓知道汲先生，还有她赵含章！

赵含章的心思转了好几转，她拿定了主意，当即照着他给的单子估了一个大概数值后让汲渊去买。

她看了一眼傅庭涵最后估算出的总额价钱，算了算自己的私产，大松一口气，她的陪嫁应该还是够用的。

傅庭涵放下笔，转了转手腕，抬起头，见她正看着他给的单子发呆，似乎知道她在想什么，傅庭涵道："县衙的纸又要用完了。"

赵含章回神："造纸坊建得怎么样了？"

"作坊不难建，已经照你的吩咐建好了，只是没有找到工匠，一个都没有。"

赵含章道："没有就算了，我们从零开始培养，选一些忠心的人出来听吩咐，我们先试试。"

"但造纸的周期不短，现在开始造纸，估计也要等冬至后才知道结果了。"赵含章提笔在信上又添了几句话，"我让汲先生多买些纸回来。"

汲先生收到赵含章的信，看到上面写的需要采购的物资，不由得抽了抽嘴角，将信丢到一旁，然后翻出当初他从洛阳带出来的嫁妆单子。

成伯就候在一旁，看见采购清单上的东西，不由得叹气："先生，女郎这样大手大脚的，我们真的养得起吗？"

汲先生道："女郎的运气好，当初在洛阳时，她提前拿洛阳、长安两地的田地和铺面换了金银珠宝，所以还是够用的。但也只够这一两年所用，过了这一两年，她要是还这么花，又没其他的进项，怕是很难再维持下去。"

成伯忙道："我们不是有琉璃作坊……"

"琉璃虽然赚钱，但进的还是没有花的钱多。而且这东西一开始可以高价，后面多了，价格自然就下来了，再想这么赚钱，就难了。"

汲渊用手指点了点桌面："这样不行，不能靠钱养着他们，得自给自足才行，军备也就算了，但这么多人，不可能都成为军备。"

汲渊问道："常宁那边怎么样了？"

成伯立即道："常先生已经收拾好，明日便可启程去西平。"

汲渊点了点头："你和他一块儿过去吧，再带些钱过去，女郎的手上总不能没有钱。"

成伯应下。

赵含章此时正端着一碗麦饭蹲在军营的门口，傅庭涵蹲在她的旁边，艰难地嚼了十几下后才咽下去。

赵含章边吃边叹气："这样不行，我们得自给自足，军备我可以花钱买，但其他百姓的温饱，他们得自给自足，最好还要余留一些给我养军才好。"

傅庭涵道："我们现在是想到什么就做什么，东一锄头，西一榔锤，的确不妥，我们要不要静下来做个全面的计划？"

赵含章就问秋武："常先生还没消息过来吗？"

秋武摇头。

赵含章就道："你明日就带人去上蔡把他请过来，他现在是西平县的主簿了，很多事都要与他商量。"

其实是想得到他的一点儿建议，赵含章是有计划，也每天都很忙碌，需要处理很多事，可她总觉得缺少了点儿什么。

傅庭涵同样忙碌，他们已经尽量用下面的人，但依旧感觉效率和自己预想的有差别。

虽然宋智和耿荣都说他们的效率很高，但两个人依旧有种紧迫感，因为算一算时间，冬天快要到了，一旦寒流下来，土地冻上，他们就种不了地了。

但现在，他们啥都缺，虽然已经托汲渊去购买，还托赵铭出面和坞堡里的族人购买了一些，但缺额依旧很大。

赵含章戳着碗里的麦饭道："我的目标就是有朝一日让我治下的百姓都能吃得起馍馍和米饭，不再吃豆饭和麦饭。"

麦饭，带壳的麦子煮的饭。诚然，有些百姓真的不知道麦子去壳后磨成面粉，可以做成更美味的东西，但那都是极偏僻的地方才如此，更多的百姓是知道的，那为什么不做，还是吃麦饭？当然是因为粮食不够，他们要省着吃。哦，还有一个原因，因为懒和人力的问题。

将麦子去壳后磨成面粉，麦壳其实也可以打磨成粉，和面粉掺在一起做成馍吃，虽然口感也不太好，但比麦饭要强。但磨成粉需要耗费很大的人力和很多的时间，在生存资源需要大量时间去争取的情况下，没有多少人有兴致去做这种事。毕竟他们有的吃就不错了。

但好的饮食不仅能让人有幸福感，还能激励人的斗志，赵含章又吃了一口麦饭，当即决定："我要建一个磨坊！"

傅庭涵立即应和："这个我赞同。"

赵含章不由得一乐，将碗递过去："拨给我一些？"

傅庭涵将之移开："不用，我能吃。"

第二天，秋武带着人在半路上接到了成伯和常宁一行人。秋武高兴地道："是女郎派属下来接常先生的。"

常宁感受到了赵含章对自己的看重，哪怕知道她居心不良，哦，不，是有所求，但他还是忍不住感动。

这就是心态转换带来的变化，果然，对方一旦变成自己的主君，成了一路人，那居心不良也变成了礼贤下士。

常宁感念赵含章的看重，路上便加快了速度。还未靠近西平县，他就察觉到了不同。道路两边的田里，正有不少青壮在劳作。他停下来看了一下，发现每块地里都有三五个青壮，而附近一个妇人和孩子也没有。普通农家并不是只有男子下地，而是全家老幼，凡是可以自由行走的，都会到地里去干活儿。

常宁指了指田里的人，问道："那是村民？"

秋武看了一眼，道："不是，是女郎收留的难民，他们现在是长工。"

"那这些地……"

"都是无主的荒地。"秋武道，"女郎让他们开垦出来，今年要种小麦。"

常宁默默记下，越靠近县城越热闹，两边的田地里也慢慢出现了不少妇人、老人和孩子，反倒是这些人劳作的地里少了青壮年。

常宁不必问就猜到了，他叹息一声，问道："西平县守城之战的伤亡很重吧？"

秋武点头："是的。"

因为正值农忙时节，所以城外很热闹，城里就有些冷清，但依旧感受得到西平县城的勃勃生机。虽然道路两旁的白幡和麻布都还挂着，但已经感受不到多少战争带来的悲伤，每个走过的人的脸上还带着浅浅的笑意。

常宁没想到赵含章竟然做得这么好，西平破城才过去多久？她竟然就让百姓们走出了悲伤。

常宁骑在马上一路走一路看，已经有士兵提前去县衙禀报。

赵含章便召集了在县衙里工作的大小吏员出门迎接。常宁才到县衙门口，还没下马，赵含章就快步上来，一脸喜色："常先生，您总算是来了啊！"

常宁受宠若惊，忙躬身行礼："女郎这就羞煞我了，不敢当女郎如此大礼。"

"先生可是我千辛万苦才请到的，再大的礼也受得。"赵含章拉着他给众人介绍，"这就是我们西平县的新主簿，常宁，常主簿。"

耿荣等人连忙躬身行礼："常主簿。"

常宁忙作揖还礼，抬头时，看到站在第二排的还有个女子，他的动作顿了一下便恢复如常。

连主君都是女郎，县衙里有个女吏员又有何奇怪的呢？

484

第十八章
名扬四海

赵含章一一介绍他们:"这一位,主簿见过的,傅大郎君,他虽不在县衙中任职,但含章有许多事都要仰仗他,是我的左右臂。"

常宁明白了,傅庭涵是幕僚,以后当作县令师爷来看就好。

不过主君这态度转变得也太快了,竟然马上就叫他主簿了。

接下来,赵含章介绍宋智:"赵县丞忙,多半时间不在县衙里,所以县丞之职是我和傅大郎君一起管着的,琐碎之事便交由宋智来处理,以后常主簿有需要和县丞沟通的事,先找他。"

常宁明白了,宋智是文书,不过似乎还未定下。

然后赵含章介绍耿荣:"这是我给常主簿找的文书——耿荣,因为他的父亲是先主簿,他对西平县还算熟悉,以后常主簿有不解之处,可以问他。"

赵含章又对耿荣道:"你好好辅助常主簿。"

耿荣恭敬地应了一声:"是。"

然后赵含章介绍了陈四娘:"这是陈四娘,她现在也是户房的人。因为战事,西平县有许多孤寡孩童无家可归,所以我在县城里开了育善堂收养他们,现在育善堂就是由她管着的。"

陈四娘上前屈膝行礼。

常宁回礼,道:"育善堂耗资不少,所做账簿要清晰明了,这样才能长久。"

赵含章颔首道:"不错。正巧她不仅善良心细,还读过书,能做账簿,所以我便把此事交给她了。常主簿以后也要多留意育善堂,那些遗孤,我们既然开始养了,那就要养好。"

常宁应下。

然后赵含章介绍的就是县衙里的几个衙役了："还有一些人在外忙碌，此时不在县衙里，待他们回来，再让常主簿见。"

赵含章笑眯眯地道："走，我带先生进去看看你的公房。"

赵含章不仅让人重新布置了一下给常宁的公房，还很大方地在县城里给他分了一套房子，配了一房下人给他。

反正她现在不缺粗使人手。

常宁还未正式办公就感受到了赵含章对他的器重，待正式接触县务，他的感受愈深，因为赵含章完全不见外，什么县务都和他说。

他都没来得及和这位新主公磨合，直接被她砸过来的底细吓到了。

他看着手中的数据，声音艰涩地问道："这是……？"

"这是我们需要安排的人。"赵含章让人把简易地图挂上，之所以说是简易地图，是因为上面只大概画了一块一块的区域，然后标注了名字。

这是傅庭涵大致估算后画出来的，上面的面积数字也是大致计算，但荒田和官田面积却大差不差。

赵含章示意常宁看图："我们决定将人安排到西平县各处，让他们耕种现在荒废的土地和官田。"

常宁脸上的惊诧之色慢慢收起，他脸色平静地问道："但是……？"

赵含章满意地看了他一眼，接着道："但是没有房子，我们现在缺少御寒的衣物、被褥等，而今又正赶上种冬小麦，我们不能错过农时。"

常宁问："那他们现在住在何处？"

"荒野里。"赵含章道，"他们每日下地劳作用饭后就地休息，由军中派出的士兵管辖，还算听话。"

常宁沉吟："现在是秋末，天气虽已转凉，但还能过下去，再过一段时间，寒流南下，夜里寒凉，再让他们露宿野外就不行了。"

赵含章深以为然地点头，眼巴巴地看着他问："先生有高见吗？"

"高见没有。"常宁道："我的想法和女郎一样，让他们一边建造房子，一边耕地播种吧。"

他直接否决了赵含章的用砖石砌房子的决定，道："直接搭建茅草屋，先让他们有个容身之处再说。"

"可茅草屋并不保暖，"赵含章还是想一步到位，"我已经让人建造好砖窑，第一炉砖都烧出来了。"

"但女郎收留的人太多了，建一间砖石房子，相同的人工需要耗费十天左右的时间，而建茅草屋只需要两天。"常宁道，"女郎，有舍有得，当务之急是把人安顿下来，以安民心。砖石房子可以明年开始建造，甚至更久以后再开始。"

傅庭涵补充道："砖石房子后续还可以用于奖励。"

赵含章是个听劝的人。虽然总体来说，耗费的人力和时间更多，但建茅草屋的确是更好的意见。

她点了点头。

接下来就是重头戏了，在西平县范围内画出安置点，再把人分成一队一队地放到各个安置点中。

这是一项庞大的工程，事情还琐碎，并不是一声令下就可以完成的，不然赵含章和傅庭涵把办法想出来两天了，为何还没动手？

因为既然是一队，那就要有队主，还要给各个安置点准备物资。准备物资的人、分配物资的人、运送物资的人都要一一安排。

甚至为了保证他们对西平县，不，应该说是保证他们对赵含章的忠诚度，还得注意做他们的思想教育工作。

更不要说安置过程中可能会出现的各种问题。

诸如我要和他在一个队，不要和他在一个队之类的问题不要太多。

说白了，赵含章和傅庭涵都害怕琐碎的事情。

常宁来了，赵含章就非常大方地把自己的底子露给他看，顺便把这些琐碎之事一股脑儿地推给他。

她就掌握着大方向，各处跑一跑，发现一些问题，再解决一些问题就好。

傅庭涵也更喜欢在县衙里算算算，而不是到下面去被人围在中间，为大家解决公说公有理、婆说婆有理的事情。

赵含章和傅庭涵画完安置点，用朱笔重点画了几个圈，道："这几个安置点要特别注意，被派去的人要格外忠心。其他的，打乱后随便分配吧。"

常宁盯着那几个安置点看："这是……？"

"这是防守点。"赵含章没有过多解释，只道，"掌握了这几个点，以后便不会再发生乱军潜入，都到了跟前才被发现的事。"

还能把守住他们的后路，将来西平县要是承受不住，他们逃命也有路逃。

常宁看了一会儿，不得不提出他心中的疑虑："女郎招了这么多人，却只留下一千两百兵马？"

"对。"赵含章道，"这一千两百人是精兵。等县城安稳下来，我只在城中留两百驻军，余下的一千人则迁到城外，另外建设军营训练。"

这样一来，她永远都有一千八百人的缺额，想招兵的时候就可以招兵，当然了，招来的人出不出现在兵册上，需要由她来决定。

"那这些……"常宁指着安置点问，"他们算什么？"

赵含章似笑非笑地看着常宁，道："良民、佃户、长工，甚至不存在。他们农忙时为民，战时为兵，平时只做基本的训练。"

常宁虽然早就知道世家大族的人心黑，却没想到能黑成这样。他跟着柴县令，柴县令虽然也会偷偷置一些田地，收几房隐户耕作田地，却不敢隐下这么多的人，更不要说这些人大多还是青壮年，完全可以做兵士。

赵含章知道常宁不是汲渊，他以前没接触过这些，于是放缓了语气："常先生，你不必刻意区分他们。对你来说，他们就是西平县的百姓，你只要担负起他们的些许俗务就行。至于其他的事，由赵驹来负责。"

生产是常先生抓，练兵却是赵驹的事。

常宁听出来了，但还是有些不解："如今女郎已是西平县县令，虽然没有朝廷的文书，但过了刺史的明路，他们都是你的子民，为何要特地将他们隐起来呢？"

赵含章就叹息道："因为赋税太重了呀。"

一个县令叹息赋税重，常宁还能说出什么话呢？

他沉默片刻后，默认了这件事。

赵含章见他们达成共识，立即笑道："那明日你就开始分出人手去安置点建房子吧。"

常宁应下。

但房子也不是说建就能建的，因为一下子要建的房子太多，树木不够，只能现伐，但砍下来的木头还要晾晒。

傅庭涵给他们算了算木头从砍伐下来到建造房子所需耗费的时间和人力。常宁看了一眼后，便下令让人停下手中的活儿，先进林子里砍伐树木，等每一队准备好了建造房屋所需的木材后，再才让他们去开荒种地。

所以难民们晚上还是得露宿荒野。

赵含章和傅庭涵下乡巡视，眼看太阳要落山了，便知道今晚赶不回县城，干脆找到最近的安置点停下。

负责这一队的队主看到赵含章和傅庭涵，立即小跑着迎上来："女郎，大郎君。"

赵含章点了点头，闻到了饭的香味，便问道："今晚吃什么？"

队主咧开嘴，笑道："馍馍！"

杂粮馍馍，灰色的，但还算松软，赵含章和傅庭涵去排队，一人领了两个，又打了一碗菜汤。

赵含章找了一块草地坐下，还给傅庭涵占了个好位置，然后问旁边正在埋头苦吃的青年："这么点儿，够吃吗？"

青年抬头看了一眼赵含章，发现自己不认识她，但他认识走过来的傅庭涵，立即起身，有些拘谨地叫了一声："傅大郎君！"

傅庭涵点点头，算打过招呼，介绍赵含章："这是女郎，我们的县君。"

青年瞪大眼，很想放下碗和馍馍，给赵含章行礼，但又不舍得放到地上去。

赵含章不在意地挥了挥手，道："不必行礼，坐下来一起说说话。"

青年不敢坐了，拘谨地蹲在一旁。

赵含章问："这点儿食物，够吃吗？"

两个馍馍配一碗菜汤当然是不够一个青壮年吃的，但青年认为这个待遇已经很好了，所以点头道："够的。"

赵含章啃完两个馍馍，喝了半碗汤，还感觉到饿，连半饱都没有，她信他才怪。

傅庭涵看了她一眼，递给她一个馍馍。

赵含章推回去："你吃吧，你还没吃饱。"

傅庭涵笑着看她，把馍馍塞进她的手里："你快吃吧，晚上要是遇到野兽，我还等着你保护呢。"

赵含章便掰开，只取了半个，将另外半个塞回他的手里。她一边掰开小口小口地吃着，一边道："要是有野兽来才好呢，正好可以加餐。"

他们这里有两百多人，并不怕野兽。

不过提起野兽，赵含章还是扭头问青年："你们露宿野外，会遇到野兽吗？"

"不会。"青年道，"晚上倒是能听到狼叫，但我们晚上都会生火，人又多，它们不敢靠近。"

他有些不自在，但也不敢转身就走，往后看了一眼同伴，小声地道："偶尔，我们也会在山里抓到兔子、野鸡什么的。"

赵含章道："那一定是一件很快乐的事。"

青年见赵含章不反对他们狩猎，大松一口气，也放松了些："也不是时时都能打到的，就是偶尔。"

吃完饭，天还没黑，大家便散出去割茅草、砍柴和捡拾木柴等。

赵含章见周围堆了不少木柴，有干的，也有正在晾晒的，便指了指，问道："这些是准备过冬的木柴？"

"是，"队主道，"常主簿说新建的茅草屋不会很暖和，让我们多准备一些木柴，还让我们自己烧炭，储备着过冬，但我们不会烧炭，所以只囤积木柴。"

"烧炭……"傅庭涵皱了皱鼻子，道，"我倒是知道怎么烧，不过对空气的污染好大。"

队主闻言，激动了起来，目光炯炯地看向傅庭涵。

赵含章道："先确保他们不被冻死，不过烧炭的窑口得离住的地方远一点儿，这个季节吹的多是北风和西风，让他们把窑口建在东南方向，避开风口。"

烧炭的气味并不好闻，人闻多了的话，会生病的。

傅庭涵点头道："那我回头把烧炭的窑口画出来。不过我只知道原理，实际操作得他们自己一点儿一点儿地试。"

队主高兴地应下。他知道傅大郎君博学多识，看的书极多，军中早有传言，这世上怕是没有傅大郎君不知道的东西。

只不过傅大郎君学到的东西都是从书上来的，他从未亲自动过手。

所以傅大郎君弄出来的东西都需要人自己动手琢磨。

但这也很厉害了，想想傅大郎君只靠读书就知道怎么做琉璃，怎么做砖石，甚至听说连造纸都会……

所以现在他们的最大愿望就是努力地立功和赚钱，将来也让他们的孩子去读书。

他们不求自己的孩子能和傅大郎君一样厉害，有三分本事也够用了呀。

虽然现在他们的孩子还没影儿，但有备无患嘛。

赵含章见他们忙碌，便拉上傅庭涵进了林子里，想要看看能不能打到兔子之类的，晚上当消夜。

结果可能是住在林子外的人太多，最近它们被抓了不少，所以他们溜达了一圈，啥都没看到。

赵含章惋惜不已，正要下山去，见边上有个缺口，从那里可以俯瞰下面，能够很清晰地看到这一大片田野。

赵含章便走上前去，低头往下看。

傅庭涵走上前，道："这个地点很好，如果是战时，这里还能建个瞭望台。"

赵含章点头，指着下面道："这个安置点选得不错。你看，从这儿到那个村落的距离并不是很远，等安置村建起来，两个村可以常来常往。"

天色昏暗下来的时候，下面便开始燃火，二十几个人挤在一个大火堆边上，燃了十一个火堆，最中间的那个留给了赵含章他们。

士兵们将树叶垫在身下，再铺上一层茅草，身上又盖上两层茅草，便能安然度过一晚。

为了建茅草屋，他们这段时间一吃完晚饭便开始收割茅草，这附近的茅草都割完了，他们已经开始上山和到山的那头儿去割，拖过来的茅草晾晒干以后，大家休息时，就顺手编好，丢在一旁，以后要建房子时，随手就能用上。

赵含章对他们这样的宿营方式很感兴趣,也跟着一起铺了茅草后躺下。

一开始躺着,赵含章还觉得不错,片刻后,便感觉寒气从地下往上涌。

傅庭涵也感受到了,虽然底下铺了一层树叶,又铺了一层茅草,但依旧挡不住寒气。

他立即起身,将赵含章拉起来,拿着他的披风,铺在茅草上,这才让她躺下。

赵含章觉得傅教授的身子比她的还弱,于是要将一半的位置让给他。

傅庭涵扫了一眼正偷偷看过来的队主等人,拒绝了:"我不冷,你快睡吧。"

赵含章哪里睡得着,对傅庭涵道:"常宁让我用柳絮和芦絮填被褥,全用棉絮不仅贵,还没有这么多,但汲先生刚刚给我来信,说他夜观天象,今年冬天可能会很冷,有可能会和去年的颍川一样闹雪灾和冻灾。"

傅庭涵从来不知道,民生多艰原来是这样的艰难。

他喃喃道:"要是有棉花就好了。"

赵含章道:"这个时代倒也不是没有棉花。"

傅庭涵看向她。

赵含章道:"是木棉,南方有,现在南边也有人用木棉花絮填充被褥,还有人用它织造衣服呢,不过没有量产,更没有传到北方来。"

"也来不及了,"赵含章将双手枕在脑后,看着满天的一闪一闪的星星道,"一来一回耗费的时间长,采购也需要一定的时间,我们只能另外想办法。"

傅庭涵道:"如果可以留在室内,那么木炭是个取暖方式,炕或许也可以?"

赵含章道:"这个方法我也想过,这也是我一直想要建造砖石房子的原因之一。"

砖石房子不仅更加防风保暖,造炕也更方便。

茅草屋……

她很怕烧炕,然后把茅草屋给点着了。

傅庭涵也想到了,嘀咕道:"看来还真的要准备建造砖石房子了。"

他们两个忧心忡忡,但土著们并不是很担心这个问题。

在他们看来,现在的情况已经很好了。

投靠赵含章后,他们每天都能吃上三顿饭,是真的三顿,哪怕没有一顿是可以放开肚皮吃的,但他们至少可以不挨饿。

这在当下已经很难得了。

更不要说赵含章还要给他们建房子,甚至还要给他们准备过冬的衣物和被褥。

本来他们逃难时,想的最好的结果就是到洛阳去乞讨,他们到时候会睡在大街小巷里,饥一顿饱一顿地过,等熬过今冬,他们再看情况决定是否回乡。

所谓树挪死,人挪活,只要出去走一走,总能活下去。实在活不下去了,到时候再说。

所以对于现状，他们很满意。

只是目前这个情况愁坏了西平县的一众上层。

常宁也在竭尽所能地联系以前认识的人买物资，这会儿他才体会到跟着一位大方的主君的好处。钱财任由他取用，只要他能买回来具有相应价值的东西。她还不吝惜把东西给民取用，比抠抠搜搜、瞻前顾后的柴县令爽快太多了。所以常宁虽然累得痛苦，但也累得快乐，花钱如流水，痛并快乐着。

相比之下，汲渊就淡定多了，虽然他花的钱比常宁花的还要多，但他毕竟是做过赵长舆的幕僚的人，和以前经过他的手的钱财相比，这不过就是小意思。

所以他很淡定，淡定地到处买物资，淡定地面对各方接踵而来的打探。

一直赖在灈阳不肯走的援军终于走了，虽然最后他们也没拿到多少好处，可好歹让刺史出了一点儿血。

随着各路援军各回各家，赵含章这个名号传遍了整个豫州。

如今各郡县的人都知道西平赵氏出了个赵三娘，取字含章，竟然代行西平县县令之责，而赵氏不仅不反对，还在背后支持，连何刺史都承认了她的位置。

听闻她虽然才十四岁，但是在战场上却是一员猛将，不仅在赵氏坞堡外击退了羯胡石勒，还赶走了西平县的乱军，夺下了西平县城，在出援灈阳城时，还一连杀了匈奴军两员大将。

不错，刘景死了。

他的死讯刚刚传出，不过他不是死在豫州。据说他一路逃到了上党，因为路上没有得到好的救治，伤口久不愈合，他回到上党，见到刘渊后就伤重不治了。

而他身上的伤便是赵含章造成的，听说赵含章追击刘景，最后一箭从他的后心射入，就是这一箭让他最后一命呜呼。

因此，不仅豫州，连洛阳的人都对赵含章之名有所耳闻。

不过相比其他正在攻打洛阳的大将，刘景的死讯不过是一条微不足道的信息，洛阳的大佬们一扫而过，没有将其放在心上。

只有两个人除外。一个是傅祗，另一个则是赵仲舆。

不过两个人的心情截然不同。

傅祗是复杂中欣喜占大部分，而赵仲舆则是复杂中带着忧虑。

赵仲舆已经感觉到了，他对西平老家的指挥力越来越弱，其控制力远比不上他大哥当族长的时候。

赵含章当了西平县"县令"这么重要的事，他竟然是从其他处得到的消息，而不是从西平。

这说明，西平赵氏在有意隐瞒他一些事情。

如果他只是赵仲舆，这没什么，但他还是赵氏的族长啊。他大哥当族长时，赵氏敢隐瞒这么重要的事情吗？

连赵瑚的池塘里突然冒出一只肥大的王八，赵淞都要写信告诉赵长舆。

赵仲舆忍不住叫来赵济："今年冬至，你回去祭祖吧，待过了年再回来。"

赵济却不肯走："父亲，如今洛阳被围，别说我等不好出去，就是能出去，我也不能弃城而逃啊，传出去多不好听。"

赵仲舆微微蹙眉，"最近逃出城外的人家不少，生死攸关之时，有什么不好听的？"

赵济还是觉得跟着东海王才是最安全的，道："出了城，路上更不安全。父亲，是西平有什么事，非得儿子回去吗？"

赵仲舆静静地看了他一会儿，半晌后，挥手道："罢了，你不回就不回吧。"

赵仲舆突然想到，赵铭现在是西平县县丞，还是他自己上书求封的，如果赵含章真的实际掌握了西平县，那赵铭就是站在她那一边的了。

赵济连赵铭都斗不过，更不要说赵含章和赵铭联合在一起的情况下了。

算了，赵济回去的意义不大。

赵仲舆放下此事，睁一只眼闭一只眼，只当不知道这件事。

赵仲舆可以当作不知道这件事，但刘渊不能，他深深地记住了赵含章这个人。

刘景是刘渊的族人，刘渊素来看重刘景，虽然刘景有些事做得很不得他的心，所以他才罚刘景去攻打豫州，他登基时也没让刘景回来，可这不代表他能够坐视刘景被杀。

刘景可是他的一员猛将！

刘景已经死了三天，但刘渊每每想起这件事还是心痛不已。他想到刘景临终前说的话："此女功夫不俗，目光清亮，一定非池中之物，陛下，你要夺取中原，此人必要除之。"

刘渊记下了，不过此时正是攻打洛阳的紧要时候，他暂时抽不出人手来。

所以他打算等攻下洛阳后，直捣汝南西平，取那赵含章的项上人头。

赵含章重重地打了一个喷嚏，还打了一个寒战，吓得傅庭涵立即坐起来："你不会是生病了吧？"

风寒可不是闹着玩的。

赵含章揉了揉鼻子，感受了一下，摇头道："应该不是。可能是谁想我了吧？我的身体这么好。"

傅庭涵一想，也是，重新躺下："但你还是要注意，这时候可不能生病。"

傅庭涵想了想，还是躺到了赵含章的身边，隔着一层茅草半靠着她，这样二人都会暖和一些。

赵含章扭头去看队主和秋武、傅安等人。

他们立即把脑袋扭到一边去，假装自己没看见。

赵含章满意了，躺在披风上，小声地和傅庭涵说话："其实我现在也不觉得很冷。"

傅庭涵小声地道："睡吧，明天你不是还想着亲自到田里看他们下种吗？"

赵含章对来年的粮食产量抱有很大的期望，因此对今年的冬小麦的播种很看重。

她不仅花了一大笔钱，亲自回坞堡里求各家卖给她留存的好麦种，还让人到外县去采购了一大批麦种。

她为的就是从一开始就保证粮食的产量。

第二天天还未亮，赵含章的生物钟便告诉她该醒了。

她睁开眼睛，看到的就是傅庭涵的脸。她怔了一下，这才发现，不知何时，傅庭涵的一只手臂搭在了她的身上。两个人隔着一层茅草靠在一起，暖烘烘的。

睡着的傅教授少了清醒时的清冷，显得很乖。

赵含章看了看，觉得他睡着的样子倒是很符合他的本性。

她不由得笑了一下，正要小心地移开他的手，就对上了傅庭涵睁开的眼睛。

傅庭涵的眼里没有多少迷蒙，他对上赵含章的目光，动也不动，低声问道："你笑什么？"

不知为何，赵含章一动也不敢动，全身僵住了，她不自在地移开目光，道："早上好呀，天好像快亮了。"

傅庭涵的目光这才从她的脸上移开，他扫了一眼黑乎乎的四野，借着已经暗下来的火光回看了她一眼，低低地应了一声。

赵含章就动了动手臂，轻声道："我们可以起来了。"

傅庭涵这才不动声色地收回手臂，坐起身来。

赵含章心中大惊，傅教授的胆子什么时候变得这么大了？

她正要坐起来，目光扫到他的耳朵，如墨的头发散到一旁，不小心露出了右耳，在微弱的火光映照下，他的耳朵尖都要红得出血了。

赵含章一下子就平静了，她在心里啧了两声，暗道：没想到啊，没想到啊。

她恢复了自在，坐起身来，拍了拍他的肩膀，大大方方地道："和你靠在一起睡还挺暖和的。以后再露宿，我们还这样睡。"

傅庭涵僵住了。

赵含章忍不住无声地笑了起来，嘴巴才咧开，傅庭涵就转过身来看她。

赵含章正要把嘴巴合起来，假装自己很严肃，但已经来不及了，只见傅庭涵点头应了一声："好。"

傅安被惊醒，猛的一下坐起来，左右看看，发现只有郎君和三娘醒了，周围也没异样，便不由得放松下来。

他揉了揉眼睛，一脸睡意地去看傅庭涵和赵含章："郎君，三娘，你们的脸怎么都这么红？莫不是发热了？"

秋武和队主适时地"醒来"，起身后，拍了一下他的脑袋："醒了就去打水伺候郎君，怎么那么多话？"

傅安的心中不服，他这是担心郎君和三娘好不好？

傅庭涵已经起身开始整理衣服，道："没有。你去打水吧。"

傅庭涵和赵含章在选择安置点时，不仅考虑了地理位置和他们要耕作的田地，还将他们的用水问题也考虑了进去。

大部分安置点附近都能找到水源，如果不能，那就只能打井了。

这一处还算不错，有一条小河从山的那边沿着山脚蜿蜒流过，虽然小，但这会儿还有水，距离他们驻扎的地方也不是很远。

傅安和士兵们借了一个木桶去打水，等他回来，天已经蒙蒙亮，士兵们也都起了床，正准备埋锅做饭呢。

赵含章正在打拳，打得虎虎生威，士兵们都看呆了。

他们虽然成了赵含章的兵，但在这之前，他们都是种地的农民，投靠了她之后，虽然有过一些训练，但除了列队，就是拿着削尖的木棍当枪一样往前戳，更多的时候还是开荒种地。

所以大家心里还是把自己当农民看，在他们看来，他们不过是换了一个地方继续种地而已。

而在这里，他们不必为纳税的事费心，还有饭吃。

此时他们看到赵含章打拳，才意识到，他们已经不是农民，而是兵了。

众人愣愣的。

队主回神，催促他们："看什么，看什么？你们还不快去洗漱，该做早饭的做早饭，该下地的下地去。"

众人回神，忙转身离开。

没错，大家要下地去了，做早饭需要时间，且只需要五个人，剩下的人自然不可能闲着，大家先扛着锄头，拎着种子下地。

赵含章打完拳，把身体打热以后，便也跑到地里去看他们撒种子。

"这种子晒过了吗？"

队主跟在她的身边，回答道："是。按照您的吩咐，分到手的种子全部用席子垫着晒了两天才下种，这些都是晒好的。"

虽然他摸着，觉得麦种挺干的，不理解为什么还要再晒一遍，但他听话。

赵含章满意地点了点头。看了一会儿他们撒种的密度以后，她便一卷袖子，道："把粮袋给我，我来撒。"

装种子的袋子是一个小布袋，撒种的人拿着小布袋一垄一垄地撒下去。

傅庭涵也接过一个布袋，两个人和士兵们弯腰干了一个时辰，营地那边敲锣表示开饭了，大家这才停下手中的活儿，回去用早饭。

只这一个时辰，赵含章便感觉腰有点儿酸，干农活儿可真不简单啊，比她习武还累。

傅庭涵也觉得比他做数学难题累多了。

他下意识地算了算这个速度，等回到营地时就道："再过三天，分给他们的田应该就耕种完了。"

一旁的队主立即应道："是。大郎君的眼光真好，我们算着也需要三四天的时间才能种完。"

赵含章道："那种完后就准备过冬的事吧。建房子，砍柴烧炭，还有准备尽可能多的茅草。不知这附近有没有芦苇，若有，多准备一些芦絮，县城那边已经在做被套和衣服了。"

冬小麦的种植渐渐完成，县城周边的地比较少，而又人多，所以最先完成。

于是百姓中渐渐有人空闲下来。

常宁立即安排人雇用了不少擅长针线活儿的妇人和少女来做被套和冬衣。

男子则被派出去砍伐木柴，用傅庭涵教导的方法试验烧炭。当然，并不是所有的木柴都要烧炭，大部分还是以木柴的方式存下来。

木柴取暖虽然烟大，但也不比木炭差。

这会儿的工作那么多，不用全部烧炭，储备一些就行。

最重要的工作是建造茅草屋和为来年的春耕做准备。

除此之外，一些比较忠心和灵活的人被挑选送往县城的各个方向。

那是赵含章他们建造的作坊。

其中最被看重的是造纸的作坊，赵含章和傅庭涵回到县城后，特意跑去看了一下进展。

浸泡的原材料已经软化，可以扯出丝来了，但还不够久。

赵含章问了时间后，道："还得再等二十天左右，多做几个反应池，每天都要浸泡进一些新材料，这样开始制作后，才能保持每天都有材料试验。"

管事应下，不过他却很忐忑，因为他没造过纸，他从不知道纸张是用这些麦秸和树皮、野草等乱七八糟的东西造的。

每次低头看反应池里的东西，他都有些恍惚，觉得自己是疯了，才会相信女郎的话。

但女郎信心满满，他……也只能相信。

等送走赵含章，他立即回头吩咐长工们："再挖几个反应池，今天的材料也别忘了浸泡。"

众人应下。

造纸作坊在城南，就在护城河的下游，这里有一大片农田和房屋。农田多是城中的一些居民的良田，还有就是县衙的一点儿官田。

这部分官田属于县令的职田，是给他种菜和瓜果用的。

因为现在城外不是很安全，所以赵含章暂时将造纸作坊放在城中，就用这一块地来建了作坊。

别看这部分官田是给县令种瓜种菜的地，其实也不小，有好几亩呢！

再把旁边的地买一些，把主人跑了的地收回县衙，这一顿操作下来，就腾出了十几亩地来，建个造纸作坊绰绰有余。

赵含章因为想着造纸的事，便任由马慢慢地往回走。不知过了多久，马停了下来。

赵含章回过神儿，抬起头往前看去，便见前面不知何时堵了不少人，马受阻就停了下来。

身后的秋武立即让护卫上前赶人，赵含章抬手拦住，好奇地伸长脖子看，只见衙门的两个差吏被围在中间，大家的手上都拿着衣裳布料。因为围的人多，即便她已经伸长了脖子，依旧没太看清里面的人，但她能听见声音。

一个少女愤慨地道："拿芦絮和柳絮来填冬衣和被褥，还敢说不是草菅人命，赵女郎必定不会这么做，定是你等中饱私囊了。"

"就是，就是，必是你等中饱私囊了。"

还有人大声喊道："我等都已经这么惨了，结果你们还贪，这简直是要逼死我们啊！"

被围在中间的两个差吏又羞又气，叫道："这就是上面发下来的东西，我等哪里贪了？"

"有就不错了，而且谁说这被褥和冬衣是给你们的？你们不过是我们请来做衣裳被褥的，工钱有没有给你们？"

赵含章听到那个少女喝道："就算不是给我们的，你们也不能贪！难道军人不是人,难民不是人吗?"

"就是,就是。"

赵含章见被围在中间的差吏气得鼻子都要冒烟了,而周围的人也被说得正义之气腾腾而升。眼看就要撸起袖子打人了,赵含章连忙高声道:"说得好!"

众人听见声音,回头一看,见到骑在马上的赵含章,立刻眼睛一亮,恭敬地后退两步行礼:"女郎!"

还有人扭头冲后面有些嘈杂的人群喊道:"赵女郎来了!"

众人分开,露出最中间的人来。

中间的少女看到赵含章,眼睛亦是一亮,她一脸激动地看着赵含章。

她拿着手中的衣服上前,盈盈行了一礼,脸色微红地道:"女郎!"

赵含章上下打量了她一下,笑道:"是范家女郎啊。"

赵含章跳下马,上前几步将她扶正:"不必多礼。"

赵含章看向她手中拿着的衣服。

范颖立即解释道:"听闻县衙要为驻军和受灾的难民做冬衣和被服,缺少人手,所以我也去领了几匹布回来做,只等做好以后用县衙发下来的棉絮填充被服和冬衣,没想到发下来的却都是柳絮和芦絮。"

"我一问才知,我们这条街接到活儿的人收到的都是柳絮和芦絮。这柳絮和芦絮并不保暖,我心中气不过,便带人来理论,结果这两个差吏把守着县衙大门,不让我们进去。"

两个差吏也很委屈,眼眶微红地道:"女郎,这布料和填充的柳絮芦絮都是上面发下来的,我等只是奉命发下去给她们做,再奉命收回来。"

"至于不让她们进县衙,是因为常主簿此时正在里面会见贵客,让她们冲进去,惊扰了贵客怎么办?"

赵含章没有问贵客是谁,而是仔细地看了看手中的衣服,不管里面是柳絮还是芦絮,都很轻,范颖填了不少进去,衣服显得很厚,其实并不怎么重。

赵含章转身站上两级台阶,可以让围着的人都看到她,她先对范颖道:"范女郎说得不错,这柳絮和芦絮的确不怎么保暖,若天气过于寒冷,穿这样的衣服是会被冻死的,范女郎的质疑不错。"

围观的人听得义愤填膺,都以为是县衙有人贪污了,一旁的差吏的脸红得几乎在滴血。

"但我知道这件事。"她一脸歉意地面对众人,深深地行了一礼后,道,"填充芦絮和柳絮是我的意思。"

众人一愣,范颖更是不可置信地看着她。

"大家应该也知道,如今匈奴军南下攻打洛阳和豫州,西平之外的地方都乱得很,而先前乱军攻进城中,导致城中物资损耗过半,我托了好多人出去买棉絮,但都只买到一点儿,根本就不够做被服和冬衣。"

"填充柳絮和芦絮是不得已而为之。"她扭头看了一眼两个差吏,深深一叹,道,"这是含章的无奈之举,但也是含章之过,与县衙中的官吏们无关。诸位要怪,便怪我吧。"

所有人都愣住了,谁也没想到事情的真相是这样的。

范颖的眼圈都红了,她喃喃道:"我……我不知道是你,也不知道这样难。"

赵含章听到了,扭头冲她微微一笑,抬头看向众人,道:"我曾向众人许诺过,我会以工代赈,使西平县的人能不饥不寒地度过这个冬天。我会给你们粮食,给你们冬衣,给你们被服。今日,这个诺言我要毁掉一半了,给你们的冬衣和被服,除了老弱和幼小,其余人分到的都是由芦絮和柳絮填充的。"

"我如今能够承诺的便是,将来只要买到足够的棉絮,我会重新分发一次,替换掉里面的芦絮和柳絮。"赵含章站直,抬手向众人深深地作了一揖,腰几乎弯到下面,"此事是含章对不住大家。"

范颖最先反应过来,连忙福礼:"不,不是女郎的错,是我的错,是我没问清楚。"

"这与女郎有什么关系,要我说,能有一套衣裳和被套就很不错了,我们来的时候衣不遮体,不是照样活着吗?"

"是啊,哪个县能有女郎这儿这么好的待遇——凡是来的难民,都能找到活儿干,每天都有饭吃,现在还给建房子。"

"我等已经很满足了,要我说,就是这些有钱人瞎起哄,这衣服是发给我们的,又不是发给你们的。"

众人一看,这才发现最先围着两个差吏的人的衣着都不差,显然是家里不缺钱的人。

范颖想到了什么,脸色大变,逐渐苍白,她看向赵含章,嘴巴动了动,半晌说不出话来。

赵含章见她的眼睛里盛满了泪,眼见着要哭,忙大声对众人道:"此事不怪她们。拿芦絮和柳絮填充衣物和被服本就不该,她们有所疑虑,便上门来问,这是好事,我希望她们将来还能如此。"

赵含章顿了顿,又道:"她们都是好心,亦是心疼为西平县奋战的士兵和正在修缮建设西平县的难民们。诸位,含章不缺钱,西平县也不缺钱,缺的是买到棉絮的路,所以谁家若能联系到卖棉絮的人,只要价格合适,我都可以买下。

"没有新的棉絮，家中若是有旧的、闲置的棉絮，也可以拿到县衙来，我们有差吏估价，会给合适的价钱回收，重新烫洗晾晒过后，可以做成新的被服和冬衣。"

"县城中现有的棉絮会先紧着伤残的士兵、孩子、老人，然后才是妇人，我不敢奢望每一个人都能拿到一套填充棉絮的冬衣和被服，只想先紧着这些人，但其实现在还是差很多。"

范颖立即道："我家中有一些，我愿意无偿捐给县衙。"她只想将功补过，就是把自己的被子拆了都行。

赵含章含笑看了她一眼，微不可见地摇了摇头，道："捐倒不必，还是要拿一些钱的，不能让你们吃亏。大家回去后可以找找看，若是有，都可以送到县衙来，我让差吏专门再摆一张桌子收购。"

立即有人问："旧的也要？"

赵含章点头，肯定地道："要！"

"我想起来我家的库房里还有一些前些年留下的。"

"我家也有……"

赵含章的眉头跳了跳，普通百姓家，谁家有库房，谁家还可能余有棉絮啊？

这些人果然都不是普通人家。

"走吧，走吧，我们回去找一找，看看有没有。若有，也不必卖，和范女郎一样送就是，只当是做一件善事。"

"没想到竟是赵女郎让人填充的芦絮和柳絮……"

"这也没办法，买不到棉絮嘛……"

众人之前被挑起来的怒火消散了，大部分人对赵含章和县衙表示了理解，但也有人心生不满和怨气，明明说好了要发的被服和冬衣，竟然都是芦絮和柳絮填充的。

赵含章的耳朵灵敏，她能够准确地听到谁发出了不同的声音，她略过大部分抱怨和不赞同的声音，只盯住几个人。

因为这几个人的话术很有意思，明明不是多么激烈的讨论，这几个人却总能三两句挑起更多人的不满。

赵含章招来秋武，低声吩咐了几句，秋武便悄然离开。

赵含章见大部分人表示了理解，他们和县衙的误会算是解开了，于是让众人退去。她看向范颖，邀请道："范女郎，既然来了，不如进去喝杯茶？我也想问问你最近过得如何？"

范颖本来也想找借口留下和赵含章说话，闻言，连连点头。

两个人转身要进县衙，一抬头便发现傅庭涵和常宁不知何时站在了县衙门口，旁边还站着一个青年，正一脸钦佩和赞赏地看着她。

赵含章挑了挑眉，发现自己不认识这个人，便猜到他就是差吏之前说的贵客。

她微微一笑，带着范颖上前。

常宁忙行礼，率先道："女郎，这位是诸家商号的二郎君。"

诸家商号？赵含章不认识，不过还是露出笑容，在对方行礼后回礼："诸二郎君。"

诸二郎行礼道："早就听闻赵女郎的大名，今日总算是见到了。"

赵含章就问："从哪儿听闻的？"

诸二郎一愣，这不就是个客套话吗？

不过他的确是听说了赵含章的事迹后，专门过来看她的，于是不慌不忙地道："在西平县外，赵女郎不知道吗？您如今可是名扬四海。"

赵含章道："那不知外面都是怎么传我的？"

女壮士，身高八尺，力大无穷，武功高强……诸二郎瞥了一眼傅庭涵，谣传她不仅压下了赵氏一族的男人，还凌驾于素有才名的傅长容之上，直接把瘦弱多才的傅长容拘禁在西平，不让他回京。

他就是听了这些谣传，好奇之下，才到西平来看热闹的。

他没想到赵含章身姿修长、亭亭玉立，面容也白皙如玉，只是眉眼带着英气，即便是嘴角带笑，也不给人柔弱之感，反而让她有种一切尽在掌握中的英姿。

诸二郎想到她刚才对百姓的坦诚，不由得折服，便是他这个第一次见面的外来人都如此，更不要说西平县内受她的恩惠的百姓了。

只怕今日此事传出去，别说她只是让他们穿填充了芦絮和柳絮的衣裳了，只怕让他们袒胸露腹过冬，百姓们也不会有半句怨言。

没见刚才落在最后围观的那些衣衫褴褛的难民们一脸感动的模样吗？

再看站在一旁谣传被拘禁的傅大郎君，在这县衙里出入自由，备受尊重。

可见谣传只是谣传，而且这些谣言很离谱儿。

一群人当然不能站在县衙门口聊天儿，于是常宁建议大家进县衙说话。

赵含章和傅庭涵并肩走在最前面，请这位远道而来的贵客到大堂里就座，她则借口去更衣，实际则是拉着傅庭涵出去获取情报。

傅庭涵道："常主簿说诸家商号是蜀地的一个不小的商号，主营布料。他们手上肯定有不少棉絮，要是能和他搞好关系，以后我们买布料也方便一点儿。"

他顿了顿，道："而且以后说不定我们还需要卖呢？"

赵含章问："我刚才忘了问，他叫啥？"

"诸传。"傅庭涵道，"常主簿和他谈了一下，他手中的货开价不低，刚才你在县衙外的那一番话，他都听到了，知道我们缺棉絮，只怕还会再涨价。"

赵含章有些后悔："早知道我就不在县衙门口安抚众人了，被围观了。你们怎么也不提醒一下我？"

傅庭涵道："城中的安定、百姓的民心比他重要。"

"也是。"赵含章道，"一会儿我们再去谈谈，价格合适就买。我们现在的确缺棉絮。"

傅庭涵还想说什么，目光越过她，落在不远处的范颖身上，他把话咽了下去。

赵含章顺着他的目光看去，看见范颖在离他们不远的地方站着，便露出笑容，亲切地冲她招手。

范颖立即上前，眼睛红红地屈膝行礼："女郎，我做错事了。"

赵含章好笑地问道："你做错什么了事？"

"我不该带她们来县衙问被服和冬衣的事。"范颖将拳头微微攥紧，抿嘴道，"女郎，我是不是被人当刀子使了？"

赵含章没想到她这么敏锐，竟然这么快就想到了。赵含章没有回答这个问题，而是问道："你在县城住得还习惯吧？"

赵含章占了县衙，范颖作为前县令之女，满门忠烈，赵含章当然不能亏待她。所以在知道她不想留在赵氏坞堡后，赵含章就在县城里给她安排了一个院子。

那个院子是赵含章从赵仲舆的手上换来的嫁妆，她直接让人把房契的名字改成了范颖，还给范颖立了女户。

那一片住的人家都不穷，皆是士绅，距离县衙也不是很远，可以说，居住环境和安全性在西平县都算不错的。

不过赵含章很忙，这些事都是吩咐下人去做的，她并没有去看过范颖。

范颖道："有赵家的照顾，我过得很好。"

赵含章不仅给了她房子，还给了她两房老实的下人，并分给了她不少田地，靠下人耕作那些田地，加上赵含章送来的一些钱，她过得并不差。

当初县衙被占，范家的人死的死，逃的逃，财物自然也被搜刮一空。

赵含章从中挑选了一个有印记的东西交还给她，然后又从自己的钱袋子里给了她一些钱，虽然不是很多，但是只要她不大手大脚，也足够她衣食无忧地过一辈子了。所以她无事可做，见全城的百姓都在忙碌，她也想做些力所能及的事。毕竟，这座城可是她的父兄拿命守着的。

种地、建房子这样的工作她都做不了，知道县衙在招人做冬衣和被服以后，她就带着丫鬟出来领了一些布料回去做。

因为人手紧缺，她还鼓动一条街上的邻居们一起帮忙。

她们并不缺那点儿钱和粮食，但都受过赵含章的恩惠，同样想让西平县更好一点儿，于是就跟着范颖一起去领了布料回来做。

大家平日就凑在一起一边做衣裳一边聊天儿，倒也有趣。

县衙因为都是先发的布料，过一段时间才要填充的棉絮。根据所领的布料，她们能再领到相应重量的棉絮回去填充。

一开始还好，的确是棉絮，但前两天她们再来领时，领回去的却是一堆轻飘飘的柳絮和芦絮。

范颖一开始还没觉得不妥，喜滋滋地填进去缝上口子，不知后来是谁说了一句芦絮和柳絮不保暖，冬天穿这样的衣服会冻死的，范颖这才知道，芦絮、柳絮和棉絮是不一样的。

她低着头，有些难过地道："大家凑在一起越说越气，我以为女郎被蒙在鼓里的，所以一怒之下便带着大家来县衙讨说法了。我想着这样的事，说什么也要让女郎知道，不然传出去会对女郎的名声产生不好的影响。"

赵含章没想到事情的真相是这样的，说道："你没有做错。此次是我考虑不周。本来我是打算将做好的衣服和被褥发下去时再解释的，不过提前解释了也好，让大家有个接受的过程。"

范颖摇头："不，还是发的时候——和他们解释最好。若不是我，此事现在不会闹开。我一开始是想不到这些的，而且这一时半会儿，我竟然想不起来当时是谁和我说穿芦絮会冻死人的话，我一深思，便知道我被人当成刀子了。"

当刀子也就算了，还是刺向赵含章的，范颖心中很生气，气自己。

赵含章见她这么难过，想了想，问："范女郎，你识字吗？"

范颖一愣，抬起头来看了赵含章一眼，点头："我跟着兄长读过几本书。"

"那就好。"赵含章笑道，"我已经说了，此事你没有做错。百姓心中有疑问，就应该坦然地问衙门，衙门也该坦然地回答。官民彼此坦诚，也就不会有所谓的误会了。不过你既然如此愧疚，那你就来帮帮我，弥补你认为的缺憾如何？"

范颖瞪大眼睛："我？"

"对，你。"

范颖不安地道："可我能做些什么呢？"

"你可以做的事太多了。别看县城里现在多了这么多人，识字的人却没有几个，所以县衙里的人手紧缺。你若肯来帮我，我和差吏们都会轻松很多。"

她一个柔弱的女子能分担多少工作啊？范颖觉得赵含章就是在安慰她，一时心中更加愧疚了，但她还是问："我能做些什么？"

"帮我统计分发下去的布料，收回来的冬衣和被服，还有，明日要摆一张桌子收购棉絮，每日的进出账都要记录。有些差役不识字，或者只认字不会写，所以……"

范颖立即道:"我愿意做。"

赵含章很高兴,当即叫来忙碌的耿荣,让他带一下范颖。

耿荣愣了一下,他没想到县衙里除了陈四娘,还会进女吏,不过想到赵含章都做了县令,再多几个女吏也没什么不可。

于是他点了点头,领了范颖下去。

他对范颖很友好,应该说,县衙里的人对她都很友好,因为范县令一家除了她,都为西平县战死了,她是唯一的后人。

傅庭涵看着范颖离开,不太确定地问赵含章:"你是故意的?"

赵含章冲他笑了笑:"县衙里多了一个识字认数的人手,不是吗?"

傅庭涵道:"如果他们还挑拨范颖闹事,她在县衙里,做的事只会更多,破坏性也更大。"

"他们想让范颖做刀,那也要范颖愿意才行。"赵含章抬了抬下巴,骄傲地说道,"我偏不如他们的意。"

傅庭涵想到刚才范颖看她时的崇敬目光,不由得失笑:"也是。她把你当成救命恩人,又当成榜样,她已经有过一次被当刀子的经历了,应该不会再犯。"

赵含章略过范颖的这件事,扭头去看县衙大堂:"让人拿一套琉璃杯来,你先去请他喝几杯酒,我去换身衣裳。"

俗话说,人靠衣裳马靠鞍,赵含章为了出门方便,穿着一身胡服,颜色也有点儿浅,是细麻做的。

那诸传也不知道是不是为了更好地进县衙看热闹,穿着一身华服,不仅把赵含章比下去了,连傅庭涵都比下去了。

所以她决定去穿一套更好的衣服。她不仅需要棉絮,还需要绸缎布匹,甚至还需要有个人帮她把琉璃销往更远的地方,将来西平县出品的商品还会更多。

她是差钱的人吗?

赵含章回到后院,立即对听荷道:"把母亲新做的那套衣裳找出来。"

听荷一边转身去翻柜子,一边道:"三娘不是嫌弃那身衣裳太厚重繁复了吗?"

"天冷了,这会儿穿正合适。"赵含章扯掉衣带,接过丫鬟递上来的湿巾擦脸,擦掉脸上和脖子上的汗后,又丢给丫鬟,这才扯开手上的护手,将外衣脱了。

这套衣服是王氏在知道女儿做了西平县的县令后,特意为她裁的常服,还有一套礼服正在制作中,据说是要她在冬至那天面见各家家主时穿的。赵含章回去看过一眼,那衣服一层套着一层,虽然天已经开始冷了,但她依旧感觉到了窒息。

礼服不好穿,常服还是可以的。

赵含章换上这套衣裳,广袖长舒,赵含章站在穿衣镜前张开手,听荷给她束上腰带。或许是她年纪小又习武的原因，穿上这套衣裳，她的腰肢只盈盈一握，一点儿赘肉也没有。

赵含章很满意地看着镜中的自己，举步就要走。

听荷忙伸手拉住她："娘子，发型要换一个。"

赵含章看了一眼穿衣镜里的自己，老实地坐回梳妆台前。她伸出手指点了点桌面，对听荷道："你一会儿翻一翻库房，把之前汲先生说不好出手的东西都整理出来，看准时机，送到前院大堂去。"

听荷问："要送给那位诸二郎？"

"他是商人，在商言商，怎么能送呢？"

听荷明白了，赵含章这是巴望着通过诸二郎的手卖东西呢。

"别让他知道这是我的嫁妆，就当是家中的一些小玩意儿。"

"难怪女郎特地回来换衣裳，这是要没钱充大款呢。"

赵含章看了看重新梳好发型的自己，点了点听荷的鼻子，道："就你聪明，我这叫放长线钓大鱼，懂不懂？"

赵含章去前院见诸传。

诸传看到盛装而来的赵含章，倒是不惊讶，世家女子嘛，都是这样的。

他反而对刚才的赵含章有些惊讶，现在的她才像个世家女。

倒是傅庭涵和常宁有些惊讶。

二人忍不住对视一眼，连忙起身相迎。

常宁这才有了些感觉，哦对，他们家女郎出自世家大族赵氏。

赵含章笑着在主位落座，请众人落座，三个人这才坐下。

她看到诸传面前的杯盏，笑着问："二郎君，我们西平的酒如何？"

"西平的酒倒是一般，只是这琉璃杯少见。"诸传拿起桌上的杯子，微微侧身，让阳光照射在杯身上，杯身映照出一抹微绿，流光溢彩，简直美不胜收，"这样的杯子，世所罕见，而女郎却能随手拿来待客，可见女郎之豪富。"

赵含章叹息道："可惜我再有钱，一时也不能使治下之民驱寒保暖啊！"

诸传微微坐直，身子前倾，道："传的手上倒是有一批布料和棉絮，或许可解女郎燃眉之急。"

赵含章的眼睛微亮，目光和诸传下首的常宁的目光一触即分，她激动地问道："不知有多少？"

"听闻女郎收拢了不少流民，我手上的这批棉絮还真不够，不过添足妇人那份应该是够了。"诸传微微一笑，道，"不算绸缎布匹，棉絮有八车。"

赵含章大手大脚地道："我都买了。"

常宁立即叫道:"女郎——"

他见诸传和赵含章都看向他,语气便缓了下来,慢慢地道:"女郎,还未询价,怎能就全部定下呢?万一诸二公子嫌弃我们给的价格低,不肯多卖呢?"

赵含章就连忙问诸传:"不知二郎君作价几何?"

坐在另一边的傅庭涵倒了一杯水喝,默默地看着他们两个做戏,不,可能是三个在做戏。

诸传一脸为难的样子,迟疑了半晌,道:"赵女郎,这批货本应该运到洛阳,只是我听说洛阳正在打仗,这才转道豫州,想要送往冀州。"

"本来女郎高义,我不该要高价,但传是第一次出远门销货,若是第一次就亏本而回,怕是不好与族人交代。"诸传垂下眼眸,看了一眼手中的琉璃杯,"但女郎是为难民置衣,这价要高了,我心中又难安。"

常宁笑道:"二公子处处为我们女郎着想,我们女郎怎么舍得让二公子为难?若是二公子愿意以物易物,不至于空手而回,双方都获益,岂不美哉?"

赵含章也连连点头:"是啊,商业之事本就是两全其美、双方得利的事,怎好让一方吃亏呢?"

诸传一愣,然后笑了起来:"赵女郎说得对,我们商人做的就是使双方得利、两全其美的美事。哈哈哈哈,既然如此,我就不客气了,我想要用我手中的货换女郎手中的琉璃。"

好说好说,赵含章笑眯眯地问道:"包括你手中的绸缎和布匹吗?"

"这……"这个的价格就要好好谈谈了,他带来的布匹中还有蜀锦呢,那可价值不菲,是本想送到洛阳给王孙贵族的。

诸传带了多少东西来,货色如何,价值多少,赵含章没看到,自然不能立即谈价格,所以赵含章请他先住下。

至于后续的价格问题,自然是让常宁去和他谈。

作为高贵的世家贵女,她怎么能去谈这样的俗务呢?主要是她之前装得太过,不好再砍价,所以砍价这样的事只能交给常宁了。

赵含章对常宁道:"能压就压,尽量以琉璃易之。"

他们最近的琉璃出了不少,虽然汲渊和她都在缓慢地向外放货,但仍然积存了不少。

不管是汲渊还是赵含章,都不愿意将价格压得太低。

但上蔡周边的县,应该说汝南郡内各县的琉璃市场已经达到了第一个峰值,除非压低价格,不然再出琉璃,销量也不怎么好。

这时候就需要一个能连通各地的大客商了。

赵含章沉吟片刻，低声道："常先生与他亲厚，不如邀他到家中居住？"

常宁若有所思，片刻后，点头："女郎说的是。诸二郎远来，我们作为东道主，是要好好招待。"

常宁是赵含章费尽心思挖过来的主簿兼幕僚，赵含章对常宁很厚待，具体表现在送房子、送人、送各种家具摆件。

空了一半的西平县城要找个宅子不难，但要把抢掠一空的房子布置得温馨又文雅却不容易。

赵含章不仅让人给常宁添置了许多家具摆件，还摆上了许多琉璃制品。

天知道常宁第一次在自个儿的卧室里看到一个等身高的穿衣镜时的感觉。

不仅如此，他的梳妆台上还有一个圆形的镜子，有铜镜那么大，却比铜镜要清晰明亮许多。

为了让他待客方便，赵含章还让人给他送了两套琉璃杯，多宝槅上还放了一对琉璃瓶。

可以说，光那一屋子的东西，便抵得上常宁在柴县令的身边干十年的报酬。

赵含章如此看重他，他恨不得以身相报。

常宁决定拉着诸传同住，让他在不经意间看到那些琉璃制品。

东西要想卖出好价钱，自然要让客人感受到它们的好处才行。

赵含章满意地点头。

常宁说干就干，当即拉着诸传去他家做客。诸传本来不想留宿的，虽然常宁的家看着宽敞，但他觉得还是住在客栈舒服，但在无意间看到架子上的两个琉璃瓶时，诸传改变了想法。

于是诸传留宿，二人相谈甚欢，晚上打算秉烛夜谈。

诸传自然而然地看到了常宁屋里的穿衣镜。

诸传是第一次如此清晰、完整地在镜子里看到自己的模样，他愣住了。

相比于琉璃杯，他更加急切地想知道这穿衣镜的价格。

不仅是穿衣镜，还有梳妆镜，这两样东西比琉璃杯还要好，不管是送往洛阳、冀州，还是拿回蜀地，都会引起人们的追捧！

常宁见诸传上钩，挑了挑嘴唇。

但诸传也不傻，常宁一个主簿家里就有这么多琉璃制品，那说明他们的手上有大量的琉璃，或者他们有琉璃的来源。

诸传想到他来西平时偶然听到的某个传言，眯了眯眼，或许谣传不一定都是谣传。

谣传赵三娘在上蔡有个琉璃作坊，能够制作出琉璃。

若果真如此，那琉璃的价格……

常宁见诸传沉思，便知道诸传想到了其中的关键，常宁的心中更加愉悦了。

女郎说了，一锤子买卖只能得一时的欢愉，哪里比得上细水长流？

有些话，他们说了，外人未必相信，须得让人自己想到才行。他们不介意将价值连城的琉璃价格压到贵重的、可以消费的奢侈之物行列，他们要的是能够源源不断地销售琉璃的渠道。

蜀地偏安一隅，不管是布匹还是粮食，都是上上之选，他们若能拿这些奢侈之物和诸传换生存物资，那还是他们赚了呢。

就在常宁和诸传互相试探时，傅庭涵和赵含章正在琢磨下一个奢侈品。

傅庭涵将做好的肥皂打开给她闻："因为快入冬了，近来杀猪杀羊的人多，我拿油脂试了试，在里面加了一些干花，你闻闻如何？"

赵含章嗅了嗅，叹息道："傅教授，还有什么是你不会的？"

她已经很久没这么称呼过他了，傅庭涵笑了笑，道："这个又不难，你肯定也会做。"

这倒是，的确不难，但要做到也不容易，怎么也得试验几次。

赵含章将盒子盖上，收下他送的礼物："我正想与你说呢，不知道你还记不记得纺织机的图，还有明朝后改良过的农具？我记得初中和高中的历史课本上都有。"

傅庭涵愣了一下，道："我是教数学的……"

在赵含章的目光下，傅庭涵顿了顿，道："我隐约还记得一些，但按图索骥……算了，大致的机械原理我还记得，给我工匠，我试着研究一下。"

赵含章立即道："我会派人去找会造纺机的工匠，在此之前，你先将就用一下现有的木匠。"

傅庭涵点头，已经快速地思考起来："你得给我找一台当下的纺织机，我得拆拆看，我知道你的意思，要是将来北地和中原真的像你说的那样陷入混战中，那么肯定会导致交通断绝，我们只能自给自足，提高纺织机的效率，这样我们就能解放更多的生产力。"

赵含章点头："是这样的，当下的混乱，更多的是上层争权夺利造成的，所以没必要在生产关系上斗来斗去，我们就从生产力上下手。"

傅庭涵抬起头来看向她："你要争夺民心？"

"当然，在我决定割据豫州时，这就是我们必须做的事。"

赵含章对这两件事很上心，比做琉璃和造纸还要上心得多，所以她撸起了袖子，打算和傅庭涵一起做。

她让人搬来一台织机，两个人换了一身轻便的衣服就开始围着它琢磨起来。

傅庭涵拿了笔和纸，赵含章则拿着尺子，他们一边把织机拆了，一边量好数据，将图画下来。

这对傅庭涵来说一点儿也不难，纺织机用到的机械原理并不复杂，对他来说，难的是木工技术。

没有钉子和胶水，他们只能用榫卯结构，那就要考虑间距的问题……

傅庭涵沉思起来，二人一直在房间里待到傍晚。光线暗下来后，他们才出去，只是心神还在织机上。

啊，有常宁真好啊，赵含章可以抽出空来做这些事，剩余的事完全可以交给底下的人做。

县衙的事有常宁，常宁又有宋智和耿荣辅助，育善堂有陈四娘，而现在以工代赈的织造处又多添了一个范颖，军队则有赵驹在，赵含章便一头扎进了纺织机的研究里。

别说，这个还真的挺有趣的，比她处理县务还要有趣得多。

赵含章又找回了以前做数学题时的那种感觉，自从意外眼盲后，她的精力就被迫从理科转移到了文科。

她的爷爷有名校情结，认为以她这么聪明的脑袋，不上好学校太可惜了，也不知道是哪家的家长拿了自家上小学的孩子的课本来给她的爷爷看。

里面有一篇课文叫《战胜命运的孩子》，在知道赵含章是因为视神经受损，即便移植了视网膜也看不见之后，她爷爷就开始极力培养她的艺术情操，想让她像课本上的其中一个孩子一样学习音乐，从而上名校。

于是赵含章不得不把荒废的钢琴捡起来。

一开始她学钢琴是因为幼儿园的小朋友们都上特长班，她妈妈觉得她不能落后太多，于是随大溜儿，给她报了一个钢琴班。

赵含章也就随大溜儿地学了。

她父母从没想过要她在这上面有多大的成就，她自己也没想过。

相比于钢琴，其实她更喜欢跟在爸爸的屁股后面打拳和打枪。

上高中的时候，她甚至都想好了将来要做的事，她想进研究所研究武器来着，所以对机械一类的东西还算感兴趣。

可惜她的眼盲了，原本用来画图和计算的手只能用来弹琴了。

赵含章一开始只能给傅庭涵量数据、报数据，但没两天，她就可以上手画了。

虽然远比不上傅庭涵，但她也能看明白："在这里增加一个纺锭？"

傅庭涵扫了一眼，道："既然要增加，那为什么只增加一个呢？"

王氏找过来时，两个人正凑在一起商量需要改良的地方。她从窗口只能看见二人的背影，他们的脑袋凑得极近，几乎要贴在一起了。她不知想到了什么，眼睛微微瞪大，她连忙轻咳一声，敲了敲门。

赵含章回头，低头的傅庭涵则抬起头来，两个人的脑袋一下子撞在一起，都疼得不轻。

外面有人高声问："弟妹，找到三娘了吗？"

王氏有些慌张地道："找到了，找到了，这孩子正在处理公文呢，我们暂且不要打扰她。"

赵含章和傅庭涵无言地对视着，最后赵含章揉着额头起身，上前去开门。

正要转身离开的王氏身子一僵，回头瞪了她一眼，把她往屋里推："我去把她们应付走，你们也收敛一些，别忘了你还在孝期呢。"

赵含章拉住她，一脸无奈："阿娘，你想什么呢，我和庭涵在办……在画图。"

赵含章及时刹住话头儿，觉得说在办正事也怪怪的。

王氏一脸怀疑，正想进屋看个究竟时，客人已经找到这边来了："三娘在这儿呢。"

赵含章扯出笑容，拉着她娘迎上去，低声道："阿娘，那屋里的东西不能让人看见。"

那可是她的宝贝，是比琉璃的方子还要宝贝的东西。

王氏瞬间明白了，也扬起笑容上前："嫂子怎么还找过来了？你在厅堂里等着就好了，我找到她就带过去。"

赵含章笑着行礼："庆伯母。"

来人是七房大郎赵庆之妻，赵含章懒得去算赵庆在族中排行第几，直接以名冠之称呼。

庆伯母惊讶地看着赵含章："三娘，你怎么穿着这样的衣裳？"

王氏这才留意到，她穿着一身窄袖，下着长裤，竟是学的庶人打扮，最要紧的是，布还是粗麻。

王氏的脸色变了变，她立即维护起女儿来："含章还在守孝呢，穿粗麻正合适。"

都已过了热孝……连肉和酒都吃上了，还在意这个？话在舌尖转了转，庆伯母笑道："三娘果然纯孝，我们多有不及。"

她好奇地往赵含章的身后看了一眼，不知赵含章此时为何来这偏僻的角落。

赵含章由着她看，她又不能透过墙壁看到里面的傅庭涵和织机。

赵含章道："阿娘，庆伯母，我们去堂上说话。"

庆伯母应下，随着赵含章去了大堂。

来的不止一位伯母，而是好几个伯母和姊娘。

她们一是来县城散散心，买点儿东西，二是来看看赵含章。

好吧，主要是王氏想来看女儿，她们就跟着一起来了。但进城后，她们发现了一件大事。

"我们看了一眼，那蜀锦极为漂亮，即便是素锦也是上等，在阳光下甚至还有流光闪过，价值比那颜色鲜亮的还高。"

那位婶娘说了这么多，还是没说到正点上，赵含章一脸蒙地问："所以婶娘们是钱不凑手，来和我借钱？"

"说什么呢？"王氏拍了她一下，道，"你的伯母婶娘们还能和你一个孩子拿钱？是那蜀商说东西都卖给你了，你的伯母婶娘们要买，只能找你。"

庆伯母笑道："就是，我们怎么可能拿你一个孩子的东西？所以你算算价格，卖一些给我们。主要是冬至就快到了，你的姐妹们闷了一年，我们就想着买些布料回去，给她们做一身新衣裳。"

赵含章一口应下："这有何难，回头我让县吏带伯母婶娘们去挑选，你们看上的，和他们买就是了。这些东西都是县衙买来准备高价卖出去，好赚些差价买粮食的，我让他们不许赚伯母婶娘们的钱，多少钱买进来的，就多少钱卖给你们。"

虽然不知真假，但众人听了很高兴。

赵含章笑着问："只要素锦吗？我隐约记得里面还有好几匹颜色鲜艳的锦缎。"

庆伯母叹了口气，道："之前坞堡大战死了好多人，虽然我们家里没人战死，但你铭伯父已经下令，举家哀悼，三个月内不许婚嫁饮宴。即便冬至还早，我们也不好穿得过于鲜艳。"

毕竟坞堡里还有这么多人家守孝呢。

赵含章点头，到冬至时，早就过了三月之期，但的确也不好穿得太过鲜艳。

庆伯母笑着问："三娘要参加冬至礼宴吗？"

赵含章笑道："我就不去了，只回去祭祖。"

几个人一惊，微微挺直了腰背，笑着颔首。

赵氏的规矩，除至亲亡故外，女子不得入祠祭祖，更不要说冬至祭祖这样的大事。

一般女子都是在家中准备之后的礼宴的事，赵含章竟然要祭祖，族中长辈能答应吗？

祭祖的事是赵铭主动提的。

他真的很理智，一切有利于赵氏宗族的事，他都可以做。

冬至祭祖是家族大事，除户主及家中嫡长子外，在这一天，谁都不能去祠堂惊扰祖宗。

看着慢慢走出悲伤，恢复生产，能够正常秋收的西平县百姓，赵铭知道，没有人可以挡住赵含章的脚步。

即便他不愿意，赵氏也必须做出抉择。

这时候就显示出住得近的好处了。

赵仲舆远在洛阳，虽为族长，却很难控制西平赵氏。当然，他在朝中，对宗族的助益也不少。

但，此时正值乱世，赵含章就在西平，她对赵氏的助益更大。

在赵铭决定做西平县县丞，给她打掩护时，他其实已经代替赵氏坞堡做了选择。

既然已经选了赵含章，那便把事情做好，让双方都愉悦，他也要助她在宗族里站稳脚跟，这样双方才能更加紧密地合作。

这就和看中一个正在打天下的穷小子，那就把女儿嫁给他，举全族之力供养他是一样的道理。

赵含章的身份好一点儿，她天然是赵氏的人，赵铭不用找个女儿嫁给她。

为了树立她在赵氏的威望，也为了让她和赵氏的联系更加紧密，赵铭向父亲提议，让赵含章代替大房参加祭祖，带上赵二郎一起。

赵淞有些迟疑。

赵铭就平淡地道："阿父，三娘非一般女子，您可将其等同男子视之。"

赵淞明白他的打算："可她如今在族中的威望已然不低。"

"除了大伯下葬那日，她未曾在其他场合见过全族之人。"赵铭道，"这一次冬至祭祖，不仅各房的户主会到，连在外游学的子弟也会回来。"

赵淞惊讶地道："子途要回来了？"

赵铭颔首："是，他不日就要到家了。"

赵淞沉吟，这才点头："还得问过族中的其他老人。"

族中的老人们沉吟许久，在赵铭的劝说下，也大多答应了，只有赵瑚一直不肯点头。

赵铭直接留话："不然我让三娘来找七叔问问，可是三娘以往有过错，所以七叔不愿让三娘祭祖？"

第十九章
赵氏礼宴

赵瑚就嘟嘟囔囔地骂了赵铭好几句,才勉强点头。赵瑚也怕赵含章来找他。

赵铭确定了以后才找赵含章,直接通知她参加冬至祭祖。

冬至祭祖后还有礼宴,就跟全国人民共迎新春的感觉差不多。

一开始,礼宴只有赵氏的族人参加,后来是坞堡里的人凑在一起欢聚,再后来则是西平县的百姓也会跑来赵氏坞堡欢宴,到现在,已经发展成其他各县的士绅文人和富商都会在冬至前后来西平县过节。

当然,普通百姓也能来,到时候不仅是赵氏坞堡,西平县也会张灯结彩,热闹非凡。

这是普通百姓的过节方式。

而赵氏会广发请帖,在坞堡里设宴款待持帖前来的客人,大家论道谈礼,饮酒作诗,因此被称为礼宴!

今年因为赵氏坞堡为乱军所围,死了不少人,族中有长老想要暂停一年,但五叔祖认为,越是这个时候,越不能停,若让人看到赵氏的疲弱,还以为他们可欺呢。

赵铭也如此认为,所以今年的礼宴会照常举行,帖子已经发出去了。

族中有不少适龄的女郎,到冬至日时,家中无重孝的人都过了三月之期,可以说亲了,所以最近族中之人热衷于做新衣服。

王氏也给赵含章做了两套,一套是礼服,一套是常服,虽然赵含章说她不参加礼宴,但人在家中坐,若有人上门来拜访,总不能将客人拒之门外吧?

所以衣服鞋袜等,该准备的都要准备起来。

可惜西平县遭受过一次兵乱后，商业大受打击，前来的客商也很少，伯母婶娘们找不到好的布料。

突然碰见一家外地来的蜀商，还带了这么好的蜀锦，难免心动。

赵含章找借口退出厅堂，没找到听荷，便招手叫来一个小丫鬟，问道："听荷呢？"

小丫鬟低头道："听荷姐姐奉女郎的命令出去挑选木料了。"

"哦，对，"赵含章敲了敲自己的脑袋，"忘了，我让她去挑选做织机的木料了。那你去前面走一趟，把常主簿……身边的人请来，就说我要问蜀锦的事。"

丫鬟应下，疾步往前院去。

常宁一听丫鬟禀报完就问道："今日府上有客吗？"

"是，夫人和族里的几位夫人一起过来了。"

常宁明白了，迟疑了一下，觉得以他这段时间对赵含章的了解，他们这位女郎可不是个大方的人。

诸传的货物里，最值钱的就是那些蜀锦和绸缎，几匹就抵得上那几车棉絮了。

于是常宁沉吟片刻，叫来一个文书，是文书跟着自己去和诸传谈的价钱，账本也是文书做的，文书最了解价格。

"女郎要是问起蜀锦和绸缎的价格，都往上加三成。"

文书张大了嘴巴，脸色涨红："这……这不好吧？"

常宁瞪了他一眼，道："我又没改账上的价钱。你若是单独见到女郎，那就如实报价格；若是当着众人的面见的，那就把价格往上提三成。"

文书应了下来，和那个丫鬟一起去县衙后院见赵含章。

赵含章哪能脱身单独见文书？所以文书直接到了大堂上，一进去就被夫人们的目光锁定了。

他的脚步一顿，他走上前去行礼。

赵含章笑着问："常主簿和诸二公子谈妥了价钱，把他的货都买回来了？"

文书低头应了一声"是"。

"里面是不是有蜀锦和绸缎？"

文书应道："有八匹蜀锦和六匹绸缎，皆是上品，其余布料不等。"

赵含章便点头，下令道："去把蜀锦和绸缎都抬上来，我的阿姆们要挑选。"

赵含章这话给了夫人们极大的面子。夫人们都很高兴，不由得挺直腰背，更加骄矜起来。

文书应下，躬身下去安排。

赵含章给小丫鬟使了一个眼色，让她带着府中的下人去帮忙。

蜀锦和绸缎很快被抬了上来。赵含章让人将案桌抬到大堂中央，蜀锦和绸缎被一匹匹地摆放到案桌上，让人一目了然，可以更好地被观赏和挑选。

庆伯母伸手摸了摸一匹玫红色的蜀锦，惊叹道："这上面的花纹好似天然所生，可真好看啊！"

可惜她们现在穿不了，未来半年内，赵氏一族的人都会尽量着素服，而且这样的颜色虽然好看，其实不太符合当下的审美，太过艳丽了。

庆伯母恋恋不舍的那匹玫红色蜀锦图案艳丽，上面用各种色彩鲜艳的丝线织成了团花和飞鸟，颜色以玫红为主。

这样的织锦做成衣服在冬天穿……赵含章歪着脑袋想了想，觉得还挺好看的。

尤其是在雪中，做成折裥裙还挺好看。

赵含章的脑海中才闪过这句话，庆伯母已经将手从玫红色蜀锦上挪开，放到了旁边的一匹素锦上，道："这匹好。"

这也是赵含章一早就看中的。

这匹素锦以月白色做底，上面织有大朵的花纹，中间有小花和祥云交缠，丝线以三色浅黄勾出颜色差异。

王氏本来没放在心上，待看到这匹素锦时，便不由得去看女儿。

她也喜欢这匹，而且这匹素锦的颜色和女儿好配。

她不住地去看赵含章。

赵含章却没想做新衣服，见没人和庆伯母抢，她们自己就选定了各自想要的颜色，赵含章便问文书："这些蜀锦和绸缎作价几何？"

文书一本正经地涨价，每一匹的报价都不一样，还道："这都是县衙买进来的价格。"

他到底没有常宁和赵含章的脸皮厚，说完还是有些心虚的，所以多解释了一句："如此高价是因为蜀地到此路途遥远，路上并不太平，而我们西平的客商极少。"

赵含章瞥了他一眼，文书也意识到自己说多了，立即闭嘴。

好在伯母姐娘们砍价的经验也不多，而且他说的也是实情，现在西平的客商确实很少，就算有，也多是卖粮食和普通布匹的，都是听说这边在大量进货而送来的，贵重的绸缎锦绫一匹也没有。

小客商们此时哪敢运送这种贵重之物？

路上要是被人打劫，那他们就得倾家荡产了。

所以现在好的布料在西平很贵。

虽然文书报的这个价格的确太贵了，但还在她们的承受范围之内，于是大家眼也不眨地买了下来。

赵含章微微一笑，让文书把钱收了，看时间也不早了，干脆起身道："我送伯母和婶娘们回去吧。"

庆伯母等人便笑了起来，推辞道："你忙吧，不必相送。"

王氏也道："我们还要再逛逛呢。"

"也好，"赵含章让小丫鬟带她们出去玩，还给了王氏一个钱袋子，"阿娘看中什么便买下来，再替我买些东西孝敬伯母和婶娘们，含章就不多陪了。"

王氏当面收下钱，很高兴地说："好好好，你去忙吧。"

等赵含章走远了，庆伯母等人才敢放开了说话："弟妹，怎么不见你的那个好女婿？"

王氏不动声色地道："他们这样的人都忙着呢。"

傅庭涵的确在忙。赵含章一走，他就自己拿着笔在一堆拆开的木头中间沉思。

等赵含章回来，他的图已经画得差不多了。

"你回来得正好，你看一下图。"傅庭涵将画好的图给她看。

"我把木匠找来，我们先照着做一个试试。"

"好。"

两个人沉迷于做织机，王氏带着大家买完东西回来后看见，迟疑了一下，还是没有打扰他们，带着庆伯母她们先回族里去了。

西平县得了诸传的八车棉絮，填充棉絮的冬衣和被服就增加了。

做好的冬衣和被服陆续发下去，先是育善堂里的孤儿和老人，县城中受损严重的家庭，先给了孩子和妇女的份额，然后是投奔而来的流民中的孩子和妇人……

等轮到男子时，大多变成了芦絮和柳絮填充的冬衣和被服，有的还没拿到手。

但没有人不满，大家都在安静地等待着，并且欣喜地接受了县衙的馈赠。

县衙还在安排人加紧缝补，所以流民的心中都有数，他们都有。

汲渊派人运送来了五车冬衣和被服，全是上蔡那边剩下来的。

来送东西的管事躬身禀道："汲先生说，庄园今年可安然过冬矣。"

那边也收拢了不少难民，但因为乱军没有到那里，所以他们的脚步不停，一直在建房子，到现在，他们建的砖房基本上够安置所有人了。

虽然需要十来个人挤一间屋子，但……还是挺暖和的。

赵含章羡慕了一下，想到上蔡庄园也是她的地盘，羡慕变成了欣慰。

等最后一批人也收到冬衣和被服时，气温开始急剧下降，北风呼呼地刮着，赵含章和傅庭涵通力合作的改良版织机也做好了。

两个人围着加大了不少的织机转悠，最后赵含章捏了捏手指，道："我来试试。"

傅庭涵也期待地看着。

听荷将线给她挂上拉好，赵含章就踩着织机拉了几下，"唰唰"地织出了一指来长的布，赵含章的眼睛一亮，她还未来得及高兴，"哐"的一声，织机中间的滚筒掉落了。

赵含章和傅庭涵的笑脸一僵，傅庭涵连忙蹲下去，半个身子都钻进织机下面去看。

傅庭涵头疼地道："这个位置不稳啊！"

赵含章道："看来还得改。"

不过，赵含章看着那一指长的布，依旧很高兴："刚才我拉了几下便织成布了，显然，我们成功了。"

傅庭涵道："可惜时间太短了，不知道还有什么不足之处。"

赵含章想了想，道："不够轻便，需要花很大的力气。我的力气大，所以可以很顺畅地拉下来，但换了别的女子，只怕需要费很大的力气才能拉动。"

傅庭涵若有所思："所以还得想办法减轻力……"

赵含章由着他思索，等他在纸上写写画画结束，出了状态，才道："今日小雪，我阿娘叫我们回坞堡用饭，一会儿我们带上二郎回去吧。"

这织机改良也不是一天两天能做好的，傅庭涵便点头道："好。"

于是到了下午，赵含章便叫上赵二郎，一行人骑马回坞堡。

只是天气太冷了，风吹在脸上生疼，所以三个人骑马的速度都不快，就那么慢悠悠地往前跑。

街上几乎没有人，天一冷，大家都窝在家里不出来。商铺连门都只开半扇，这才申时，见没有客人上门，他们直接就把门关起来了。

赵含章领着一众人溜达着追上前面的队伍，越过那支队伍时，好奇地偏头看了一眼。

这条路已经下了官道，只通向赵氏坞堡。

这一队的人多是和她年纪相仿的少年，或骑在马上，或缩着脖子坐在牛车上，车旁跟随了五六个奴仆，但这些人赵含章一个也不认识。

赵含章一行人从他们的身边越过，彼此都好奇地看向对方。将要越过车队往前时，赵含章好奇地偏头又看了车队一眼，正好和第一辆牛车上的男子对视上了。

赵含章心中一动，她勒住马，在前面拦住了车队。

车队停下，牛车上坐着的一个少年蹙眉问道："你们是何人，拦我们的车做甚？"

赵含章只扫了他一眼便看向坐在正中的俊秀男子，有些迟疑地道："可是子途叔父？"

自从乱军从西平县退走，一直到现在都少有外地人来西平，这时候来坞堡的多是赵氏自己人。

男子淡淡地扫了赵含章一眼，想起了什么，微微坐直身体，蹙眉，试探性地道："是三娘？"

赵含章立刻展开笑颜："正是含章。原来是叔父啊。"

她的目光扫过他身后的少年和青年们，笑容更盛："这是兄长和弟弟们吧？"

赵程看着赵含章的笑脸，目光慢慢地从她的身上移到她身后的两个少年身上，在傅庭涵和赵二郎之间来回看了一会儿后，定在赵二郎的身上："这是二郎？"

因为这个少年看上去不是很聪明，相比之下，另一个少年不仅更加俊秀，也显得很聪明的样子。

赵含章下马，喝了赵二郎一声："还不快过来拜见叔父。"

傅庭涵也上前拜见。听见傅庭涵的自称，赵程微微颔首："傅大郎君不必多礼。"

他指着道路，让赵含章把路让开，他们要回坞堡去。

赵含章挑眉，将马牵到一旁，让他们先行。

赵程看也不看他们，让车夫继续赶车。

等他们都走过去了，赵含章才上马，对众人道："走吧，我们也回老宅。"

于是赵含章带着众人从后面再一次追上车队，再一次从旁边超越他们，迎着风"嗒嗒"地往坞堡而去。

尘土飞扬，顺着风就往后面的车队扑去。

和赵程坐在同一辆车上的少年抹了一把脸，愤愤地道："这人好生无礼，仲父，她就是赵三娘吗？"

赵程的眼里却快速闪过一丝笑意，他瞥了少年一眼，道："啰唆什么，还不快驾车回去，这天都快要黑了。"

赵含章带着人回到老宅，把马丢给身后的人，带着傅庭涵和赵二郎去拜见王氏。

王氏正在厨房里忙活，今日算是个小节，所以她做了很多饭食。

王氏知道孩子们都爱吃肉，所以准备的肉最多，其中还有好几道傅庭涵爱吃的菜。

王氏让人将菜端出去，她自己也端了一盘："快去净手，我们今天吃早些。他们都说今晚会下雪，我看天上黑沉沉的，说不定真的会下，我们说不定能赏夜雪。"

赵二郎道："阿娘，天黑了看不见。"

赵含章道："阿娘，我们回来的时候碰见了一个人，似乎是七叔公家的子途叔父。"

王氏一愣："他回来了？"

"是啊,您说我们要不要去拜见他?"

王氏想了想,道:"明日再去吧,今天是小雪,他又才回来,总不好去打扰他们一家团聚。"

赵含章点了点头,也觉得明天去拜见更好。

傅庭涵抬头看了赵含章一眼,她刚超车,让人吃了一嘴灰,这时候去,不是找骂吗?

赵含章对上他的目光,笑着冲他眨了眨眼。

王氏看见,就瞪了一眼坐在二人中间的赵二郎。

赵二郎已经握住筷子,正等着姐姐一声令下就开吃,见母亲瞪他,有些蒙,不知道他又怎么惹到母亲了。

王氏见赵二郎还不动,便上前拧住他的耳朵,把人拖到她的身边来坐:"也不知道你在县城里都学了些什么,连礼仪都忘光了?"

她扭头对赵含章道:"还是应该让他回来读书,世家子不知礼怎么行?"

赵二郎一脸哀求地看向赵含章。

赵含章道:"阿娘,我们会教他的。来,我看今日的豆腐做得不错。"

赵含章给她夹了一块豆腐,这豆腐炖了很久,还是和大骨一起炖的,极入味,咬一口,里面都是汤汁。

赵含章略一挑眉,想起来了:"冬天到了,地里没有青菜叶子,大家闲着无聊,倒是可以试一试发些豆芽。之前我一直想试着榨豆油以及磨些豆粉和杂面,但一直抽不出人手,现在可以了。"

傅庭涵道:"县城里只有一个磨坊,除此之外就是县衙边上的磨坊,里面的石磨和石臼是专门给犯罪的人用的,我去看过,只有两套。"

"那是有点儿少,让人做一些。"赵含章想了想,道,"不敢说每个村落和安置点都要有,但几个村和安置点之间总要放一个,也方便百姓。"

傅庭涵没有反驳,而是问道:"你想到豆油要怎么榨了吗?"

说到这,赵含章就头疼起来。她含糊地道:"我再想想,当时听书的时候不太认真,我记得不是很清楚……"

傅庭涵见她头疼,便笑了起来,给她夹了一块肉:"你慢慢想,有一个冬天的时间给我们折腾呢。"

也是,在春耕前,他们都相对清闲,现在百姓们都窝在家里过冬呢。

他们谈正事时,王氏一直很安静,等他们说完了,她才催促起来:"快吃,吃完了去试新衣裳,我给你们都做了冬衣。"

她扭头去看赵二郎,有些愤怒地道:"尤其是你,这才两个月不到,你说你都穿坏多少件衣裳了？"

赵二郎埋头苦吃，赵含章也识趣地低下头去。

王氏念叨着："要是普通人家，哪里养得起你，竟要花费这么多布料。"

傅庭涵替小舅子说话："夫人，二郎习武，总是要费一点儿衣裳的。"

"他姐姐也习武，怎么就没他这么费？我看他还是淘气。"王氏坚持要赵二郎回来习礼。

一家人热热闹闹地吃了一顿晚饭，距离老宅不远的一处宅院里也十分热闹。

赵瑚看到孙子回来，高兴地抱着孙子，眼角、眉梢都是笑容，赵瑚再面对赵程时，笑容虽然淡了一些，但还是有。他矜持地颔首道："算你有良心，还知道回来，这一次回来，不许你再带大郎出门了。"

赵程的脸色冷淡，他只遵礼地冲他父亲行了一礼，然后面向他的儿子："去让直一把行李拿进去。"

赵瑚不高兴了："下人便在此处，你指使下人去做就是，使唤孩子做什么？"

才八岁的赵正立即道："翁翁，行李中有好多珍贵的书籍，下人的手重，若是摔了就不好了，还是让我去吧。"

赵瑚道："如此贵重的东西谁敢摔？我打杀了他！"

赵程的脸色一沉，他呵斥赵正道："话怎么这么多？还不快去！"

赵正转身就跑。

赵瑚忍不住跳脚："你跟孩子发什么火儿？"

赵程垂下眼眸不说话。赵瑚更气，正要指着他的鼻子大骂，一道熟悉的、清冷的声音响起："程弟回来了。"

赵瑚将要说出口的脏话堵在了喉咙里，只是脸色铁青，很难看。

赵程却面色一缓。看到走过来的赵铭，赵程抬手作揖，恭敬地叫道："铭兄。"

赵铭点点头，邀请他："我在家里置了一桌席面，你与我同去小酌一杯？"

赵程想也不想就答应了，转身就和赵铭走了。

赵瑚张大了嘴巴，气恼地道："今日是小雪，都到了家中，竟也不留下吃饭……"

赵程为了不见父亲，能够连续五六年在外不归家，又怎么会在意一个小小的节气的团圆？

赵铭干脆连赵瑚一并邀请过去："七叔一并过去吧，父亲也想您了。"

赵瑚这才闭上嘴，他也知道留不住赵程，嘟嘟囔囔地应下，去带上孙子赵正一并过去。

赵铭知道赵程心中烦闷，所以特地把他带到后院的亭子里单独坐了一席。

赵铭给他倒了一杯酒，问道："此次回来就不走了吧？"

赵程皱眉："几个孩子想家了，加之坞堡出事，我才想带他们回来看看，待来年天气暖和一些，还是要走的。"

"天下已经大乱，外面盗贼横行，再出去，并不能学到多少东西，反而会平白丢了性命。"赵铭道，"与其在外疲于奔波，不如定居故乡，静心读书。当然，你若能留在族学中替十一叔分担就更好了。"

赵程的神色淡淡的："我进坞堡时，见许多人家都挂着白麻，显然家里也并不平静，谈何静心呢？"

"正是因为不平静，才需要你留在西平。难道你要袖手旁观，看宗族落难吗？"

赵程没说话了。

赵铭叹了口气，道："三娘一个女郎都有护卫家族之志，你作为叔父，怎能还在她之后呢？"

赵程道："我正想问兄长，你在信中说得不甚清楚，三娘一个女郎，如何能做西平县的主？"

赵铭微挑嘴角："你没见过她，待你见了就明白了，只怕她不仅能做西平县的主，将来还能做上蔡县的主呢。"

"我见过她了。"

赵铭惊讶地道："什么？你何时见的？"

"回坞堡的时候，在路上碰见的。"赵程想了想，道，"她的确桀骜，不似一般女郎，不类治之。"

赵铭笑道："人都是会长大的，长大的过程中遇到不同的事，自然会长成不一样的人。以前她的脾气品格倒是很像治之，现在嘛……"

赵铭想了想，笑道："却有五分像大伯。"

赵程惊讶，这是很高的评价了。毕竟赵氏这三代最聪明、成就最高的人便是赵长舆。

赵铭是很想留下赵程的，他想到赵含章的厚脸皮，便热情地道："明日我带你去见她，说起来，当年族中和治之关系最好的人便是你。"

赵程没有拒绝，前院传来喧闹声，是某人大声说话的声音。

赵程问："三娘主管西平县，他没给她添麻烦吧？"

赵铭知道"他"是指赵瑚，笑着摇头："没有。"

赵程却不相信，冷笑道："你不必替他遮掩，大伯那么威严，尚且压不住他，更何况是三娘呢？"

赵铭摇头道："大伯压不住七叔是因为大伯不在西平。况且，你也小看了赵三娘，我们的这位侄女啊……"

赵铭想到每每被她蛊惑的他爹，不由得摇头叹息。

而此时，赵含章他们一家才煮了红糖姜茶坐在靠窗的席子上，竹帘被卷起来，窗也打开了。

赵含章看到天空中纷纷扬扬地落下的小雪花，惊呼一声："真的下雪了！"

赵二郎也很兴奋，跳起来就往外跑，还顺手把傅庭涵给拽了出去。

王氏忙叫道："快披上狐裘，可别冻着了。"

王氏见赵含章含笑看着，并不跟着出去，就推了推她："你也和他们去玩吧，我这里不用你陪。"

赵含章摇头："我不喜欢玩雪，冷冷的，阿娘，我们说说话吧。"

王氏很久没和女儿交流了，一时不知该说什么，就问道："说什么？"

"说一说子途叔父。"

王氏想了想，道："你小的时候，他还抱过你呢，他很喜爱你。你父亲曾一度想让你认他做父。"

赵含章惊讶地道："为何？"

王氏就叹息道："你七叔祖荒唐，他们的父子关系不睦，两个人已经到了水火不容的地步，你叔父便无意娶妻，放出话来，让孩子生在这样的家庭里是很痛苦的事，因此要自绝血脉。"

赵含章张大了嘴巴，想起脑海中的族谱，愣愣地道："可是叔父现在不是有一个儿子吗？族谱上说他叫赵正，今年应该……"

"八岁了。"王氏深深地叹了一口气，道，"就是因为这个孩子，你叔父才远走他乡，轻易不回西平，就是回来，也是在坞堡之外居住，不愿和你七叔祖同在一个屋檐下。"

"为何？"

王氏迟疑起来，不太想说长辈的闲话。

赵含章急忙拉住她的手："阿娘，我观叔父是个难得的人才，他又和父亲相熟，所以想求他帮我，但我见他待人冷淡，您要是不告诉我，我与他往来时，犯了忌讳怎么办？"

"你叔父不是心胸狭隘之人。你只要守礼，怎么会犯忌讳呢？"

但就怕她不守礼啊，她今天已经当着他的面无礼过一次了。

赵含章眼巴巴地看着王氏。

王氏受不住她的目光，便左右看了看，让丫鬟们都下去，连青姑都笑着退了下去。

屋里只剩下母女两个了，王氏又往窗外看了一眼，见傅庭涵和赵二郎正仰着头看落雪，并没有注意屋里，这才小声地道："你七叔祖啊，不靠谱儿。"

赵含章倾身认真地听，闻言，严肃地点头，关于这一点，她深有体会啊！

"自从你叔父放出话来要自绝血脉，七叔祖就开始四处为他说亲，还当众骂你叔父不孝，这件事闹得很大，最后还是你祖父出面训斥了七叔祖，这才阻止这场闹剧。"

赵含章惊讶地道："祖父训斥的是七叔祖？"

王氏点头："对。说他父不像父，这才子不似子，还让七叔祖不要逼迫你叔父，顺其自然，或许还有回转的余地。

"但你七叔祖岂是听话的人？被你祖父训斥后，他老实了两年，便又开始四处为你叔父说亲。

"只是你叔父的名声在西平已坏，很难再说到好人家的女郎。你七叔祖也不挑，拿出一大笔钱，去灈阳为你叔父说了一户文士家的女郎。"

赵含章问："亲事定下了？"

"定了。但你叔父又去退了。你叔父也坦诚，到了灈阳后，便找中间人上门说明缘由，表明是自己的原因，不愿要血脉，外人便误会你叔父不育，所以……反正这门亲事是顺利退了。你七叔祖知道后大怒，让人把你叔父给绑了回来，然后用最快的速度为你叔父抬了一房妾侍回来……然后就有了你正弟。只是他们父子的亲缘也几乎断绝，孩子还未出生，他便远走他乡，再回来，还是因为那个妾侍难产，生下孩子后离世，他回来看孩子，直接把孩子也给带走了。"

赵含章张大了嘴巴，虽然王氏没有明说，但她也能猜到发生了什么。这让她有些厌恶："七叔祖果然不靠谱儿。"

王氏深以为然地点头："当时你父亲已经过世，你弟弟的表现异于常人，我们一家一心寻找名医，过了很久才知道此事。"

她叹息道："他只有你父亲一个好友，你父亲不在了，也就你祖父能开导他一些，但当时……所以他自苦，多年不愿回坞堡。有你祖父在，也无人说什么。"

赵含章便开始在脑海里寻找县城里空着的好房子。

第二天，赵含章醒来，一开门就看到外面铺了厚厚的一层雪，傅庭涵正拿着一个小木铲在铲雪，铲在一起后拍实。

赵含章第一次见傅庭涵玩乐，好奇地跑过去问："你要堆雪人吗？"

"对。"傅庭涵笑着把小木铲递给她，"你要玩吗？"

赵含章很久没玩雪了，她的心一动，她立即接过小木铲，把院子里的干净雪白的雪铲过来堆在一起。

两个人一起努力了半天，终于做好了一个半人高的雪人。

赵含章把团好的"脑袋"给它放上，然后开始给它做眼睛："每年冬天下过大雪以后，我家的门外都有别家的孩子过来堆的雪人。有一次我回家踩到冰块，滑了一跤撞到了才知道有雪人。我后来仔细地摸了摸，发现差不多和我一样高，而且我长高，它也在长高。

"我一直想要自己堆一个，但我的眼睛看不见，我得靠手一点儿一点儿地摸索确定形状，脱掉手套玩雪实在是太冷了，我爷爷怕我生病，不许我玩。这么多年，我终于能自己堆一个了。"

赵含章后退两步，仔细地打量自己堆的雪人，很满意："我堆的雪人果然好看。"

傅庭涵笑着给她递帕子擦手："别冻着了。"

听荷适时地上前禀报道："女郎，该用早饭了，刚才铭老爷派人过来说，让女郎有空了过去一趟。"

"知道了，我用过早饭就去。"

赵含章沉思片刻，叫上傅庭涵："我们一起去。"

傅庭涵挑眉："我去干坐着？"

"今天带你去认识一个人，你们或许会成为朋友。"

傅庭涵问："是昨天回来时遇见的青年吗？"

"就是他，他叫赵程，字子途，是七叔祖的儿子。"

傅庭涵好奇地问道："你怎么会觉得我们会成为朋友？"

赵含章道："因为纯粹的人都喜欢找纯粹的人做朋友。"

虽然他们只见过一面，但从阿娘给的信息来看，赵含章认为赵程是一个纯粹的人。

五叔公一家很热闹，不仅七叔公一家在这里，连昨天刚游学回来的少年们也都在这里。

他们都是上门来磕头的。

赵淞很喜欢孩子，对族中这些喜欢学习、象征着未来的孩子更是喜爱，满脸笑容。

在看到走来的赵含章和傅庭涵时，他脸上的笑意更深了，他直接招手："含章和庭涵来了，快过来见见你们的兄长和弟弟。"

赵含章和傅庭涵笑着上前行礼，结束后才看向站着的几个少年。

他们大的有十七八岁，小的十岁上下，此时都一脸好奇地看着她和傅庭涵。

虽然双方昨天已经见过，但经过实在不太愉快，少年们默默地看着和他们差不多大的赵含章和傅庭涵，难以想象她已经是一县之主了。

众人的印象还停留在她昨天的无礼行为上。

在长辈面前，即便他们心中不满也得憋着，最大的那个先自我介绍："三妹妹好，在下赵宽。"

赵含章和傅庭涵行礼，她的脸上带着乖巧的笑容："宽兄长。"

傅庭涵道："在下傅长容，字庭涵。"

赵宽惊讶地道："你已经有字了？"

五叔祖立即插嘴道："不仅你们的妹婿有字了，三娘也取了字。"

他笑眯眯地道："是你们的大父给取的，叫含章。她现在是县君了，你们以后都要叫她的字，别总是'三妹妹，三妹妹'地叫，多不威严。"

一旁的赵瑚冷笑道："三娘的威严又不是靠字。"

立即有少年捧场地问："那靠的是什么？"

赵含章看向对方，认出是昨天和赵程一起坐在牛车上吃了她一嘴灰土的少年，不由得咧开嘴笑，然后也充满兴味地看向赵瑚，追问道："是啊，七叔祖，我靠的是什么？"

赵瑚要说出口的讽刺之语噎住了。

少年们震惊地看着两个人。赵瑚的脸色明明那么难看，但他就是不开口。

这时，众人心中一跳，都暗暗戒备起来。

赵氏里谁不知道七叔祖浑，连五叔祖都很难管住他，也就大房的大父，也就是那位伯爷爷说话才管用一些。

所以七叔祖是真的被赵含章管住了，还是因为大房的伯爷爷的关系呢？

在外游学，见识不少的少年们敏锐地觉得是第一种。

赵程也看到了，他诧异地扭头去看赵铭。

赵铭冲他微微一笑，轻咳一声。

大家回过头来，这才看到站在门口的两个人。少年们连忙行礼，先是冲着赵程叫了一声"先生"，然后才冲赵铭行礼。

看得出来，赵程在他们中间很有威望。

赵程对着众人微微颔首，先向赵淞行礼，然后冲他爹行礼，冷淡地叫了一声"父亲"，然后看向赵含章。

赵含章已经抬手，正要行礼，赵程就问她："你靠的是什么？"

赵含章一挑眉，只顿了一下，便继续行礼，她长揖到底，笑吟吟地道："大概靠的是债主的身份吧。"

赵程蹙眉道："债主？"

赵含章颔首，看向赵瑚："七叔祖，如今已入冬，大家都闲下来了，要不我们找个空闲的时间清点一下往年累欠的粮税？"

赵程扭头看了他爹一眼，见他爹的脸色涨红，便回头问赵含章："欠了多少？"

赵含章道："衙门算出来的有三千八百六十石。"

"你让人来拉吧，不必核算了。"赵程直接叫来一个下人，"回去让三金打开粮库，让衙门的人去取。"

"你……你……你……"赵瑚用微颤的手指指着赵程，"你这逆子……"

赵程就对赵含章道："干脆你拿个整数吧，就拿四千石，多余的算我们赵家捐赠的。"

赵含章瞥了一眼赵瑚，大声地道："叔父大仁大义啊！含章替西平县的百姓谢过叔父。"

傅庭涵的眼中闪过一丝笑意，他有些无奈地看着兴高采烈的她。

赵程心有所感，隐约明白了她靠的是什么。

往常收账的人多少有些不好意思与人开口收债，尤其对方还是亲朋，而赵瑚不仅是赵含章的亲朋，还是长辈呢。

但她就是能够面不改色地开口，还隐隐挤对起赵瑚来，这在注重礼的世家里是很少见的。

赵程的目光从赵含章的身上移到她旁边的少年身上。

赵铭就笑着替他介绍："这是含章的未婚夫婿，北地郡傅氏长容。"

赵程的面色和缓了些，他微微颔首，问道："你的祖父是傅中书？"

傅庭涵行礼，应了一声"是"。

赵瑚见没人理他，更加气恼了，甩了袖子就要走。赵含章还真的怕他气狠了，气出病来，忙笑嘻嘻地上前哄他："七叔祖，汲先生前几日让人给我送了些香料来，我让人研磨成了粉末，今天我让人杀一只羊，不，两只羊，用香料炙烤，特别美味，七叔祖与我同去吗？"

赵瑚哼了一声，好在没再往外走了："你会这么好心地请我吃？"

"七叔祖这话过于伤人了，我以为经过这么多事，我们二人不仅有祖孙情分，也是忘年之交，含章有好东西请您去吃，不是应该的吗？"

赵瑚的脸色和缓了些，然后他问道："那香料是什么？值得你这么炫耀。"

"就是胡椒之类的东西，挺多的，您让我报名字，我还真的一时记不全。"

赵瑚一脸怪异之色："你拿胡椒烤肉？"

"哎呀，这有什么？七叔祖若喜欢，我拿来炖汤也行啊！"

她都请赵瑚了，赵淞那就更要请了。

赵含章跑到赵淞的身边，很亲近地道："五叔祖，别人可以不去，您却是必须得去的,我让人炖了羊汤,这时节吃着,正好驱寒。"

赵淞笑着应下。

当然,她也请了赵铭和赵程,虽然这次吃羊宴她早就定下来了,但增加的这一只却是因为赵程。

她把屋里的这些少年都请上。现在外面这么乱,他们在家学习多好啊,出去跑啥?

既然在家学习了,那就建设一下家乡,替她这个妹妹或姐姐分担一下重担呗。

少年们一齐看向赵程。

赵含章对赵程道:"叔父还没见过二郎吧,他现在长大了,阿娘说他越发像父亲了。"

正想拒绝的赵程一顿,瞥了她一眼,道:"我昨日见过了。"他没看出来赵二郎和赵治有哪一点相像。

"哎呀,那只是匆匆一面,只见面容未听其音。二郎还想拜见叔父,阿娘还想让叔父考校一下二郎呢。"

赵程只略一思索就点头应下了。

赵含章笑道:"把正弟也带上,他和二郎的年纪正相当,两个人说不定能玩到一起去。"

其他少年却不这么想,虽然他们昨天和赵二郎只匆匆见了一面,对方坐在马上,看上去不似传闻中的那般愚笨,但昨晚他们回家听父母所言,赵二郎到现在认识的字还不超过十个,也因此大房才要仰仗赵含章。

他们四五岁时认识的字就不止十个了,也就是说,赵二郎连五岁幼童都比不上,而不巧,赵正是个少年老成之人,虽然才八岁,但性格稳重,比他们都不差多少。

大家悄悄地看威严的赵程,却见赵程颔首道:"好。"

赵含章热情相邀,于是众人从五叔祖家换到了赵含章的家里。

突然来了这么多客人,王氏蒙了一下,尤其是这些还都是男子,和她常接待的女客不一样。

她愣了一下,忙让下人去请成伯:"家中来了贵客,让他快回来。"

成伯去挑羊了。

坞堡里有不少人家养了羊,越有钱的人家养的羊越多,比如赵淞和赵瑚家。

成伯经过挑选,觉得七太爷家的羊养得最好,不胖不瘦,又鲜又嫩,是他挑过的十几家里质量最好的。

于是他花钱定了两只,决定今天遵照三娘的吩咐杀一只,明天再杀一只,让三娘带到县城里去吃。

冬天到了，应该吃羊肉了。

他牵着两只羊回去。还没到门口，便有护卫跑出来喊道："成伯，夫人和女郎都在找您呢，五太爷和七太爷他们都过来做客了。"

成伯淡定地点头："我知道，昨天女郎说过，时间还早，我这就让人去杀羊。"

"女郎说再添两只，今天来的人有些多。"

成伯讶异，低头看了一眼手上牵着的两只羊："那还得买两只，明天女郎回县城得带一只呢。"

赵含章已经请赵淞等人去了花园，少年们老实地跟在长辈们的身后。王氏也知道赵淞等几位长辈不待见她，因此只出来露了一面就退了下去，让厨房给他们上酒水和点心。

赵二郎出去跑步回来，一脸蒙地被秋武带到了花园。

少年们一起扭头看向他这个名义上的大房的继承人。

赵二郎不似以前，一点儿也不在意他们的目光，他直接跑到姐姐的身边："阿姐！"

赵含章将他拉过来，道："快去拜见伯父和叔父。"

"哦。"赵二郎去给二人行礼，就叫了一声伯父和叔父，然后转身就要走。

"等等，"赵程喊住人，问，"你知道我是谁吗？"

赵二郎道："叔父。"

赵程问："哪个叔父？"

赵二郎就扭头去看他的姐姐。

赵含章笑道："这是程叔父，以前和父亲一起读书的。"

赵二郎道："程叔父。"

赵程的心中有些失望，但面上没显露出来，他继续问道："你现在在读什么书？"

赵二郎很老实，回答道："我没读书了。"

赵程蹙眉："那你一共读了几本书？"

赵二郎感觉像见到了先生一样，忐忑地看向赵含章。

赵含章冲他微微点头，笑着看他。

每当姐姐露出这种表情时，便是让他想说什么就说什么，于是赵二郎的胆子大了起来，他理直气壮地道："我一本书都没读完。"

赵程温和地问："那你近来在做什么呢？你才十二岁，年纪还小，总不能虚度光阴。"

"我没有虚度光阴，我每日都很忙的。"赵二郎掰着手指给他数数，"我每日要给五叔公和阿娘请安，要带我的手下们习武和骑射，还要听书、背书，时间还总是不够用呢。"

赵程有些惊讶，仔细地打量他，这才发现他虽然只有十二岁，却长得高高大大，比他姐姐还略高，他着一身窄袖胡服，显得肩宽臂长。

赵程起身走到赵二郎的身边，伸手捏了捏他的手臂，微微有些惊讶地道："书还能用来听吗？"

"当然了。"赵二郎很是理直气壮，"别人念书，我在一旁听就是听书了。"

"那能背得下来吗？"

赵二郎犹豫了一下，道："可以吧，听好多遍好多遍就背下来了。"

"那你背给我听听。"

赵二郎看了一眼姐姐，见她微微颔首，这才涨红了脸，磕磕巴巴地开始背起来："文王问太公曰：天下熙熙，一盈一虚，一治一乱，所以然者，何也？其君贤不肖不等乎？其天时变化自然乎？"

这是他第一次在这么多人的面前背书，竟然还背出来了，一时激动，脸都红透了，于是他越发激动，背得更大声了："太公曰：君不肖，则国危而民乱；君贤圣，则国安而民治。祸福在君，不在天时。"

赵程的眼睛一亮："《六韬》？谁给你念的？"

赵二郎就扭头看向傅庭涵："我姐夫教我背的。"

赵程看向傅庭涵，甚是满意，点头道："教得不错。多少人教过这孩子都无功而返，没想到最后是你教会了他。"

傅庭涵看了一眼赵含章，道："是含章的主意。"

"但事情是你做的，不是谁都有耐心教他的。"赵程以前虽没见过启蒙后的赵二郎，但他常和赵长舆通信，在大伯的信中，他知道赵二郎有多难教导。

赵二郎不是不听话，而是听话也教不会。比调皮捣蛋不愿意学习更让人无力的是，他怎么努力乖巧地学习都学不会。

所以在知道大伯要把爵位给赵济继承时，他才一言不发，只是更加心灰意冷。

想想赵二郎"逼"走了多少个启蒙先生啊，而傅庭涵不仅能坚持下来，还能让他背下这么一段《六韬》，可见有多厉害。

赵程感到欣慰，赵铭听到的却是赵二郎背下来的内容，他看向赵含章："这段文章，你是特意让他背的？"

赵含章愣了一下，反应过来，立即道："当然不是。《六韬》是兵书，二郎一看书就头疼，这辈子显然是不能读书识字了，那我就只能教他兵书，将来若能在武上立功，那我和阿娘就放心了。"

赵铭道："若是读兵书，大可以读《孙膑兵法》，我记得你的家里有一本手抄本。"

赵含章道："那为何《六韬》不行呢？"

赵程听到了他们的争执，扭头问赵二郎："你知道这段话是什么意思吗？"

"知道。"赵二郎道，"文王问太公，天下混乱是不是因为天命，太公说不是，他认为天下混乱或者强盛是由君王是否贤明决定的。"

赵二郎有些忐忑地看向赵含章，再次得到姐姐的点头认同，顿时高兴起来。

他竟然都能对答了，他真是太厉害了！

赵程也很惊讶，虽然这个译白过于简略，但赵二郎的确说对了中心思想。看得出来，这是赵二郎自己的理解。

赵程点头表达了认同，赞道："译得不错。"

赵铭则默默地看向赵含章。

赵含章无奈，只能对赵铭道："伯父，您别多想啊，他背的文章可不少，这只是其中一段而已，我真的不是有意的。

"兵，事关天下大势。不论是在和平的时候论兵，还是在混乱的时候论兵，都不免提到天下之势。治兵如同治国、治民，这内容不免就涉及了一些。"

赵铭还未说话，赵程已经不在意地道："说就说了，谁还能把他们怎么样吗？这天下现在乱成这样，不就是因为君主不贤不明吗？"

赵铭无奈地道："当今圣上才登基不久。"

"所以先帝不贤不明，根源在于武帝。"

连晋武帝都被拉出来了，赵铭还能说什么呢？

他怕再说下去，局势就要控制不住了。

其实现在就已经控制不住了，少年们纷纷道："不错。若是武帝当初能够另择后继之人，大晋怎会走到如今的地步？"

"也不一定。我看他们谁也不服谁，另立新帝未必就能平定局势，你看现在不是也乱着吗？"

话说得隐晦，但大家都懂，他们指的就是司马家。

还有人小声地道："我看是因为他们家得位不正，所以才……"

"大胆。"赵铭的脸色一肃，他瞪了过去，少年们吓得低下了头。

赵铭抿了抿嘴，道："你们若是谈《六韬》，我不拦着，但若妄议朝政，不等衙门拿你们，我先打断你们的腿。"

赵含章见少年们如同霜打的茄子一样低下头，不由得挑了挑眉，道："在西平县内倒是无碍，在县外注意一些就行了。"

赵铭一听，忍不住扭头瞪了她一眼。

赵含章冲他笑了笑："伯父，他们都还小，有心国事总比沉迷清谈要好。"

大家惊讶地看着她，虽然吃惊于她敢反驳赵铭，但不代表他们就认同她的话。赵宽道："三妹妹缘何以如此轻蔑的口气提起清谈？"

赵程也蹙眉看向她。

赵含章眨了眨眼，坚定地道："一定是兄长听错了，我并没有看不起清谈。"

赵宽却不肯放过，逼问道："难道三妹妹那句话不是看不起清谈，反而推崇国政吗？"

赵含章问："难道国政不值得推崇吗？"

"我没说国政不值得推崇，但世间道理不辩不明，国政为俗务，在人之本质前，国政还要退一射之地。"

赵含章就看向赵程："叔父也这样认为吗？"

赵程道："我游学多年，便是想找到一条可救世人的道路，追求人之本质。"

"那叔父找到了吗？"

赵程摇头："连你祖父那样的人都找不到，何况是我呢？"

赵含章想了想，道："我不知道你们追求的人之本质是什么，也不知道什么方法可以救世，我只能尽己所能，救我所看见的人。叔父既然找不到，何不暂时停下，一边救助身边的人，一边思考呢？"

赵程蹙眉道："救助身边的人？"

赵含章郑重地道："对。叔父，西平县遭此大难，不仅县城被劫掠，城外的村落也多被乱军糟蹋，不敢说十室九空，却也损失大半。

"百姓流离，含章看着心痛无比，但请叔父帮我救一救他们。"

赵程直接问："你要多少粮食？"

赵含章一脸严肃地道："叔父，这不是粮食的问题。含章虽不富裕，但还是有些嫁妆的，勉强还可支撑，西平百姓需要的是叔父啊！"

赵程一脸蒙："需要我？"

他能做什么？

赵铭在一旁淡定地喝酒，掀起眼帘看了这个族弟一眼，道："她想请你做她的幕僚。"

赵含章连连点头，眼含期待地看着赵程。

赵程蹙眉，没回答，他从未想过出仕，更不要说给谁做幕僚了。

赵含章见状，立即扭头邀请赵宽等人："如今县城各处都缺人，兄长们与其出去游学，不如留在西平，一为百姓请命，二为历经红尘，说不定会有不一样的认识，能够解心中的疑惑呢？"

赵宽比较犟，问道："三妹妹还没回答，国政俗务与清谈孰轻孰重呢？"

赵含章便一脸忧愁地叹息道："我是个俗人，读书又少，并不知清谈。我听人说，与群贤清谈需要见人之所未见，言人之所未言，但我一来年纪小，二来读书少，如何能有那样精妙的言论呢？所以于我这个俗人而言，国政这些俗务自然要比清谈重。"

赵宽立即道："三妹妹要是想学，我可以教你。"

他身后的少年立即跟着道："我们也可以教你。"

傅庭涵见她的眼中露出无奈之色，便笑道："我来教她吧。"

众人回过神儿，像是才发现傅庭涵一般。对哦，傅庭涵还算有名，听闻他在黄老一道上有自己的见解，在北地郡一带很有名望，夫教妻，他教赵含章的确更方便，也更名正言顺。

赵宽心中惋惜，他觉得赵含章能言善辩，她若学了清谈，以后有清谈会，把她带上，他们说不定能赢。

赵宽在惋惜，他身后的少年们则已经围住了傅庭涵，热情地邀请他："傅兄，我们来辩一场如何？"

"这个好，但以什么为题呢？"

"既然提到了国政和清谈，不如就论这两个如何？就论它们孰轻孰重？"

一人道："三妹妹虽未明着回答，但从她的态度上便可看出，她认为国政比清谈重要。"

傅庭涵道："我也是这样认为的。"

他们惊讶地看向傅庭涵："你怎么也如此认为呢？素闻你在清谈上有建树……"

傅庭涵道："所以我改了，以后不会再清谈，专心国政。"

很好，傅庭涵直接谢绝了大家将来的邀请。

赵宽都忍不住回头了："你刚才还说要教三妹妹。"

傅庭涵面不改色地道："我会教她，但我不会再与人辩论玄学，这两者也并不冲突。"

众人惊讶地看着他，很是不解："为何？"

他们忐忑地问道："难道是你曾经输给别人，然后有什么约定？"

他们的想象力还挺丰富的。傅庭涵直截了当地道："我对清谈没兴趣了。"

"那你现在对什么感兴趣？"

"数学。"

"难道是术数？"赵宽想到昨晚自己从父母那里听到的消息，不由得皱了皱眉，

"傅兄，墨家毕竟是小道，自秦亡后，墨家便不复存在，只余些工匠杂学，你怎么会对这个感兴趣？"

"谁说数学是墨家的？"傅庭涵道，"数学可以用于多种地方，兵家、法家，甚至儒家都能用上。"

它是宇宙的语言，是一切学科之母，在这里也可以转换为——"它是百家之母"。

众人瞪大了眼睛，连赵铭都忍不住问道："庭涵怎会这样想？"

赵铭看向赵含章。

赵含章不在意地挥手道："这样想也没什么不对。你们不是要辩论吗？这个论点多新鲜呀，正好给你们用。"

立即有少年去拉傅庭涵，兴致高昂地说："我们来辩。"

傅庭涵拒绝道："我不辩，这个论点送给你们，你们玩吧。"

他从没参加过辩论会，对清谈也不熟，最主要的是，他知道自己的短处，要是说数学是百科之母，他能举出很多论据，但百家嘛……

对百家不甚熟悉的傅庭涵自己也怀疑起来，兵家和法家是一定会用到数学的，且许多东西是需要以数学做底的，尤其是兵家。

可其他家嘛，他自己也不太肯定。

"这是你提出的，你怎能不辩呢？"

赵含章见状，忙上前把傅庭涵救出来："哥哥弟弟们，我们的傅大郎君话已说出口，说了不再清谈，那便不再清谈，诸位何必让他破戒呢？

"要想知道数学是不是百家之母，有一个最简单的办法，诸位到我的县衙里来，用你们学过的兵家、法家、儒家、墨家等所有家的知识做事，看能不能离开数学后独立存在便知道了。"

"我们是探究实质，为何要去做那等俗务？"

"真理诞生于实践，你们都没实践过，焉知它是真理？"

"此话不对，这世间有许多真理并不需要一一实践，只靠推理也能得真知。"

傅庭涵见他们争起来了，老实地退到一旁，看他们争辩。

赵程见他退出来，便让他坐下。

傅庭涵、赵程、赵铭三个人就这么优哉游哉地坐着看他们辩论。

前一刻还说不会清谈的赵含章，左一句右一句地把她的兄弟们的话都堵了回去。

赵程都快要被她说服了，更不要说那些涉世未深、知识积累还不足、容易被影响的少年们。

赵程不由得问傅庭涵："你不会是因含章之故才立志不再清谈吧？"

"不是。

"我知道哲学在历史进程中扮演着很重要的角色，好的思想可以推进整个社会的进步，但哲学的研究也要基于现实，最主要的是，能够投入这样大的精力去研究并有所成的思想家是很少的。像现在这样，所有的士族都参与进清谈中，能够找到所求本质的人有几个？

"这本没有什么，但所有沉迷于清谈的人都将实务视为俗务，不屑于去做实务，那这天下的实务由谁来做？而这些将实务视为俗务的人还大量占据着官位，把握权势。

"既然看不起这些俗务，他们为何不辞官归隐，于山林间寻找世界的本质呢？"

赵铭端着酒杯没说话，赵程却拊掌大笑道："不错，所以我说朝中那些清谈家皆是沽名钓誉之流，白白污了我们老庄的名声，其中以王衍最为可恶，实乃误国之首。"

赵铭瞥了赵程一眼，放下酒杯问傅庭涵："何谓哲学？"

赵程不在意地挥手道："我虽是第一次听到这个词，但想来和清谈是一样的意思。"

傅庭涵点头："差不多吧。哲学就是对世界上的所有问题的研究，比如世界的本质、发展的根本规律。在这方面，含章比我懂，或许你们可以问问她。"

清谈也是的，什么问题都可以拿出来研究，所以傅庭涵觉得大晋是一个很神奇的时代。

如果只有一个人在研究是先有鸡还是先有蛋，那他会觉得那个人是先知。

如果只有少部分的人在研究先有鸡还是先有蛋，那他会觉得这群人是智者。

但绝大部分士族、读书人、世家都沉迷于研究先有鸡还是先有蛋，那他会觉得这群人是智障。

早在了解过清谈和这个世界的现状后，傅庭涵就给自己设过界限，他一定一定不要加入他们。

他才不要做智障呢。

只是……

他看向正与人辩得激烈的赵含章，有些头疼和不解，她明知道是无意义的争辩，为什么辩得这么开心呢？

很快傅庭涵就知道为什么了。

因为一场辩论下来，赵含章和少年们没分出胜负，但少年们全都稀里糊涂地答应了赵含章去县衙里帮忙，以寻求答案，然后用实际证据打败赵含章。

以后少年们能不能找到实证，让赵含章认输，他不知道，但目前看来，是他们输了。

赵铭和赵程也看出了其中的猫儿腻，暗暗摇了摇头，也不阻拦。

赵含章一下子得到了这么多人才，还都是免费的，高兴不已。她大手一挥，催促成伯："快去多杀两只羊，把家中的好酒取出来奉予伯父和叔父。"

成伯笑着应下，把才买回来的两只羊又杀了一只，让人该切薄片的切薄片，该砍成块的砍成块，骨头也都分着放好。

赵含章则凑到了赵程的边上，一个劲儿地邀请他："叔父，您看兄长和弟弟们都去了，您为何不来呢？"

赵程道："我对研究术数在百家中的作用不感兴趣。"

赵含章道："那也可以研究些别的，叔父出门游学等同入世，在别的地方是入，在西平县也是入，何必拘泥于距离呢？叔父，您就来帮帮我吧。若有您的帮助，西平县一定能更快地安定下来，这也是您的功德啊！"

赵程蹙眉，再一次拒绝："我对政务是真的没有兴趣。"

和王衍一边标榜着清高，一边把持着权势不一样，赵程是真的不喜欢政务。

赵含章也看出来了，看他外面的衣服都磨出毛了，便知道他是个节俭的人。

赵瑚多有钱啊，在族里，除了她祖父，便数他最有钱了，连五叔祖都不及他有钱。

看他日常的吃穿用度，比赵长舆和赵淞都要奢侈得多，他的独子却穿着有毛边的衣裳。

她可不觉得赵瑚会不给赵程钱用，多半是赵程不在意这种身外之物。

赵含章想了想，道："叔父若不喜欢县衙的那些鸡毛蒜皮的俗务，不如去育善堂里帮我教导弟子。教书育人不正是叔父一直在做的事吗？我在县城里给您拨个院子，这样您也不用来回地奔波。"

不管怎样，赵含章决定先把人拐到县城再说。

想要继续拒绝的赵程一顿："我住在县城？"

"当然，住在县城，若学生有疑问，才好及时请教叔父呀。"

傅庭涵抬起头看她，只怕是方便她找赵程解疑吧？

育善堂的那些孩子都才开始认字，他们能有什么疑问要连夜请教？

赵程却认真地思考起来。赵含章咬咬牙，决定大出血："到时候，我在叔父的院子边上再拨出一个院子来给兄长和弟弟们居住，你们可以跟出去游学时一样读书清谈。"

赵宽等人一听，立即跟着鼓动赵程："叔父，我们去县城居住吧。坞堡虽好，但过于热闹，于读书无益。"

虽然他们在外面的时候很想家，刚回到家时也很激动，但……才过了一晚上，他们已经有点儿开始想念外面的自由的生活了。

尤其是像赵宽这样的已经到了适婚年龄，却没成亲，也没定亲的人士。

几个少年眼巴巴地看着赵程。

这几个少年都是跟着赵程学习的。赵程带了七八年，跟儿子也不差多少了。

他心软了，那一丝迟疑便散去，变成了坚定，他点头应下："好。"

赵含章忍不住高兴地道："我这就让人回去安排，明天叔父和兄长们便可以去县城了。"

赵程道："这么急？"

赵含章就问："叔父在坞堡内还有事吗？若是见亲友，您也可以请他们去县城相见，反正两地的距离又不远。"

赵程一想到坞堡中想要劝说他和父亲和好的长辈们，立即点头："也好，那你安排吧。"

赵铭等他们谈完了才开口："你要让育善堂里的孩子读书识字？"

赵含章一脸的慈爱："是啊。他们都是这场战事的受害者，失去了父母家人，若能学得几个字，认识一些数，那将来的生活也算有着落了，不至于贫苦无依。"

赵程点头："你心善，又能为他们想得长远，西平县由你做县君，倒比那些沽名钓誉之辈要好许多。"

赵铭幽幽地看着赵含章，对她的话半信半疑。

赵含章冲赵铭笑了笑，让傅庭涵好好地招待他们，自己则转身去厨房看杀掉的小羊。

羊肉已经差不多被处理好了，成伯让人将炭火挪到亭子里，按照赵含章的吩咐，将打磨好的石板固定在炭火之上。

众少年看了一眼，便道："在家里如此方便，何以还用石锅？"

赵含章言简意赅："好吃。"

赵程却很快看出这块石板是特意打磨过的，摇了摇头，道："不过是一口吃的，这也太耗费人力了。"

赵含章道："这世上什么都能亏，就是嘴不能亏。"

赵含章将腌制好的羊肉片摊平在刷了油的石板上。石板薄，本已被烧红，这羊肉片一放下去就"滋滋"作响，一股肉香味传了出来。赵含章感叹道："叔父，如此美味，得有多硬的心才能拒绝啊！"

赵程见她一副陶醉的模样，不由得摇了摇头，看向赵铭："倒和你似的，你嗜酒，她嗜食。"

赵含章和赵铭同时露出嫌弃的表情，一副不认同的模样。

赵铭看见了，眯起眼睛看向赵含章，眼神有些危险。

赵含章立即收敛神情，一本正经地道："叔父说得不错，我和伯父血缘相近，所好自然也会相近。"

赵铭冷哼一声，扭过头去。

赵程眼见她变脸得如此之快，不由得摇头。果然，他第一次见她时没看错，她果真和她父亲一点儿也不一样，倒有些大伯的影子在。

赵程叹息一声，挥手道："你们去玩吧，这里由我们自己来。"

赵含章便跑去找她的族兄族弟们，一时间，老宅花园里肉香四溢，烟火缭绕，好不热闹。

不远处的敞轩里坐着的赵淞见赵含章捧着一盘烤好的肉送来，便对赵瑚道："我看三娘和子途相处得不错，一会儿她来了，你说两句软话，让她帮着劝一劝子途。

"子途和治之从前便要好，这些年虽未曾和三娘他们见过，心中却一直记挂。她说话，碍于治之的情面，子途说不定能听进去。"

赵瑚嘴硬，嘀咕道："谁稀罕他？他只要把正儿给我留下就好。"

赵淞闻言冷哼一声："那是他儿子，老子管儿子天经地义，凭什么给你留下？你不听就算了，当我没说过。"

赵瑚表示：你倒是多劝两句啊，我马上就答应了。

赵含章满脸笑容地走进来，赵淞也不由得展开笑颜。

"五叔祖，这是我亲手烤的肉。"

赵淞的笑容更盛了，他招手让她上前来。

赵瑚挑刺儿，只闻了一下便道："刺鼻！"

"这就是香料。"赵含章给赵淞夹了一筷子放在盘子上，"五叔祖尝一尝，我听人说，这胡椒等香料还有驱寒祛湿的功效，现在的天气越发寒冷，羊肉配它正好。"

赵淞就吃了一口，一开始有些不适应，待吃到第二口时，便忍不住扬起眉毛，矜持地点头道："不错，不错。"

赵瑚歪过头去看，有些怀疑赵淞是因为爱屋及乌，所以才睁眼说瞎话，但赵淞很快就吃了第二块，又吃了第三块。

赵瑚见盘子里的肉越来越少，而赵含章直到现在都没叫他吃，不由得有些着急起来。

赵含章好似看不到赵瑚一样，一个劲儿地只服侍赵淞。

赵瑚终于忍不住了，一拍桌子道："赵含章，难道只有赵淞是你的叔祖，我不是吗？"

赵含章一脸惊讶地看着他："七叔祖何以这么说？"

赵瑚气鼓鼓地看着她，总不能说他是为了一口吃的吧？

不对，他能是为了一口吃的吗？

他分明是因为赵含章厚此薄彼，因为她轻慢他，所以他才生气的。

赵瑚心里这么一想，立刻理直气壮起来，瞪着眼看她："你缘何轻慢我？"

赵含章立即叫冤："七叔祖误会了，我怎敢轻慢您呢？"

"那你怎么只伺候你五叔祖,却对我视而不见?"

赵含章一脸纠结地道:"七叔祖,您误会我了,我之所以如此,并不是因为看不起您,而是因为我心虚难过,一时难以面对您,所以才避开的。"

赵瑚愣了一下,道:"原来你也知道你对不起我啊。"

赵含章也一愣:"七叔祖这么快就知道了?"

赵瑚皱眉道:"你当着小辈的面给我难堪,我就在当场,我会不知道?"

赵含章道:"这就是七叔祖您的不对了,那怎么会是难堪呢?那不过是正常的提醒。我这个侄孙提醒您,总比县衙来人提醒要好吧?"

赵瑚愣了一下,跳起来,声音都破音了:"除了这件事,你还做了什么对不起我的事?"

赵含章一脸为难,不时地去看赵淞。

赵淞看得一愣一愣的,连忙放下筷子问:"三娘,有事你便坦诚说来。事情只要不大,我替你和七叔祖说情。"

赵瑚大叫:"五哥!"

"你能不能不要这么宠她?"他愤怒地道,"就是你们处处让着她、帮着她,这才让她都骑到我们的头上来了,就是范县令在世的时候,他也没敢到我们坞堡里来催缴税赋啊。"

"你闭嘴!"赵淞怒道,"她怎么只找你,不找别人?范县令不来找你,看的是赵氏的面子,你以为这是多好的事吗?赵氏的名声都让你给败坏了!"

赵含章深以为然地点头。见赵淞看过来,她立即止住点到一半的脑袋,重新露出愧疚和心虚的神色,她小声地道:"七叔祖,是程叔父的事……"

赵瑚一愣,慢慢地坐了回去,问道:"赵程怎么了?"

赵含章叹息道:"我知道程叔父离家多年,现在好不容易回来与七叔祖团聚,我不该打搅你们一家的天伦之乐。"

赵瑚撇嘴,天伦之乐?他们家有这个东西吗?

赵瑚见她一脸纠结的样子,便没好气地道:"快点儿说,别磨磨叽叽的。"

赵含章立即道:"程叔父说待来年开春他就又要出去游学,但我想,现在外面这么乱,出去游学也太危险了。"

赵瑚和赵淞都微微点头:"所以呢?"

赵含章道:"所以我想,在哪儿游学不是游呢?我看县城就挺好的,于是我便邀请叔父去县城里给人上课,顺便游学。

"明日就走,所以这不就坏了七叔祖您的天伦之乐吗?含章实在是愧疚不已。"

赵瑚愣愣地看着她,半天才回过神儿来,偏头问道:"所以你的意思是赵程以后都不走了，就留在家中教书？"

赵含章强调道："是县城里。"

赵瑚不在意地摆手，就那么一段距离，县城和家又差多少？

大不了他去县城里买座别院住着，这样他们不就又住在一起了吗？

赵瑚想了想，还是怀疑地看向赵含章："他答应了？"

赵含章点头，叹息道："我付出了好多的东西呢，叔父可真不好请。"

赵瑚有些骄傲，又有些咬牙切齿："这是自然，世上如他一样的人可不多了。"

"只是我也不知道能留叔父多长时间。"

赵瑚皱眉道："你既然把人请去了，为何不能长长久久地留人？"

"七叔祖也知道，现在西平县什么都缺，尤其缺纸张和书籍。我请叔父去是做先生的，他是至情至性之人，自然不会为俗务所累，所以学堂若是连纸张和书籍都备不齐，自然也就留不住叔父。"

赵瑚恼怒地道："你怎么连纸张和书籍都买不齐？你还是县君吗？"

赵含章一脸忧愁："我是有心而无力啊！西平县城被攻破时，县城里唯一的那家书铺被烧了，书铺老板全家皆为乱军所杀，现在县衙里用的纸都得从上蔡和其他县城买呢。"

赵瑚便沉思起来："我家里倒是还有一些纸张和闲置的书，回头可以借给你一些。"

借啊，不管了，她先借到手再说。

赵含章一脸感动："多谢七叔祖。

"七叔祖，我知道您和原来的书铺的东家关系好，您知道他家合作的书商是谁吗？"

赵瑚道："知道啊。但我和那个书商不熟，我和他们家的大夫熟。"

赵含章一脸迷惑："大夫？"

"不错，他们家的大夫做的五石散极为不错，在汝南郡都是数得着的。至于那个书商，我只知道姓陈。"

赵含章的脸色一冷，讨好的神色瞬间消失，她坐直了看向赵瑚，上下打量过他，问道："七叔祖食五石散？"

赵瑚大大咧咧地道："对啊。怎么了？"

没怎么，她想打人。

不过想想，赵瑚犯她的忌讳的事也不是一件两件了，她的脸色略微和缓了些，只是在心中冷笑。

"我只是想起祖父曾经提过的一句话——食五石散者，短命。"

赵瑚闻言，大怒，一拍桌子就要骂赵含章。赵含章却一把握住他的手指，冲他咧开嘴笑："但今日我看七叔祖的身体状况，脸色红润，精神高昂，不像是短命之

539

态，所以祖父说的话也未必全对。看，这不就错了吗？"

赵瑚却心口一跳，有些惶恐起来。

要说赵氏谁最博学？

那一定是赵长舆！

谁的威望最高？

那也一定是赵长舆！

赵瑚本来是不相信的，但赵含章一否定赵长舆，他反而有些信了。他惴惴不安起来，忙问道："你祖父真的这么说过？"

赵含章点头。

赵瑚咽了咽口水，无措地看向赵淞。

赵淞也有点儿着急，见赵瑚看过来，就骂道："该，我早就叫你不要乱吃东西了，你偏不信，还说什么士人都如此。难道我不是士人吗？我怎么不吃那劳什子五石散？"

但他还是着急地替赵瑚问赵含章："可有治愈之法？"

"有，只是非有大毅力者不能达成。"

赵含章的目光闪了闪，她对赵瑚道："七叔祖要是信得过我，那我找个时间给您解毒治疗？只要您跟着我住三个月，在这三个月里听我的话，我一定能给你解毒。"

"五石散是毒？"

"是啊。七叔祖的阅历颇丰，应该知道一个道理，这世上的东西啊，都是越好的便越毒，比如蘑菇，长得越好看的，毒性就越强。

"这五石散服用之后会使人飘飘欲仙，它哪儿来的这么大的功效？不就是因为它有毒吗？"

赵瑚怀疑地问道："那为何从未有大夫劝诫过？而且服用五石散的确可以使人精神亢奋，体力增强，龙精虎……"

赵淞一听，剧烈地咳嗽起来，狠狠地瞪向赵瑚。

赵瑚这才想起来赵含章是女郎，当着她的面，有些话的确不好说。

赵含章却一脸了然的模样，还道："我懂。但七叔祖这样说可就误会天下的医者了，其实他们说得不少，只是病人们不肯听而已。"

她叹了口气，道："我听人说，五石散一开始是治伤寒的，只是有人食用后沉迷于那种状态，觉得身体发热，飘飘欲仙，所以觉得此药是神仙药，吃了可以长生。但我祖父私下让户部统计过，服用此药得长生的人没有，倒是莫名其妙地英年早逝的人不少。他派人去查过，死的人皆是中毒身亡，且毒都来自五石散。"

赵瑚害怕了，但依旧强撑着道："真的假的？我怎么从未听大哥提起过？"

赵含章就问："祖父知道七叔祖食用五石散吗？"

那必定是不知道啊，赵瑚觉得，赵长舆要是知道他吃五石散，那还不得写信来骂死他？

一旁的赵淞沉默着不说话，只是看了赵含章一眼又一眼。

赵长舆还真的知道！

别人不知道，但赵淞能不把这么大的事告诉赵长舆吗？

好吧，其实也不是多大的事，但赵淞习惯了事无巨细地写出来与赵长舆唠嗑，所以他很确定他告诉了赵长舆。

要么是赵长舆没往心里去，不记得此事了；要么这些话就是赵含章瞎编的。

赵长舆能记不住事吗？在赵淞的心里，这是绝对不可能的事，所以只有一种可能，这些话都是赵含章瞎编的。

赵含章不仅瞎编了一番话吓得赵瑚脸色苍白，她还决定完备一下自己的证据链，打算回去后就把全城的大夫找来谈一谈。

不过当下最重要的还是纸张和书籍。于是她问道："不知道七叔祖能捐给我多少纸张和书籍？"

赵瑚沉浸在自己中毒的想象之中，很不耐烦地道："是借，不是捐。有多少，我也不知道，你去问三金吧。家里的纸张你都拿去，书籍嘛，只有几册常用的书而已。"

赵含章一脸可惜："只有几本啊。"

赵瑚没好气地道："我家又不是开书铺的，简单的启蒙书准备了几本就很不错了。"

毕竟他就一个儿子一个孙子，同一本书，他买那么多干什么？

赵含章虽然失望，但还是跑去赵瑚家里把那几本书都给拿上了。

因为她也缺。

这时候的书太难买了，即使是简单的启蒙书也很难买得到。

一般的县城里的书铺，里面卖得更多的是笔墨纸砚等各种文具，书反而是最少的。以至汲渊去买的时候，就没买到几本适合给启蒙的学生读的书。

赵含章的存书不少，但都没有多余的书册，就是她自诩大方，也不舍得把这些书给刚启蒙的人用。

所以只能抄书！

这么重要的任务，赵含章交给了才被挖过来的兄长和弟弟们。

赵含章把才从赵瑚家里取出来的纸发下去："哥哥弟弟们，我知道你们都很想早点儿找到答案，我也是，所以为何不从现在就开始寻找答案呢？"

少年们接过赵含章递来的纸和书，一脸蒙："这是什么？"

赵含章道："你们要抄的书。"

少年们更蒙了，低头看着手中的书，问道："《急就篇》《训纂篇》《劝学篇》，这不是启蒙的书吗？我们为何要抄它们？"

赵含章一脸严肃地道："兄长们因为这三本书只是启蒙书籍，所以轻视它们吗？

"要知道，这三篇可是把扬雄和蔡邕等人续写修撰过的《仓颉》三篇都取代了。"

少年们心中一凛。

赵宽立即道："我们并没有看不起启蒙书，只是不解，我们要找的答案和这三本书有什么关系？"

"这三本书虽只是启蒙书，但也是百家之基，包罗万象，里面的典故、道理涉及百家，你们要想知道数学到底是不是百家之母，那就从这里开始研究吧。"

赵宽道："我们都背下来了。"

赵含章："但只有抄写才能让人更深刻地思考其中的字义，而且先前我们就说好了，进了县衙，你们得听我的调度，现在我就让你们抄书！"

众少年问道："要抄多少？"

赵含章道："先每本抄个十遍吧。"

众少年的眼前一黑，赵宽作为代表，问道："每人？"

赵含章点头："每一个人！"

也就是说，一个人得抄三十本书……

赵宽正要反抗，赵程已经从亭子里走了出来，直接下令："含章说得不错，这三本虽是启蒙书，但其中的道理不少，你们这些年读书是多了，且游历丰富，但对于启蒙时学的道理却未必还能记得，更不要说做到了。

"所谓温故而知新，你们是应该好好地重新读一下启蒙书了。你们就从今晚开始抄书，每日交上一篇来，我要检查。"

少年们忍不住哀号一声，纷纷后悔起来，早知道就不跟赵含章打这个赌了。

找答案的方法有很多种，他们为何偏偏选择了最不受控制的一种呢？

赵含章见抄书的人也有了，这才放下心来，吃过羊肉宴后，就带着傅庭涵回县城去了。

赵二郎留在坞堡里继续承欢膝下，明天再回去。

他和才八岁的赵正交上了朋友，两个人的关系看着还不错，所以赵二郎对被留在家里一点儿意见也没有。

赵含章和傅庭涵骑着马慢慢地往回溜达，顺便谈一些机密之事，秋武等人便落在后面远远地跟着。

"你是打算让赵程给育善堂里的所有孩子启蒙吗？"

赵含章直接摇头："这是不现实的。一来，我现在没这么富裕；二来，赵程也未必会答应上大课，有教无类。"

第二十章

榨　油

"有教无类"四个字说得简单，但在这个时代，真正能做到的人没有几个。

育善堂里的孩子有曾经出身还不错，只是因为城破而家破人亡的；也有出身贫民之家，在城破之前便在育善堂里的孤儿；还有从小便在城中乞讨的乞丐。

当下连当官都要先定品，而九品中正制最先看的就是家世。

所以她不确定赵程愿不愿意教授这些孩子。

在还不够了解赵程的情况下，她不打算在有可能引起纷争的区域出手，以免痛失良才。

傅庭涵点头道："教育是很重要，但也要循序渐进，我的建议是先培养县衙中的衙役、差吏和军中的伍长什长之类的。"

"英雄所见略同。"赵含章兴奋地道，"我当时看到赵程和我的那些兄弟，就好像看到了一个个老师。"

"除了县衙中的衙役、差吏，军中的小军官，我们还可以从育善堂里挑选一些年纪稍大又机灵的孩子来学。我的要求并不多，只要他们能读完这三篇启蒙书，认识那上面的三成的字，外加知道简单的加减法就行。"

虽然所学不多，但也够他们用了，一些简单的县务工作都可以派给他们。

赵含章现在很缺人啊。

傅庭涵问："你有没有想过自己编写启蒙教材？"

"你是说《千字文》和《三字经》吗？"

傅庭涵点头："你不记得了吗？我都还记得大半，我以为，以赵老师你的记忆力和对文史的了解，更应该记得。"

"记得呀。"只是她从没这样想过而已。

赵含章摸了摸下巴，道："倒也不是不可以。我回去后就写，到时候两套启蒙书籍一起使用，看看他们识字的速度，最后我们从中选出一套最好的来。"

话是这样说，但赵含章和傅庭涵心中明白，《千字文》和《三字经》应该能打败《训纂篇》等三篇。

"可惜，我默写出来后还是只能用手抄传播，我们没有印书坊。"

傅庭涵心算了一下将来育善堂有可能耗费的物资，摇了摇头道："我们要想扩大教育，那书籍必不可少，只靠抄书太难了，印书坊虽难，但还是得做。"

他见赵含章意动，便问道："直接一步到位，让人研究活字印刷？"

赵含章想了想，摇头："算了吧，现在整个县城也没几个认字的，更不要说认字的工匠了，搞活字印刷，恐怕要举全城之力才能弄出来。

"当下粮食也很重要，所以我们不能占去耕作的劳动力。我们还是研究一下雕版印刷吧，如果只印刷启蒙书籍，那雕版印刷是最便宜也是最方便操作的。"

赵含章和傅庭涵回到县衙便进了书房。

听荷将烧好的炭放进盆里端进去，放在他们的榻下。

赵含章盘腿坐在榻上写《千字文》，伸手揉了揉腿，想了起来："你不是说要做桌椅吗？怎么一直不见桌椅的踪影？"

傅庭涵头也不抬地道："木匠没空。"

"可现在已经进入冬季，外面没活儿干了。"

傅庭涵一想，还真是，抬头挑眉看向她："那让他们试试？"

做桌椅并不困难，木匠们会做木榻，会做胡凳和矮桌，赵含章他们想要的桌椅不过是更高更大而已，工艺是一样的，有差别的地方就是尺寸。

傅庭涵给木匠们画好图，他们拿到就可以做。而且因为之前修缮城池，有许多零散的木头被剩下来，刨一刨还是能用的。

不过三天，木匠们就把做好的桌椅送了过来。

赵含章看着很满意，让人摆进房中，连县衙前面的都给换了。

县衙大堂上的矮桌和席位被抬走，换上高桌高椅，下首也放上一套桌椅，以会客和给胥吏坐着记录东西。

这个时代，县衙大堂更多的是用来作为会客厅，而不是审案的处所。

说到审案，赵含章才想起来："自从我接管县城后，好似还未有案件发生过啊，我们西平县的人这么纯良吗？"

傅庭涵更不知道了，赵含章只能和他大眼瞪小眼。还是过来看热闹的常宁看不过去,解释道:"非大案不上公堂,一些鸡毛蒜皮的小事,找里正便可解决。只有不服里正所判,或是案件过于重大的才会被上报到衙门来。"

而赵含章接手西平县后,一直忙着建设县城,城中的每一个人都忙得团团转,她连五岁小儿都不放过,让他们去地里拾荒,大家都这么忙,就是有矛盾,也都就近解决,谁会闹到县衙里来?

赵含章在心头惋惜了一下,虽然百姓省心挺好的,但她一点儿做县令的感觉也没有。

她还想过一把上公堂的瘾呢。

常宁不知她心中所想,看向她摆上的桌椅,蹙眉问道:"为何要换成这些胡凳、胡桌呢?"

赵含章道:"主簿不觉得换上高桌、高椅更方便吗?至少不必经常换洗席子。最主要的是,这样坐着更舒服。"

常宁的脸色凝重,他扭头看向傅庭涵:"傅大郎君坐一下试试看?"

傅庭涵一脸疑惑,在旁边找了把椅子便坐下。

常宁的脸色更不好看了,他直接摇头:"形如箕踞,不雅,不雅,女郎和傅大郎君都是世家出身,为何要如庶民一样不讲究呢?"

傅庭涵一脸迷茫,赵含章也张大了嘴巴。

但傅庭涵是真的不懂,而赵含章很快就反应过来,她无奈地道:"先生,我从未想过此事失礼。"

常宁的面色这才好看些,他语重心长地道:"女郎,胡人虽也有些可取之处,但与我们汉人相比还是差得远,尤其是在礼仪方面,女郎实在没必要学他们。"

"有些礼仪太过烦琐,大可以摒弃。在我看来,胡人的许多东西更适合当下,那我们学习后改进一下也没什么不可。"

"坐姿这样的事看着是小事,但也有可能成为大事。"常宁道,"女郎何必在这个当口儿授人以柄呢?"

赵含章一听,本打算说前衙要是不方便换,那就把这套桌椅送回坞堡自用,但听常宁这么一说,她立即拍板:"就放在前衙!"

常宁不解且震惊地看向赵含章。

在他的心里,赵含章可不是一个逆反的人,相反,她很擅长听取别人的建议,对于她不熟的事,哪怕与她原先的计划相悖,她也会听取别人的意见,并且改过来。

赵含章道:"西平县只需要一个声音。"

那她就用换桌椅这件小事听一听西平县内的声音吧。

常宁瞬间领悟了,看了一眼大变样的前衙,没再反对。

傅庭涵等常宁走了才问道:"我这么坐着有什么问题吗?"

"坐姿一般有三种方式。一种是我们常用的跌坐，随性而自在，把腿盘起来就行；一种是跪坐，在高位者和长辈们面前以示尊重时坐的；还有一种就更随性了，"赵含章坐在傅庭涵对面的椅子上，摇了摇自己的腿，道，"就跟现在坐在椅子上差不多，箕踞而坐，读书人觉得这样失礼，不过世间大部分人都是这么坐的。"

因为和庶人比数量，这世间有哪个阶级比得过呢？

赵含章往外看了一眼，道："我们现在需要依赖赵氏和西平县的士族，但我又不想太过于依赖他们，之后扩大势力以后也要这样，我们的势力范围内只需要一个声音。"

傅庭涵道："你的？"

赵含章点头："对，我的！"

傅庭涵笑了起来，颔首道："好。"

赵含章没有特意推广桌椅，只是给老宅里的母亲和亲近的五叔祖几个人送了一套而已。

没人将这套桌椅放在心上，赵淞也只是把它当作临近冬至，侄孙女送来的一份礼物而已。

直到冬至将至，来西平县的人越来越多，有些人直接住到了坞堡里，而有些人则住进了西平县。

自入冬之后，一直沉寂的西平县勉强热闹了一些。

有人携帖来拜访赵含章。

县衙里的常主簿接待客人，把人往前厅请，客人们一进前厅，还没反应过来，待要找座位坐下时才有些蒙。

这……他们没席位怎么坐？

常宁这两天没少接待这样的客人，再一次在心里念叨了赵含章一通，然后笑着为他们先做了个示范。

他盘腿坐在了高椅上。

没错，常宁也不习惯直接叉开腿坐着，虽然他是庶民出身，但自立志于读书后，就一直在学习士族的礼仪，二十多年深入骨髓的习惯，他是一时改不过来的。

正好这高椅做得宽大，他可以直接盘腿坐在上面。

其他客人见状，便也盘腿坐下，虽然这席位是高了点儿。

几个人说了一会儿话，一个客人问："赵县君不在衙内吗？"

虽然赵含章没有封官，但因为她得到了何刺史的亲口承认，大家也就默认了她是县君。

常宁便叫来一个衙役问道："女郎现在在何处？"

"在磨坊里吧。"

那倒是不远,就在县衙的边上,常宁很大方地带他们去看。

赵含章正在看人榨油。

这只是试验,所以就选在磨坊里进行,反正县衙的磨坊的空间足够大。

这是给犯事的人准备的,奈何最近西平县太安定了,没人犯事,连偷鸡摸狗这样的小事都没有人犯。

所以磨坊空置,除了偶尔有士兵或者长工们过来磨面、磨豆粉之类的,没人再来这里。

此时磨坊里正热闹,有士兵一边推着石磨磨豆子,一边伸长脖子看女郎他们正在干的事。

赵含章从锅里抓了十几颗炒熟的豆子,将豆子滚去了一点儿烫意后,给了傅庭涵几颗,自己扔了两颗进嘴里。豆子在嘴里"嘎巴嘎巴"地响,赵含章说道:"挺好吃的,你尝尝。"

傅庭涵吃了一颗,点头:"磨牙正好。"

赵含章也觉得这豆子很适合磨牙,吃完,拍了拍手,道:"可以了,试试看。"

于是长工便拿了条细布袋上前,装了一袋子炒熟的豆子后打结,往他们弄好的榨具里塞。

这是他们刨了几棵大树后做成的。他们用的是樟木,据女郎说,樟木是最好的。所以他们费了不少的劲儿才找到樟木。虽然他们不解为什么要用豆子榨油。

这豆子多好啊,不仅马这些牲畜能吃,人也能吃,拿来榨油也太浪费了。

富贵人家就是不一样,竟然要食用豆油。

此时的长工们还不知道豆油是要拿来吃的。

长工们固定好榨具,便听从盼咐,开始拴上木头撞击。一开始榨具没什么反应,长工们撞了好久,才开始有液体从开的口子里滴落下来。

赵含章和傅庭涵看见了,眼睛均一亮,他们立即凑上前看。闻到这熟悉的豆香味,赵含章立即道:"快快快,继续,继续,今晚我们可以吃炒菜了。"

铁锅她都叫人打好了。

炒菜虽然用羊油和牛油也可以,但赵含章还是想吃用素油炒的菜。

大豆在长工们的不断撞击下渗出了更多的油,到最后,它直接如小小的水流一样流个不停。

赵含章看得高兴,连连点头:"看来我的记性果然好,一点儿也没记错。"

傅庭涵忍不住道:"这榨具是我们做的第六副。"

在这之前,他们已经失败了五次。

赵含章只当没听见,只是失败了五次而已,又不是失败了五十次,她觉得这五次完全可以四舍五入,啊,不,五也可以舍去,变成一次成功嘛。

两个人蹲在边上看着流下来的油,常宁带着客人进来时,看到的就是磨坊里正在忙碌的人。

常宁忙叫道:"女郎,女郎!"

赵含章回头看了一眼,见常宁带了这么多人来,立即起身,整理了一下衣裳后,才笑吟吟地上前。

傅庭涵看着她从毫无形象地蹲着的假小子转变成端庄有礼的少女,再看一眼常宁带进来的人,很快便判断出来自己不感兴趣,于是默默地转回头去看榨油,只当自己是长工。

常宁看了一眼傅庭涵,见他没有起身相迎的意思,便也当不认识他,笑着向赵含章介绍这些客人。

常宁凑近赵含章,悄声道:"这是安成县的陈氏,他们家开了书铺,是汝南郡排得上号的书商。"

赵含章瞬间了悟,再看向来人时,笑容便多了两分:"陈公子现在住在坞堡里,还是城中?"

陈州道:"陈某哪有那样的荣幸住进坞堡?所以目前在城中的客栈落脚。"

"哦?是哪家客栈呢?"

陈州见赵含章不提让他进坞堡居住的话,不由得有些失望,浅笑道:"平安客栈。"

"这个客栈挺好的,他家的羊肉做得不错。待有空,我请陈公子吃羊肉。"

陈州又不少赵含章的那顿肉。他四处看了看,好奇地问道:"西平县有这么多新犯事的犯人?"

刑罚中有一种刑叫舂刑,就是罚犯了事但事又不是很大的犯人来舂米和磨粉。

磨坊一般就安排在县衙的旁边,陈州的见识也算不少,他还是第一次看见这么热闹的县衙磨坊。

赵含章自然不能让人觉得西平县的治安不好,笑道:"这些都是我家的长工和军营里的士兵。

"西平县无犯事之人,这地方就空下来了,我觉得太浪费,所以就让士兵们来此舂米和磨粉,百姓也可以来此磨东西。"

陈州道:"赵女郎果然心善,西平县能得女郎做县君,实乃百姓之福。"

赵含章谦虚地说了一句"哪里,哪里",然后就认下了这个夸奖。

还想和赵含章来几个回合的陈州愣了一下。

赵含章直奔自己最感兴趣的话题:"陈公子的家中是做书铺生意的?"

陈州道:"书的事怎能被称为生意呢?书沾染上那铜臭味也太俗气了。"

赵含章愣了一下，然后大喜："陈公子说得对啊，那我们不如来谈一谈笔墨纸砚和书籍这样的文雅之事。"

蹲在后面的傅庭涵听见此话，忍不住乐了一下，一扭头，就见赵含章兴冲冲地带着人出了磨坊，往县衙去。

他摇了摇头，为那位陈公子默哀。

谈生意嘛，哦，不，谈风雅之事嘛，当然要找个安静的地方啦。所以赵含章带着客人们重新回到大堂。

她请客人们就座，自己也一屁股坐在椅子上，一抬头就看见底下的人全都盘腿坐在椅子上。

赵含章默默地去看常宁，发现果然是他带的头。

她头疼了一下，在双腿舒服还是钱袋子舒服间来回犹豫了一下，最后还是果断地选择了让钱袋子舒服一点儿。

于是她不动声色地把屁股往后一挪，和客人们一样，抬起两条腿盘着坐好。

常宁看见，眼角抽了抽，他们家的这位主君果然够识时务，之前甭管他怎么说，她都不愿意盘腿坐。

赵含章整理好衣裙，这才笑吟吟地面向陈州："像笔墨纸砚这样风雅的文具，陈家是自己制作，还是从外面购买呢？"

陈州想也不想地道："自然是自己制作。我们陈家有自己的作坊，不管是做笔、做纸，还是雕刻砚台和烧墨，我们都可以。"

不过，除了纸和笔还有点儿看头，其他东西大多是从外面买的。

"那书籍呢？"赵含章问，"你们陈氏书铺里的书是买的别人家的，还是自己印的？"

"自然是自己印的。但我们也买，不过今年因为洛阳战乱，所以现在书铺里的书都是我们自家印的。"

这可真是"瞌睡送来了枕头"，赵含章现在可是极其缺书，当然，更缺会雕版刻印的工匠。

赵含章道："洛阳乱兵已退，应该可以向书局买到书吧？"

"洛阳之前被乱军攻破，后来又被匈奴军围城多日，城中百姓逃亡的不少，别说书局，连纸坊都关闭了不少，工匠外逃，哪里还有书卖？"陈州骄傲地说道，"以当下的局势，汝南郡内，也就只有我家的书坊能印书了。"

赵含章一脸钦佩地道："陈家果然厉害，不知陈公子现在能拿出多少书来，可有书单？"

陈州也不傻，若真把书单给赵含章，他家里有什么雕版不就一目了然了吗？

所以他问道："不知赵女郎想要什么书？就算我家中没有你求的书，我等会儿也

549

可以从别处帮你购买。"

赵含章略一挑眉，想了想，道："我需要一些启蒙和有关术数的书籍。"

陈州略微有些失望，但他来参加赵氏的冬至礼宴，为的就是和赵氏搭上关系，虽然进展不如自己所想，但好歹搭上了一层关系。

谈及价钱，陈州本想交给手下去谈，毕竟由他们来谈钱真的很俗气。

但赵含章直接提到书价，陈州只能忍着尴尬继续坐着，只是目光不由得看向自己带来的管事。

赵含章却看也不看那个管事，除了书，她还下单了大量的纸张和笔墨。

他们的造纸坊还不知道什么时候能造出纸来，在此之前，都要购买。

她已经受够了过一段时间衙门就要喊一句"没纸了"，所以她能囤就多囤一些。

所以这么大的订单量，陈家不考虑便宜一些吗？

赵含章甚至懒得让他们一笔一笔地算单价，直接让陈州开个总数，合适的话，她现在便可以付款，然后立契。

陈州一脸蒙，他连赵含章开的书单上的书籍单价都知道得不全，怎么可能立刻给她报价？

但赵含章就那么坐着，慢悠悠地等着说了不喜铜臭味的陈州开价。

生性爱面子的陈州想也不想便道："赵女郎看着给吧。"

赵含章倒是想看着给，但在常宁警告的目光下，她还是没敢开口。

现在她拿了人家的好处，将来也是要还回去的。

赵含章倒是不想还，她现在的脸皮厚得很，手下有这么多嗷嗷待哺的人呢，能省一点儿是一点儿。

但常宁不想让自家的主公显得太过无耻，于是一个劲儿地看向她。

常宁毕竟是自己看重的幕僚，赵含章只能开了一个还算公道的价格给陈州。

陈州边上坐着的管事大松一口气，伸手抹了抹额头上的汗。

自家的郎君有点儿傻，好在赵三娘还算厚道，给的价格虽差一些，但还在他们的承受范围之内。

不管是书还是纸张笔墨，那都是极贵重的东西，赵含章要的东西又这么多，花费可不少。

花出去这么大一笔钱，赵含章就想找补一些回来。于是她邀请陈州去看她家里的琉璃。

陈州惊讶地看着这些琉璃制品。

赵含章见他的眼中闪过惊艳之色，便道："铜钱太过俗气，不然我们以物易物如何？"

陈州的眼睛一亮，他不顾旁边的管事的阻拦，一口应下："是以这样的琉璃杯盏交易吗？"

赵含章笑道："我这儿不仅有琉璃杯盏，还有琉璃镜呢。"

她让人抬了一面全身镜过来。

陈州看到等身高的全身镜时，瞪大了眼睛，连管事都震惊得说不出话来。

魏晋的士人，有谁能拒绝一面可以照到自己全身的镜子呢？

至少陈州不能，连管事都很难说出反对的话来。

赵含章见状，心中了然，她当即就让常宁去拟契书。

全身镜的报价不低，所以书虽贵，但赵含章还是用两面全身镜和几套琉璃杯盏换了下来。

好了，一文钱不用花，还销出去一些玻璃，赵含章表示很高兴。

"看来相比好看的琉璃杯，大家更喜欢实用的全身镜啊。"赵含章大手一挥，"去，让汲先生送更多的全身镜来，这几天，琉璃作坊全部做全身镜。"

赵含章想到冬至礼宴来的客人，干脆跑回坞堡找赵铭借地方。

"礼宴的园子，凡赵氏子弟都可以进去，你何须与我借？"

"主要是我想做些布置。"

赵铭戒备地抬头看她："做什么布置？"

赵含章要在园子各处摆上琉璃制品，比如琉璃瓶、琉璃马之类的工艺品。

再在一些敞轩和休息的屋里摆上全身镜，以供客人们整理衣着，甚至连饮宴上的杯盏，她也可以友情换成琉璃杯。

赵铭瞬间就知道她想干什么了，眯起眼睛问："你现在很缺钱？"

"伯父，我养着这么多人呢，能不缺钱吗？"赵含章试探性地问道，"伯父帮扶我一下？"

赵含章这么说，赵铭反而不太相信她了，但也不拦着她赚钱，挥了挥手，道："你想布置就布置吧，不过我们赵氏是士族，也不可太过沉迷于钱财，免得沾染了商贩之气。"

赵含章明白，要保持格调嘛，她了解。

赵氏的冬至礼宴似乎是一件很大的事，在冬至的前一天，赵氏坞堡里住满了人，连西平县的客栈都住满了客人。

汲渊亲自带着部曲押送了一批琉璃制品过来，拆开就能放到园子里去。

让赵含章没想到的是，柴县令也来了。

赵含章忍不住问道："赵氏的冬至礼宴这么隆重？"

常宁道："自然，而且赵氏的冬至礼宴也不是谁都能进去的。"

"女郎别看现在来的人多，但他们大多只是凑热闹，并没有资格参加礼宴。"常宁道，"柴县令多年来也想进赵氏礼宴，却一直没有机会，女郎给他送帖子，于他而言是莫大的情分。"

赵含章若有所思地道："难怪这两天陈州有事没事总在我的面前晃荡，还要送我名贵的砚台。"

要不是她不缺砚台，对这东西也没执念，她就收下了。

汲渊找了过来。他对赵氏礼宴更熟一些，对赵含章道："豫州之内，赵氏第一。往年的大中正都是郎主，而豫州之下的各小中正也都由郎主指派。

"早些年，赵氏的冬至礼宴便是定品前的饮宴，郎主回乡，顺便面见各郡才俊，做到心里大致有数。后来即便郎主不回乡，因为他是大中正，各郡才俊也都会来此参加冬至礼宴。"

赵含章目瞪口呆地道："原来冬至礼宴是通过选官而来的。"

难怪这么多人不在家好好地过节，却大老远地跑到西平来参加一个宴会。

她心中一动："那来参加的客人，岂不是还有汝南郡外的士族？"

"有，但今年应该不会太多。"汲渊道，"一是因为郎主已逝，二是因为豫州才经过战乱。"

但这对赵含章来说已足够了。

汲渊道："所以女郎真的不参加礼宴吗？这次机会是真的难得。"

赵含章想了想后，摇头："此事不急，我还是给祖父守孝吧。"

汲渊并不认为世人会觉得女郎参加礼宴犯忌讳，因为士人大多放荡不羁，礼仪道德早就不遵守了，赵含章就是去，也不会有人以孝来攻击她的。

现在的士人，除极少部分人外，谁还能真的清心寡欲地守孝不成？

赵含章都野心勃勃地夺取了西平县，那就大方点儿，光明正大地夺权有何不可？

赵含章却有自己的打算。她不打算太早出现在人前，现在西平县还太弱小，经不起折腾。

而要少折腾，那就要减少关注度，最好除了部分人，其他人都不要想起她来。

傅庭涵也是这么认为的，在力量不足的情况下，低调行事总是上策。

不知道赵铭是不是也和他们想到一块儿去了，并不催着让赵含章出现。

她不回坞堡，即便来的客人提出想要见见赵含章，赵铭也推说让他们自己去县衙里拜访，并不主动介绍。

赵铭这样的态度便给人一种西平赵氏和赵含章之间并不是那么亲密的感觉，似乎没有完全站在一起。

还没等他们下定论，赵氏的冬至祭到了。

赵含章领着赵二郎回坞堡，换上王氏给他们姐弟俩做的礼服，端端正正地去了祠堂。

赵氏祠堂前的空地上只有各房的房主和户主们站着。

赵含章代表大房站在最前面的一排，赵二郎乖乖地跟在姐姐的身后。

不远处就站着赵瑚父子，主持祭礼的照旧是五叔公父子。

赵铭已经分了很多年的祭肉，今年依旧是他分。

在祷告过祭文，祈求祖宗保佑赵氏繁荣昌盛，明年风调雨顺之后，赵铭焚掉祭文，在祭祀过后，拿起刀开始分祭肉。

分祭肉的大小和顺序是根据身份地位来的。

赵长舆在的时候，祭肉自然是先分给他；他不在了，那就要先分给赵仲舆父子，不巧，这父子俩也不在。于是祭肉就先分给赵淞。

第一拨拿到祭肉的都是叔祖长辈，没人有意见，到第二拨时，就该轮到赵铭这一辈了。

但赵铭切下一块肉，既没有自留，也没有给其他兄弟，而是转手给了赵含章。

赵含章伸手接过。

众人惊诧，连赵程都忍不住看向二人。

赵铭却没有解释什么，继续切下一块，分给了赵程。

赵程略微推辞了一下便收下了……

等父辈的分完了，这才到赵含章这一辈，各家带来的孩子也只到这一辈，而且都只能带嫡长子，有的还没孩子，或没有嫡长子，所以人数不是很多。

赵铭切下一块，想了想，还是先分给了赵宽，赵二郎是这一拨里第五个拿到的。

赵含章一边吃肉一边想，都说赵铭公正，分祭肉也很均匀，今日来看，他果然公正。

这人好似没有私心，只要是为宗族好的，他可退可进。

赵含章垂下眼帘，咬了一口祭肉，这赵氏的族长要是由赵铭来做，他不会允许她这样借助家族之力发展自身的力量的，所以赵济当族长还是有好处的。

她挑了挑嘴角，将祭肉吃干净，掏出帕子来擦手。

众人分吃完祭肉，冬至祭祀活动便结束了，大家就可移步到园子里参加礼宴。

赵瑚知道赵含章不会参加，因此特意过来问："三娘，你和二郎不去吗？"

赵含章冲他露齿笑："七叔祖，叔父冬至就休息两日，后日就要回县城继续教书了。"

赵瑚顿时一怒，却又不敢对赵含章发脾气。

赵含章把赵程请去县城后，赵程就把赵正也带去了，而且一去不复回。

赵瑚大手笔地花钱向县衙买了一栋院子，想要一家三口住在新别院里享受天伦之乐。

谁知道赵程不愿离开赵含章分给他的院子，而赵含章也坚决不收回院子。

赵瑚就是在县城里买了别院也见不到孙子赵正，更不要说赵程了。

感觉被骗的赵瑚怒气冲冲地要找赵含章算账，让她把借去的书和纸张都还回来，结果东西没要回来，她又翻着账簿说他前几年还欠着一些赋税。

赵瑚会还吗？那当然不会了！

结果她就去找了赵程那个逆子。

赵程那个败家子当即就带人回坞堡里搬粮食，他也就这会儿见了赵程一面，然后又见不着了。

赵瑚虽然不聪明，但直觉很准，他每次碰到赵含章都没好事，他内心深处隐隐知道赵含章不好惹，但……他就是忍不住去惹她。

主要是她太气人了，他一直在吃亏。

赵含章用一句话把赵瑚的话头儿堵回去以后，就领着赵二郎与众长辈告辞。

众人看着她离开，或许是因为惊魂已定，而匈奴军也退去了，有人开始觉得赵含章手中的力量也不是那么可怕和可依靠了，便道："这孩子也太不尊老了。"

赵铭道："叔父，我们请吧，礼宴那边还等着人呢。"

众长辈一听，忙跟上赵铭，问道："族中的子弟都叫来了？"

"是，应该都在园子里候着了。"

长辈们道："这是你们年轻人的饮宴，我们就在偏院里喝喝酒就行，你们只管玩去。今年不是选官之年，不知中正官可有派人下来查询？"

赵铭道："我没请新的中正官。"

赵含章现在太打眼了，他并不想她太引人注目，所以他不仅没请，还特地写信给何刺史，叙明今年战乱，各地百姓流离，以致盗匪横行，为了中正官的安全，还是不要来参加赵氏的冬至礼宴了。

他表示今年的冬至礼宴并没有多少人，连汝南郡内的士绅都没几个参加，所以来了也没用。

不知道何刺史信不信，反正中正官没来。

夏侯仁走进礼宴敞轩，便见前面围了许多人，也不知在说什么，甚是嘈杂。

与他同行的何成很感兴趣，拉着夏侯仁过去："走，过去看看。"

两个人才上前，有围着的人认出了夏侯仁，连忙行礼，高声道："夏侯公子来了。"

夏侯仁是名士，听到这话，立即有人让开位置。

夏侯仁猛地一下就和对面的"人"面对面了。

他一惊，面上却不动声色，静静地看着镜子里的人，镜子里的人也在冷静地看着他。

立即有人问道:"夏侯公子见过这琉璃镜?"

夏侯仁回神,微微一笑道:"第一次见,不知这琉璃镜是谁拿来的?"

"我们来时就摆在这里了,应该是赵氏的。"

"赵氏竟有如此奇珍?"

"是不是前上蔡伯留下来的?"

"赵家还真舍得,这样的好东西也舍得摆出来。"

"或许是要与石季伦隔空斗富?哈哈哈哈……"

但也有人觉得这话不好笑:"赵公节俭,其后人应该也不是奢靡之人,这镜子摆出来,或许只是给我等一观,未必有炫富之意。"

那人的话音刚落,不远处的屋里传出一道惊呼,于是站在不远处的士人都挤进屋里看。不一会儿,敞轩这边的人都知道了那边的屋里也有一面镜子,也是这么大的。

士人们忍不住对视一眼:"赵家这是在炫富?"

但不一会儿,又有人在其他地方发现了全身镜。

于是大家感兴趣起来,想知道赵家到底在这园子里放了多少面镜子。

大家开始四处寻找。

"这屋里也有一面。"

"咦,这边的屋里也有一面。"

园子里热闹了起来,赵程到时,大家正欢乐得好像过年。看到赵程,当即有人高声问道:"赵子途,这镜子是从何处来的?倒是可以正仪容。"

赵程不知道赵含章在园子里放了很多面镜子,面对他们的疑问,他也是一脸的茫然。

有人知道赵程在赵氏不管事,当即问道:"赵子念呢?"

赵铭正在园子的隔壁宅子里。

这边是他家,有栋三层的观景楼,可以居高临下地看到整个园子。

这处园子是赵氏在赵长舆选官后特意修建的,在他家和老宅之间,两家都有一栋高楼,能够俯瞰整个园子。

赵含章不知道当初他们修建这两栋高楼是为了什么,但这的确方便了她看这些远道而来的士族。

赵铭回头看到她已经换下繁重的礼服,着一身素服,双手规矩地握于腹前,在窗前盈盈而立,姿态从容,任谁见了都要赞一声赵含章不愧是世家女。

谁能想到她可以上阵杀敌,击退石勒呢?

他深吸一口气,让自己不要去看她:"你不参加礼宴,谁代你出手这些东西呢?"

赵含章道:"我还请了上蔡县的柴县令。"

赵铭不说话了。

赵含章转身下楼:"汲先生已经在老宅里扫榻相迎,伯父只要给他们指一指路就行。"

"等等,"赵铭叫住她,"你不参加礼宴也就算了,庭涵呢?"

"他在闭关算东西呢。"赵含章知道傅庭涵不喜欢这种费时的交际,自然也不会委屈了他,"伯父找他有事?"

"他到底是傅中书的孙子,才名在外,让他来参加。"

赵含章道:"他并不需要名士的声威。"

赵铭不悦,皱眉道:"含章,你不能束缚他的才能,没有士人是不需要名气的,他体谅迁就你,你也该为他着想。"

赵含章偏头看了一眼窗外欢乐高谈的名士们,嘴角轻挑:"他用不着为名气而勉强自己,因为将来这些都用不着。"

赵铭的瞳孔一缩,他看着她走下楼梯。

他皱着眉看向窗外的园子,见园子里的名士们都围在镜子前,脸上或是稀奇之色,或是从容之色。

他深吸一口气,这些反应是不是也在赵含章的预料之内呢?

赵铭沉默着。长青躬身上来,低声道:"郎君,园子里的人都在找您呢。"

赵铭低声应了一声,问道:"可有人不持帖前来?"

"有,夏侯仁和何成今日方到西平,他们没有持帖上门,但因为他们是名士,所以宽公子他们也恭敬地把人迎进园子里了。"

赵铭的眼中闪过一丝异样之色,他忙道:"把三娘给我追回来。"

赵含章已经走出赵宅,一脚踩住凳子上车,敲了敲车壁,让马车开始走。

秋武抽了一下马,车便要从园子大门前通过,正巧园子里走出几个人来,为首的人看到这辆马车,立即高声叫道:"车里可是子念兄?怎么请了我等来,你却不露面?"

秋武不太确定地让车速慢下来:"女郎……?"

赵含章略一思索,便让车停下来,隔着帘子对外面的人笑着道:"伯父有事耽搁了,现在还在家中,贵客们要想见他,可以让人去家中请他。"

说罢,她敲了敲车壁,让秋武离开。

"等等,"夏侯仁的目光一闪,他上前一步,笑着问,"车上坐的可是赵氏三娘——传闻重却敌救赵,又射杀了刘景的赵女郎?"

赵宽忙道:"夏侯先生,我的三妹妹刚参加完祭祀,还未更衣,先生不如随我入席,我这就让人去请铭伯父过来。"

"我等本就不是拘礼之人,我想赵女郎敢上战场退敌,应该也不是拘泥于烦琐礼节之人,今日既有缘碰见了,何不下马一见?"

556

赵含章略一挑眉，便示意听荷掀开帘子。她弯腰走出车厢，站在车辕上居高临下地看着车下站着的几个人。

众人吃惊于她的年轻，夏侯仁却惊讶于她的样貌，盯着她的脸，半响说不出话来。

赵含章踩着凳子下车，朝着众人微微一笑，不行福礼，而是双手交叠，行了揖礼："诸位名士有礼了，在下赵氏三娘，赵含章。"

赵铭从后头赶了上来，有些气喘，他见赵含章站在车下与他们说话，也不知说了多少，急得疾步上前，高声打断他的话："夏侯兄！"

赵含章和众人一起扭头看向赵铭。

赵铭跑得太急，想要稳住呼吸已经不可能了，干脆做出一脸急切的样子，冲了上去，一把握住夏侯仁的手："夏侯兄，没想到真的是你呀。"

赵含章被吓了一跳，下意识地去看夏侯仁，难道这人是赵铭的知己好友，一日不见如隔三秋的那种？

却见夏侯仁的脸上闪过一丝惊讶之色，然后便恢复如常，他也面色激动地握住赵铭的手。

赵含章几乎觉得自己看花眼了，但她还是选择相信自己的眼睛和直觉。

她的目光在二人之间来回移动，她沉默着微笑。

赵铭一脸激动地拉住夏侯仁寒暄了好一会儿，这才扭头对赵含章道："这是夏侯子泰，你该称之为叔父。"

赵含章举手行礼，恭敬地叫了一声"叔父"，心里则在想，夏侯子泰是谁？

她没在自己的记忆里找出他来，倒是在记忆中的族谱里找到了一点儿线索。

夏侯啊，让赵铭如此紧张的夏侯。

她含笑看向赵铭，希望他能多给她一点儿线索。

赵铭拉着夏侯仁的手问："夏侯将军可好？沛公可好？"

赵含章便知道了，汲渊和她提过，今年豫州的大中正是夏侯骏，赵铭口中的夏侯将军，和她还有点儿关系呢。

夏侯仁是为赵含章来的，所以赵铭的热情并不能打断他的目的。他看向赵含章："三娘不进园子参加礼宴吗？三娘的风姿完全在众名士之上，说来惭愧，我等男子尚没有三娘的胆气和才华，石勒在冀州一带横行，少有敌手，而三娘却能打退他，我等远不及你。"

赵含章微微挑眉，瞥了一眼赵铭，风轻云淡地道："叔父谬赞，不管是打退石勒，还是管理西平县，都不是含章一人之功，这都有赖铭伯父和族亲们的帮扶。"

众人一副了然的模样，看来，实际掌控西平县的就是赵氏，只是不知道赵氏为何推赵含章一个女子出来挡在前面，而不是用其他的子弟。

被暗示为幕后大佬的赵铭瞥了一眼赵含章，拉着夏侯仁道："三娘正在守孝，所以不进园子。子泰既然来了西平，怎么也要看一看我们汝南的才俊。明年是定品之年，还望子泰在夏侯将军的面前多美言几句。"

夏侯仁沉吟着没说话。

赵含章便笑道："叔父既然来了西平，一定要在西平多住几日，含章作陪，也请叔父见识一下西平的山川人物。"

夏侯仁这才笑了起来，领首道："那就有劳三娘了。"

夏侯仁这才随着赵铭进园子，重新参加礼宴。

赵含章目送他进去，转身回到车上，吩咐秋武道："回去。"

赵二郎在家里玩，赵正也在这里，两个人正拿着木剑在院子里一来一回地对打，其实是赵二郎在让赵正打，不管赵正怎么用力，从哪个角度攻击他，他都能格挡住。

赵二郎看到姐姐回来，稍微用力，把赵正的剑拨开，跳了过来："我阿姐回来了，我不跟你玩了。"

他说罢，跑到赵含章的身边，把脑袋伸到她的面前："阿姐，你看我的玉冠，有人送我的。"

赵含章笑着问："什么人这么大方？"

赵二郎想了想后摇头，"我不认识。我和正弟回来的时候碰见的，他问我叫什么，我回答他了，他就送给我了。"

赵含章便看向一旁的傅安。

傅安立即上前道："小的问了，那位郎君的下人说他们是夏侯家的。"

赵含章便知道是谁了，摸了摸赵二郎的脑袋，道："挺好看的。那是叔父，既是长辈所赐，那你就戴着吧。"

赵正安静地站在一旁，闻言，问道："三姐姐，送冠的人是沛县夏侯氏吗？"

赵含章点头："是的。"

"听阿父说，今年的大中正便是夏侯将军。"

赵含章见他小小年纪便一本正经的模样甚是可爱，便领着他们在廊下坐下，笑着问："怎么，小阿正也想定品？"

赵正脸色微红地道："我还小呢，但我的阿父正当年。"

赵含章领首道："叔父不论人品还是才华，皆是上品。叔父若参加定品，品级不会低。"

"可现在定品首先看家世。"赵正忧虑地道，"三姐姐，我祖辈……您与夏侯将军有亲，能否为父亲美言几句？"

赵含章道："人小鬼大的，你怎么知道你父亲愿意去定品，愿意出仕？"

赵正道："以前或许不愿，但现在阿父不是在为三姐姐做事吗？您将县衙中的胥吏、军营中的什长等都送给阿父教，还让阿父教他们兵法。"

赵含章惊讶地看着他："你好聪明啊，果真才八岁吗？"

赵正一头黑线："三姐姐，我已经八岁了！"

他又不是只有八个月，这种事怎么会想不明白？

旁边的十二岁的赵二郎就想不明白，他压根儿没有听懂他们的意思，见自己才交的好朋友求姐姐，他便也跟着求："阿姐，你就帮帮正弟吧。"

赵含章轻拍赵二郎的脑袋："你知道是什么事吗，就让我帮？不过这件事对我来说不难。"

美言嘛，她很擅长的，但人家听不听就不是她能控制得了的了，但……

"叔父果真愿意定品吗？正弟，事关叔父的未来，你最好亲自问一问他。"

赵正道："阿父不喜欢求人，我想给阿父一个惊喜。"

"别是惊吓才好。"赵含章知道他聪明，干脆提点他道，"你知道叔父和七叔祖为何关系恶劣吗？"

赵正垂下眼帘，低头小声地道："因为我阿娘……"

赵含章拍了一下他的脑袋道："你在胡思乱想什么呢，跟你阿娘有什么关系？

"是因为你祖父不靠谱儿。虽说晚辈不该在背后议论长辈的过失，但为了预防后辈将来犯一样的错误，我该说还是得说。

"你祖父的三观与你父亲的完全不一样，这是他们父子两个说不到一起的原因之一；第二个原因便是，你祖父试图控制你父亲，让叔父完全照着他的安排来。

"叔父虽是子，但也是一个人。他是一个独立的人，有自己的想法，他的行为应该受自己的心控制，而不应该受第二个人的控制。

"正弟，你现在要像你祖父一样去控制你父亲的行为吗？"

赵正一听，脸色变得煞白，他吓得连连摇手："我……我没有，三姐姐，我就是想给父亲一个惊喜……"

赵含章摸着他的脑袋安抚他，轻声道："给惊喜的方式有很多，这是最错误的一种。你要是真想在这方面给你父亲助力，那也得先问过你父亲，知道他是不是真的想出仕、想定品才好。"

赵正小朋友沉思，还没想好，就听到一个声音幽幽地问道："定什么品？"

赵正一抬头，看到是赵铭，下意识地绷紧了脊背，脸色严肃得跟个小大人似的。他向赵铭行礼道："铭伯父！"

赵含章乐道："伯父好快的速度啊，我以为您得到傍晚才能脱身过来呢。"

"少嬉皮笑脸的，你知道那是谁吗？"

"不知道，不认识。不过那人应该出自沛县夏侯氏吧？"

"不错。今年的中正官是夏侯骏，夏侯仁乃夏侯骏的族弟，与夏侯骏的关系不错，一直在为夏侯骏网罗人才。若让他们知道你在西平县内养了这么多私兵和部曲，我们谁都别想好过，所以面对夏侯仁，你最好老实一些。"

赵铭有些头疼："放帖子的时候，我已经特意避开何刺史和夏侯将军的人了，没想到夏侯仁还是找过来了。"

赵含章道："无帖而来，是不是听到了我的声威，特意找过来的？"

赵铭瞪了她一眼，道："你也知道啊，汲渊四处给你造势，又是买马，又是买粮的，加之你射杀刘景的事，其他地方的人或许还不知，但在豫州内，你现在是个名人了。这次礼宴来的文士，十句就有三四句在讨论你。"

这一刻，赵铭觉得她不出现在礼宴上实在是再正确不过的事。

赵含章却还是乐呵呵的："声望这种事，有弊自然也有利，伯父不必太过焦心。"

"我不焦心。"赵铭瞥了她一眼，"此事若引起皇帝和东海王的注意，大不了把你送到京城里去。"

赵含章还是一脸笑呵呵的，大包大揽地道："伯父放心，我不会让他发现我手下的那些私军和部曲的。"

除了她手底下的人和赵氏的部分人，没有谁知道她的手底下养着大批的私军和部曲，就是赵铭也只知道个大概，并不知道具体数目。

所以赵含章并不怕。

别说赵氏的族人不会傻到去告密，就是告了，她也有办法应对，让他们找不到一点儿证据。

赵铭的脸色和缓了些。

赵含章看了赵正一眼后，往赵铭那边坐近了一些，乐呵呵地问道："伯父，您看，我和夏侯家有亲，我能不能求他们办一些事？"

赵程想不想定品，她不知道，但她手底下还有一大堆可以用的人呢，若能把他们提前安插进汝南各县……

稳重淡定如赵铭都没忍住伸出手来摸了摸她的额头："没发烧啊，怎么就说胡话了？"

他怒道："你和现在的夏侯家有什么亲，心里没数吗？你怎么不去找皇帝说你和他有亲，让他给你些好处？"

于是赵含章认真地思索起来。

赵铭见她真的在沉思，惊悚不已："你是认真的？"

赵含章道："天下熙熙皆为利来，有亲只是一个借口，但有了这个借口就好行事得多。只要我与他们有利，也不是不可以。"

赵铭认真地打量赵含章，忍不住道："大伯到底是怎么养你的，他是个名士君子，怎么你却……"

赵铭觉得那种话对一个女孩子来说不太好听，于是憋着没说。

赵含章却自黑起来，自在地接话道："唯利是图？脸皮厚？"

赵铭放弃一般挥手道："罢了，随你吧。"

反正不会是她吃亏，她不吃亏，赵氏就不亏，随她去吧。

赵铭还没察觉到自己的底线在一退再退，赵含章已经在掰着手指算她和夏侯仁最亲的一层关系了，以便见面的时候攀亲戚。

赵铭听到她在嘀嘀咕咕："夏侯将军要叫祖父表叔，那要叫我爹……"

赵铭头疼地扶额："你别算了，你太舅姥爷一家被诛三族，现在留下的夏侯家的人与你没多少血缘关系，你若真要攀亲……"

他的目光定在她的脸上。

赵含章见了，便伸手摸自己的脸："怎么，我长得像夏侯家的人？"

赵铭一脸复杂地道："我没见过那位夏侯先生，但听说过。你父亲长大一些后，所有人都说他长得像夏侯先生，而你长得像你父亲。"

赵铭说的夏侯先生是夏侯玄，赵长舆的亲舅舅，也是大晋奠基者之一司马师的大舅哥。

夏侯玄有多厉害呢，她那个那么厉害的祖父都以夏侯玄为毕生偶像，同时期的名士有不少都以他为榜样，称赞他"朗朗如日月入怀"，是曹魏时期的"四聪"之一，可见他的智商和声望有多高了。

司马家想要谋权篡位，而夏侯玄是一道越不过的门槛，所以夏侯玄含冤被杀，三族被诛。

所以现在的夏侯家和赵家的关系是很远的，拐了十八道弯都不止。

赵铭还道："大伯并不喜欢夏侯骏，自夏侯先生去世之后，我们赵氏和夏侯氏的关系也冷淡了下来。"

所以走关系是走不动的，当然，赵含章拿出足够大的利益也是有可能的，但何必呢，赵家的姻亲可不少，做事也不是非找夏侯家不可。

赵铭起身道："你既然想试，那就试一试。现在豫州是以夏侯骏为大中正，若无意外，未来几年都会是他，族中的不少子弟要成年了，也要定品出仕，和夏侯家搞好关系不是坏事。"

他顿了顿，道："把庭涵也叫来见一见夏侯仁，虽说庭涵才名在外，家世也不俗，但要定高品，他还是要在中正官的面前留下足够的印象才行。"

赵含章这次没反对，一口应下，但傅庭涵愿不愿意来就不一定了。

他不会出仕大晋，但在这个时代，有名望总比没名望要好。

毕竟有时候名望是可以救命的。

隔壁的园子里在热热闹闹地举行宴会。夏侯仁被围在中间，他盛名在外，加上又是今年的大中正的族弟，所以他很受欢迎。

但也有相当一部分人不搭理他，自顾自地凑在一起揽镜自照，说些自己感兴趣的话题。

赵程就是其中一个。他有自己的朋友圈子。见他的一个朋友实在喜欢全身镜，一直在照个不停，他便道："别照了，我回头送你一面。"

朋友一听，立即回头："你有？"

赵程颔首道："我的屋中便有一面，购买也不难，我回头送你一面。"

朋友一听，立即回到他的身边坐下："外面有传言，说上蔡赵家出了一个琉璃作坊，做出来的琉璃犹如天上仙品，难道那赵家是你家？"

赵程道："那是我侄女赵含章的产业。"

"传闻中那个射杀刘景、打退石勒的赵三娘？"

赵程点头。

朋友不由得感叹道："看来你赵氏要富甲天下了啊！"

赵程不在意，他们赵氏在十多年前就有富甲天下的传闻了，很多人都暗自怀疑他们赵氏的钱财比石崇等人还要多。

但真假无人能知，现在也不过是在那个基础上多添上一笔而已。

赵程不在意，赵含章却是在意的，所以在赵程把他的朋友介绍给她认识，并表达出这一看法时，赵含章便长叹一声，哭穷道："含章羞愧，祖父在时，家中的确有些资产，只是祖父去世，我们扶棺回乡时，先后遭遇了匈奴军和流民军，所带财物尽皆被抢。"

"也是因此，含章回乡后实在是囊中羞涩，好在有族中长辈扶持，我们这才勉强度日。"赵含章一脸苦涩地道，"但我已长大，我们姐弟二人总不能一直靠长辈接济度日，加上家中还有许多忠仆旧人，我不好让他们流散，这才想办法赚些家用。"

"琉璃的方子是庭涵读书时偶然所得，我们一开始也只是试试，谁知竟然真的能做出来，日子这才好过一些。"

赵程的朋友，汝阴陆乐半信半疑："琉璃如此贵重，一套杯盏便足够一家三口富足地过一辈子了，你既然掌握了炼制琉璃的技术，还会缺钱吗？"

"物以稀为贵，以前琉璃贵重是因为稀少，现在既然可以成批地炼制，价格自然就没有这么高了。"

陆乐挑着嘴唇道："消息未传出前，你可以趁机大赚一笔。"

赵含章觉得这位叔父好会啊，还知道打信息差。

赵含章没敢给他赞许的目光，一脸正直地道："别人不知，我自己却是知道的，怎能因为一己之利而欺骗人？"

赵程赞道："不错。"

然后赵程回头警告陆乐："休要教坏我赵氏子弟。"

陆乐无奈地道："这如何算欺骗？不过是他们的消息不灵通，我在商言商罢了。"

赵含章拊掌道："听叔父的意思，您似乎很擅长商业之事，那可有想过离开时带上一些我上蔡的特产？"

现在上蔡的特产是什么？

那就是琉璃啊！

陆乐给了赵含章一个赞许的目光："三娘这话正是我心中所想。"

于是二人到一旁在商言商去了。

赵程对此无话可说。

两个人相谈正欢时，夏侯仁与何成上门拜访了。

赵含章略一思索便对下人道："快请贵客进来。"

陆乐停下话头儿，坐在席上往后一靠，并不起身迎接，赵程也没起身。

赵含章到厅堂门口相迎，一看到二人便拜："含章正想着明日去拜见叔父，没想到今日叔父就上门来了。"

夏侯仁笑道："我等迫不及待，实在是我豫州少见三娘这样的英雄儿女。"

"叔父此话让我汗颜，远的不说，就说隔壁园子里的才俊，谁不在含章之上呢？"赵含章说完，把夏侯仁与何成请进厅堂。

夏侯仁一进门，就看到了席上坐着的赵程和陆乐，说道："没想到子途和悦之在这儿。"

赵程神色淡然，陆乐却道："子途在侄女的家中不是很正常吗？我倒是没想到两位会来这儿。"

"我等是慕名而来，早就听闻赵氏三娘武功盖世，一出世便连拿匈奴两员大将，我也会些骑射功夫，所以想过来请教一下。"

赵含章一脸纠结地道："这不好吧。含章毕竟是晚辈，若是手重，不小心伤了叔父怎么办？"

"刀剑无眼，我不至于连这点儿涵养都没有。"夏侯仁笑眯眯地道，"只是比一比，我也想看看侄女有何等本事，竟能让何刺史将西平县交给你。"

她这要是输了，还会影响西平县的归属？

赵含章的手有点儿痒，她想打架怎么办？

她低头看了一眼身上的曲裾，起身道："叔父稍候，我去换身轻便点儿的衣裳。"

夏侯仁想说不用，因为他也穿着宽袖长袍呢。

但赵含章已经快步出门，夏侯仁在赵程的紧盯下，只能忍下要说的话。

四个人尴尬地坐着，赵含章很快就回来了，还带了两把木剑来。

"叔父，刀剑无眼，所以我们比试还是用木剑吧。"

她将木剑丢给他。夏侯仁起身一把接住，挥了挥，笑道："这木剑也不轻，上面竟然还有雕纹，是谁做的？"

赵含章道："木匠。"

夏侯仁一时接不了话，只能选择沉默。

赵含章侧身："请叔父移步院中。"

二人相对而立。赵程、何成和陆乐都站到了廊下观看，三个人一抬头便看到不远处的廊下站着的赵铭，他的身边还有个清俊少年，何成和陆乐都没见过此人，不知是谁。

刚才他们在园中也没见过。

赵铭冲他们点了点头，并没有出声打搅院中的人，只是安静地看着。

陆乐觉得那个少年仪表不凡，便问赵程："那个少年是谁？"

赵程道："傅庭涵，傅中书的长孙。"

"咦，他及冠了吗，怎么就取字了？"

"还没有，两个人定亲就给取了字。"

何成在一旁竖着耳朵听，抬起头来，又看了一眼傅庭涵，傅庭涵的确是少年英才。赵氏和傅氏结亲，这一步走得极妙，两家守望相助，便是东海王也不敢轻易动他们。

院中，赵含章正在和夏侯仁商量："怎样算输赢？"

夏侯仁道："三条命，谁先死两次，谁输。"

赵含章笑问："有彩头吗？"

"你想要什么彩头？"

赵含章想了想，道："含章听闻叔父好游历，又擅书画，因此每到一处都要记录各地的山川景物，含章虽是女儿身，却也有一颗游历之心，奈何受限于现实，只能留在西平，所以含章想要叔父手中的豫州的所有画稿和书稿。"

夏侯仁的眉头一皱，他问道："你拿什么来与之匹配呢？"

"上蔡的琉璃作坊如何？"

夏侯仁的瞳孔一缩，她怎么知道他想要她的琉璃作坊？

赵含章笑吟吟地看着他道："我这琉璃作坊所出的琉璃，叔父也看到了，精美绝伦，产量嘛，也还勉强可以，您赢了我，我将作坊送给您。"

夏侯仁道:"作坊在你的庄园里,我不好管理啊。"

"叔父可以搬走,里面的工匠,还有现有的方子,都给您。"

夏侯仁的脸色肃然:"你当真舍得?"

赵含章道:"叔父都舍得花了几年才画下来的心血,区区一个琉璃作坊,我又怎会不舍呢?与叔父的心血比起来,琉璃作坊完全不值一提。"

夏侯仁虽不这么认为,但依旧被她这顿马屁拍得很舒服,脸色和悦,他想了想后,点头:"好,我答应你,我们就以此为彩头。"

赵铭和傅庭涵都一脸淡然地听着,并不干涉,赵程就更不往心里去了。

陆乐看看院中的人,又看看边上淡定的赵程,不由得低声问道:"你不拦一拦吗?"

那可是琉璃作坊!

赵程淡定地道:"为何要拦?"

"行,你视金钱如粪土,我多有不及。"

赵含章会视金钱如粪土吗?

那当然不会了。

一个玻璃作坊而已,夏侯仁又不会真的把作坊放在上蔡和西平,等他带走工匠和方子,他们重新培养人手就是。

她不信夏侯仁能够占领整个琉璃市场,现在琉璃的产能过剩,价格下降是一定的,作坊现在都不研究新的玻璃样式了,而是把精力放在控制成本和成功率上。

所以赵含章不怕输,了解她的赵铭和傅庭涵也想到了这一点,所以很淡定地站在一旁看。

当然,赵含章是不会输的,即便她不怕输。

夏侯仁才说了一个"请"字,赵含章便出剑了。他的脊背一寒,他都来不及看清赵含章的动作,下意识地举剑一挡,但还是晚了,赵含章的木剑直指他的咽喉。

虽然只是被轻轻地碰到,但他依旧冷汗直冒,浑身发寒。

这要是在战场上,或用的是真剑……

夏侯仁咽了咽口水,看向赵含章。

赵含章冲他微微一笑,收剑:"叔父,你'死'了一次了。"

夏侯仁的心理素质还是可以的。他虽然额头冒汗,但脸色很快恢复正常。他换了一个持剑姿势:"再来。"

这一次,他决定先出击。赵含章也让他先出手,等他将剑刺过来才抬剑格挡,然后身子顺势一转,快速地出剑,夏侯仁还是没怎么看清,赵含章的木剑就扎在了他的心脏上,直指要害。

夏侯仁觉得自己好像比试了,又好像没有比。

赵含章收剑，抱拳道："叔父承让了。"

夏侯仁的脸色总算是有了点儿变化，就是看着有点儿发青，他心中有许多的话想说，却又说不出口。

何成代替他说出了口："这不是君子剑，乃小人之剑。"

"此话不对。"赵铭从廊上走下来，维护赵含章，"都是杀人的剑，分什么君子剑、小人剑？"

赵含章深以为然地点头。

何成皱眉道："她这剑招招招致命，角度又刁钻阴狠，实非君子所为。"

赵铭冷哼一声，道："君子不会动手，凡动武者皆不是君子。再说了，先贤谁不习六艺？武艺亦是其中一项，难道会武艺的先贤就不是君子了？先贤可不会仗着年长和身强想要抢夺人的家产。"

他是忌惮夏侯氏，但不代表他害怕夏侯家，赵含章一提用琉璃作坊做彩头，对方就应下，可见对方早就盯着琉璃作坊了。

没错，他就是这么双标。

赵含章可以盯着人家的手稿，夏侯仁却不能盯着赵家的琉璃作坊。

听到此话，不仅是夏侯仁，连何成都脸色一变。

夏侯仁不再沉默，沉声道："子念这是何意？比斗和彩头都是赵三娘提的，你要是不认，那就……"

"认认认。"赵含章忙打断他们的话，"怎么会不认呢，叔父们不必争吵，不就是君子剑和小人剑吗？小人剑嘛，我也会一点儿，要不我让叔父们再见识一下？"

她生怕他们再说下去，她的彩头就要消失了。

赵铭扭头瞪赵含章："你会什么小人剑？"

赵含章忙哄他："伯父，我会小人剑不代表我就是小人；好比我会君子剑，也不代表我就是君子呀。"

夏侯仁觉得她的这番话在影射他，何成也这么觉得。对于她侮辱自己的朋友，何成很是不悦，脸色有些沉："你说的小人剑是什么？"

赵含章笑嘻嘻地道："我倒是会练，但独舞只怕看不出来是小人还是君子，所以还有劳夏侯叔父与我对剑，这样大家才看得出来是小人还是君子。"

四位长辈被她说得都有些好奇起来，想知道她所谓的小人剑是怎样的。

夏侯仁想着自己已经输了，而且两次都输得这么迅速又这么难看，再输一次也没什么，于是很坦然地拿着木剑退后，颔首道："那来吧。"

傅庭涵的目光却不受控制地往夏侯仁的下三路看去，他觉得可能是自己想多了，但……以他的思维，以及对赵含章的了解，所谓的小人剑恐怕……

他的想法还没落定，赵含章已经"嗒嗒"地和夏侯仁对打起来，这次或许是为了让大家看清所谓的小人剑，她出剑的速度不快，甚至还有点儿虚，以至一开始看着是夏侯仁占上风。

连夏侯仁都有种自己可能要赢的错觉，然后赵含章的攻击开始走偏，剑"咻"的一下朝他的下身刺去，出剑凌厉，吓得夏侯仁忙改攻为守，回剑挡住。

赵程等三个人都瞪大了眼睛，赵铭则伸手想捂脸，抬起手，觉得这样有失威严，又放下了。

只有一旁的傅庭涵忍不住笑出声来。

就在夏侯仁心神失守时，赵含章回剑一刺，直指他的心脏，速度不快，甚至有点儿绵软和慢悠悠的，如果是平时，夏侯仁一定能挡住，但他刚才心神受到震荡，反应就慢了一息。

就这么一秒钟，夏侯仁就输了。

赵含章笑嘻嘻地道："叔父，这才是小人之剑，以弱搏强时可以一用。"

夏侯仁一脸茫然地去看赵铭和赵程："你们赵氏……是这么教导族中子弟的？"

赵铭罕见地没有驳回去，赵程则皱眉看向赵含章。

赵含章可不能让赵氏子弟落得和她一样的名声，笑嘻嘻地道："叔父，这小人剑不是在族中学的，是我在外头学的。"

她笑着问："您看这是小人剑吗？"

夏侯仁道："的确是小人剑！"

赵含章就拍掌道："所以我刚才比试时所用就是君子剑嘛，这才是小人剑。"

不，明明两个都是小人剑，不过这个更小人而已。

但夏侯仁没再辩解，生怕她再拉着他来一次小人剑比斗。刚才那一下，他不仅丢脸，还被吓出了一身冷汗。

赵含章怎么能攻击那里呢，而且他还是个女郎，要是没轻没重地砸到了……

夏侯仁的脸色越来越黑，赵铭忙道："比试既然结束了，那这彩头……"

夏侯仁黑着脸道："我稍后便让人送来。"

他顿了顿，没舍得把原件给赵含章，于是道："那是我的多年心血，我想要留下一些做纪念，你待我将其复制一份后给你，如何？"

"怎敢劳烦叔父？庭涵也擅画，不如将稿子交给我们，由我们来复制。"赵含章笑道，"待画好以后，我必将原稿亲自送还叔父。"

夏侯仁还想再争取，赵铭就眯着眼睛道："子泰不会是舍不得，所以想要反悔吧？"

夏侯仁黑脸了，他之所以应下后再提这件事，就是怕他们这么想，果然，他们还是这么想了，真是小人之心，他是那样的人吗？

夏侯仁甩袖，叫来他的长随，当场道："回去将我豫州的手稿都取来。"

夏侯仁的手稿都在行李箱中，所以像夏侯仁这种喜爱游历的人，一旦发生危险，他们的毕生心血可能就这么消失在历史长河中了。

赵含章觉得她是在替他们保存心血，这么一想，她毫无心理负担地接过长随搬来的手稿。

手稿有很多，虽然只是豫州的部分，也有厚厚的一沓，大部分是记在纸张上的，但还有部分是记在绢布上的。

赵含章随手抽出一卷绢布打开看，发现是上蔡的地形图，字迹有点儿模糊，说明这图应该画了好几年了。

赵含章微微挑眉，将绢布卷起来，对一脸肉痛的夏侯仁道："叔父放心，我一定尽快将手稿归还。"

夏侯仁尽量不去看桌上的那些手稿，因为实在是太心痛了。

赵铭见好就收，邀请夏侯仁："家中略备薄酒，子泰与我同饮？"

夏侯仁看向赵含章。

赵铭一脸欣慰地道："三娘至孝，正在为大伯守孝，所以就不与我们一道了。"

夏侯仁只能随赵铭离开。

赵铭离开时，暗暗瞪了赵含章一眼，警告她最近老实点儿，名声已经给她打出去了，可别毁了他的招牌。

赵程一脸的不赞同。据他所知，赵含章过了热孝后就开始饮酒了，并不是守的苦孝，五哥这样岂不是欺骗人吗？

赵含章顺利接收到赵铭的信号，冲他微微点头，和傅庭涵一起毕恭毕敬地把五位叔伯送出大门。

赵含章站在大门前恭送他们，等他们一走远，脸上的笑容立即一收，她拉起傅庭涵就往家里跑："快去看看稿子。"

汲渊也收到了消息赶来，三个人一起翻看夏侯仁的手稿。

这些手稿大部分是画稿，只有小部分是文稿，文稿多记录各地的风土人情，还有一些山川的情况。

比如颍水是从淮河出来的分支，其下五十里处因为河道狭窄，每过三年或五年，河水会泛滥，当地百姓认为是河神在索贿，所以每三年都要往河里投掷牲畜祭品。

附近的村庄因为祭品年益贵重而难过，逃离村庄的人越来越多。但夏侯仁认为河水泛滥是因为河道积淤，只要清除淤泥即可。

文稿上面还写了他去找当地县令谈及此事的对答。

县令表示知道此事，也曾经派人去说教村民，并安排各村出劳力清理河道。不过村民们并不领情，认为县令劳民伤财，冒犯河神。

因为在清淤的第二年出现大涝，河水还是泛滥，甚至比往年更严重。

县令大吐苦水，认为当时河水泛滥主要有两个原因：一是恰巧当年的降水比往年更多；二是劳工们偷懒，没有按照他的规定清淤，而是挖开了一些淤泥，但还有一段未曾清理，这就造成河道更加狭窄，上游的水流量暴涨，汇聚而来时便冲垮了那段未曾按照规定清淤的河道。

不过从那以后，他也很难再指挥得动那几个村庄的人清淤了。

县令干脆也躺平，由着村民们每年祭祀。

夏侯仁对此事表示了遗憾，然后画下河道图就离开了。

傅庭涵仔细地看过那段河道图，道："要清淤，只清这一段是不够的，得从这里开始清，最好再挖一条新的河道分流，这样不仅可以治洪，也可以增加田地的浇灌量。"

赵含章道："这个工程量可不小，需要的人力、物力不少。"

汲渊道："女郎，颍水在汝阴，离我们汝南远着呢，您要不要先看看汝南的图？"

"哦。"赵含章老实地放下那张图和书稿，翻找起汝南的图来。

图不是自成一张的，基本上是一个县一张，或者几张，夏侯仁作图还很随心所欲，有时候村镇道路一张图，有时候他又单独画一幅河道图。要将它们整合成一张图也是庞大的工作量，不过这个可以以后再做，现在最主要的是先把它们复制出来。但这么多画稿，又这么细，复制同样是一项很大的工程。

三个人光是整理，把豫州各郡的分出来，还未分到县就忙到了晚上。

王氏来看了两次，见他们如此忙碌，送了饭后便离开了，没再打搅他们。

王氏都要更衣躺下了，大门突然被敲响。她被吓了一跳："都深夜了，谁来了？"

青姑出去询问，很快回来，答道："是铭老爷。他直接往书房去了。"

王氏顿时有些忧虑："这么晚了……难道是出了什么事？"

青姑道："莫不是因为下午的比斗？"

王氏一直到夏侯仁走后才知道女儿与人比斗了，但因为是赵含章赢了，所以她没往心里去。

王氏这会儿方觉得后怕，那个夏侯仁的身份不低，或许是介意这场比斗？

青姑见她实在担心，便道："我去书房看看？"

"快去，"王氏转了一圈后，道，"带些点心去，再让厨房的人煮些肉，我傍晚去看的时候，桌上好多的文稿，动脑筋饿得快，吃肉饱得快。"

青姑应下。

傅安领着赵铭进来，赵含章抬起头随意地点了点："夜已深，伯父怎么过来了？"

赵铭直接走上前去看她身前的那些稿子："你说呢？"

569

赵含章笑着用双手将整理了一半的画稿奉上："您看，这是西平和上蔡的山川图。"

赵铭翻开，在上面看到了赵氏坞堡的详细标注，连旁边有几条路都标注得一清二楚。

他不由得脊背发寒："这是什么时候画的？夏侯仁竟画得这么详细。"

"图下有日期。"

赵铭看了一眼，抬头盯着赵含章看："你是怎么知道夏侯仁有这样的图的？"

赵含章也坦诚，直接指向汲渊。

汲渊对上赵铭的目光，微微一笑，道："当年夏侯仁进京选官进兵部，在职方司任职，因与贾氏交恶，愤然辞官。郎主追出京城，特托他为大晋画舆图，他以如今收存舆图多有不准为由拒绝，但之后郎主一直写信托付，他便开始借着游历之便四处校准作画。"

职方司是兵部专门掌管地图的部门，还负责汇总地方测绘后上传的地图，要论谁对大晋的疆土地域最了解，除了一些特别留意的人，那就只有职方司的人了，因为职方司的人就是干这个的。

能被赵长舆所托就已经表明夏侯仁在这方面颇有能力。

"前些年，他和郎主还有书信往来，偶尔提及他已画了不少州郡的图，可惜后来贾后弄权，京城混乱，他和郎主便断了书信。"汲渊道，"这次在这儿看见他，我才想起这件事。"

赵铭沉思："就是不知道这画稿他是打算上交给朝廷，还是留给夏侯家？"

汲渊沉吟片刻，道："当年郎主许诺他，他只要画出校准的舆图，郎主便代他进献给陛下。"

从夏侯仁的手稿来看，他连河流淤堵情况也都标注在上面，这样详细的一张舆图，进献后，夏侯仁可封爵矣。

不过谁也没想到局势会变化这么大，之后不仅贾后死了，现在皇帝也死了，换了个新皇帝后，赵长舆也死了。

汲渊道："他愿意将此心血输给女郎，固然是因为琉璃作坊的价值高，但未必没有郎主之故。"

赵铭心中一动："若能再得到他的其他文稿……"

赵含章冲赵铭竖起大拇指："伯父好志向，我也是这么想的，所以我们得和他搞好关系，若能将他留在坞堡长住就更好了。"

赵铭道："你就不怕他发现你在西平县的那些猫儿腻？"

从他画的地图来看，夏侯仁可不是个粗心的人。

（未完待续）

出版番外
王惠风

太子不喜欢太子妃王惠风，王惠风也知道，也不喜欢他。要不是圣旨、父母之命媒妁之言，她才懒得嫁给什么太子呢。

每每想到这桩婚事的来由，王惠风便忍不住冷笑。

可是，她已经成了太子妃，在其位，谋其政，有她自己的责任。

她从小的教养告诉她：自己要尊敬、爱护太子，要处理好太子府里的宫务，要教养好皇孙……

这个国家这么乱，就是因为君不君、臣不臣，在其位之人不谋其政，而不在其位之人越俎代庖。

最单纯的时候，王惠风会忍不住在心里大声质问：先贤规肃了礼，大人都教他们要遵循礼节，结果孩子们遵循了礼制，大人却一边高呼礼，一边用行为去打破！若大人遵守礼制，这个国家何至荒唐至此？

大人虚伪，一脸懵懂的孩子看着父母的表里不一，也学着一边长大，一边嘴里高呼"仁义礼智信"，转身却像大人一样砸碎它们。

王惠风也时常有打破一切，不顾世俗规矩的冲动——这个世界已经这么乱了，再多她一个乱世的人又如何？

可她每每这么想的时候，她的目光就不由得越过重重宫殿，落在太子府外的大街上。

那一片是贵人住的地方，街道宽敞，时有衙役巡逻，可依旧有衣衫褴褛的乞丐混进来，只为在后门翻找各个宅院的人丢弃的残食。

而在那片区域之外，比这些乞丐还苦、还惨的百姓比比皆是。

民生多艰，她不过是受些委屈罢了，尚且能活，他们呢？

这个世界多她一个乱世的人是不多，可多她一个乱世的人，便少一些能活下去的人，多一些死去的人。

王惠风内心的叛逆便被硬生生地压了下去，她继续端坐于太子府，履行太子妃的责任。

每遇节日，她就会出面游走各府，募捐钱粮，以济灾民。

她对自己的要求不断下降，只求让这个人再多活一段时日，那个人也再多活几日，活到他们离开这里也能找到新的生机。

她已经尽量平和地看待这一切了，但太子总是与她背道而驰。

他的行为日渐荒唐，不管她怎么劝都没用，最后他为了不听她说话，干脆搬到蒋美人的院子里居住。

王惠风突然冒出了一个大逆不道的猜想：太子从前的聪慧名声都是先帝为了维持天下安定宣扬的，实际上，他和他爹一样傻。

王惠风每每想到此处，都需要很大的意志力才能收住脑袋，不往下想。再往下想，她怕自己不仅会有大逆不道的想法，还会有大逆不道的行为。

不过，夫妻俩本就不好的感情的确雪上加霜了。

王四娘为此很忧虑，就拉着赵和贞去给王惠风作伴。但三人的年龄相差太大，表面上是两个人给王惠风作伴，其实是王惠风在哄着两个孩子玩儿。

王惠风听说赵和贞的弟弟也是傻子，五岁了，话还说不全。

王惠风通过赵和贞见到了赵长舆，先是问他："若赵永痴傻，少保如何安排身后事？"

赵长舆当时沉默许久才道："这是臣的家事，且木已成舟，太子妃何必忧虑已经发生的事？"

王惠风觉得赵长舆没听懂，干脆点明："若父子相承怎么办呢？"

她这是怀疑太子和皇帝一样痴傻。

赵长舆惊了一下，在脑中回忆：难道太子在课堂上的表现都是假装的？

这绝无可能！

他更觉得太子近日来的荒唐是为了麻痹皇后，示弱以求存。不过他还是谨慎地问道："太子妃何出此言？难道太子日常有不妥的行为？"

王惠风面无表情地道："太子如今好玩器物，常命宫廷制造，耗费巨大。前两日，他还让左右骑上矮脚小马，又把缰绳弄断，以让人跌下马来取乐。少保觉得不是子类父吗？"

赵长舆一下子放心了，委婉地道："太子只是心中烦闷，做事有些偏颇而已。太子妃多劝劝便好，不必忧虑。"

他要被吓死了——他还以为太子真的和皇帝一样呢，还好，还好。

王惠风更郁闷了，没忍住，道："我知道，太子是想自污，以示自己没有威胁，让皇后放心。可太子非皇后亲生，而皇后也不是在意名声之人，他如此自污，不仅不会让皇后放心，反而会失了臣心、民心。"

赵长舆心想：难道自己不知道吗？难道自己没劝过太子吗？

他是太子少保，虽然表面上和太子绑定在了一起，但其实并没那么深，真正依附于太子的是官位更低的太子洗马和太子舍人。

赵长舆和他们的交情颇深。

赵长舆曾开口劝过太子一次，但太子对着他时恭敬有加，满口答应，转身却更加肆意妄为，就好像视先帝加在他身上的聪慧、良善、仁德等一系列美好的品质为尖刺一般，想要一根一根拔除。

养孩子实在是千古难题，即便是赵长舆也没办法，只能通过太子洗马和太子舍人规劝太子。

这两位臣子也很尽忠尽职。昨天，太子舍人杜锡刚劝过太子，冒着被皇后砍头的危险直接和太子说："皇后性情凶暴，心胸狭窄。太子应该谨言慎行，修德行，纳善言，远离谗言和诽谤。将来皇后若对殿下出手，殿下好有一搏之力，美名亦可为刀。"

然后，昨天太子就在这位舍人常坐的坐垫上放了针，杜锡一屁股坐上去血流不止，目前在家里休养。赵长舆来接小孙女，顺便见太子妃之前，才去看望了他。

杜锡心灰意冷，赵长舆亦有些灰心，但当着太子妃的面，还是要维护太子的颜面，告诉太子妃，他会尽力劝诫太子，也请太子妃不要放弃。

他总不能真的破罐子破摔，和太子妃说：你夫君魔怔了，未必傻，却变蠢了，且听不进去劝诫，我们换个太子吧。

王惠风静静地看着赵长舆，同样恨不得他真的开口说换太子。

赵长舆没打算更换太子，皇帝只有这一个儿子，能换谁呢？而先帝有二十多个儿子，一旦太子被废，储君这块肥肉重新回到盘子上……

赵长舆只是假设一下，便觉得眼前一黑——他能想象得到，一旦太子被废，天下会乱成什么样子。

赵长舆面色凝重，和太子妃郑重地说道："为了天下安定，太子地位不容有失。"

他暗示太子妃可以着重培养皇孙。

蒋美人生了一个儿子，看上去还机灵，不如把他养起来，太子要是不行，好歹

573

还有皇孙。

总之，这块肥肉不能被放回到盘子上。

王惠风心头的怒气被浇灭，她慢慢地安定下来，果然照着赵长舆的建议接触了一下皇孙。

孩子还小，她不用怎么教育他，不过是偶尔照顾，确保他不会被养坏，等孩子再长大一些，她会给他请名师，教他不要学他的祖父和父亲。

她计划得很好，奈何世事变化得比孩子长大还要快。

太子入宫一夜未归，不等她派人去皇宫询问，太子身边的小黄门举着一封信惶恐来报："太子妃，太子求您救命！太子……太子被押解金镛城中，危在旦夕！"

王惠风吓了一跳，连忙接过信拆开看。

信是太子匆忙之间写的，他虽匆忙，却把事情的前因后果写清楚了。皇后假托皇帝生病，让他入宫侍疾，他入宫后，皇后却让人灌他喝酒，待他醉酒，便让他照抄了一封谋逆的信件。

太子悔不当初："我早知躲不过，不如早听你言，谨言慎行，不做浪荡之举，或有一线生机。但此时已然来不及，我只求惠风看在夫妻一场的情分上，照顾好我几个孩儿，若岳父大人尚顾念翁婿之情，还请保我一命。"

太子已经不奢求回来，愿意被软禁在金镛城中，只要能活着就好。

如今能救他的人只有王衍了。

王惠风也这么觉得，当下能救太子的人只有王衍了。

"准备车马！"她立即收好信，都顾不上换衣裳，直接跑回娘家求救。

王衍醉酒，不见她。

王惠风在她爹门外站了一天一夜，她爹愣是在屋里躲了一天一夜，宁愿不吃饭也不见她。

王惠风失望不已，知道再求无用，只能转身离开。

结果，她前脚走，她爹后脚就入宫请求皇后免去女儿和太子的婚约，认为太子当初娶王惠风就很不情愿，现在不如直接取消婚约。

皇后没同意——两个人都成亲好几年了，成了既定事实，怎么可能取消婚约？

王衍退而求其次，上书请求让他们和离。

皇后犹豫了起来。

王衍见状，连着上书两道。

皇后最后道："若这是太子妃的本意，本宫应允。"

王衍道："这的确是小女本意。"

皇后似笑非笑："那便让太子妃进宫来提吧。"

王衍哪里敢让女儿进宫。他了解这个女儿，又犟又烈。她要是进宫来，只怕会当场顶撞皇后。

王衍猜的没错，王惠风的确想进宫当面和皇后求情，说是求情，实为博弈。但她还没到宫门口，就被王衍派的人强硬地请回了太子府。

太子没有权势，王惠风自然也没什么势力，即便她把刀架在脖子上，对方依旧不退，她还是被带回了太子府。

王惠风站在厅中，默默地放下了剑。她知道，即便抹了脖子，也见不到皇后和她的父亲，最后还会变成一具尸体被抬回太子府。

她只怕，最后她还会被说成"太子妃不耻于太子，不愿与太子同流合污，心生愧疚，因而自尽"。

笔在她的父亲手上，她又是他的女儿，他怎么定论，世人便会怎么相信。

王惠风茫然无措，心中刺痛，既为太子而痛，更为天下而痛，最为她的父亲的作为而痛。

父亲不是名士吗？他不是从小教她忠孝仁义、贤德谦让吗？

"小姐，家主让我们来接您回去，皇后已应允您搬回王家。"

王惠风回神，脸色沉肃："我是太子妃，即便太子被废，我亦是司马遹之妻，不回王家！"

来接她的下人不敢抬头看她，只得跪下，双手奉上信件："小姐，家主说，太子府要被封起来，所有人等不得停留在府中。您不走，就要与皇孙们一起被收入掖廷。"

王惠风嘴唇微抖，接过信拆开看。

在信中，王衍问王惠风："你是与废太子和皇孙一样软禁于金镛城和掖廷中，还是别府另居，从外相助于废太子和皇孙？你只能二选其一。你若入掖廷，我会与你断绝父女关系，绝不陷王氏于不忠。"

王惠风气得发抖，将信揉成一团，眼泪滚滚而下："分明这才是不忠，太子是冤枉的，他分明什么都知道……"

王惠风痛哭出声，身后的三个孩子也大哭起来。王惠风满眼通红地回头看三个孩子，最小的孩子两岁，最大的孩子也才四岁，其中一个孩子还在生病，这样的情况下入掖廷，那就是死路一条。

王惠风伸手抹掉脸上的泪，收起脸上的悲色，坚强地说道："把孩子抱上，随我回王家！"

下人连忙阻止："小姐，家主只让您回去，皇孙们还是得去掖廷。您留在外面也能打点一番不是……"

王惠风推开他的手,大步向前,惶恐不安的乳娘们立即抱着孩子跟在她身后。

王衍给王惠风准备了车马,但王惠风没坐,绕过马车,带着人穿过大路往王家而去。

废太子的圣旨今日下来,大街小巷都知道了太子被废的消息。

人们站在道路两侧,默默地注视着太子妃从太子府里出来,带着小皇孙们穿街而过。

他们的目光悲悯又怜惜,王惠风抬头触及他们的目光,眼泪滚滚而落。

他们在怜惜她,却不知,太子被废,他们也失去了最后一次安宁的机会,他们才是最该被怜悯的人。

王惠风悲伤又怜悯地回视他们,心中钝痛不已,忍不住啜泣出声,一路哭着回到王家。

元康九年,太子被废,太子妃将三个皇孙带到王氏别院另居。次年一月,改年号永康,皇后强令三位皇孙前往金镛城中与废太子同居。

不到两个月光景,三位皇孙死其二。

当年三月,废太子被毒害于金镛城中。四月,赵王司马伦和孙秀讨伐贾后,血洗京城,惠帝被废,软禁于金镛城中。次年四月,齐王司马冏联合河间王司马颙、成都王司马颖反抗,攻入京城,杀死赵王,重迎惠帝为帝。年底,长沙王与齐王、河间王互攻,齐王两千党羽皆被夷三族。又一年……

正如赵长舆预料的那样,储君这块肥肉回到盘中,天下大乱。

王惠风无力回天,只能隐居于别院之中,看着京城被杀了一轮又一轮,曾经怜悯她的那些人已不复存在。

一直到八年后,永嘉元年,惠帝暴毙,其弟司马炽继位,改年号永嘉,至此,八王之乱终结。

这一年的三月,赵长舆之孙赵永于城门外坠马,其姐赵和贞为救他被马踩踏,殒命,时年十四岁。

王四娘和赵和贞是极好的朋友,为此伤心欲绝。

八年的时间里,王惠风看过太多生离死别,已经麻木,只是尽力周旋,说服父亲将四娘嫁给了河东王裴遐。

她握着王四娘的手叮嘱道:"让他带你离开京城,你要活下去,一定要好好地活下去。"

她不知道妹妹最后活下去了没有。天下皆乱,没有一处安宁之地,但妹妹远离京城，至少纷争能少一些，不处于风暴之眼，风暴或许会轻一些吧？

永嘉五年，父亲和东海王丢下皇帝，挟百官、世家、军队离京，前往东海，途中被石勒包围俘虏。她也于乱军中与家人离散，被汉国刘曜俘虏。

婢女跪在王惠风面前哀哭不止。

王惠风将墙上的佩剑取下，拔出剑来，道："你哭什么？人生皆有一死，你出去吧，我自己应对。"

婢女哭着摇头。

王惠风见状一笑，颔首道："这样也好，你也免得受辱。你我主仆黄泉路上也可作伴。"

她的话音刚落，五大三粗的乔属扯开帘子进来，一身的酒气扑面而来，酒臭味瞬间溢满整个大帐中。

他看到王惠风，直接略过她手里的剑，眼睛发光："这就是太子妃？哈哈哈，太子妃长得真标致！今天我也来尝尝太子妃的味道，要是好，以后赏给你们！"

身后的兵士兴奋地应下，目光却直接落在地上的婢女身上。

婢女惶恐不安地抬头看了一眼王惠风，咬了咬牙，道："小姐，奴婢先走一步了。"说罢，她用尽全身力气朝桌角冲去。

"砰"的一声，血沫横飞，婢女半睁着眼睛倒在王惠风脚边。

王惠风眼底含泪，脸上却扬起笑容，她颔首道："好，我一会儿便去追你。"

乔属酒醒了大半，这才看见王惠风手里的剑，抬手就去夺。

王惠风剑随风动，狠狠地向下一切，乔属迅速收回手。但剑锋扫过，乔属的手臂渗出血来，他虎目圆瞪，大怒道："你……！来人，给我拿下她！"

王惠风冷冷地看他一眼，把剑一横，快速地一抹。

鲜血飙出，她满意地笑了起来，倒在婢女身前，一只手握住婢女的手，另一只手缓缓地合上婢女半睁的眼睛，说道："我宁可为义而死，也绝不受辱！"

她闭上眼睛，紧紧地抓着婢女的手。

乔属彻底醒酒了，却暴怒不已，指着地上的两具尸体道："把她们给我拖出去，烧成灰扬了……不，把她们给我砍成肉块喂狗，再把狗杀了扬了！"

…………

赵含章放下笔，转了转自己酸涩的眼睛，随手将才批好的折子往旁边一递，叹气道："王卿，你不要总是纵着太后，现在才六月，你们就募捐了三次了。做慈善要细水长流，你们这样追着要善款，百官不捐怕被太后记小本子，捐了心里又不舒服，最后折腾的还是朕，朕也很为难的。"

赵含章将折子递出去半天没人接，这才扭头看过去，就见她的大尚宫正在发呆。

这幅光景可难得一见，赵含章立即放下折子，凑过去小声叫道："爱卿，爱卿？"

王惠风猛地回神，被贴脸看着她的赵含章吓了一跳，无奈道："陛下，您也太淘气了。"

赵含章眼睛晶亮，好奇地问道："爱卿在想什么？"

王惠风："没什么。"

"我不信，爱卿刚才都走神了，快说吧，夜深正是说话的好时候，难不成你要朕跟你枯坐一夜？"

王惠风无奈地道："陛下批完了折子，可以就寝了。"

"朕的兴趣都被你挑起来了，朕哪里还睡得着？快说，莫不是你和我娘又在暗谋我的私库？"

王惠风听她越说越离谱，连忙道："不是公事，是私事。"她道，"四娘和裴郎君至今无子，想抱养一个孩子，最近正在慈幼院中挑选。只是族中长辈觉得不妥，让他们从两族中挑选。"

赵含章闻言笑了笑，道："既然是他们做父母，自然是顺从他们的心意。"她不觉得王裴两族能做得了王四娘的主，王惠风不至于为此走神。

赵含章眼珠子一转，笑问："四娘要收养孩子，惠风呢？你至今孑然一身，族中难道不催促吗？"

王惠风低头，正对上赵含章的笑眼，连日来的困顿和思虑一下便散了，念头通达。她含笑看着赵含章："是臣愚钝，竟然没想明白。"

赵含章微愣，不解地歪了歪头："嗯？"

王惠风抑制不住，抬手摸了摸赵含章的头发，轻声道："我毕生的愿望，陛下为我实现了，如今我要做的就是守护好陛下和陛下打下来的成果。这些就是我的孩子，为何我还要自寻烦恼地去养另一个孩子呢？"

赵含章看着眼中掩饰不住慈爱之意的王惠风，心脏好似被钟撞了一下，又酸又涩，心跳加快，还泛着甜蜜。

她抓住王惠风的手握在手里，轻轻地一笑："得卿如此，是朕之幸事；得众卿如此，是国之幸事。"

王惠风抿嘴一笑。